Jan Himmelfarb

Sterndeutung

Unverkäufliches Leseexemplar

Gebunden, Euro 21,95 [D]
Wir bitten Sie, Rezensionen nicht vor
dem 28. Januar 2015 zu veröffentlichen.
Vielen Dank für Ihr Verständnis.

Jan Himmelfarb

Sterndeutung

Roman

C.H.Beck

© Jan Himmelfarb
Verlag C.H.Beck OHG, München 2015
Gesetzt aus der Greta Text
Druck und Bindung: Druckerei C.H.Beck, Nördlingen
Umschlaggestaltung: Geviert, Grafik & Typografie,
Michaela Kneißl
Umschlagabbildung: Plainpicture © Sébastien Löffler,
shutterstock © David M. Schrader, Composing Michaela Kneißl
Gedruckt auf säurefreiem, alterungsbeständigem Papier
(hergestellt aus chlorfrei gebleichtem Zellstoff)
Printed in Germany
ISBN 978 3 406 67486 0

www.beck.de

Sterndeutung

Halstuch und Fleischkombinat

Die Schrift auf Geburts-, Heirats- und Sterbeurkunden ist nicht immer leicht zu entziffern. Kam meine Großmutter am 5. oder am 6. Oktober 1898 zur Welt? Eine rundliche Fünf oder eine eckige Sechs auf knittrig-vergilbtem Papier. Die zusammengefaltete Heiratsurkunde meiner Eltern habe ich auseinandergebreitet; die Zeichen verlieren sich in den Falten.

Aber ein Wort erkenne ich mühelos. Ein Wort springt mir auf fast jeder Seite entgegen.

Ich legte die Urkunden zurück in die Schublade. All meine Vorfahren waren Juden. Meine Eltern, meine vier Großeltern, meine acht Urgroßeltern und meine sechzehn Ururgroßeltern waren Juden. Außerdem war ein Drittel aller Schachweltmeister Juden, ein Viertel aller großen Geiger und Pianisten, ein Fünftel aller Nobelpreisträger. Aber was ändert das? Meine Familie hat nur eine Geschichte.

Mutter und Vater lernten sich 1939 in Kamenez-Podolsk kennen, das im ukrainisch-sowjetischen Westen an der Grenze zu Polen lag. Sie arbeitete als Schreibkraft in der Bauverwaltung, er wurde als junger Ingenieur nach Kamenez-Podolsk abkommandiert, um die Inbetriebnahme eines Fleischkombinats zu beschleunigen.

Die Planbauzeit des Kombinats betrug zwölf Monate, der Verarbeitungsumfang sollte sich auf 50 Schweine, 15 Rinder und 20 Tonnen Geflügel täglich belaufen. Als Endprodukte waren verschiedene Wurstsorten, Würstchen, Speck vorgesehen. Das bei Baubeginn entrollte Plakat zeigte ein zufriedenes rosarotes Schweinchen und einen sowjetischen Arbeiter mit kurzen blonden Haaren. Darüber war ein knallroter Slogan gemalt: Gesunde Ernährung für unser arbeitendes Volk! Und unter das appetitliche Tier und den lächelnden Menschen: Das Leben ist besser, das Leben ist schöner geworden!

Als Vater im Frühling 1939 zur Bautruppe stieß, waren dreizehn von zwölf Planmonaten verstrichen. Er stürzte sich auf die losen Schrauben und rostenden Gewinde. Ab dem ersten Tag, da er Hand anlegte, wuchs der Bau in die Höhe. Nachdem Haken zu Seilen und Messer zu Bändern gefunden hatten, schlug der Betriebsleiter am ersten ordentlichen Arbeitstag vor versammelter Belegschaft die rechte Faust in die linke Handfläche und verkündete: In einem halben Jahr haben wir den Produktionsrückstand von sechs Monaten aufgeholt, Genossen! Wir werden hier in Kamenez-Podolsk eine unseres Landes würdige Arbeit verrichten.

Beifall, zustimmendes Gemurmel. Die Frauen und Männer maßen einander mit kritischem Blick, wer sah besonders motiviert aus, wer würde die Norm übererfüllen, sie dadurch erhöhen und die Zulagen senken? Dann flogen sie den Arbeitsplätzen zu, um gleich am ersten Tag 100 Schweine, 30 Rinder und 40 Tonnen Geflügel abzufertigen.

Wie groß wird ihre Enttäuschung gewesen sein, als sich im Verlauf der symbolträchtigen ersten Schicht nur 28 Schweine, vier Rinder und fünfeinhalb Tonnen Geflügel einfanden? Die vorhandene Kapazität wurde während der zwei Friedensjahre an keinem einzigen Tag auch nur annähernd ausgeschöpft, weil ein Fleischkombinat zwar Unmengen geräucherter Salami, leckerer Würste und knackiger Würstchen, aber keine Schweine, Rinder, Hühner und Truthähne herzustellen vermag.

Es gab erfolgreichere Betriebe, die den Plan konstant nach oben durchbrachen. Aber was ging dort als ein Schinken in die Bücher ein? Nur allzu oft ein geringeltes Schweineschwänzchen. Und

8

wies man Hühnerkrallen nicht dann und wann als Brustfilets aus? Und Klauen als Rinderwürste? Nein, ich halte es lieber mit dem Fleischkombinat von Kamenez-Podolsk, das schlechte Zahlen, aber Qualitätsware ablieferte. Ohne das Plansoll je erfüllt zu haben, wurde es im Juni 1941 von einer deutschen Bombe zielgenau getroffen und zerstört.

Aber weil mein Vater am Bau des Fleischkombinats mitwirkte, weil meine Mutter ebendort Schreibarbeiten verrichtete, blühte in Kamenez-Podolsk die Liebe. Nach der Fertigstellung des Kombinats nahm Vater die frischgewonnene Braut mit sich zurück nach Charkow, wo er mit seinen Eltern lebte. Auch dort wurde ihr eine Anstellung als Schreibkraft zugewiesen. Im friedvollen Bauch, der von der feindlichen Welt abschirmte, trug sie mich täglich zur Arbeit.

Mutter trat herein. Ich schob ein Wörterbuch über das angegriffene Papier.

Das Essen ist fertig. Wie oft muss ich euch noch rufen?, sagte sie.

Ich ging mit ihr in die Küche. Wo ist Julia?, fragte ich.

Sie hat gesagt, dass sie bei einer Freundin zu Abend essen wird. Und deine Tochter braucht wieder mal eine gesonderte Einladung. Wenn man dich schon zweimal rufen muss, muss man sie mindestens dreimal rufen. Anna, zum Dritten! Komm endlich!

Anna stürmte herein. Auch von ihr muss ich sprechen. Schließlich ist sie mein einziges Kind. Ich könnte mit dem Wann und Wie ihres späten Auftritts beginnen, der auf eingeübte Unpünktlichkeit und fehlende Aufmerksamkeit gegen andere schließen lässt. Aber Wichtigeres beherrschte beim Abendessen die Gemüter.

Dass Anna im nächsten Herbst ein Wirtschaftsstudium beginnen und bis dahin Deutsch gelernt haben wird, ist beschlossene Sache. Nur die Wahl der Universität sorgt nach wie vor für Gespräche, die mir Schmerzen unter der linken Schulter bereiten. Grundsolide staatliche Hochschulen liegen ja um die Ecke, in Düsseldorf, Bochum, Dortmund.

Anständig studieren, sagte ich, kannst du auch hier. Und dabei zu Hause wohnen bleiben.

Nein, sagte sie, es gibt Besseres, die UWF Wehnau ...

Die zufällig so weit weg ist, dass du ruhigen Gewissens ausziehst, ergänzte ich.

Meine Schuld ist es nicht, dass die Absolventen der UWF doppelt so viel verdienen wie die von anderen Universitäten. Oma, ich habe es Mama und Papa tausendmal erklärt. Die beste Universität in Deutschland! Ein ganzes Jahr werde ich im Ausland verbringen, in England, Amerika oder Italien. Vielleicht sogar in Japan!

Was heißt UWF?, fragte Mutter.

Universität für wirtschaftliche Finanzen. Und nur weil ich will, werde ich nicht gleich genommen. Es gibt mehr Bewerber als freie Plätze. Erst muss ich zwei Prüfungen bestehen.

Wo ist dieses Institut?, fragte Mutter.

In Wehnau. Das ist eine kleine Stadt, dreihundert Kilometer von hier. Oma, wir fahren unbedingt hin, nur wir beide.

Das ist weit weg. Dann kannst du nicht jeden Abend nach Hause kommen. Du kannst kein bisschen kochen. Wer wird dir Suppen zubereiten? Anna, du verdirbst dir dort den Magen.

Nein, das sagte Mutter nicht, in Wahrheit sagte sie: Verplappere dich bei den Prüfungen bloß nicht, sag nicht, dass du Jüdin bist.

So ein Blödsinn! Woher hast du das, Oma? Wenn du solche Angst hast, warum bist du dann hierhergekommen?

War es dort etwa besser?, flüsterte Mutter, allein Anna hörte sie nicht.

Warum habt ihr Angst zuzugeben, dass wir Juden sind?, rief sie.

Ich habe keine Angst, sagte ich. Aber an die große Glocke hängen muss man es nicht.

Das ist Blödsinn. Bei dieser Universität! Die ist so international ausgerichtet, die freuen sich über ausländische Studenten.

10

Mutter seufzte und sagte: Sie lernt dort noch einen Russen oder Deutschen kennen. Und dann heiraten sie.

Meinst du, es gibt in Wehnau mehr Deutsche und Russen als hier?, fragte ich.

Hier können wir wenigstens etwas tun, sagte Mutter.

Ihr könnt gar nichts tun. Ich tue, was ich will!, rief Anna.

Ein dumpfer Schmerz machte sich unter meiner linken Schulter breit; dies war ein Gespräch, das wir schon, wenn auch ohne Mutter, viele Male erbittert geführt hatten, und wir bedienten uns nicht nur der gleichen Argumente, sondern derselben Ausdrücke, die uns in der Vergangenheit am überzeugendsten erschienen waren.

Trotzdem sagte ich, weil ich Wichtiges ungern verschweige und dadurch in der Schwebe lasse: Die Universitäten hier sind vielleicht etwas bescheidener, dafür verlangen sie kein Geld.

Mutter schreckte auf. Bezahlt man dafür? Wie viel?

Dreitausend Mark pro Semester, antwortete ich.

Wirklich? Stimmt das, Anna?

Ja. Na und? Erstens lohnt sich das. Zweitens ist nicht ausgemacht, dass ich zahlen muss. Studenten aus weniger wohlhabenden Familien brauchen vielleicht keine Studiengebühren zu zahlen.

Dann brauchen wir uns keine Sorgen zu machen, du wirst umsonst studieren, sagte ich.

Mutter sagte noch: Das ist sehr viel Geld, wer soll dafür aufkommen?

Doch weil ständig über Wichtiges zu reden die Nerven strapaziert, fügte sie hinzu: Julia meinte, du sollst die Getränke für die Geburtstagsfeier besorgen. Saft, Limonade, zwei Flaschen ... eine Flasche ... steht alles auf dem Zettel hier.

Wir würden vielleicht zu viert feiern, hätten wir nicht die ersten drei Monate im Wohnheim verbracht, wo man mit anderen Leuten spätestens vor der Dusche auf Tuchfühlung geht. So werden übermorgen einige neue Freunde eintrudeln und denken: Nun, er sieht aus, wie er aussieht, seine Haare werden grau, er wird schließlich nicht dreißig.

Bevor ich zu den Prüfungen nach Wehnau fahre, muss ich richtig gut Deutsch können, sagte Anna. Aber ich schaffe das nicht, wenn die Regeln nicht klar sind. Im Sprachkurs heute haben wir Präpositionen durchgenommen. Sie stehen oft mit anderen Fällen als im Russischen! Das ist schlimm genug. Aber die Lehrerin behauptete auch noch, wegen stehe meist mit dem Genitiv, manchmal mit dem Dativ, gelegentlich sei das Ansichtssache. Wie? Sie soll uns sagen, was richtig ist.

Kurz ist die Atempause gewesen. Der Oktober bleibt sich treu: Nässe, unwirtlicher Wind, lockende Baumalleen. Nach dem Essen sind Mutter und Anna zu einem Spaziergang in das nahe gelegene Wäldchen aufgebrochen. Welke Blätter haben sich von den Bäumen gelöst, rascheln unter den Schritten. Schön, traurig und bunt sind diese Zeit und dieses Wäldchen und sind es wert, in Augenschein genommen zu werden, selbst bei anbrechender Dunkelheit.

Doch warum schloss ich mich meiner Mutter und meiner Tochter, die meinten, ein bisschen frische Luft täte auch mir gut, nicht an?

Sagen wir: wegen der Nachkommen. Natürlich kann ich meiner einzigen Tochter einfach alles erzählen oder sie fragt ihre Großmutter. Indes wird sie vielleicht einmal Kinder haben, die, wenn alles gut geht, wiederum Kinder haben werden. Neugierig mögen die werden und sollen wissen, wie alles war – oder wenigstens gewesen sein könnte.

Sagen wir: weil es sein muss. Weil man aus dem Bekannten kommt, ins Unbekannte geht. Das einzig Fassbare ist die Vergangenheit. Oder etwa nicht?

Mein Großvater mütterlicherseits, Israel Mendel, Sohn eines

12

Tischlers, Lehrer der Mathematik, der Geschichte und des Deutschen, zeugte zwei Mädchen und einen Jungen, die seine Frau Hannah zur Welt brachte. Der Junge starb so früh, dass Mutter sich an seinen Rufnamen nicht erinnert. Einen Friedhof, der seinen Namen wieder vergegenwärtigte, gibt es nicht, weil die Grabsteine im Krieg beim Straßenbau verwendet wurden.

Lange hatten sie in einem kleinen ukrainischen Ort gelebt. Als nach der Russischen Revolution die Rote Armee einmarschierte, wähnte sich die vierköpfige Familie ob des Machtwechsels so glücklich, dass sie westwärts floh. Der Flüchtlingsstrom ergoss sich bis nach Frankreich und Amerika, doch Israel und Hannah hielten bald in Kamenez-Podolsk, freiwillig, denn sie hatten keine weitreichenden Absichten.

Ich hörte, wie Mutter die Wohnungstür öffnete, und trat zu ihr hinaus in den Flur. Die Möhren und Rosinen!, sagte sie. Die habe ich bei euch vergessen. Ich will für deinen Geburtstag einen Salat vorbereiten. Gute Nacht!

Warte!, sagte ich. Um nach der Revolution nach Kamenez-Podolsk zu gelangen, seid ihr da mit einem Fuhrwerk zur nächsten Station gefahren? Liefen die Großeltern daneben und stützten die Bündel und Koffer, und auf dem Karren saßen die Tante und du? Hieltet ihr die wertvollsten Habseligkeiten fest? War es so? War es andersherum?

Mutter starrte mich an, dann antwortete sie: Arthur, bist du verrückt? Woher soll ich es wissen? Ich war zwei oder drei. Warum fragst du mich das jetzt?

Warum ausgerechnet Kamenez-Podolsk? Warum seid ihr nicht anderswohin gegangen, weit weg?

Woher soll ich es wissen? Warum nicht Kamenez-Podolsk? Dein Großvater war ein sehr kluger und gebildeter Mensch. Aber was hat es uns genutzt? Wir sind immer arm gewesen. Das Leben war schwer.

13

Aber es gab andere große Städte. In Kamenez-Podolsk haben bis zuletzt die Konterrevolutionäre gehaust.

Was interessierten die meinen Vater? Sie waren bestimmt nicht mehr da, als wir hinkamen.

Hat Großvater in Kamenez-Podolsk auch Deutsch, Geschichte und Mathematik unterrichtet?

Nein, nur Mathematik. Er meinte, für Geschichte seien mittlerweile andere Lehrer zuständig.

Und dann? Was war dann?

Nach dem Krieg war ich in Kamenez-Podolsk. Mir wurde erzählt, eine Nachbarin habe deiner Großmutter, als die Deutschen einmarschierten und die Juden sich auf dem Marktplatz versammeln sollten, das Halstuch entrissen und gemeint: Das brauchst du sowieso nicht mehr.

Mutter schwieg, ich schwieg. Der folgenschwere Transit eines leichten Kleidungsstücks von einem Hals zum anderen – nie wird Mutter sagen, was geschah, nachdem das Halstuch einen neuen Besitzer gefunden hatte. Für sie ist diese Enteignung Erinnerung genug, daran krallt sie sich fest und schweigt sich sonst aus.

Lass mich nach Hause gehen, sagte sie. Ich bin müde.

Ein im Unwetter geknicktes Bäumchen treibt Blätter, auch wenn ein Sturm naht, der es mit den Wurzeln herausreißen wird. Obwohl im fernen Deutschland jede Jüdin Sara und jeder Jude Israel als zweiten Rufnamen annehmen musste (was freilich wie ein fauler, sozusagen jüdischer Trick anmutet, die Bedeutung des Weltjudentums herunterzuspielen, indem aus vielen Juden zwei gemacht wurden), unterrichtete mein Großvater Israel Mendel in Kamenez-Podolsk Kinder. Als im Großdeutschen Reich jüdische Gebetshäuser und Geschäfte in Flammen aufgingen und Fensterscheiben klirrten, sorgten die Mendels für die kalte Jahreszeit vor, hamsterten Kartoffeln oder was sich sonst noch auftreiben ließ. Das Unheil nahte in riesigen Stiefeln, zertrat ganze Länder,

14

aber sie versuchten, möglichst satt und warm durch den Winter zu kommen, lebten in ihrer eigenen Zeit und schlugen sich durch wie andere auch. Aber dazu sagt Mutter auch nicht viel.

Als am 22. Juni 1941 der Krieg begann, Kamenez-Podolsk gleich in den ersten Kriegsstunden bombardiert wurde, flohen viele mit der Eisenbahn, auf Fuhren, zu Fuß. Israel Mendel, Lehrer der Mathematik, der Geschichte und des Deutschen, nunmehr ein alter Mann, der mit Mühe die Beine bewegte, floh nicht. Scharf geschossen wird überall und unglücklich getroffen werden kann man überall. Was hatte ein unpolitischer Lehrer schon zu erwarten? Wozu fliehenden Parteileuten und Verwaltungsbonzen nachlaufen? Warum vor den zwar nicht immer liebenswürdigen, doch selten ungerechten Deutschen Reißaus nehmen?

Schnell endete der für die Rote Armee ruhmlose Kampf um die Stadt, marschierten die Deutschen ein, rollten ihre Panzer weiter nach Osten. Gespräche auf Deutsch aus dem Wohnungsfenster wird mein Großvater nicht geführt haben. Aber die Korrektheit der neuen Herren äußerte sich bald darin, dass gelbe Sterne gegen kleine Gebühr verteilt, ein Ghetto eingerichtet, Zwangsarbeit angeordnet und eine Kontribution in Höhe von 110 000 Rubel und acht Kilogramm Gold auferlegt wurde. Als in der zweiten Julihälfte Tausende Juden aus Ungarn in das Ghetto abgeschoben wurden, weitere Juden aus den umliegenden Dörfern hinzukamen, mochte dem alt gewordenen Israel Mendel schwanen, dass es hier nicht mit rechten Dingen zuging, seine Erfahrungen verjährt waren und die von ihm gelehrte Sprache – Deutschlehrer war er ja gewesen – zu den Eroberern gehörte wie das Fertigladen zum Gewehr. Doch für solche sprachlichen Erkenntnisse war es zu spät. In den letzten Augusttagen, zwei Monate nach Kriegsbeginn, erlöste der Höhere SS- und Polizeiführer Jeckeln mit seiner Brigade und einem Polizeibataillon den Feldkommandanten, der kundgetan hatte, dass er nicht wisse, was er mit den Juden in der Umgebung anfangen solle. An zwei Tagen wurden mehr als

23 000 Juden in Gruben bei Kamenez-Podolsk erschossen. Auch die Großmutter Hannah, der, wie es scheint, auf dem Weg zum Sammelplatz das Halstuch geraubt wurde, und der Großvater Israel Mendel und deren jüngere Tochter.

Daher habe ich Mutters Verwandte nie kennengelernt. Sie ist die einzige geborene Mendel, die ich kenne. Meine Großmutter väterlicherseits kannte ich dagegen gut. Sie hatte eine Singer'sche Nähmaschine und nähte. Ihr Mann, Arthur Segal, der Vater meines Vaters, war Schuster gewesen. Mein Name ihm zu Ehren, da er im September 1940, ein Jahr vor meiner Geburt, am kranken Herzen starb.

Ich kannte meine Großmutter väterlicherseits sehr gut, wir lebten lange unter einem Dach, und als ich elf oder zwölf Jahre alt war, konnte ich sie fragen: Was hast du vor meiner Geburt gemacht, Oma?

Sie antwortete auf Russisch mit jiddischem Akzent: Schwer war das Leben und traurig.

Als hätte sie sich mit meiner Mutter, ihrer Schwiegertochter, abgesprochen. Doch es genügte, gemeinsam zu leben, um auf die gleiche Weise zu antworten.

Eine Zeit, sagte Großmutter, gab es, da aßen hungernde Menschen die Rinde von den Bäumen. Verstehst du, so wurde gehungert, dass sie die Rinde von den Bäumen aßen. Kinder machten Jagd auf Ratten. Nicht um zu spielen, sondern um sie zu essen. Nie wurden Lebensmittel sichtbar auf offener Straße getragen, weil sie einem aus den Händen und dem Mund gerissen wurden. Oder eine Schar bettelnder Waisen mit großen Augen verfolgte dich. Arthur, wir waren arm, wir besaßen fast nichts, aber wir überstanden das, Gott sei Dank. Wir waren eine ganze Familie, dein Vater, möge er für uns beten, war da. Wenn du erwachsen bist, heirate schnell. Ich sage dir, finde schnell eine jüdische Frau und zögert nicht mit den Kindern.

Zuweilen geriet ihr die Geschichte durcheinander. Sagte ich:

16

Und die Oktoberrevolution?, bekam ich eine Begebenheit aus der Nachkriegszeit zu hören. Fragte ich nach dem Kriegsausbruch, kam sie auf das Kriegsende zu sprechen.

Was soll ich erzählen?, sagte sie. Ich habe dir alles gesagt. Was ich dir zu erzählen hatte, habe ich erzählt. Das Leben war hart. Wir haben viel gearbeitet und alles verloren. Wir haben das ganze Leben lang gearbeitet, und was haben wir? Nichts, außer dieser Wohnung. Trotzdem haben uns die Antisemiten immer verfolgt. Die Ukrainer sind alle Antisemiten. Einmal stießen sie mich aus der Straßenbahn, als sie merkten, dass ich Jüdin bin. Der Waggon war überfüllt, ich stand direkt neben der Tür, zwei Banditen sagten: Jidowka, was nimmst du den Leuten den Platz weg! und stießen mich hinunter.

Ach, Großmutter, sie haben dich bloß aus der Straßenbahn geworfen, aber nirgendwo hineingezwängt.

Nein, das sagte ich nicht, ich fragte: Hast du dich verletzt?

Gott sei Dank stand die Straßenbahn an einer Haltestelle.

Und was passierte dann?

Was soll passiert sein? Ich war auf der Straße. Ich kam erst zu mir, nachdem die Straßenbahn abgefahren war.

Und was geschah im Waggon? Wurden die beiden bestraft?

Ach wo! Die haben Beifall geerntet. Merke dir das und hüte dich vor den Ukrainern. Die Russen sind auch schlimm, aber nicht so. Selbst bei deiner Geburt! Die Schaffnerin, diese Antisemitin, ließ deine Mutter in absoluter Dunkelheit gebären.

Oma, es gab einen Schimmer. Außerdem half die Zugführerin.

Blödsinn! Woher willst du das wissen? Sie schrie und drohte, wenn wir Licht machten, werfe sie uns aus dem Zug.

Ich würde, was ich über meine Vorfahren weiß, so zusammenfassen: Bürger ihrer Zeit, nicht hervorstechend in irgendeiner Hinsicht, getrieben von dem Wunsch nach der Verbesserung ihrer

17

irdischen Lage, sich vor den stürmischen Zeiten duckend, unvermögend bis arm, einflusslos, manchmal an kleinen Rädchen drehend, religiös bisweilen, mehr oder weniger in der jüdischen Kultur verwurzelt und noch nicht vollkommen mit der Ausbeutung der nichtjüdischen Nachbarn vertraut.

Und was ist mit wilder Liebe, komplizierten Charakteren, spannenden Verwerfungen, gemeinen Intrigen, Tulpen auf dem Dach und Rosen im Schnee? Die wird es gegeben haben, irgendwo, irgendwann. Wie gerne, neugierig, doch behutsam, holte ich Tulpen vom allerhöchsten Dach herunter, wie zärtlich grübe ich Rosen aus dem tiefsten Schnee. Ich möchte nicht mit dem Finger auf Schuldige zeigen, doch ich benenne die Verantwortlichen: Großmutter, die nie von sich aus erzählte, und Mutter, die sofort müde wird, wenn die Rede auf Kamenez-Podolsk kommt. Frage ich, verschleiert sich ihr Blick, Worte tröpfeln oder sie stellt Gegenfragen, denen ich, um eine Antwort nie verlegen, mit Gegengegenfragen begegne. Dann gibt sie ausgesuchte Ereignisse preis – immer dieselben. Mehr höre ich nicht und hake um ihretwillen selten nach.

Ich bin nicht dabei gewesen, ich weiß nichts von jener Zeit, mich trifft keine Schuld. Die Geschichte vom Fleischkombinat habe ich einem Kamenez-Podolsker Archiv entnommen.

Schon schreit ein Vogel. Zwei Hängebirken, Sträucher, Gras, mehr ist nicht vor unseren Fenstern. Was zieht das kleine geflügelte Wirbeltier an? Warum trumpft es ausgerechnet hier auf? Warum die mageren, bleichen Birken (schief, mit Moos bewachsen) und nicht die vor Kraft strotzende, einladende Buche vor den Nachbarfenstern?

Hören Sie diese Vogelschreie? Es stört überaus, nicht?, fragte ich den Nachbarn einmal im Vorbeigehen.

Warum, ich habe nie darauf geachtet, sagte er. Sollen sie singen, wenn sie wollen.

Bald weicht die Dunkelheit, doch hell wird es nicht. Dieser Okto-

18

ber ist kalt und dunkel und kündigt eine unwirtlichere Zeit an. Die Vögel erheben stur die Stimmen, und wenn sie keine Lust mehr haben, fliegen sie weg.

Und ich bin nur ein kleiner jüdischer Sowjetbürger, der im fortgeschrittenen Alter nach Deutschland ausgewandert ist. Morgen werde ich 51.

Keine Glühbirne

Bei meiner Geburt schlug kein Falter gegen eine Glühbirne. Ein diffuser Schimmer fiel durch die offene Tür. Der Zug durchbrach die kriegerische Nacht, Birken nickten, was blieb ihnen übrig, blinden Fenstern zu, sternvermengte Düsternis glimmte weit in unserem Rücken.

Ich hätte gerne eine halbwegs glückliche Konstellation zwischen Sonne, Mond und sechs, sieben Planeten wahrgenommen. Meinetwegen hätten schweifende Kometen sie bestätigen oder infrage stellen können. Das verdunkelte Fenster offenbarte natürlich kein einziges jener Gestirne.

Ich kreischte nicht, sondern sagte zu mir selbst: Arthur Segal, dass du in diesen Zug in diese Zeit geboren wirst, lässt sich nur als Hohn, Hoffnung oder Missgeschick deuten.

Ein gewöhnlicher Personenzug mochte mein Geburtsort einst gewesen sein, der sich nun in anderen Umständen befand und als sowjetischer Flüchtlingstransport zwischen Charkow und Stalingrad seine längste Strecke zurücklegte. Licht war untersagt in den Abteilen. Deshalb keine Glühbirne. Deshalb kein verzücktes Trommeln und Schlagen. Deshalb enttäuschte, zum Nichtstun verurteilte Falter, die kleinen Anhänger des Lichts.

Verdunkelungswahn griff um sich. Im vierten Kriegsmonat war's. Die Flugzeuge der Wehrmacht bombardierten neben Stellungen der Roten Armee auch Städte und Züge, unabhängig davon, ob diese zur Front fuhren oder, so wie der unsere, in die umgekehrte Richtung.

20

Schwanger, wie?, sagte die Zugbegleiterin, die die vollen Abteile inspizierte. Wir sind drei Tage unterwegs. Passiert es vielleicht während der Fahrt?

Mutter, die zusammen mit Großmutter neben einer fremden Familie mit Kindern saß, nickte ergeben.

Kameradin, ich gebe Ihnen einen Rat. Wenn es hier passiert, bemühen Sie sich, dass es am Tag passiert. Sonst müssen Sie in der Dunkelheit zurechtkommen.

Meine Mutter machte eine verzweifelte Handbewegung, meine baldige Großmutter flüsterte: Haben Sie ein Einsehen!

Die Zugbegleiterin entgegnete: Sie wissen, nachts darf in den Abteilen kein Licht gemacht werden.

Wir werden das Fenster sehr sorgfältig verdunkeln, zweifeln Sie nicht daran! Was schadet da eine Leuchte?, sagte Großmutter.

Die Zugbegleiterin stemmte die Arme in die Seite, lief rot an und sagte: Keine Leuchte, kein Licht. Davon werden Sie absehen. Wenn ich das erlaube und ein Unglück geschieht – wer wird verantwortlich gemacht? Wer muss Rechenschaft ablegen? Ich, niemand sonst.

Im Verlauf einer bedeutsamen Pause ließ sie die Arme wieder hängen, gewann ihr gewöhnliches Gesichtsrosa zurück und sagte: Tagsüber werden die Fenster in den Abteilen ja nicht verdunkelt. Also, vielleicht gebären Sie am Tag oder erst in Stalingrad, wenn Sie Glück haben. Und wenn es doch hier in der Nacht passiert – im Gang ist nachts ein wenig Licht möglich. Wir könnten die Abteiltür auflassen.

Warum ist nachts im Gang Licht erlaubt und in den Abteilen nicht? Ist die rechte Zugseite weniger gefährdet als die linke? Das fragte niemand, weil alle die Zugbegleiterin, nein, Zugführerin, fürchteten. Doch sie, die nicht durch Uniform, sondern Haltung wirkte, erklärte, als hätte sie die Frage gehört: Wie Sie sehen, verdunkeln wir im Gang durchgängig. Da haben wir uns viel Mühe gegeben, die Pappe ist ins Fenster genagelt. Nichts dringt zu den

Faschisten nach außen. Doch in den Abteilen soll es nicht die ganze Zeit dunkel sein. Deshalb können Sie die Pappe nach Sonnenaufgang abnehmen. Wir dürfen uns aber nicht blind darauf verlassen, dass die Passagiere die Pappe jeden Abend wieder richtig am Fenster festmachen. Deshalb wurde über die Abteile strengstes Lichtverbot ab Sonnenuntergang verhängt ... Ich muss weiter. Aber wenn Sie etwas brauchen, Kameradin, rufen Sie mich. Wir müssen uns alle helfen. Halten Sie sich an die Vorschriften. Sogar ohne Fehler geschieht jetzt Schlimmes genug.

Ob sie ahnte, dass sie, schrecklich schnaufend, noch in derselben Nacht Töpfe warmen und kalten Wassers, Verbandsmaterial und Alkohol heranschaffen würde? Dass sie die ursprünglich neben Mutter und Großmutter sitzende fünfköpfige Familie, der Wehen und Niederkunft nicht zuzumuten waren, anderswo im überfüllten Zug würde unterbringen müssen? Sie fluchte über die Dunkelheit im Geburtsabteil, ließ die Tür offen stehen, nahm in Kauf, dass Mutters Schreie sich widerstandslos ausbreiteten, doch sie duldete partout kein Licht, nicht einmal eine kleine Kerze, im Abteil selbst. Ob sie sich über den rücksichtslosen Eigensinn eines Menschen wunderte, unter diesen prekären Umständen ein Kind zu gebären? Oder staunte sie vielmehr, dass ich, augenscheinlich unbekümmert, den Weg in diese ungastliche Welt fand?

Vielleicht wäre es möglich gewesen, die Lage ein wenig zu mildern, ohne gleich mit allen Grundsätzen zu brechen. Ich will keine Vorwürfe an das bemühte Zugpersonal richten. Aber mit dem Licht, das im Gang zu meiner Geburt brannte, war es nicht zum Besten bestellt. Ob die Leuchte beschädigt oder der Glühfaden verschlissen war – wie ein unglücklich ins Spinnennetz geratenes Tierchen mit letzter Kraft zuckt, sandte jene unregelmäßig nur schwaches Licht aus, und niemand kam darauf, sie gegen eines der Glanzexemplare auszutauschen, die anderswo im überfüllten Gang ihren Dienst verrichteten.

Die unheimliche Enge war ein anderer wichtiger Unterschied

zum gewöhnlichen Personenzug. Vielleicht hatten gar nicht mehr Flüchtlinge Platz gefunden als in früheren Zeiten Reisende zwischen ukrainischen Städten. Doch wie viele Koffer! Zu Säcken umgewandelte Betttücher! Bündel obenauf! Beutel untendrunter! Schicht auf Schicht stapelte sich in den Abteilen und im Gang, wo überdies lauter Gestalten hockten (wodurch die Behändigkeit der mit Waschschüsseln beladenen Zugführerin erst ins rechte Licht gerückt wird), verängstigte Gesichter, verdunkelte Fenster, Blau-Schwärze, keine Glühbirne, Falter, die sich unverrichteter Dinge in geheime Spalten verkrochen.

Doch ich flennte nicht in dieser Nacht des 17. Oktober 1941: Arthur, du armes Würmchen! Nie den eigenen Vater zu Gesicht zu bekommen, der dich nicht freiwillig verlassen hat, der gut zu dir wäre. Nicht in die Hände einer behutsamen Hebamme und in ein weißes, weiches Krankenhausbett zu gleiten. Keine aufmunternden Glockenschläge zur gerundeten Uhrzeit zu hören. Keine glückverheißende Konstellation zwischen Himmelskörpern, ja überhaupt kein einziges leuchtendes Gestirn zu erblicken. Keine das Wunder des Lebens erleuchtende helle, starke Glühbirne von einem reizenden Schmetterling umgarnt zu sehen. Nein, ich flennte nicht, ich dachte: Arme Rosa Segal! Arme Mutter und ... allein, ja, allein, nicht so wie ich, der immerhin sie, die Mutter, hat, die ihm das Leben widmen wird, weil ich ... weil hinter uns ...

Mutter stand plötzlich hinter mir. Du schläfst nicht, sagte sie.

Nein, sagte ich.

Sie blickte auf den Tisch. Die Wörterbücher lagen nicht wie sonst griffbereit, die Schreibmaschine zur Seite geschoben, stattdessen angegriffenes Papier unter meiner Hand und leere, überschwänglich daneben platzierte Blätter.

Ich erhob mich, setzte mich wieder und sagte: Ich mache Notizen über, hier, meine Geburt.

Ja, meinte sie. Ja. Warum machst du das?

23

17.10.1992 – 51. Geburtstag

Nun, ich schreibe über meine Geburt.

Sie sah mich groß an. Arthur! Das ist keine Übersetzung. Du schreibst eine Geschichte. Aber du bist kein Geschichtenerzähler. Du bist Übersetzer. Warum machst du das?

Mutter! Weil wir hier sind, vielleicht weil dein Vater ausgerechnet Deutsch und Geschichte unterrichtet hat, weil ich aus dem Russischen ins Deutsche und andersherum übersetze, weil Verdunkelung und Blau-Schwärze herrschten und keine Glühbirne die niedergeschlagenen Falter belebte, weil wir im richtigen Zug fuhren, obwohl es so viele falsche gab, sitze ich nachts hier, statt zu schlafen.

Nein, in Wahrheit verlief das Gespräch anders. Du schläfst nicht, sagte Mutter.

Nein, sagte ich.

Sie sah mich groß an. Arthur! Um diese Uhrzeit habe ich dich geboren, vor einundfünfzig Jahren. Ich möchte dir zum Geburtstag gratulieren.

Sie küsste mich, ich stand auf und sagte: Nein, Mutter, was beglückwünschst du mich, dich müssen wir feiern, ohne dich im Zug damals hätte ich zu atmen aufgehört.

Sie überhörte meine Worte, in tiefer Nacht wird nicht jedes einzelne auf die Goldwaage gelegt, und fragte: Wann schläfst du? Morgen, ach was, es ist schon heute, musst du deine Gäste empfangen.

Ja, sagte ich, deshalb solltest du dich wieder hinlegen. Ich gehe auch ins Bett. Schalte das Licht im Flur ein, sonst fällst du hin. Ich lösche es für dich.

Sie tapste, ohne den Lichtschalter zu berühren, ins Wohnzimmer, wo Julia ihr das Bett gemacht hatte, und schloss die Tür. Ich hörte, wie sie einige Male hustete, dann wurde es still.

Und dann fing ein Vogel an zu schreien. Derselbe wie vor vierundzwanzig Stunden, nehme ich an. Aber warum schlafe ich schon wieder nicht, wenn er aufwacht, warum nicht?

24

Ich schlafe nicht, weil weit hinter unserem eigenen Zug ein anderer Zug nach Osten fuhr. Jener andere Zug hatte am 16. Oktober 1941 die Stadt Prag mit genau eintausend Juden in zwanzig Personenwagen dritter Klasse, einer Wachmannschaft in einem Personenwagen zweiter Klasse und jüdischem Gepäck in Güterwagen verlassen und langte am 17. Oktober in Łódź an. Das Gepäck war auf 50 Kilogramm pro Kopf begrenzt.

Hinter den Lüftungsschlitzen der Güterwagen war Gepäck. Aber im Inneren der Personenwagen schienen gelbe Sterne. Sitz für Sitz, Abteil für Abteil, Wagen für Wagen prangten sie auf Mänteln. Jeder Stern hatte sechs Zacken. Jede Zacke wurde zur Sternmitte hin von einer schwarzen Linie begrenzt. In dem auf diese Weise dunkel umrandeten Inneren standen krakelige Lettern. Sie verunstalteten die Sterne erbärmlich. Ich war neugeboren, konnte gar nicht lesen, doch ich müsste schon damals gesehen, schon damals geahnt haben, dass diese krummen Lettern nichts Gutes bedeuteten, dass sie auch mich betrafen.

Von Westen nach Osten fuhr der Zug in der Düsternis, mit großem Abstand hinter dem unseren, doch vielleicht auf unseren Spuren. Viele Sterne trug er im Innern. Jetzt weiß ich, es waren genau eintausend. Aber damals, gleich nach der Geburt, mögen sie mir unzählig vorgekommen sein wie anderen die Sterne am Himmel. Wenn dieser Zug mein Himmel war ... wenn diese Gestirne meine Wegweiser waren ...

Einen Tag zuvor, am 15. Oktober, war ein Zug aus Wien mit 999 Juden abgefahren. Am selben Tag machte sich einer aus Trier auf den Weg, zwei Tage später einer aus Berlin, dann wieder einer aus Wien, dann einer aus Frankfurt am Main, dann wieder einer aus Prag, dann einer aus Köln, dann wieder einer aus Wien, dann wieder einer aus Berlin, dann einer aus Hamburg, dann wieder einer aus Prag, dann einer aus Düsseldorf, dann wieder einer aus Wien, dann wieder einer aus Berlin, dann wieder einer aus Köln, dann wieder einer aus Prag, dann wieder einer aus Berlin, dann

25

wieder einer aus Wien, dann wieder einer aus Prag. Alle trafen in Łódź ein, im Ghetto von Litzmannstadt, wo schon seit anderthalb Jahren polnische Juden lebten und starben.

Ich weiß aus Archiven: Harsch war der Oktober des Jahres 1941, schon in der ersten Woche hatte es geschneit. Zwecks Aufnahme der deutschen Juden hatte der Vorsitzende des Judenrats von Litzmannstadt die letzten Schulen schließen und in den frei gewordenen Räumlichkeiten Schlafstätten einrichten lassen. Die Lehrer würden sich nunmehr um die, wie der Judenratsvorsitzende sich ausdrückte, Brüder und Schwestern aus dem Westen kümmern, statt hungrigen Kindern Hebräisch und Mathematik beizubringen. Trotzdem – weil es nicht von den Vorbereitungen gewusst hatte? oder aus anderen Gründen? – vergiftete sich laut Ghettochronik ein älteres Ehepaar im Transport aus Frankfurt am Main und konnte vor Ort im Ghetto nicht mehr gerettet werden.

Jetzt weiß ich es, aber ich meine, dass ich damals, im diffusen Schimmer meines Geburtsabteils, als unser sowjetischer Flüchtlingszug die kriegerische Nacht durchbrach, um sowjetische Flüchtlinge hinter der Front in Sicherheit zu bringen, dass ich damals den Deportationszug aus Prag gesehen haben muss. Städte und Länder und Flüsse und Berge lagen zwischen ihm und uns. Aber wenn Jude zu sein etwas bedeutet und nicht bloß ein belangloser Zufall ist, dann ist es nur ein Zufall, dass ich in diesem und nicht in jenem Zug zur Welt gekommen bin – mit größter Wahrscheinlichkeit hätte ich über meine Eindrücke dann aber nie erzählen können.

Wie frisch geschlüpfte Schmetterlinge ihre weichen und zerknitterten Flügel mit Blut aufpumpen, um zu fliegen, füllte sich mein Inneres mit Eindrücken. Die Gegenwart unter dem unsichtbaren Mond versprach nichts Gutes. Wenn ich, Neugeborener des ersten Kriegsjahres im Zeichen der Waage, daraufhin sagte, es solle anders und nicht so werden – blieb alles beim Alten, wenn ich sagte: Von wegen Hohn, Hoffnung oder Missgeschick, ich habe

26

Angst, wenn ich sagte: Mag geschehen, was geschehen will, aber ich will nichts sehen, wenn ich sagte: Züge rollen nach Osten, wozu gibt es dann Geburten, wenn ich sagte: Diese Welt ist nicht für mich, diese Welt ist für jemand anderes, wenn ich sagte: Halt! –, hielt, ich weiß es heute, nichts an, hörte nichts auf, erschien nichts in anderem Licht, fuhren die Züge und fuhren.

Aber ich habe, das gebe ich zu, nicht mit dem Gedanken geliebäugelt, diesen Irrsinn keine weiteren Kreise ziehen zu lassen, die Augen zu schließen und nicht mehr zu atmen. Denn im Halbdunkel, aus dem äußersten Augenwinkel, bemerkte ich, nein, fühlte vielmehr, die erschöpfte Rosa Segal, die mich gerade geboren hatte. Ich lag auf ihrem Bauch, daran erinnere ich mich genau. Sie hätte einen solchen Entschluss nicht verstanden, sie wusste nicht, dass man in solchen Zeiten als Allerletztes an Geburten denken sollte, dass diese Welt nicht für uns, dass diese Welt für jemand anderes war. Deshalb werde ich – wie soll es anders gewesen sein? – um ihretwillen beschlossen haben, nichts für gut oder nicht gut zu befinden, den Neugeborenen einen Säugling sein zu lassen und mich ausschließlich der körperwarmen Milch zuzuwenden.

27

Der Baal Schem Tow

Einmal war der Sinn des Baal Schem Tow so gesunken, dass ihm schien, er könne keinen Anteil an der kommenden Welt haben. Da sprach er zu sich: Wenn ich Gott liebe, was brauche ich da eine kommende Welt?

Im blauen Wohnzimmer um den überfüllten Tisch – kein einziger Teller, keine einzige Flasche hätte mehr Platz gefunden – saßen die Geladenen, unsere neuen Freunde. Die Speisen waren sämtlich berührt, die Gläser und Becher halbleer nach dem vierten Toast zu Ehren meines einundfünfzigsten Geburtstags. Julia und Mutter flitzten noch immer zwischen Küche und Wohnzimmertisch hin und her, als wären Hunderte hungriger Mäuler zu stopfen. Anna tat unbeteiligt, saß gelassen da und war unschlüssig, ob sie aufs Dessert warten oder es in der Küche essen und weggehen sollte.

Den Behörden habe ich eine Anerkennung meines Diploms als Übersetzer, das ich mir von einem staatlich anerkannten Übersetzer übersetzen ließ, abgerungen und darf nun vom Staat anerkannte Übersetzungen anfertigen, sagte ich.

Das wäre auch ein Ding gewesen, wenn sie es einem, der deutsche Bücher übersetzt hat, verweigert hätten, sagte Sergej.

Julia lachte, Ina aber erwiderte ernst: Wenn man in ein neues Land kommt, kann auch Schlimmeres passieren.

Die daraufhin eintretende Stille unterbrach ich: Einige Arbeitsbücher, Diplome und Zeugnisse habe ich schon übersetzt. Unsere Leute zahlen wenig, aber das ist am Anfang nicht das Wichtigste. Die Gemeinde hat mir eine halbe Stelle im Sozialbüro angeboten.

28

Ich streife mit hilflosen Neueingewanderten, mit den besonders schweren Fällen, durch die Ämter. Warum nicht? Es ist ein Einkommen, man wird unabhängiger vom Staat, vom Sozialamt ...

Vom Sozialamt, das du dann jeden Tag besuchst!, sagte Sergej.

Könntest du bitte Tanja und mich dorthin begleiten, wir sind ein ganz schwerer Fall, bat Igor. Irgendwas wollen die von uns, was genau, wissen wir nicht.

Und Ina sagte: Die Sprache ist das Wichtigste überhaupt, ohne Sprachkenntnisse geht nichts. Wenn man die Sprache erst einmal hat, läuft es von allein. Das merkt man bei dir. Du bist ein gemachter Mann, wir müssen mächtig aufholen.

Am fünften Toast, zu dem Sergej ansetzte, führte kein Weg vorbei. Abgekupferte, aufgebauschte, in oftmals demselben peinlichen Ton vorgetragene Glückwünsche und Reden mit dem matten Glas Wodka in der Hand. Erfolge ... auf neuem Boden ... unsere Heimat stürzt zusammen ... Vorreiter ... dass wir es schaffen ... alle zusammen ... noch besser als ... noch besser als früher ... so wie du und Julia ... so weiter ... so fort ... Gesundheit ...

Darauf wurde angestoßen.

Das Geburtstagsgeschenk besteht darin, nicht selbst aufzustehen und Toasts auszusprechen. Dabei halte ich leicht ein, zwei, zehn aufweichende Trinksprüche aus und finde sogar Freude an ihnen. Mitunter entwickeln die Redner, nachdem sie sich mit Mühe erhoben haben, interessante Gedankengänge, legen, das Glas mit dem Hochprozentigen in der Rechten, auf gut Glück - oder auch gut vorbereitet - los. Man hört immer herzlich Gutes, und wiewohl bekannt ist, dass bei dem Geburtstag eines jeden anderen beinahe die gleichen Sätze fallen, fühlt man sich geschmeichelt; wenn viele Wunderbares sagen, wird es ganz verkehrt nicht sein. Ungeduldig wartet man auf den nächsten Trinkspruch, denn man erhofft sich, dass gepriesen werde, was bislang keine Beachtung gefunden hat, dass der Lobgesang anschwelle und einen zusammen mit dem Wein berausche. Denn es ist ein schwerer Tag.

29

Mein Großvater Arthur Segal war keine siebzig, als er 1940 am kranken Herzen starb. Hätte das Leben vierundzwanzig Stunden, finge also um die Geisterstunde an und hörte mit dem übernächsten Glockenschlage zwölf wieder auf, wären die blau-schwarzen Nachtstunden, die rauchgraue Morgendämmerung (mit dem herzerfreuenden Geruch nassen Grases?) und der angenehm ereignisarme Vor- und Nachmittag bereits verstrichen. Meine Zeiger gehen auf siebzehn Uhr, da winters das Tageslicht weicht, der Abend hereinbricht und unmerklich? plötzlich? behutsam? in die Nacht gleitet. Siebzehn Uhr. Etwas mehr als eine halbe Umdrehung des kurzen Zeigers, dann schließt sich der Kreis. Einmal schon hat der kurze Zeiger das Ziffernblatt umrundet. Wohin ich auch schaue, überall ist Vergangenheit.

Schöne Geburtstagsfeiern, fröhliche Saufgelage im Angesicht des Feindes mag es geben. Aber ich habe keinen einzigen meiner Geburtstage gerne begangen, keinen einzigen, am wenigsten den Tag der Geburt an sich.

Sergej hatte schon vor geraumer Zeit einen Vortrag begonnen, nun schreckte ich auf. Er sagte: Das Nowosibirsker NKWD bittet Moskau um eine Erhöhung der Quote für die erste Kategorie, also Erschießungen, um fünftausend, weil die Region in einem besonders unerträglichen Maße mit Rechtstrotzkisten verunreinigt sei. Welche rechten Trotzkisten in Nowosibirsk 1938? Was sollten die da? Die Moskauer Oberen sind vielleicht nie in Nowosibirsk gewesen, aber sie haben die Jagd auf Rechtstrotzkisten verordnet und schreiben ein schwungvolles Dafür auf den Antrag. Aber was bedeutet das für das nahe gelegene Omsk? Wenn Nowosibirsk dreckig ist, wie könnte Omsk ohne eine Quotenerhöhung um vier-, fünf- oder zehntausend sauber werden? Und wer weiß, vielleicht wird Stalin noch viel größere Anstrengungen von den Nowosibirsker und erst recht von den Omsker Genossen verlangen. Besser ist es, ihm zuvorzukommen, um nicht selbst ...

Hier wurde er scharf von seiner Frau Ina unterbrochen: Genug!

30

Wir sind auf Arthurs Geburtstag, ich möchte endlich auf seine Gesundheit trinken.

Lass Sergej zu Ende erzählen!, bat ich.

Nein, sagte sie, ich will jetzt einen Toast aussprechen. Hört zu! Ja, also ... Was war, das war, nicht? Wichtig ist die Gegenwart. Wir sollten auf das Hier und Jetzt achtgeben statt auf Säuberungen, die ein halbes Jahrhundert zurückliegen. Besonders in unserer Lage, alles ist neu, wir müssen das Leben neu erfinden, wer hat noch Kraft für anderes? Was war, das war. Ich möchte darauf trinken, dass du, Arthur, mit Julia weiterhin im Hier und Jetzt lebst und Erfolg hast in diesem neuen Land und dass, sie nickte in Annas Richtung, auch euer Kind hier sein Glück findet. Auf deine Gesundheit!

Während man anstieß, sagte sie zu Sergej: Und du solltest lieber mehr Zeit mit dem Kursbuch Deutsch für Anfänger verbringen.

Ein kleiner Familienstreit brach vor aller Augen aus.

Warum mischst du dich ein?, sagte Sergej. Das ist doch nicht deine Sache!

Natürlich ist es meine Sache, wenn du dich mit den falschen Dingen beschäftigst!

Es ist meine Sache, mit welchen Dingen ich mich beschäftige!

Und so weiter.

Mein Platz war weit entfernt von der Tür und nahe am Fenster, aus dem ich verlegen blickte und, trotz der Gardinenüppigkeit, feststellte, dass es bereits dunkel geworden war. Das ist der rasch voranschreitende Herbst. Man bekommt auch den Sommer und den Winter mit, den Frühling und den Herbst aber eindringlicher, weil das die Jahreszeiten der Verwandlung sind. Vorsichtig schaute ich aus dem Fenster, aber ich sah nichts, verregnet und spiegelnd, wie es war. Ich ging hinüber ins dunkle Schlafzimmer. Die Straßenlaterne erhellte die halbnackten Birken und das zärtlich rot gestrichene Haus gegenüber mit dem grünen Restaurantschild, darauf *Zum Schatten* stand, und den verödeten Biergarten daneben. Ich hätte lieber Buchen als Birken gesehen. Immer geraten magere Birken in mein Blickfeld.

Vater wurde Anfang August 1941 eingezogen. Schuld war das Charkower Panzerwerk. Bis in den Juli hinein arbeitete er an der Errichtung einer neuen Werkshalle. Mehr und größere Panzer sollten von den Bändern rollen. Doch dann wurden, da die Deutschen rasch nach Osten vordrangen, die Anlagen abgebaut und hinter den Ural verfrachtet. Mein Vater stand mit leeren Händen da. Er wurde nicht mehr als unantastbarer technischer Spezialist bei der Produktion kriegswichtiger Güter geführt. Sein Name tauchte auf keiner Evakuierungsliste auf. Nur eine Schreibkraft des zuständigen Wehramtes erinnerte sich seiner. Sein Name stand nur auf ihrer Liste.

Aber war das Panzerwerk wirklich schuld? Wenn Dorf um Dorf, Flughafen um Flughafen, Stadt um Stadt fiel, wenn viele kämpfen gingen, warum nicht auch er? Wenn Millionen ein Gewehr in die Hände gedrückt bekamen, warum nicht auch er? Wenn es bei Kriegsende fast keine einzige sowjetische Familie ohne Verluste an der Front geben würde, warum schließlich und endlich nicht auch unsere?

Großmutter dachte anders darüber. Als ich sie – ich war elf oder zwölf und durfte schon, da ich überdies als altklug galt, verständige Fragen stellen –, als ich sie fragte, unter welchen Umständen sie meinen Vater, ihren Sohn, zum letzten Mal gesehen habe, antwortete sie: Sie haben deinen Vater, möge er für uns beten, gleich genommen. Aber er war Ingenieur, er stellte Panzer her. Das hätten sie nicht tun dürfen. Wir sind zum Bahnhof gegangen, dort haben wir ihn verabschiedet, aber wir haben ihn nie wieder gesehen ... Ich sage dir, finde schnell eine jüdische Frau und gründe eine Familie.

Ein Winken und Weinen mit gerundetem Bauch. Ich schreibe

32

sofort, bald sind wir wieder da, wer glaubt das schon, auf Wiedersehen. Nachrichten ... Lautsprecher verkündeten, Zeitungen schrien, Aufrufe, Parolen, Vaterländischer Krieg, taktischer Rückzug, aber wir ... am Ende und ... während seine Ehefrau und seine Mutter durch die vom Bombardement beschädigten Straßen nach Hause gingen und weinten. So stelle ich mir das vor.

Zwei Monate später nahmen Mutter und Großmutter den Zug in die entgegengesetzte Richtung, nach Osten, zum Überleben hin. Großonkel Naum, Leutnant bei der Polizei, war über die nahende deutsche Gefahr für Juden im Bilde und zwang sie in den Evakuationstransport.

Großmutter erzählte: Wir hörten, die Deutschen gingen mit den Juden besonders grausam um. Aber vor Kriegsausbruch hieß es noch in den Zeitungen, das sei alles von den Engländern erfunden. Woran sollten wir glauben? Wir wären in Charkow geblieben, wenn Naum uns nicht beim Kragen gepackt und in den Zug nach Stalingrad geworfen hätte. Das war einer der letzten Züge. Wir hörten Kanonen, ich weiß nicht, unsere oder deutsche. Ja. Naum war beim NKWD, ein kluger Mensch, er wusste alles, wusste, was er tat. So viele Menschen blieben zurück.

Die hatten keine Kontakte zu informierten Staatsstellen. Nicht einmal über die Flucht war das Weltjudentum sich einig.

Mutter und Großmutter im Zug, der langsam fuhr, oft hielt, den direkten Weg nach Stalingrad nicht fand, Großmutter zufolge fünf volle Tage brauchte, als Rettungsvehikel und Entbindungsstation diente und nebenbei folgende Stationen anfuhr: Kupjansker Knoten, Swatowo, Lissitschansk, Rodakowo, wo, wie die Archive verraten, im Juli ein sowjetischer Panzerzug zerbombt worden war, Lihaja, Morosowskaja. Auf den birkenumsäumten Gleisen gleich hinter der kleinen Bergbaustadt Lissitschansk erblickte ich das Licht der Welt, nein, den diffusen Schimmer, schrie, hörte die Zugführerin beschwichtigen: Das ist gut für die Lungen! und gab das nutzlose Schreien auf.

Als Neugeborener spürte ich feste Erde zum ersten Mal am Bahnhof von Stalingrad, indem Mutter, im Geburtszug stehend, mich nach unten zu Großmutter reichte. Neben den Schienen zerrten in Mäntel gehüllte und Dampf aushauchende Wesen an Gepäckstücken, die schwerer waren als sie selbst. Wir strebten in die Haupthalle, Mutter und Großmutter trugen schwer an mir und den Koffern. Rücksichtslose Gestalten rieben sich an uns. Mit dem Zug waren auch sie angereist, das einförmige Rattern der Zugräder steckte auch ihnen in den Gliedern, unsicher tappten sie – wohin? – Richtung Wolga, nach Stalingrad und immer weiter, das Land ist groß und man kann lange gehen. Was wussten sie? Was hatten sie gesehen?

Eine große Uhr, eine Bahnhofsuhr, schätzte die Zeit, daneben hing das überlebensgroße Plakat eines aufgeräumten schnurrbärtigen Mannes. Wir reihten uns in eine Schlange ein, die, von uns aus betrachtet, am Gleis entsprang und tief in den Bahnhofseingeweiden vor einem Schalter endete, hinter dem zwei streng gekleidete Frauen saßen. Sie prüften, ob diejenigen, die hatten anreisen sollen, tatsächlich angereist waren.

Nein, vermeldete Großmutter, als nach vielstündigem Warten die Reihe endlich an uns kam, von uns dreien sei auf dem Weg niemand verloren gegangen, im Gegenteil, hier, ein Neugeborenes sei hinzugekommen.

Als Anerkennung hagelte es Stempel. Das Ergebnis dieses ungestümen Protokollierens war, dass ich laut Papier am 19. Oktober 1941 in Stalingrad zur Welt kam; wie ein beschlagener Spiegel die Gestalt nur andeutet, so verschwommen gibt ein staatliches Dokument die Geschichte wieder. Sogar wenn man die Schrift deutlich erkennt und eine amtliche Hand sich die Mühe gemacht hat, die Zahlen als Worte auszuschreiben.

Eine der Damen verkündete, uns werde die Hälfte eines Zimmers in einem Flüchtlingsquartier zugewiesen. Für Ortseinweisungen habe sie allerdings keine Zeit, hinter uns stünden tausend Leute.

34

Aber wir, hier, mit dem Neugeborenen ...

Das sei also im Zug geboren worden. Ein Kind des Zuges, wie? Wenn wir warteten, wie lange, könne sie nicht sagen, führe uns eine Straßenbahn zusammen mit anderen Flüchtlingen in die Nähe der Flüchtlingsheime. Wie lange wir dort bleiben würden? Wirklich, hinter uns stünden tausend Leute! Vielleicht zwei Wochen, vier Monate, bis eben die Reihe für den Weitertransport nach Osten an uns komme.

Ein Kind des Zuges. Ich schwankte, ob ich mich gedemütigt oder erhoben fühlen sollte, inwiefern mich dieser Geburtsumstand in den Augen anderer Menschen auszeichnete, welche Konsequenzen – außer den bereits sichtbaren – zu gewärtigen seien, und kam zu keiner Entscheidung, weil die Straßenbahn meine Aufmerksamkeit auf sich zog. Ungestüm hievten die Leute ihre Koffer und Bündel ins Innere. Durch Großmutters Geschick erklommen wir unbeschadet das Treppchen, wurden nicht hinuntergestoßen. In den schmalen und langen Wagen waren nicht viele Menschen, aber sehr viele Gepäckstücke. Die Türen knarzten unter dem Druck der Koffer. Kind des Zuges, Weitertransport gen Osten. Argwöhnisch begutachtete ich die grau lackierte Decke und die Fenster, hörte in Kurven die Flüche der wogenden Menge. Lieber hätte ich den Himmel gesehen als das graue Schienenverkehrsdach. Doch wir hielten bald. Das Flüchtlingsheim!, hieß es von allen Seiten.

In dem Bau, der niedriger als die Straßenbahn war, sprang uns gleich am Eingang ein Porträt jenes schnurrbärtigen und aufgeräumten Mannes vom Bahnhof an. Das sogenannte Zimmer hatte die Größe eines Abteils und war von anderen solchen durch löchrige Laken abgegrenzt. Das Ehepaar neben uns nutzte den Vorsprung von einigen Tagen rücksichtslos aus, um uns Ratschläge zu erteilen. Wirklich, hat einer auch nur einen Augenblick länger irgendwo verbracht, meint er, den Neuankömmlingen eine Welt vorauszuhaben. Dabei genügt einem aufgeweckten Menschen ein Augenblick, um zu begreifen.

35

Äußerlich hatte ich die Beschaffenheit eines gewöhnlichen Säuglings. Denn was blieb mir um der Ruhe der verzweifelten Frauen willen übrig, als mitunter das Maul aufzureißen und so zu tun, als wollte ich essen, obwohl mir die Milch im Halse stecken blieb, so zu tun, als schliefe ich, obwohl mich viele Sorgen quälten. Vielleicht bin ich, als ein Kind des Zuges, sogar mit dem einen oder anderen Schreikonzert übers Ziel hinausgeschossen. Schluchzen, Stillen, Schreien, Windelwechseln, nachts, morgens, mittags, abends. Gegen den eigenen Willen umgreifen die Händchen kleine Gegenstände, die Beinchen strampeln nutzlos.

Warum ist es hier so laut! Warum wird ständig geschrien! Der Zimmernachbar sprach durch ein Loch im Laken, das Großmutter aufgehängt hatte. Man hält es nicht aus. Können Sie ihn nicht in Ruhe lassen? Warum tanzen Sie ständig um ihn herum? Gucken Sie nicht immer in seine Richtung. Er soll einmal durchatmen. Ist doch kerngesund und munter, der Kleine.

Ich bemerkte, wie Mutter und Großmutter dreimal zur Seite spuckten und mit den Fingerknöcheln auf den Tisch klopften.

Großmutter sagte: Weil er das Einzige ist, was wir haben. Weil wir in Angst und Sorge sind, aber seine Ängste und Sorgen lindern können. Weil wir hilflos und verloren sind, aber er für uns bedeutet, dass das Leben seinen Lauf nimmt.

Nein, in Wahrheit antwortete Großmutter: So ein Blödsinn. Ich verstehe nicht, was Sie wollen. Das ist nicht Ihr Kind. Was geht es Sie an? Wie behandelt man ein Neugeborenes denn sonst? Wenn es nicht essen will oder Blähungen hat, müssen wir etwas tun. Wenn es schreit, ist etwas nicht in Ordnung. Wenn es, Gott behüte, krank würde, mit welchen Mitteln würden wir es heilen? Also müssen wir Krankheiten verhindern.

Großmutter fragte aber nicht: Und was haben Sie mit Ihren Kindern gemacht? Denn die Zimmernachbarn hatten erzählt, ihr Sohn sei im Krieg und die Tochter irgendwo im Westen geblieben.

Ich nahm diese Streitereien dankbar auf, weil sie mich von mei-

36

nen eigenen düsteren Gedanken über Zugkinder ablenkten. Unbegreiflich, dass mir nichts fehlte, ich hatte keine Bauchschmerzen, keinen Hautausschlag, keine Fieberschübe. Ich verlor in den ersten Tagen nach der Geburt an Gewicht; wie groß meine Enttäuschung, da man gefasst reagierte. Das legt sich, sagten alle.

Charkow wurde in der zweiten Oktoberhälfte 1941 von der Wehrmacht erobert. Einem Mythos zufolge fürchten sich Elefanten vor Mäusen. Und so fürchtete sich die deutsche Armeeführung vor Verminungen und Sabotageakten. Als Urheber kamen aus ihrer Sicht vor allem Kommunisten und Juden infrage. Daher wurden Vertreter beider Gruppen (oder wie man das nennen mag) auf der Straße und durch Denunziation aufgegriffen und in Gebäude gezwungen, die mutmaßlich vermint waren. Man erhoffte sich, dass die Geiseln oder ihre Sippe die Hinterhalte an die deutschen Pioniere verraten würden, weil sie nicht durch den von eigener Hand gelegten Sprengstoff umkommen wollen würden. Doch dass nützliche Hinweise aus den Geiseln herausgepresst werden konnten, ist nicht bekannt. Vielleicht hatten sich die Minenleger längst aus dem Staub gemacht oder taten mit Erfolg so, als wären sie keine Juden und Kommunisten.

Dann explodierte das Charkower Hauptquartier einer deutschen Infanteriedivision, während der Generalmajor und ein Teil seines Stabes darin weilten. 1200 verdächtige Elemente wurden als Geiseln genommen, von denen 50 unverzüglich und 150 weitere kurze Zeit später öffentlich gehängt wurden. Der Rest wurde im ehemaligen Hotel International festgehalten. Für jeden weiteren Anschlag sollten 200 Geiseln gehängt werden, sodass, weil zu viele Kommunisten und Juden, die in Freiheit waren, auf ihre Kumpane im Hotel keine Rücksicht nahmen und weitere Angriffe auf die Militärverwaltung verübten, bald nur noch 400 ungehängte Geiseln, darunter 300 jüdische, übrig waren.

In Charkow herrschte Bettlakenbedarf. Versehrte Soldaten sollten in den Lazaretten auf sauberem und glattem Material zu liegen kommen. Deshalb hatten Juden sämtliche verwertbaren Laken abzuliefern.

Ein harmloser Streich dies und ähnliche andere? Nein, denn gleichzeitig wurde die Bevölkerung angewiesen, sich zu registrieren. Die Kosten hierfür beliefen sich auf einen Rubel pro gewöhnlichem Erwachsenen und zehn Rubel pro Sternträger. Jene wurden auf weißen Listen geführt, diese auf gelben.

Wehe, ein Jude wollte keinen Stern tragen oder andere Gründe gefährdeten die richtige Einordnung! Unbedingt hatten sie Sternträger zu sein und zu bleiben, damit Stoffsterne nicht verwaisten. Einem kleinen Mädchen, heißt es in einem Bericht, wurde in einem Haus voller Kinder ein Stern angeheftet. Hätte die Aufsicht des Waisenhauses den kleinen Fisch ins Wasser zurückgeworfen, er hätte keine großen Wellen geschlagen, niemand hätte es bemerkt. Waren zu viele Sterne im Umlauf? Winkte eine Belohnung für jeden angehängten und registrierten Stern?

Ich weiß von den Bettlaken und der Registrierung, weil davon schwarz auf weiß in Geschichtsbüchern und Archiven berichtet wird. Aber müsste ich die Stricke nicht auch bemerkt haben? Der erste Schnee hatte sich in Matsch verwandelt, Regen, Schneeregen fiel auf die grauen Toten herab. Das Erhängen war immer gleich, nur gehängt wurden immer andere. Ein Strick zog sich um den Hals, ein Körper, dessen Hände hinter dem Rücken gefesselt waren, wurde fallen gelassen und zuckte manchmal. Zuckte ich nicht zusammen im Augenblick des Falls? Wegen des jäh auf halber Strecke sich straffenden Seils und des unterbrochenen Sturzes wäre es das Natürlichste der Welt gewesen. In einer Reihe, da Stricke an Hälsen hochglitten und sich zuzogen, ein heftiger Ruck dem anderen folgte, Gestalten in ähnlicher Stellung mit leblosen Armen und Beinen und verrenktem Hals nebeneinander erschlafften, wohin sollte sich der Blick da wenden? Nach unten – dort hingen die Füße. Nach oben – erstarrte Gesichter, Stricke, Brüstungen, ein zugeknöpfter Himmel. Geradeaus - ärmliche verschmutzte Kleider, in denen Gliedmaßen baumelten. Zur Seite - es war eine Reihe.

Stets fanden Stricke neue Balken und Brüstungen. Wenn mir jetzt Charkower Bäume, Straßenlaternen, Hausvorsprünge durch den Kopf gehen, so habe ich das Gefühl, dass ich sie zum ersten Mal nicht erst nach dem Krieg, als wir nach Charkow zurückkehrten, sondern bereits in jenem Oktober und November 1941 betrachtet haben muss, als an ihnen Stricke befestigt waren, an denen Menschen, an manchen von denen blanke Sterne hingen, Sterne ganz ohne Buchstaben diesmal. Es darf nicht sein, dass ich damals nur den Stalingrader Bahnhof, nur die Menschenschlange davor, nur das Flüchtlingsheim, nur die missmutigen Zimmernachbarn, nur Mutters Gesicht gesehen habe. Dass ich mich in Sicherheit gewogen habe, obwohl sich im von uns verlassenen Charkow Stricke spannten.

Wie wenig Wunder nähme es, wenn ich es gesehen hätte, da ich nunmehr ganz und gar mit gemeint war, als ukrainischer, ja als Charkower Jude. Wenn Großonkel Naum, der bei den Sicherheitsorganen arbeitete, uns nicht zur Flucht aus Charkow verholfen, wenn Mutter den Zug verpasst hätte ...

Wär nicht das Auge sternenhaft, die Sterne könnt es nie erblicken. In kalten und klaren Stalingrader Herbstnächten blickte ich aus dem Flüchtlingsheimfenster und sah Sterne am Himmel blinken. Auf Charkower Straßen gab es auch welche. Die Sterne schimmerten auf Mänteln, ihre Besitzer bogen schnellen Schritts um die Ecke, bewegten sich einerseits zu Fuß auf der Fahrbahn, obwohl alle anderen Leute den Bürgersteig nutzten, mieden andererseits die öffentliche Aufmerksamkeit, wichen mit Vorliebe in dunkle Gassen aus und verschwanden in Hausruinen, sobald Uniformen auftauchten, aufgeschossene glänzende Stiefel, kantige Hosen, kompakte Mäntel in vielfacher Ausführung.

Zum herbstlichen Himmel steigt ein Lied: Ich geh mit meiner

Laterne und meine Laterne mit mir. Dort oben leuchten die Sterne und unten, da leuchten wir. Aber die Sterne schwiegen des Tages und sprachen des Nachts auch nicht zueinander, weil ein nächtliches Ausgehverbot herrschte.

Wenn ich mir vorstelle, die Sterne bemerkt zu haben – mir wird dann viel leichter und schwerer zumute, als wenn ich mich daran erinnere, nur meine eigene Bettdecke betrachtet zu haben –, wenn ich mir das vorstelle, so frage ich mich auch, ob ich bestimmte Sätze auf Litfaßsäulen gelesen habe: Die Juden Feinde und Ausbeuter der Deutschen und Ukrainer, Profiteure allen Übels, Diebe, arbeitsfaule Fresser, Treiber des Bolschewismus – danket uns, ukrainisches Volk, denn wir bringen das, mit eurer Hilfe, für immer ins Reine. Für Juden Ausgehverbot bei Anbruch der Dunkelheit. Radio und Zeitung für Juden untersagt. Juden erhalten vierzig Prozent der Lebensmittelration für Stadtbewohner.

Selbst wenn ich hätte lesen können, ich hätte diese Sätze kaum verstanden. Ich hätte mich, obwohl vernunftbegabt, bestimmt gewundert: Warum vierzig Prozent? Warum nicht dreißig? Oder siebenundfünfzig? Kommt der Mensch, wenn er von hundert Prozent lebt, mit vierzig über die Runden? Oder siebenundfünfzig?

Und was hätte ich mir beim Anblick der Registrierungen gedacht? Die Namen der sterntragenden Juden wurden auf gelbem Papier festgehalten, sie bezahlten dafür zehn Rubel pro Kopf, die Ukrainer und Russen dagegen, die keine Sterne trugen und deren Namen auf weißem Papier Platz fanden, nur einen Rubel. Als Neugeborener hätte ich es nicht begriffen, auch mit meinem voll ausgebildeten Verstand nicht, mir wäre keine einleuchtende Erklärung eingefallen, von der Art etwa, dass der Produktionsaufwand für gelbes Papier zehnmal so hoch sei wie für weißes. Stattdessen hätte ich wieder Angst bekommen und bereut, nach der Geburt auf der Welt geblieben zu sein.

40

Es wurde elf, halb zwölf, die Uhr tickte leise auf ihre eigene Weise, man blieb zusammen und wurde philosophisch. Ina sagte: Wir sind verzweifelt. Wir suchen die ganze Zeit, aber wir finden nichts. Wir sind nicht hierhergekommen, um in einer weiß bepinselten Kammer zu wohnen und mit zwei anderen Familien eine Dusche zu teilen. Immer müssen wir Handtücher mitnehmen. Wir haben vier Wohnungen besichtigt und überall Absagen bekommen.

Kurse abschließen und richtig arbeiten gehen, dann findet sich etwas!, räsonierte Igor. Schwer zu sagen, welcher Weg zum Erfolg führt. Das ist ein Spagat. Entweder man fängt sofort an zu arbeiten, fährt im geborgten Auto Pizza aus und leistet sich Urlaub. Oder man beißt sich fest, lernt Deutsch bis zum Abwinken und belegt Weiterbildungskurse. Ingenieure brauchen sie hier.

Aber wir halten es nicht mehr aus in diesem Wohnheim!, rief Ina. Wir können es uns nicht leisten, so weit vorauszudenken wie du.

Ina, wir leben dort genauso wie ihr, sagte Igor. Aber Tanja und ich, wir reißen uns zusammen.

Jetzt wollte jeder von eigenen und fremden Schwierigkeiten reden: meine Mutter, meine Frau, der Ingenieur und Geschichtsfreund Sergej. Sogar Tanja, die in Riga Friseurin gewesen ist und hier unbekümmert weiter Haare schneidet (meine zum Freundschaftspreis von vier Mark), nahm freudig Anteil. Ich saß still und lauschte den Klagen, zornigen Ein- und hoffnungsvollen Entwürfen. Ich sei ein gemachter Mann, hat Ina gesagt, die anderen haben zustimmend genickt. Ein gemachter Mann, wenigstens das, dachte ich.

Wer hätte geleugnet, dass ich der leuchtende Mittelpunkt dieser kleinen Gesellschaft war? Nicht, weil ich beim Ausfüllen deutscher Formulare behilflich zu sein verspreche, sondern weil ich erreicht habe, wovon meine Gäste träumen. Igor fährt Pizza aus, Ina putzt Wohnungen, Sergej wirft frühmorgens Kohlesäcke auf einen Lkw – Geld bringen diese Akademiker zusammen mit Käse-,

Schinken- und Reinigungsmittelgeruch und schwarzem Staub nach Hause. Sie haben jetzt mehr Geld in der Tasche, als sie früher als Ärzte und Ingenieure hatten (die monatliche Sozialamtsüberweisung eingerechnet). Sie sind baff im Angesicht des hiesigen Überflusses. Was die Deutschen an Möbeln und Fernsehern auf die Straße stellen - nicht mehr gut genug, zu alt -, das gab es bei uns gar nicht erst zu kaufen. Sie nehmen die Schränke und Fernseher und tragen sie nach Hause (Julia und ich haben es vor einem halben Jahr noch genauso getan). Aber sie werden dadurch nicht wieder zu Ärzten und Ingenieuren. Die Selbstachtung Neueingewanderter leidet fast immer.

Doch ich habe eine vollwertige Arbeit gefunden, sogar dieselbe wie in Charkow. Nur deshalb wurde mir auf der Geburtstagsfeier der unbedingte Respekt der anderen zuteil. Vielleicht äußerte ich ein Wort der Weisheit, gäbe den goldenen Rat. Ich würde doch wissen, woher der Wind weht. Und so erhob ich, nachdem es eine Zeit lang hoch hergegangen und niemand mit seinen Ausführungen zum Ende gekommen war, die Stimme und alle verstummten.

Ihr lügt, es geht euch gut, sagte ich. Wisst ihr, warum? Weil ihr euch das ausgesucht habt. Ihr wusstet, dass ihr euch auf Unwägbarkeiten einlasst. Zeiten gab es, da keine vernünftige Wahl bestand, da von einem Augenblick zum nächsten ...

Hier unterbrach mich Ina. Der Gesprächsverlauf schien ihr geeignet, die Tischrede, die den vertrackten Wortwechsel mit ihrem Ehemann Sergej ausgelöst hatte, aufzugreifen. Sie tat nicht einmal so, als erhöbe sie die Stimme um meiner Gesundheit willen, und rief: Ach Arthur! Jetzt faselst auch du von Vergangenheit. Das hätte ich nicht von dir erwartet. Wir müssen auf der Hut sein. Es ist so leicht, Fehler zu machen. Zu Hause war alles anders. Hier können wir niemandem Geldscheine unter dem Tisch zustecken. Wie sollen wir uns zurechtfinden? Ich habe genug damit zu kämpfen, was soll ich mit eurer Vergangenheit anfangen? Was war, das war. Rosa Israilewna hat erzählt, wie schwierig du als Kind gewe-

42

sen bist, wie viel du geschrien und geweint, wie wenig du gelächelt hast. Und, hat es dir geschadet? Schau mal, was aus dir geworden ist!

Es war schon spät. Halbherzige Unterbrechungsversuche der anderen (Jetzt sage ich euch mal was! und Meine Güte, Ina, was ist heute in dich gefahren? und Trinken wir lieber auf Arthurs Gesundheit! und Jetzt trinken wir aber mal auf Rosa Israilewna, das ist das Wichtigste, das haben wir bis jetzt nur einmal gemacht! Dabei hat sie Arthur zur Welt gebracht!) wiegelte Ina ab und las uns die Leviten: Unzählige kleine und große Herausforderungen liegen vor uns. Es wäre verrückt, sich abzulenken. Jeder Schritt, den wir tun, bestimmt, was in diesem Land aus uns wird. Wir haben nicht viel Geld und niemanden, dem wir Geld geben könnten. Wir müssen unser Leben neu erfinden. Was war, das war! Das Hier und Jetzt ist entscheidend.

Und wandte sich wieder, so schrecklich nachtragend, dem armen Sergej zu, der morgen wieder Kohle für vierzig Mark schleppen wird. In ihrem gerechten Eifer brachte sie es zustande, ein halbvolles Glas umzukippen. Dabei war der Tisch fast leer, bloß ein paar angebrochene Flaschen und Gläser müder Gäste standen noch da.

Lerne erst einmal Deutsch, sagte sie, dann kannst du dich mit der Vergangenheit beschäftigen, soviel du willst.

Einmal, so heißt es bei einem Gelehrten, war der Sinn des Baal Schem Tow so gesunken, dass ihm schien, er könne keinen Anteil an der kommenden Welt haben.

Um 1700 kam der Baal Schem Tow als Israel ben Elieser in Okop, einem Dorf bei Kamenez-Podolsk, zur Welt. Seine Eltern starben früh, als Waise nahm er jeden Tag in einem anderen jüdischen Haus sein Mahl ein. Trotzdem durfte er auf Kosten der Gemeinde in den Cheder, die jüdische Schule, gehen. Dort lernte er Hebräisch lesen und schreiben, studierte die Thora und andere Bücher, las

43

noch mehr Bücher auf dem Dachboden, die eigentlich älteren Männern vorbehalten waren, und zeichnete sich vor allen anderen durch seinen Verstand und seine Erzählgabe aus.

Viele Geschichten las er und lernte daraus die Welt als einen Kampf zwischen dem Guten und dem Bösen zu begreifen, darin jeder Mensch frei wählte, auf welche Seite er sich schlug. Aber zum Guten gehörte der stete Zweifel, denn wie oft geschah es, dass einer, der vorgab, das Beste zu wollen, in Wahrheit das Allerschlechteste und Allerböseste tat.

Einmal, als er durch Feld und Wald spazierte, sah er ein großes, nacktes Weib. Es streckte die Arme nach ihm aus. Er aber lief weg, warf sich auf die Knie, betete – so einer war Israel ben Elieser. Bräute mit einer reichen Mitgift wurden ihm angetragen, weil es unter wohlhabenden Juden als vornehm galt, ihre Töchter an arme, doch gebildete junge Männer zu verheiraten. Auch vor diesen Anträgen floh er, weil er ein schönes, armes Mädchen liebte. Aber das ist ein zu starkes Wort – sie ausgesprochen zu lieben wäre ihm unzüchtig vorgekommen.

So verließ er denn Okop, entfernte sich von den Heiratsvermittlern, von dem schönen Mädchen und lehrte die Kinder des einzigen jüdischen Bauern in einem anderen Dorf lesen und schreiben.

Die Weisheit des Baal Schem Tow spricht mich eigentümlich an. Ich werde das, was er über die kommende Welt und die Liebe zu Gott sagte, im Hinterkopf behalten, werde, zu gegebener Zeit, doch die steht in den Sternen, Stellung beziehen, werde das entsprechende Kapitel aber nicht mit meinem Namen überschreiben, denn der Baal Schem Tow war der Baal Schem Tow und ich bin kaum über die eigene Geburt hinausgekommen.

Das Kompliment

Wie ein unerwünschter Zauber legt sich Neues übers Land. Der Regen lässt den Wind kalt abprallen, das Thermometer sehnt sich Richtung null. Den September, der sich in den Sommer vergafft hatte, wischte sein jüngerer Bruder mit wenigen unerbittlichen Nächten beiseite. Wichtig ist dieser Oktober gewesen. Aber es gibt noch so viele andere Monate. Den November zum Beispiel. Und so viele Jahre.

Wer eine Leiter in den Himmel baut, braucht viele Sprossen. Und warme Kleidung. Dort oben ist es kalt. Kein glückliches Ende wird sich finden. Doch schweigen will ich allein deshalb nicht, weil ich als Säugling lange geschwiegen habe, obwohl ich sprechen wollte.

Was, wenn Ina recht hat. Das Hier und Jetzt ist entscheidend. Ich muss meiner Familie, die ich von Verwandten und Freunden losgerissen und in die Fremde verschleppt habe, mehr als fließend warmes Wasser und Strom bieten; mehr als Joghurt in so vielen Geschmacksrichtungen, wie es Artikel in sowjetischen Geschäften gab. Aber was? Und wie? Indem ich mich auf das Hier und Jetzt besinne, sagt Ina. Ich habe Mutter und Julia gesagt, dass ich sehr viel zu übersetzen hätte, weshalb sie mich bei der Arbeit lieber nicht stören sollten.

Beim Abendessen verkündete Anna, die Bewerbung nach Wehnau sei nun abgeschickt. Ich schenkte dem Salat mit Möhren und Rosinen höchste Aufmerksamkeit. Überrascht war ich nicht, schließlich hatte ich ihr Anschreiben und den tabellarischen

45

Lebenslauf korrigiert. Wir sollten nicht so lange Gesichter ziehen, noch sei nichts entschieden. Außerdem sollten wir uns freuen, sogar der Studienberater im Arbeitsamt sei begeistert gewesen, obwohl er von der UWF und Wehnau noch nie gehört habe.

Wir freuten uns, versicherte Julia, nur wüssten wir nicht, wie wir 6000 Mark jährlich aufbringen sollten. Anna könne doch fast dasselbe umsonst haben.

Wenn ich kein Stipendium bekomme, kann ich mir das Geld zinslos bei der Wehnauer Sparkasse leihen.

24 000 Mark Schulden. Vierundzwanzigtausend! Das ist für uns wie die Erde hinterm Horizont.

Wir unterstützten sie nach Kräften, seien aber keine Millionäre, im Gegenteil, meinte Julia. Anna wisse selbst, dass wir vor einem Jahr nahezu barfuß angereist seien. Die Umstände hätten sich zu unseren Gunsten gewendet (sie klopfte mit den Fingerknöcheln dreimal auf den Tisch), aber ...

Auch wenn ihr den Teufel zum hundertsten Mal an die Wand malt, habt ihr doch nicht mehr recht. Von hundert Absolventen der UWF findet nur ein halber nicht sofort Arbeit. Warum ausgerechnet ich?

Weil die anderen neunundneunzigeinhalb von hundert Studenten bestimmt Deutsche sind und sie die einzige Ausländerin.

Das sagte ich nicht, ich sagte: Bis zum Studienbeginn ist genug Zeit. Vielleicht entscheidest du dich doch dafür, weiter Mathematik zu studieren. Das ist an und für sich ein nützliches Fach.

Nein, seit Wochen kaut ihr darauf herum!, rief Anna. Ihr mümmelt an meinen Ideen, bis von ihnen nichts übrig bleibt. Ihr seht alles schwarz-weiß. Ich bin es leid.

Sie stand auf und ging.

Warum schwarz-weiß? Im Gegenteil!, sagte Julia in der um ein Drittel geschrumpften Gesprächsrunde.

Ich hörte, wie Anna die Wohnungstür zuschlug. Freuen wir uns nicht über ihren Ehrgeiz? Aber einen Entschluss von solcher Trag-

46

weite treffen? Wir sind neu im Land. Weiß sie genug? Begreift sie überhaupt, was das ist – Wirtschaft?

Natürlich freue ich mich, sagte ich, aber wir müssen vorsichtig sein. Wir müssen Anna mit Fragen löchern. Ändert sie ihre Meinung nicht, gut, dann wirft sie immerhin nicht großes Geld zum Fenster hinaus, obwohl sie in Wahrheit unsicher ist, und wenn sie einlenkt und sich die Flausen von der privaten Hochschule aus dem Kopf schlägt, umso besser.

Am späten Abend lag Julia im Bett, ein Span im gelben Bettwäschemeer, starrte auf die Wand zwischen oberer Türleiste und Decke und schluchzte. Ich brauchte die Wand nicht anzuschauen, um ihre Gedanken zu lesen. Eltern, Geschwister, Nichten, Neffen, Freunde, Stadt, Arbeit – aufflammendes Heimweh. Zieht Anna in ein unbekanntes fernes Wehnau, bleibe nur ich übrig. Natürlich weinte sie. Nicht, dass wir nicht gut zusammenleben, aber in zweiundzwanzig Jahren wächst selbst ein Apfelbaum gemächlich über unsere Köpfe hinweg und vielleicht sind die Früchte nicht mehr mit bloßen Händen zu fassen.

Glücklicherweise ergeht es Julia nicht wie meiner Mutter. Der ist keine Atempause vergönnt, um Neues gegen Altes abzuwägen. In meiner Begleitung hastet sie vom Internisten zum Kardiologen und vom Orthopäden zum Internisten. Die freie Zeit reicht gerade, um einmal pro Woche in die Gemeinde zu gehen, eine Napoleon-Torte für meinen Geburtstag zu backen und für den nächsten Krankenhausaufenthalt das von mir eigens zu diesem Zweck angeschaffte Köfferchen zu packen. Es ist eine hinterhältige Gesetzmäßigkeit, dass alte Menschen aus der Sowjetunion, hier in Deutschland angelangt, zuerst Bekanntschaft mit Ärzten und Krankenhäusern machen und erst viel später, wenn sie das überleben, des Landes niedliche Fachwerkhäuser und altertümliche Burgen bewundern. Als hätten sich aus Angst vor sowjetischen Krankenhäusern unzählige Gebrechen angestaut, als hätten die Leiden sich ein Leben lang zusammengerissen und ahnten, dass nun der richtige Moment für einen Ausbruch gekommen sei. Einmal müssen wir uns offenbaren, mögen leidende Herzen und angeschlagene Rücken denken; wenn nicht hier, in unmittelbarer Nähe einer dieser vielgerühmten deutschen Kliniken, wo dann?

Weil Julia solcherlei erspart bleibt, der erste Rausch ob der Sauberkeit auf den Straßen (wie im Kino!) und der geräumigen Wohnung (auch wie im Kino!) verflogen ist, sie aber noch immer sprachlos ist, jedenfalls im Umgang mit Deutschen, und sie die Wohnung bald nur noch mit mir teilen wird, der, hinter Büchern vergraben, mit Blättern kämpft, wandte sie sich an die umschattete Fläche zwischen Türleiste und Decke und jammerte.

Als wir uns kennenlernten, lagen die Dinge anders. Ich war ein junger Mann von neunundzwanzig Jahren und wies ein diesem Alter entsprechendes Äußeres auf. Sie war sechsundzwanzig, groß, schlank, hatte dunkle Haare, arbeitete als Russischlehrerin, ein liebes Mädchen aus einer guten jüdischen Familie, stand in keiner Beziehung – so beschrieb sie mir ein Freund, dessen Frau mit Julia befreundet war.

Gut, sagte ich. Warum ist sie noch nicht verheiratet? Ich kenne keine einzige Frau, die mit sechsundzwanzig noch nicht unter die Haube gekommen wäre und keine Kinder hätte.

Arthur, erwiderte der Freund, du bist noch älter und Junggeselle.

Was meine Frage nicht beantwortet, sagte ich. Was habt ihr von mir erzählt?

Dass du unter dreißig, nicht verheiratet und nicht dumm bist, als Übersetzer arbeitest, natürlich Eigenarten und Besonderheiten hast wie jeder andere.

Welche?

Das hat sie auch gefragt. Wir meinten, nichts Schlimmes, haben dein außerordentliches Gedächtnis erwähnt, wie du dir alles merkst und dich an Einzelheiten aus prähistorischen Zeiten erinnerst. Wie du, wenn es dir zugutekommt, anderen Leuten Meinungen vorhältst, die sie vor Ewigkeiten geäußert und längst vergessen haben.

Bestimmte Dinge bemerke ich und einige brennen sich mir ein, sagte ich. Ein gutes Gedächtnis ist nicht der Rede wert. Ich kenne einen Professor, der neben einem Forschungsschwerpunkt in Slawistik neun romanische und germanische Sprachen und Japanisch beherrscht, lockere Konversationen mit Muttersprachlern führt und sie in der Präzision des Ausdrucks übertrumpft. Zumindest behauptet er das. Andere verfügen über ein fotografisches Gedächtnis. Aber das ist nicht schlimm, weil sie nicht hinschauen, wenn sie sich's nicht einprägen wollen ... Das war's?, hakte ich nach. Weiter habt ihr nichts von mir erzählt?

Arthur!, mischte sich seine Frau ein. Unsere Aufgabe war es, sie zu einem Treffen zu überreden. Sie wollte unbedingt wissen, warum du noch unverheiratet bist, aber das erklärst du ihr selbst.

Skeptisch empfing ich einen Zettel mit einer Telefonnummer, zögerte um des Taktes und der Selbstachtung willen einen Tag lang, wählte schließlich, stellte mich der Frauenstimme, die tat, als wunderte sie sich über den angekündigten Anruf, erklärte, woher ich ihren Namen und die Nummer habe, und verabredete mich mit ihr für den kommenden Samstagmittag – der Winter nahte zwar, doch die Sonne strahlte noch gelegentlich – zu einem sogenannten einfachen Spaziergang.

Am vereinbarten Treffpunkt an der Sumskaja-Straße vor einem Platz, der nach dem alten Bolschewiken Mose Solomonowitsch Tewelew benannt war (und später einen wohlklingenderen Namen erhielt), erschien ich pünktlich und wartete, von eilenden und flanierenden Samstagsbürgern, polternden Straßenbahnen und polierten Fahrzeugen umflutet, auf eine große, schlanke sechsundzwanzigjährige Frau mit dunklen mittellangen Haaren, die sich von allen anderen großen, nicht übertrieben jungen noch alten Frauen mit weder kurzen noch übermäßig langen Haaren dadurch unterschied, dass sie meinetwegen auftauchte.

49

Gut, dachte ich, als ich eine, wie mir schien, gespannt Ausschau haltende große junge Frau mit dunklen Haaren bemerkte, gut, warum nicht, es ist ein schöner Wochenendtag, heller Mittag, warum in der staubigen Stube sitzen, wenn ich spazieren gehen kann, vielleicht etwas Interessantes zu hören bekomme, warum nicht, auch wenn wir nach dem Spaziergang auseinandergehen; besser ein paar Stunden im Freien mit einem liebenswürdigen Menschen als unter einer niedrigen Decke allein, warum nicht, dachte ich, weil nicht der geringste Zweifel bestand, dass sich unsere Wege in ein paar Stunden unwiederbringlich trennen würden. Von dem Treffen blieb nur zu erhoffen, dass es ohne Regen zu Ende gehe.

Sie war keine alte Jungfer mit körperlichen Makeln, wie bei einer sechsundzwanzigjährigen Unverheirateten zu argwöhnen Grund genug bestanden hatte. Sie schien nicht auf einen trotteligen Ehefähigen zu lauern, keine von Arbeitskollegen gemiedene, von gemeinen Freundinnen bemitleidete, von den Eltern gepiesackte (das vielleicht denn doch), über das beste Heiratsalter und die kritischen Fünfundzwanzig mit Ach und Wehe gestolperte Verbitterte zu sein. Diese Verdächtigungen zerstreuten sich angesichts der jungen Frau sofort. Geschmackvoll war sie gekleidet und ich wunderte mich, warum sie noch immer solch unangenehme Kennenlernrunden drehte. Ihre kerzengerade Haltung, der keck gebundene Pferdeschwanz, das lächelnde Antlitz, das diese Anstrengung offenbar gewöhnt war, weckten in mir die schlimmsten Befürchtungen. Mochte sie noch so viele innere und äußere Vorzüge besitzen – ihre grundlegende Fröhlichkeit machte meinen zagen Hoffnungen den Garaus.

Steckt man eine Kuh und ein Schaf in ein Gehege, tut sich wenig. Begegnet ein Wolf einer Wölfin, tummelt sich bald ein Rudel im Wald. Geraten ein Wolf und ein Schaf aneinander, ist Unheil unvermeidlich. Kommt ein fröhlicher Mensch mit einem fröhlichen oder ein niedergeschlagener mit einem niedergeschlagenen

50

zusammen, ist alles zum Besten bestellt. Man versteht sich vorzüglich, wirkt zur beidseitigen Zufriedenheit bestärkend aufeinander ein und geht fröhlich oder eben niedergeschlagen zusammen durchs Leben, in bester und beiderseitig anerkannter Ordnung. Trifft ein beschwingter auf einen betrübten Menschen, fressen sie sich gegenseitig auf, und im Unterschied zur Begegnung zwischen Wolf und Schaf sind am Ende beide unglücklich. Wie sollte ich also nicht gleich am ersten Tag mit diesem heiteren Gesicht hadern? Fressen oder gefressen werden und unglückselig zurück und alleine bleiben – nein, lieber zurück in die eigenen vertrauten vier Wände.

Ich liebäugelte damit, mich aus dem Staub zu machen, sie am Abend anzurufen, mich in Worten der Entschuldigung zu verzetteln und zu versichern, ich hätte unheimlich lange gewartet und ewig erfolglos um die Haltestelle gekreist, um schließlich verhalten vorzuschlagen: Vielleicht versuchen wir es nächste Woche wieder? Ich melde mich!, und nie wieder von mir hören zu lassen.

Wie nachdrücklich mir das den herbstlichen Sonnentag verdüstert hätte! Endlich trat ich – im Glauben, sie habe mich bereits bemerkt, wahrscheinlich war ihr mehr über mich erzählt worden, als für ein bloßes Wecken der Neugierde nötig gewesen wäre – behutsam heran, fragte: Julia?

Ein heiterer Blick maß mich von den Haarspitzen bis zu den abgetragenen Schuhen. Ich empfing ein Lächeln, das alle Vorzüge begrüßte und allerlei Missstände auf später verschob, gewahrte ein Nicken, sie sagte: Arthur?

Ich sagte: Freut mich.

Sie sagte: Mich auch.

Ich schlug vor: Gehen wir?

Und wir liefen los.

Zuerst begutachteten wir die Trophäenpanzer am Tewelew-Platz und klopften mit den Knöcheln gegen den gepflegten Stahl. Dann schlugen wir auf der Sumskaja den Weg nach Norden ein. Und wie wir so spazieren gingen, da wurd's mir plötzlich leicht ums Herz. War ich der Wolf, war ich das Schaf? Würde ich zerstückelt werden oder fressen? Doch wozu vorgreifen? Sie hatte mich mit ihrer Heiterkeit angesteckt.

Wir packten Geschichten voreinander aus, blieben auf sicherem Terrain und versüßten uns das Kennenlernen mit einer Limonade, einer Hauptattraktion für einfache Spaziergänger wie unsereins. Im Bistro war es warm, wir zogen die Jacken aus. Das im Glas sprudelnde Getränk war ein willkommener Vorwand für stille Musterung. Dieses und jenes feine nichtssagende Detail beschäftigte mich. Dass ihre Bluse beige war. Dass sie darin schlank war. Dass der Rock dunkler war. Dass sie darin schlank war. Dass ihre Haut ... die Ohrläppchen ... die Ohrringe. Dass die Lackfarbe ihrer Fingernägel ... die Augen ... Dass sie in meine Richtung lugte. Dass sie nicht ... Dass sie ... Dass ... Sie stürzte mich in peinliche Bedrängnis, ich war unsicher, ob auf der Stelle ein Kompliment zu machen sei.

Im Herbst in Charkow war's. Ziellos bewegten wir uns auf der Sumskaja, ohne die von der Promenade abzweigenden Nebenstraßen zu verschmähen. Das große Kino passierten wir wortlos, denn es ziemte sich nicht, so früh ins Dunkel abzutauchen. Wir hatten in Erfahrung gebracht, wer wo wann die Schule beendet, das Studium begonnen, abgeschlossen, wer wie wo wann daraufhin gearbeitet habe und wer was für die nächste Zeit vorhabe, aber die Besprechung vieler anderer unbedeutender Dinge stand noch aus.

Ich hatte keine Ahnung, wie es mit den Worten weitergehen sollte. Im Herbst in Charkow war's, am Springbrunnen auf der Hauptallee des Schewtschenko-Parks, der durch seine Geradlinigkeit bestach und ... Mir schien, lauter junge Paare mit Kinderwagen gingen auf uns zu. Wie kam man da ohne Blessuren davon? Die Kinderwagenschieber spähten nach Kindern in unserer Nähe und ihre Blicke klagten an: Was sollen die zaghaften Rendezvous! In eurem Alter muss man sich bald an der Namenswahl der Enkelkinder zu schaffen machen und ihr habt nicht einmal unmittelbare Nachkommen gezeugt.

Warum ich gebückt wie ein Fragezeichen gehe, fragte sie plötzlich.

Es sollte verboten sein, gleich beim ersten Aufeinandertreffen solch ureigene Körperlichkeiten anzutasten, lieber sollte über Belangloses und absolut Unstrittiges geplaudert werden.

Wäre ich größer, verstünde sie diese Haltung. Ob ich Rückenprobleme hätte, fügte sie arglos hinzu.

Nun schwebten mehrere bedenkliche Fragen in der Luft und verlangten nach Antwort. Die geknickte Haltung, weil ich als gebückte Frage umherlaufe. Ich habe meine Erscheinung mit mir selbst in Einklang gebracht. Wer kann das schon von sich behaupten? Nein, das sagte ich nicht, versicherte stattdessen, nichts von Rückenproblemen zu wissen.

Vielleicht eine Gewohnheit aus alten Zeiten?, bohrte sie nach. Ob ich schon als Kind eine ungerade Haltung gehabt hätte?

Unbedingt, ja!

Und meine Mutter hätte nichts dagegen unternommen?

Doch, immer, sie habe alles Menschenmögliche getan, mich ermahnt, bestraft, Belohnungen in Aussicht gestellt. Aber wozu, eine leicht krumme Körperhaltung ist kein Hindernis, sagte ich und leitete das Gespräch wieder auf meine Arbeit als Übersetzer über.

Und fragte mich, von was für einem Hindernis ich da gerade gesprochen hatte.

Wir gingen nicht plaudernd am wiederaufgebauten schicken Hotel Charkow, dem ehemaligen International, vorbei, sondern ließen es weit rechts liegen, als wir uns dem riesigen, nach Felix Dserschinski benannten Platz näherten.

Ratlos fragte ich sie aus. Die Sonne würde sich nicht mehr lange in angenehm wärmender Höhe halten. Was sollten wir tun? Glaube an den sozialistischen Staat, verabscheue den Westen, arbeite, stiehl nicht mehr, als vernünftig ist, heirate und kriege Kinder. Wer lief nicht alles über die Sumskaja, entschlüpfte Cafés, verschwand hinter prächtigen Toren, um Kinokarten vorzubestellen. Die Leute grüßten zur einen, zur anderen Seite.

Julia sagte: Ach, was gibt es schon Fröhliches hier? und lachte. Licht verschönert, Sonnenstrahlen bringen Farben erst voll zur Geltung. Die wohlbekannten, beschienenen Fassaden offenbarten in Julias Begleitung nichts Neues. Ein ernster Tag, umrahmt von leichten Gesprächen. Es entspann sich eine Diskussion über den geplanten Untergrundbahnbau. Wir kamen zu dem Ergebnis, der jeweils andere habe gegen die ausgeklügelten Pläne der Stadtoberen nichts einzuwenden. Vielleicht hat dieser Nachmittag die Unzulänglichkeit eines Gesprächs zwischen einem solchen und einem solchen Menschen offenbart. Ich war fast dreißig, sie etwas jünger, wir hatten beide etwas, aber nicht das Gleiche, vielmehr gänzlich Unterschiedliches, vom Leben gesehen und daraus unterschiedliche Schlüsse und Lehren gezogen.

Sie ist ein gutes Mädchen, nein, eine Frau, aber nicht für mich, dachte ich, ohne mich bei dem Gedanken an gemeinsame Nächte aufzuhalten. Nicht, dass ich unwillig gewesen wäre, eine junge Frau an der in der Küche hantierenden Großmutter vorbei in mein Zimmer zu schleusen und den Schlüssel in der Tür umzudrehen. Aber diese junge Frau schon, weil sie ganz ernsthaft nach einem Mann zu suchen schien, mit dem sie ein eigenes Zimmer oder, noch besser, eine eigene Wohnung teilen könnte, ohne Vorbeischleusen, ohne Türabschließen. Wir standen an der großen Haltestelle auf der Sumskaja neben dem Dserschinski-Platz. Es dunkelte schon. Ich wusste, dass ihr Bus und mein Omnibus unterschiedliche Wege einschlagen würden, und nahm das billigend in Kauf, als ich ihr bei der Warterei höflich Gesellschaft leistete, höflich, aber nicht aufopferungsvoll, denn mein Omnibus würde als Erster eintreffen, und ich verlor kein Wort von einer gemeinsamen Zeit nach dessen Abfahrt.

54

Die Bedeutung öffentlicher Verkehrsmittel für das Großstadt-leben ist kaum zu überschätzen. Wir haben uns an der Straßen-bahnstation getroffen, wir gehen an der Bus-und-Omnibus-Halte-stelle auseinander, wie es Tag für Tag so oft geschieht, dachte ich, und die einzige Merkwürdigkeit ist, dass wir es auf derselben Straße, aber auf einem anderen öffentlichen Platz tun. Letzte freundlich-leere Worte warfen wir uns zu. Wir besprachen die Wetteraussichten und die immer häufigeren Stromausfälle – die hingen wohl mit dem Herbst zusammen. Ich hatte unsere Zukunft schon vor dem ersten Wortwechsel abgeschrieben. Aber dann ... Langsam wächst der Apfelbaum. Wenn er groß geworden ist, singt vielleicht ein anhänglicher Vogel ein Lied davon. Aber dann ... ein kleines, unbedacht geäußertes Beiwort hebt die Welt aus den Angeln. Keine Tür ist so dicht, als dass eine anschmiegsame Rede-wendung, ein im Leerlauf der Minuten auf die Reise geschicktes Wort nicht doch hindurchschlüpfte. Aber dann ... Nein, Julia mag ich nichts anlasten, das war kein infamer Trick, kein geschickter Zug, wie hätte sie mich in zwei Stunden durchschauen können, selbst zweiundzwanzig Ehejahre sollten dafür nicht ausreichen.

Aber sie sagte: Ich finde, deine Augen sind ... scharf ... schön auch. Deine Augen sind ... ausdrucksstark, ja sie sind ausdrucks-stark.

Ich blieb eine Antwort schuldig, sagte nicht etwa: Du hast auch schöne Augen. Der Omnibus riss mich nicht von ihrer Seite, als ihr Bus hielt, sprang ich auf, murmelte, ich fahre ein paar Stationen mit, und blieb den Weg über einsilbig. Schweigend brachte ich sie bis vor die Haustür und durch die nächsten zweiundzwanzig Jahre. Aber das wusste ich damals noch nicht, ahnte es nur, drückte ihr, der Noch-nicht-Verlobten, der Fast-Ehefrau, peinlich, unpassend vielleicht, die warme Hand, denn für einen Kuss hatte ich nicht genug getan. Ich versprach, mich in den nächsten Tagen unbedingt zu melden und sie ins Theater oder ins Kino einzu-laden, und entfernte mich eilig.

55

Damit habe ich nicht gerechnet, dachte ich. Ich ging zurück zur Haltestelle, weiter, anderswohin. Nachdem der erste Aufruhr und das Stechen in der linken Brust abgeklungen waren, tröstete ich mich: Es geht fast allen Menschen so, dass sie irgendwann einen Menschen kennenlernen, mit dem sie lange zusammenbleiben. So und nicht anders soll es sein. Ausdrucksstarke Augen ... Eine Verbindung fürs Leben ist das Normalste der Welt, bloß wenn sie über einen hereinbricht, wundert man sich gewaltig, so ähnlich hatte ich es bei einem Deutschen gelesen.

In Wirklichkeit hatte und habe ich einen unliebsamen Charakter, mit dem ich Mitmenschen, vor allem meine Nächsten, oftmals in Wut, Verzweiflung und Nervenausbrüche getrieben und ihnen, wie sie klagten, schwere Stunden bereitet habe. Aber das ist egal und hat mit dem, was ich erzähle, nicht das Geringste zu tun. Außerdem habe ich nie auch nur einer Fliege etwas zuleide getan, bewusst nie einem Lebewesen auch nur ein Haar gekrümmt. So änderte mein selbstbezogenes und -gefälliges, ungeduldiges und mäkelndes Wesen gar nichts an der geknüpften Verbindung. Wir trafen uns am nächsten Wochenende, am übernächsten, dann an einem Montag, Dienstag, Mittwoch, unternahmen eine fünftägige Reise nach Leningrad und zweieinhalb Monate nach jenem ersten Zusammenkommen, das hoffnungslos begonnen hatte und vor Julias Haustür zu Ende gegangen war, heirateten wir.

Julia war nie ein trauriger Mensch gewesen. Ihr gefielen bloß meine Augen. Vielleicht rächte sich das. Ich war das böse Schaf und sie der unschuldige Wolf, und sie wusste nicht, dass sie mich gefressen hatte und durch dieses Festmahl noch große Bauchschmerzen würde zu erdulden haben. Die Regel lautet: Mit der Zeit werden wir uns voneinander entfernen, vielleicht. Aber nicht: Wenn wir uns in die Augen schauen, sind wir wieder eins.

Die Uhr tickt so leise auf ihre eigene Weise. Ist das ein schönes Gedicht? Die Vergangenheit – was war, das war. Was Ina da geäußert hatte: nur das verwickelte Heute und der helle Morgen.

56

Doch man kann keine Schwelle überschreiten, die Tür zumachen und so tun, als ließe sie sich nicht wieder öffnen, als läge dort keine Fußmatte, die man gerade benutzt, keine Treppe, die man gerade hinaufgestiegen wäre. Früher oder später verlässt man die Wohnung, stolpert über die Schwelle, zieht den Türvorleger mit und es ist ein Glück, wenn man nur mit einer Beule auf der Stirn auf dem Treppenabsatz zum Liegen kommt. Wie soll man durchs Leben gehen und so tun, als wäre nichts gewesen, obwohl alles gewesen ist? Die Zunge fliegt, erzählt muss werden; doch was genau? Welche Zeit soll es sein? Und welche Dinge?

Lange Fahrt

Eine Straßenbahn brachte uns wieder zurück zum Bahnhof. Mitte November war's, wir setzten die Reise gen Osten fort. Die Wolga, das breite Mütterchen, überquerten wir auf einer Fähre.

Vom eigenen Glück zu reden ist ein Zeichen von Dümmlichkeit und, schlimmer sogar, Anmaßung. Lieber sich gleich bei Gewitter im offenen Feld postieren und schreien: Schlage ein, Blitz! Aber ich sage freiheraus, denn er hat längst getroffen: Im Rückblick scheint mir, diese Fährenstunden gehörten zu den schönsten meines Lebens. Ruhig plätscherte die Fähre dahin, während ich das Schaukeln für bare Münze nahm und es genoss, vom Rest der Welt abgeschieden zu sein. Ich dachte lauter Gutes. Wasser ist geheimnisvoll, weich und hart zugleich, das Schiff dringt darein und wieder hervor, versinkt und taucht wieder auf. Der eine oder andere halbblinde Fisch dreht emsig seine Runden unter mir. Viele Tiere verschlafen den Winter. Auch ich überwinterte gern auf dieser Fähre. Was mich erwartete, wussten andere, aber was konnte es Besseres geben, als auf dem Wasserfahrzeug, das vom Fluss gehalten wurde und von aller Welt abgekapselt war, besinnungslosen Winterschlaf zu halten? Vielleicht würde ich mich danach wie neugeboren fühlen, mit eingeschränktem Verstand und blankem Gedächtnis.

Verfrüht legte die Fähre an, Mutter und Großmutter gingen, mit mir in den Armen, in vorgegebener Richtung und kamen am zweiten Bahnhof meines Lebens an, am östlichen Wolga-Ufer. In Mutters Armen betrachtete ich neugierig den Bahnsteig, hölzerne

58

Bänke, Holzplatten, die ein Dach nachahmten, ein modernes Bahnhäuschen und ostwärts abklingende Gleise. Wohin gelangte man auf den Spuren dieser verflochtenen, entzweiten, unüberschaubaren Striche? Wohin nicht? Sie hielten sich an die enge Bahn und schienen trotzdem allgegenwärtig.

Die Bänke wurden schnell besetzt. Wann kommt der Zug, fragten jene, die nicht beweglich und entschlossen genug gewesen waren (etwa weil von einem Säugling beschwert), nicht unter dem nassen Himmel zu stehen. Jene im Trockenen fragten sorgenvoll zurück, wann endlich der Zug einführe.

Allzu lange ließ er denn doch nicht auf sich warten. Mutter und Großmutter stiegen ächzend ein, denn sie hatten Gepäck und mich bei sich und niemand half. Nur eine Zugbegleiterin kontrollierte umständlich unsere grauen Papiere. Dann fand ich mich im Zug wieder, der uns nach Taschkent, der Hauptstadt der usbekischen Sowjetrepublik, bringen sollte, in noch größere Sicherheit. Auch wenn in jenem November 1941 Stalingrad noch weit entfernt von der Front war und keine unmittelbare Gefahr für Leib und Leben drohte; die Stadt war schlichtweg überfüllt mit Flüchtlingen. Um sie einer produktiven Tätigkeit zuzuführen, wurden sie gleichmäßiger übers Land verteilt.

Was sage ich, der in einem eiligst zusammengestellten, durch bombenbedrohte Landstriche fahrenden dunklen Flüchtlingszug geboren wurde, zu einem wohl organisierten, zeitig auf den Weg gebrachten und in Verdunkelungsfragen unbedarften Transport? Nur einige wenige, von Dankbarkeit und Anerkennung geprägte Worte: Er fuhr dem Westen davon, so schnell sich die Stahlräder drehten. Dichten, grau geflochtenen Rauch mochte der Schornstein ausstoßen. Ein lustiges Treiben gewiss, von außen betrachtet. Das tageslichtdurchflutete Abteil bewahrte mich vor dem verqueren Einfall, es handele sich um eine Wiederkehr des Gewesenen. Wie wäre es, dachte ich, in diesem Zug geboren zu werden? Die knochige und hochgewachsene Zugbegleiterin blieb auf Höhe

59

unseres Abteils stehen, das von Bündeln und Koffern überquoll, musterte alles mit staatlicher Strenge und verschwand wortlos.

Meine liebevollen Nächsten improvisierten einen Kokon aus fünf dicken Decken; aus einer unter mir, jeweils einer links und rechts, der vierten, das Gesicht aussparenden, über mir. Das fünfte, größte und wichtigste Stück Stoff stabilisierte jene vier und erlaubte Mutter und Großmutter, mit den Sitznachbarn, einem Ehepaar mit zwei Töchtern aus Krementschug und einer Frau aus Dnepropetrowsk, zu plaudern, ohne die Konstruktion mit einer Hand vor dem Sturz bewahren zu müssen. Der Mann gehörte als Techniker einem kriegswichtigen, nach Südosten verlagerten Betrieb an. Hatte er meinem Vater tatsächlich kriegswichtiges Wissen voraus?

Am Abend beschworen unversehrte Lämpchen Frieden. Als winzige Feierlichkeit wurde dieser 17. November, der meinen ersten Monat auf der Welt bedeutete, fernab der Front markiert. Durch geschickten Tauschhandel wurde eine Flasche mit einer durchsichtigen Flüssigkeit aufgetrieben, derentwegen sich der einzige anwesende Herr, der kriegswichtige Techniker, artig und redselig zeigte. Selbst seine Töchter tranken einen winzigen Schluck auf meine Gesundheit.

Ja, am Abend beschworen unversehrte Lämpchen Frieden. Doch niemand spielte mit den makellosen Glühbirnen meines Stalingrad-Taschkent-Zuges. Für eine Symphonie musikalischer Schmetterlingsleiber auf wohltemperierten Glühbirnen, für ein solches nachträgliches Geburtstagsgeschenk war es zu spät. Die zarten Falter hatten den unwirtlichen Oktober für mich ertragen; eisiger Novemberkälte zu widerstehen vermochten sie nicht. Oder waren sie gar nicht an den niedrigen Temperaturen zugrunde gegangen? Vielleicht vermochten sie einfach nicht die Vergangenheit über Bord zu werfen und einen unbefangenen Auftritt hinzulegen, der irgendetwas rückgängig machte und zum Guten wendete.

Ich bemühte mich, den Wortwechseln über Krieg und Frieden

60

zu folgen. Tage, Siedlungen und Kleinstädte wie Werhnij Baskun-chak, Uralsk und Ilezk vergingen, Abteilgespräche verebbten. Dem liebenswürdigen Redezwang, den manche Menschen verspü-ren, sobald sie einander gegenübersitzen, waren anfangs Fragen wie: Wo kommen Sie her? Was haben Sie vor diesem Krieg ge-macht? Und was vor dem letzten Krieg? Was glauben Sie, wann wir die Faschisten besiegt haben werden? Wie wird es in Tasch-kent sein? entsprungen. Eine Frage politischer als die andere – umso langweiliger die Antworten. Nach einigen Tagen wich selbst dieses eintönige Geplänkel selbstversunkenem Schweigen. Nicht ein Fremder betrat unser Abteil, niemand lenkte mich ab, wer interessierte sich schon für zwei Frauen mit Kind oder eine einsame Frau oder ein wortloses Ehepaar mit zwei Töchtern?

In Orenburg legten wir einen ausgiebigen Zwischenhalt ein, andere Transporte rauschten an uns vorüber, dass die Fenster-scheiben zitterten. Kriegsgerät, Soldaten, ganz normale Züge so-zusagen.

In Berlin, am Bahnhof Grunewald, machte sich zur gleichen Zeit ein Zug mit Juden zur Abfahrt nach Riga bereit. Mehrere Gleise kamen vor einem Empfangsgebäude mit geneigten Dächern und Fenstern in weißen Rahmen zusammen. Ein Menschenauflauf mit Sternen und vier hässlich-krummen eingeschriebenen Let-tern. Die besternte Menge stieg, an den Türen kontrolliert und erfasst, in die Reisezugwagen 3. Klasse. Am Bahnsteig blieben nur Uniformierte zurück, die sich über Papiere beugten, auf denen Tabellen und Zahlen prangten. Schwarze, straff zugezogene Gürtel teilten die uniformierten Gestalten in zwei Hälften, die untere weiter als die obere ... Schließlich bestiegen auch einige von ihnen einen Waggon 2. Klasse.

Unser Zug nahm Umwege. Von Ilezk fuhren wir nach Orenburg. In Orenburg war vorne plötzlich hinten, avancierte der letzte Wagen zum ersten. Uns wurde eine hinfällige Lokomotive angedreht, vielleicht weil nach Meinung der Oberen weit hinter der Front für Zivilisten keine Eile bestehen konnte. Als der Zug wieder Ilezk passierte, sengte mir ein Schrecken das Gesicht – fuhren wir zurück? Nach Charkow? Wir frühstückten, meine Nächsten aßen Brot und Kartoffeln, ich trank Milch an Mutters Brust.

Neue Dörfer und Städte spazierten an den Fenstern vorüber. Wir setzten die Reise gen Osten fort, hielten gelegentlich an Bahnhöfen, des Abends schien der Mond in unsere gastfreundlichen Fenster. Weil Lampen wie Leuchten tadellos funktionierten, mochte neben die Gleise fallendes Licht Fuchs und Hase erschrecken.

Wohin es geht, wer weiß es? Erinnert er sich doch kaum, woher er kam!, diese Sätze habe ich mal gelesen. Ich erinnerte mich aber daran, dass mein erster Zug in Stalingrad angelangt war, dass dieser zweite, in dem ich lag, Stalingrad verlassen hatte und nach Taschkent fuhr. Der Osten war die Lokomotive, der Westen der hinterste Wagen und an beiden Enden befanden sich Kupplungen.

Als mein klassenloser Zug, Aktjubinsk im Rücken, die kasachischen Weiten in Angriff nahm, uns die winterliche Steppenlandschaft umhüllte, Schienen unauffällig verstrichen, hielt, ich weiß es heute, der zweiklassige Zug mit den Juden vom Berliner Bahnhof Grunewald an der Rigaer Bahnstation Skirotava. Habe ich am nächsten Morgen, als ich zwischen vier Decken, in die fünfte gebettet, erwachte, wirklich nicht bemerkt, dass er noch immer an derselben Stelle stand? An einem Reisetag, der sich an Reisetage reihte, die sich längst nicht mehr an den Fingern einer Hand abzählen ließen, wurde jener Zug gleichsam von der hellen Wölbung des Horizonts angezogen, mit einem Einschlag gen Süden, fuhr uns nun also wirklich hinterher. Sehr bald jedoch hielt er an einer kleinen Station mit dem Namen Rumbula.

Koffer, die sie aus den Personenwagen herausgezogen hatten, mussten die Juden neben dem Zug liegen lassen und liefen zwi-

62

schen den Uniformierten nach Norden. Ein Uniformierter schrie mehrmals: Das Gepäck wird hinterhergeschickt!

Etwa vier Zuglängen von der Station entfernt lag ein Wäldchen. Während die einen unter Bäumen von Maschinengewehrläufen bewacht wurden, wurden andere gruppenweise durch ein uniformiertes Spalier an den Rand tiefer und weiter Gruben geleitet. Greis, junge Frau, Mann, alte Frau, Kind, Mann, Mädchen, Frau ... äußerlich gefasst und, selbst wenn sie vor den Gruben zurücktaumelten, still zumeist. Greis, junge Frau, Mann, alte Frau, Kind, Mädchen, Frau ... Nackte Haut, kleine und große Blutlachen, auf der Erde, auf dem Rücken zwischen Schulterblättern, in der Vertiefung des Nackens. Blieb auch ich, dem die Erschießungen genauso wie ihnen galten, äußerlich gefasst? Frau, alter Mann, eine Frau, ein Mädchen ... so gleichförmig und regelmäßig wie das Abdrücken, das Wegspringen, um sich nicht zu besudeln, das Wiederaufladen und der Schluck aus der Branntweinflasche, den manche Uniformierten taten.

Ich kann mich nicht erinnern, ob ich gefasst geblieben bin oder ob ich nicht doch ein Schreikonzert veranstaltet habe, um die Schüsse zu übertönen. Ich kann mich überhaupt nicht erinnern, irgendetwas davon gesehen zu haben. Aber ich muss etwas mitbekommen haben, da die Schüsse auch mir galten, ich muss mich erinnern, weil die Frau, das Mädchen, der alte Mann sich nicht mehr erinnern können.

Menschen legten sich auf andere Menschen, eine Schicht Erde wurde auf die Toten und Sterbenden geschüttet. Die fließende Menge, die Gruppen unter Bäumen, das feste Spalier – wieder wurden sie zu den Gruben geführt, legten sich zu dem, was sich gegen den Tod stemmte, wurden durch Schüsse verwandelt. Wenn die erschöpften und trunkenen Schützen schlecht zielten oder der Mensch vor dem Schuss zusammenfuhr und sich nicht mehr als eine Verwundung ergab, korrigierten sich die Uniformierten und ließen das Gewehr Wiedergutmachung für die unvollendete Arbeit leisten, ein zweites, ein drittes Mal. Wenn Leben zwischen den Toten lag und nicht aufhörte, bemühte sich ein Uniformierter, der die Grube abschritt, mit einer Pistole in der Hand um Stille, indem er schoss.

Weiter die gleiche fließende Menge, die Gruppen unter den Bäumen, das uniformierte Spalier. Eine Stunde ist lang, in einer Stunde lässt sich vieles beenden. Eine helle Stunde, eine laute Stunde ineinanderübergehender Gewehrsalven und Nachklänge.

Einerseits Personenwagen voller Juden, andererseits lauter Saras und Israels, wie deren Papiere im Kleiderhaufen bezeugten, nur Saras und Israels, nur eine Frau und ein Mann, die einen Haufen gleichartiger Ausweise mit einem großen gestempelten J besessen hatten. Diese Sara und dieser Israel waren unter keinem guten Stern geboren worden, denn gar nichts wendete sich zum Besseren, wenn sie die Mäntel mit den Sternen abstreiften.

Ich kenne Leute, deren Steckenpferd es ist, aufzuspüren und in die Welt auszuposaunen, ob und welcher prominente Mensch ein Jude ist. Ich habe das nie gemacht. Ich habe das Gefühl, dass mir diese Beschäftigung schon am letzten Novembertag des ersten Kriegswinters vergällt worden ist. Denn wer zwischen Gewehrläufen wartete, war Jude. Die Nackten zwischen Bäumen und vor den Gruben waren allesamt Juden, wurden spätestens zu Juden, als sie zur unruhigen Erde sanken.

Und waren nur Sara oder Israel. Aber immer, das verstehe ich, das ist wissenschaftlich erwiesen, zogen sich andere aus, warteten und wurden immer andere erschossen. Zwanzig Personenwagen leerten sich und Gruben füllten sich. Die Bewegung floh aus den Sterbenden mit dem Blut aus den Wunden oder anders, wer weiß das schon. So wie einzelne Schreie und Stöhnen ins Ohr drangen, nicht Schweigen, drehte sich alles um das Sterben, nicht den Tod. Höchstens die Schüsse schreckten ja auf, nicht die Augenblicke danach.

Wär nicht das Auge sonnenhaft, die Sonne könnt es nie erbli-

64

cken. Die Sonne raffte sich gerade erst zu kläglicher Winterarbeit auf, als kein einziger Jude aus Berlin mehr im Wäldchen wartete.

Ich war heute bei Mutter zu Hause. Wir wohnen nur wenige Gehminuten voneinander entfernt. An guten Tagen schaut sie bei uns vorbei und an allen anderen Tagen schauen Julia, Anna oder ich bei ihr vorbei. Die Nähe zwischen uns war für mich damals das zweitwichtigste Kriterium bei der Wohnungssuche (das wichtigste war, dass Mutter und wir Wohnungen in deutschen Häusern, in einem deutschen Viertel bekamen).

Heute war einer ihrer schlechten Tage. Trotzdem fragte ich sie: Kannst du mir etwas über den Zug erzählen, der uns im Krieg von Stalingrad nach Taschkent gebracht hat?

Wozu brauchst du das?

Zum Aufschreiben! Stell dir vor, das ist für die Nachkommen. Damit sie um die Geschichte ihrer Familie wissen. Stell dir das vor. Möchtest du etwas hinzufügen?

Für die Nachkommen! Um meiner einzigen Enkelin zu erzählen, brauche ich kein Papier.

Aber sie fragt dich nichts und du erzählst ihr nichts. Also rede jetzt!

Pass lieber auf, dass Anna nicht einen Goi an dieser Universität kennenlernt. Dann bringt auch dein Aufschreiben nichts. Ich weiß überhaupt nicht, was es bringt.

Kannst du mir etwas über den Zug erzählen?

Das ist so lange her ... Es dauerte sehr lange, bis wir endlich in Taschkent waren. Wenn der Zug an einer Station stand, haben wir Milch gekauft. Ich brauchte Milch, um dich zu ernähren. Manchmal fehlte uns Wasser. Und geheizt wurde kaum. Ich weiß noch, wir saßen mit anderen ukrainischen Juden in einem Abteil.

Wusstest du, dass gleichzeitig mit unserem Zug ein anderer Zug mit Juden aus Berlin nach Riga fuhr?

Was ... was meinst du? Was sollte ich wissen?

65

Die nackte unfassliche Steppe, die sich hinter unseren Fenstern dehnte, als führen wir nicht. Reste eines Grasbüschels hier, die Erinnerung an einen zerzausten Strauch dort. Unser Weg führte nicht über reißende Flüsse, grün-saftige Wiesen, steile Gebirgspässe, darüber Bergspitzen weiß am Himmel kratzten. Der Zug war in seinem Element, fuhr auf metallenen Gleisen – doch langsam wie eine stählerne Schildkröte.

Unser Wagen ächzte. Die Räder kreisten nicht leer, kreisten in die richtige Richtung. Dieser Zug brachte uns in Sicherheit.

Den Opfern von damals müsse ein Gesicht gegeben werden, sie dürften nicht mehr anonym sein, habe ich in einer deutschen Zeitung gelesen. Aber die Sterne glichen sich wie eineiige Zwillinge.

Manchmal kann man nur von allen sprechen.

Verschränkten die nackten Frauen die Arme auf der Brust? Vielleicht, um sich zu wärmen. Aber wie halfen frierende Arme frierenden Körpern? Vielleicht wurden auf diese Weise die verletzlichen Seelen geschützt, die gemeinhin im Brustbereich vermutet werden. Noch hilfloser waren meine Altersgenossen, die sich nicht eigenständig mit dem Kopf zu den Füßen der Eltern hinlegen konnten. Die Schützen verstanden das. Wenn nicht gerade die Eltern selbst sich der Kinder annahmen und sie richtig hinlegten, packten die Schützen sie und benutzten den Karabiner oder ersparten sich den Schuss und warfen sie gleich in die Grube.

Wurde nicht ein Mann von gestiefelten Füßen verprügelt? Sie traten blind, er atmete, das Gesicht wurde unkenntlich.

Fragte zwischen den Bäumen nicht ein Jude einen Wachposten mit Gewehr im Anschlag, was vor sich gehe und was ihnen geschehe? Worauf jener antwortete: Arbeit erwarte sie, in einer anderen Stadt. Dort hinten würden bloß Partisanen hingerichtet. Schrie ein anderer Wachposten nicht: Hinlegen! und fuchtelte, da nicht sogleich allgemeine Bewegung entstand, mit dem Gewehr: Figuren, niederlegen! Schwer streckte sich das Grüppchen hin. Schrie er dann nicht: Aufstehen! Woraufhin es sich rasch erhob?

Ich kann mich nicht erinnern, kann mich an überhaupt nichts erinnern, obwohl es solches gegeben haben muss.

Ich kenne jetzt die Gründe, warum der Transport aus der Reichshauptstadt in der Nacht zögerte und am Morgen zügig abgewickelt wurde. Warum unmittelbar darauf andere und noch mehr Juden mit Sternen ohne Buchstaben an dieselben Gruben herangeführt und genauso exekutiert wurden. In mehrstöckigen sowjetischen Archiven, Normalsterblichen unzugänglich (einem Übersetzer mit Presseausweis hingegen schon), bin ich gewesen, habe zwischen dunkelroten und blauen Einbandrücken versteckte Seiten gelesen. Und als wir letztes Jahr nach Deutschland gekommen sind, bin ich einfach in Bibliotheken gegangen.

Schuld waren die ab neun Uhr morgens herangeführten Juden aus dem Rigaer Ghetto. In dieses Ghetto sollten die Juden aus Berlin eigentlich umgesiedelt werden. Deutsche Juden besaßen einen etwas höheren Wert als osteuropäische Juden, weshalb jene zunächst am Leben gelassen werden sollten. Doch des akuten Platzmangels wegen wurden sie sofort erschossen.

Ja, so war es. Auch wenn man fragen will, warum keine Gegenmaßnahmen getroffen, die lettischen Juden einen Tag vorher nach Rumbula geführt und auf diese Weise Räumlichkeiten für die deutschen Juden geschaffen worden waren. Oder warum die deutschen Juden nicht einige Stunden länger in den Waggons belassen wurden, bis die lettischen Juden entfernt waren. Ist es, will man fragen, nicht überhaupt die willkürlichste Maßnahme der Welt, eine Auslastungsobergrenze für ein Ghetto festzulegen und zu entscheiden, nun sei es zu voll, wo doch reine Ermessenssache ist, wie viele Menschen auf einer bestimmten Fläche Platz finden?

Ich fühle mich den deutschen Juden aus dem Berlin-Riga-Zug verbunden, immerhin fuhren sie zur selben Zeit in dieselbe Himmelsrichtung wie ich in meinem Stalingrad-Taschkent-Zug, immerhin sprachen sie jene Sprache, die mein Großvater unterrichtet hatte, aus der ich selbst übersetze. Und jetzt lebe ich selbst in Deutschland.

Wir fuhren und fuhren in Personenwagen auf Holzbänken. Habe ich mich gefürchtet? Wurden wir nach Osten verbracht, um? Sollte ich Mutter und Großmutter mit ungezähmter Zunge warnen? Nein, unser Zug nicht, unser Zug war anders. Am Abend wurde in Emba gehalten, um Brennstoff- und Kühlwasservorräte aufzufüllen, wie ich hörte. Mutter und Großmutter nutzten die Gelegenheit für kleine Besorgungen, ein Königreich für Milch und heißes Teewasser, doch sie vertraten sich nur abwechselnd die Beine, weil ich wie der eigene Augapfel gehütet werden musste.

Wir fuhren und fuhren. Ich hätte auf der Fahrt, die sich in die Länge zog wie ein Wollknäuel, das man entwirrt, viele Menschen sterben sehen können – sehr viel mehr, als unser Zug Flüchtlinge fasste.

Sicherheit

Beim ersten Mal vor zwei Wochen fehlten unerlässliche Papiere. Als hätten Tanja und Igor nicht gewusst, dass dokumentarische Vollständigkeit eine Grundvoraussetzung für Behördengänge ist. Unbedingt muss jeder erdenkliche Papierfetzen mitgebracht werden, von den elterlichen Geburtsscheinen und der eigenen Heiratsurkunde über die abgeheftete Korrespondenz mit dem deutschen Konsulat in Kiew bis zu den Telefonrechnungen der letzten vierundzwanzig Monate, falls man so lange in Deutschland lebt und einen eigenen Telefonanschluss besitzt. Schließlich käme man auch nicht darauf, den eigenen Kopf zu Hause liegen zu lassen.

Wir warteten vor der Bürotür in einer scheinbar regellosen, tatsächlich aber durch die Geistesgegenwart der angespannt Wartenden wohlgeordneten Schlange. Die kommt, im Gegensatz zur Führerscheinausgabe eine Etage tiefer, auch ohne Wartenummern aus. Unter vier Augen, sagte Igor fröhlich zerknirscht, wir haben eine Wohnung gefunden.

Ich wusste nicht, ob ich ihnen für unseren bevorstehenden gemeinsamen Gang in das Büro ihres Sozialamt-Sachbearbeiters gleich viel Glück wünschen oder ihnen ihre eigenen Worte vorhalten sollte. Hatten sie nicht an meinem Geburtstag gemeint, das Wichtigste sei, Deutsch zu lernen und die Kurse abzuschließen, dann finde sich auch eine Wohnung? Aber die grauen Wände ernüchterten und ließen mich von Sticheleien Abstand nehmen. Die ersten Male in diesem bedeutenden Haus kamen mir wieder in den Sinn. Ich hatte in eigener Sache angestanden, natürlich im Besitz aller erforderlichen Unterlagen, die uns einwandfrei als Kontingentflüchtlinge auswiesen, und dabei meine Nächsten beruhigt, die sich nur wispernd zu verständigen gewagt hatten.

Die Reihe kam endlich an uns. Am Schreibtisch ihres Beamten stellte sich heraus, dass sie weder einen Mietvertrag noch ein Wohnungsexposé bei sich hatten. Der Beamte sagte, so könne er keine Aussage zur Übernahme der Kosten machen. Wir gingen auf den Flur hinaus, ich hielt nicht mehr an mich.

Bitte versteht mich nicht falsch, sagte ich ihnen, angestarrt von Dutzenden Bittstellern, die aus unseren Gesichtern nicht gerade Hoffnung für ihre eigenen Anliegen schöpfen mochten, versteht mich nicht falsch, aber das ist kein Theater hier. Ihr könnt nicht hineinplatzen ohne Unterlagen, nur mit Worten! Dachtet ihr, ihr nennt die Miethöhe und die Quadratmeterzahl und er macht euch einen Stempel auf ein leeres Blatt Papier? Dabei ist sogar die Farbe der Unterlagen entscheidend!

Die Farbe?

Natürlich, besonders die Farbe, habt ihr noch nicht bemerkt, dass jeder Antrag andersfarbig ist? Der Antrag auf Übernahme der Mietkosten ist grün. Man braucht für alles Papiere und vor allem in der richtigen Farbe!

Nun ging der zuständige Beamte in Urlaub. Sie sollten sich an seinen Vertreter wenden, sobald sie alles beisammenhätten, hatte er noch gemeint.

Ob er sich bewusst ist, dass bangendes Volk zu ihm aufschaut? Niemals wird er in den Bergen oder an der Südsee so viel Macht über so viele Leute haben wie an seinem Schreibtisch im schmucklosen Rathausnebengebäude. Seinen Bittstellern ist er Gesetz, Richter und Sachbearbeiter in einem. Für sie ist es einfacher, den bewegten Wechsel der Bescheide auf ihn zu beziehen als auf ein kompliziertes System, ein ganzes Land.

Mit seiner Vertretung wollten sie vorsichtshalber nichts zu tun

70

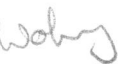

haben, die sei bestimmt schlimmer, lieber warteten sie. Das war vor zwei Wochen. Nun begleitete ich sie wieder ins Sozialamt.

Wieder saßen wir anderthalb Stunden vor der Tür, dann traten wir vor den möglicherweise erholten Sachbearbeiter. Die Miethöhe sowie die Wohnungsgröße lagen im Rahmen der gesetzlich festgelegten Bestimmungen, weshalb er von Amts wegen alle Kosten übernahm. Igor und Tanja fielen ihm nicht um den Hals, warfen bloß scheue Blicke, hielten an sich und küssten sich erst auf der Straße. Obwohl ich nur ein paar Worte zu übersetzen gehabt hatte – Papiere sind überzeugender –, machten sie mich mitverantwortlich. Wenn du nicht gewesen wärest ... Wenn du ihm nicht gut zugeredet hättest ... Ein Erzengel Gabriel des Sozialamts bin ich ihnen, der gute Botschaften nicht stumpf überbringt, sondern gelegentlich spürbaren Einfluss zu nehmen und an dem einen oder anderen Rädchen zu drehen weiß.

Ihre Freude machte mich verlegen, und ich erzählte ihnen, im Windschatten des Rathauses (der Spätherbst herrscht auf die gemeinste Weise mit durchdringenden Windstößen), von unserem Wohnungsbezug von vor einem Jahr, genauer: von den Tapeten.

Gleich bei der Wohnungsbesichtigung, sagte ich, als die damaligen Mieter merkten, dass uns die Wohnung gefiel, boten sie uns ihre kürzlich geklebten Tapeten für 250 Mark an. Julia wollte sofort gehen. Vergiss die Tapeten, meinte ich zu ihr, das ist die erste Wohnung, aus der du nicht gleich fliehst, alles andere klären wir später.

Aber Julia empörte sich. Die Tapeten sind doch nicht aus Gold! Mir gefallen sie nicht überall, schau dir die violettfarbenen im Schlafzimmer an.

Nachdem wir den Mietvertrag unterzeichnet hatten, kehrte die Tapetenfrage wieder. 250 Mark ...

Tanja unterbrach mich. Von einer Tapetenfrage haben wir nie gehört!, sagte sie ängstlich. Selbst in Odessa waren immer welche zu haben. Und in Deutschland gibt es sogar große Wohnungen ...

71

250 Mark verlangten die Vormieter von uns. Erst vor einem Monat hätten sie diese teuren Tapeten geklebt. Wenn wir sie nicht abkauften, nun, dann werde man sie von den Wänden reißen.

Julia sagte: Vielleicht gehört es sich in Deutschland so, für Tapeten zu bezahlen. Aber Tapeten sind doch keine Stühle. Sie können die nicht einfach so mitnehmen. Wir zahlen einfach nicht.

Ich war nicht einverstanden. Was wussten wir? Wir hatten bis dahin nur im Wohnheim gelebt. Wenn wir ablehnten, dann spielten sie uns vielleicht einen bösen Streich, den wir, wenn überhaupt, erst nach Jahren entdeckten, obwohl er uns vom ersten Tag an schadete. Sie hatten brennende Kerzen auf dem Glastisch im Wohnzimmer und auf dem Boden im Schlafzimmer stehen. Diese Mieter waren eigenartige Leute.

Vielleicht gehöre es sich in Deutschland so, Kerzen auf Tischchen und auf dem Boden anzuzünden, meinte Julia. Aber wenn es mir leichtfalle, Geld zu verdienen, solle ich es ruhig für fremde gebrauchte Tapeten ausgeben.

Ich denke, auch sie bekam es mit der Angst zu tun. Was, wenn diese Leute Gift in der Abstellkammer versteckten, von wo aus es sich in der ganzen Wohnung verbreitete und uns krank machte? Oder eine Kopie vom Wohnungsschlüssel anfertigten und Einbrechern zusteckten? Lieber 250 Mark bezahlen, als vergiftet oder ausgeraubt werden, sagte ich.

Wenn du solche Sorgen hast, ist es nicht das Einfachste, auf die Wohnung zu verzichten?, fragte mich Julia.

Das Einfachste ist, zu bezahlen, sagte ich.

Ich verschwieg Igor und Tanja jetzt und auch Julia damals, dass wir diese Wohnung nehmen mussten, trotz aller Kosten, weil in diesem Haus und diesem ganzen Viertel nur Deutsche wohnten, weil wir keinen Tag länger im Ausländerwohnheim verbringen durften. In einer Kleinstadt zwischen Hamburg und Lübeck waren gerade zwei Türkenhäuser angezündet worden, zwei Mädchen und deren Großmutter waren umgekommen.

72

Nein, ich erzählte Igor und Tanja stattdessen, dass wir die Vormieter in einem freundlichen Gespräch auf 150 Mark herunterhandelten. Das ließ sich verkraften, weil ich schon durch Übersetzungen hinzuverdiente. So gingen wir ihnen auf den Leim. Die Wohnungsübernahme mit dem Hausbesitzer, der sich geschickt aus der Tapetenfrage herausgehalten hatte, war auf einen Nachmittag festgesetzt worden, aber diese Leute baten uns, etwas früher zu kommen, um die Sache mit ihnen zu klären, wie sie sagten. Vor geschlossenen Türen warteten sie auf uns. Ja, die Schlüssel hätten sie leider schon am Morgen ausgehändigt, hier, das Übergabeprotokoll, hier, schwarz auf weiß, besenrein und in bester Ordnung, hier, die Unterschrift des Vermieters. Warum auf ihn warten, lieber gleich abrechnen. Was blieb uns anderes übrig, als zu bezahlen? Sofort verschwanden sie, nicht ohne uns viel Glück mit der wirklich schönen Wohnung gewünscht zu haben. Kurze Zeit später erschien der Vermieter, öffnete die Tür und ...

Die Tapeten waren weg!, rief Tanja.

Nein, das denn nun doch nicht. Aber dort, wo Möbel gestanden hatten, und an einigen Zimmerecken konnte von hochwertigen Tapeten keine Rede mehr sein. Zerfleddert hingen sie herab. Der Boden war dreckig und klebrig. Julia fiel fast in Ohnmacht. Mag schon sein, dass die Vormieter mit einem Besen durchgelaufen waren. Besenrein war es vielleicht in der Wohnung, aber was richtet ein dürrer Besen bei einem solchen Boden schon aus? Fast hätten sie uns den langersehnten Umzug vergällt, obwohl – wo kamen wir eigentlich her, aus einem Wohnheim mit geteiltem Bad.

Vielleicht gehört sich das in Deutschland, eine Wohnung in diesem Zustand zu hinterlassen, sagte Julia und schluchzte.

Nun ja, wo gehört es sich nicht, mit Gegenständen, die einem nicht mehr gehören, nachlässig umzugehen?

Ich schwieg, ich hatte meine Geschichte erzählt und wollte nach Hause gehen. Auch im Windschatten des Rathauses war es kalt. Aber Tanja sagte: Nein, Arthur, du machst mir keine Angst.

Ich freue mich so, endlich nicht mehr in dieser Gemeinschaftsküche im Wohnheim kochen zu müssen.

Von uns verlangte niemand etwas, ergänzte Igor, aber ich gäbe ohnehin keinen Pfennig aus. Wer reißt schon freiwillig Tapeten von den Wänden?

Es war nicht wegen des Geldes, dass wir darüber tagelang nicht hinwegkamen, erklärte ich. Sondern weil man uns hinters Licht geführt hatte, obwohl wir artig bezahlt hatten. Es ist ja nichts, sagte ich empört zu Julia, die allergrößte Kleinigkeit! Aber meine Hand streckte sich nach dem Telefonhörer, um den Vermieter anzurufen, die Nummer der Vormieter zu erfragen und sie zur Rede zu stellen. Nur was hätte es genutzt?

Julia beschwor mich: Sag ihnen, dass sie Schweine sind!

Da hatte deine Frau auch recht!, sagte Tanja.

Nun ja. Gerechter Zorn ist gefährlich. Man ist dann für die komischen Seiten der Geschichte unempfänglich. Die Tapetenfrage war für uns übrigens nicht die erste Frage dieser Art. In Charkow wollten wir vor der Abreise das Bett und den Schrank verkaufen, die unser Gewicht und das der Kleidung jahrelang zuverlässig getragen und dabei nicht einmal hässlich ausgesehen hatten. Durchaus wertvolle Gegenstände also. Ein Bekannter eines Bekannten eines Bekannten begutachtete sie, wir einigten uns auf einen kleinen Preis, 40 Dollar, er war tatsächlich bereit, in Dollar zu zahlen. Er baute das Schlafzimmer in so viele Teile auseinander, dass wir verblüfft und geschmeichelt waren – so delikat zusammengesetzt war unsere tägliche Schlafstätte also gewesen! Wer hätte geahnt, dass so viele hundert Holzplatten, Metallstangen, Schrauben, Muttern hineingefunden hatten?

Ich komme von weit her, ich nehme alles auf einmal mit, erklärte er. Wie viel wollt ihr für das Sofa?

Nein, winkte Julia ab, darauf müssen wir noch drei Wochen schlafen.

Morgen hole ich alles ab, sagte er und ging.

74

Das war es, wir hörten nie mehr von ihm. Ein großes Glück, dass Julia ihm das Sofa nicht überlassen hatte, er hätte es genauso zerlegt, obwohl es meines Wissens nur aus drei Teilen bestand. Schrauben, Muttern und sonstige Kleinteile hatte er mitgenommen, bezahlt nichts.

Er kommt von weit her, sagte ich zu Julia, selbst Einheimischen widerfährt oftmals Schlimmes. Auf allen Wegen liegen Stolpersteine und trotzdem ist man überrascht, wenn man strauchelt. Schau, bald gehen wir auf unsichere Reise, lang wird die Fahrt werden.

Nein, ich sagte bloß (zu Julia damals und zu Tanja und Igor jetzt): Vielleicht ist ihm ein Unglück zugestoßen.

Julia schrie mich an: Du bist verrückt, was redest du da? Von wegen zugestoßen, das Unglück haben wir im Schlafzimmer auf dem Boden liegen. Wer macht sich Sorgen um uns? Ich habe sofort geahnt, dass mit ihm etwas nicht in Ordnung ist. Ein Schwein durch und durch!

Ich sage euch, hätte Julia jenen Schraubenliebhaber zwischen die Finger bekommen, dann ... dann wäre etwas passiert. Die hübsch gestapelten Brettchen verschenkten wir an Bekannte.

Igor und Tatjana nickten nur. Ich verabschiedete mich von dem glücklichen Ehepaar, das sich schon in den eigenen vier Wänden wähnte, und ging nach Hause.

Julia hat die Heizungen angestellt, auch hier im Arbeitszimmer. Sie meinte aber, ich solle weniger Zeit darin verbringen, ich übertreibe es mit der Arbeit, ich sitze abends nur noch am Schreibtisch.

Einmal war der Sinn des Baal Schem so gesunken, dass ihm die Pforten der kommenden Welt ewiglich verschlossen schienen. Nur, wenn ich Gott liebe, was brauche ich? Was wusste ich? Unsere interkontinentale Fahrt war noch nicht beendet.

Am Bahnhof Aralskoe More, der seinem Namen zufolge in der Nähe eines Meeres lag, in Djusaly, Kysylorda und anderen Städten und Städtchen hielten wir. Über die fällt mir nichts Nachteiliges ein, purzelnde Namen unter vielen, die Steppe unnachgiebig glatt wie ehedem. Schlichte Empfangsgebäude, überforderte Bahnhöfe, Kriegsgerät hier, ein Militärtransport dort, eine Industrieladung in umgekehrter Richtung.

Auch Arys war ein kümmerliches kasachisches Nest. Nur dem Zusammentreffen unserer Orenburg-Taschkent-Linie mit der Turkestan-Sibirischen Eisenbahn verdankte es die ausgezeichnete Stellung eines Knotenpunkts. Sonst wäre Arys niemals gegründet worden (auch mein Leben beruhte ja auf Eisenbahnstrecken). Die komplizierte Verknotung nord-süd-östlicher und ost-west-nördlicher Gleise sorgte für Stauung und hielt uns einen ganzen Tag zwischen den Hütten von Arys fest. Oder versagte unsere Lokomotive plötzlich den Dienst? Ein paar erregte Schreihälse liefen vor den Waggons auf und ab, gestikulierten und zogen sich, da Schimpfen und Jammern nichts half, zurück. Eingehüllte Mütterchen lockten und winkten mit gewickelter Ware vor den Fenstern, die Kälte oder die Zahlungsunfähigkeit der Flüchtlinge ließ sie alsbald verschwinden. Hinter vorgehaltener Hand wurde gemurrt, die Schaffnerin lasse uns nicht wie sonst frische Luft schnappen und heißes Wasser holen. Weil wir im Abseits stünden, sagte einer. Weil die Abfahrt unmittelbar bevorstehe, ein anderer.

Dass etwas einfach so geschieht, liegt außerhalb dieser Welt. Unfälle passieren nicht grundlos. Es gibt immer einen Schuldigen.

Jetzt weiß ich: An jenem 8. Dezember 1941, als wir in Arys harrten, wurden in Riga, bei der Räumung des Ghettos, auf dem Weg nach Rumbula, im Wald, in und an den Gruben, wieder lettische Juden erschossen, auch diesmal etwa 12 000. Ein Tag hatte nicht genügt, das Ghetto von Riga leer zu machen. Die Juden, die an diesem Tag erschossen wurden, waren andere als am 30. November, natürlich. Der 81-jährige Historiker Simon Dubnow war unter ihnen. Vielleicht hat er gesagt: Erinnern, nicht vergessen!, bevor er erschossen wurde.

76

Deutsche Polizei- und lettische Hilfseinheiten stellten an jenem 8. Dezember sicher, dass die Juden aus dem Rigaer Ghetto an den Gruben erschienen. Angehörige der Einsatzgruppe A führten die Erschießungen in den Gruben durch. Sie alle wurden vom Höheren SS- und Polizeiführer Jeckeln kommandiert. Er hatte schon im August die Exekutionen in Kamenez-Podolsk geleitet. Aber auch wenn es mir heute so vorkommen will, als hätte ich, was in Rumbula geschah, gesehen, kann ich mich nicht an ihn erinnern, überhaupt nicht. Obwohl er auf einer aussichtsreichen Anhöhe stand und eine Sonderstellung eingenommen haben dürfte. Die Stirn ein geräumiges, entschlossenes Revier, die Augen durch markante Brauen oben und tiefe Falten unten bedeutungsvoll hervorgehoben, die Mundwinkel zuversichtlich gespannt und durch die lässig gespannte Haltung unter dem Hals bestärkt? Schwarz gegürtet, die Hosen weit an den Oberschenkeln abstehend, knapp über den Stiefeln wieder zusammenkommend? Sie würden tausend Jahre so abstehen, wenn er wollte. Schaute er zu, obwohl er auch hätte weggehen können, schrie er manchmal, wenn ihm etwas unrecht erschien, Befehle hinab, dorthin, wo mehr Sternträger waren, als in zehn langgezogene Züge passten, oder sagte er sie einem Adjutanten ins Ohr, leitete er die Aktion vom frühen Morgen bis zum späten Abend, war er es, der die Heranschaffung starker Scheinwerfer befahl, um die Gruben zu erhellen? Gruben, lang wie ein Personenwagen und so hell und überfüllt von Sterbenden und Toten, dass selbst ein Säugling beim Fall von der Grubenkante weich gelandet wäre.

Ja, ich fühle mich den deutschen Juden aus dem Berlin-Grunewald-Riga-Rumbula-Zug verbunden. Sie sind Teil meiner Geschichte. Wenn sie aber am 30. November 1941, gleich nachdem sie aus den Reisezugwagen gestolpert waren, nicht erschossen worden wären, dann wären die vierundzwanzigtausend lettischen Juden, die am 30. November und am 8. Dezember am selben Ort erschossen wurden, nicht in meine Geschichte geraten.

Am späten Abend, umgeben von Blau-Schwärze, die sich gegen die Fenster lehnte, ruckelte unser Zug plötzlich, schwenkte gemächlich auf die Hauptstrecke, wir verließen Arys. Angespannte Stunden später, im anbrechenden Morgen des 9. Dezember, fuhr er aus der Dunkelheit in den prächtigen Bahnhof von Taschkent ein. Ich hatte die ganze Nacht kein Auge zugedrückt und dachte, Licht, jetzt kann ich schlafen, in Sicherheit, endlich. Sogleich, obwohl alle anderen aufzuwachen und laut zu reden begannen, schlief ich ein, vor lauter Müdigkeit, vielleicht.

Kurze Strecke

Lange zögerte ich es hinaus, doch endlich entschloss ich mich, Tanja aufzusuchen, um mir die Haare schneiden zu lassen. Die Wohnheimhäuschen für Einwanderer sind fast neu, weiß gestrichen und auf der Rückseite biedert sich ein breiter Rasenstreifen an, den Kinder zum Fußballspielen nutzen. Tanja, die mitten in den Umzugsvorbereitungen steckte, platzierte mich vor dem Spiegel im öffentlichen Flur und fing an zu erzählen. Ihre Eltern hätten sie fast gezwungen, Erzieherin oder Lehrerin zu werden. Hauptsache, hätten sie gesagt, kein Beruf, in dem man mit den Händen arbeitet. Also Friseurin zuallerletzt. Wie kurzsichtig sind Eltern!, sagte sie und hantierte mit der Schere, während fremde Kinder hinter ihrem Rücken schreiend ins Freie rannten. Ich arbeite, aber Ingenieure und Ärzte laufen wie begossene Pudel herum. Sie sind es gewohnt, Befehle zu erteilen. Jetzt werden sie von einer Deutschlehrerin gerügt, weil sie Verben nicht richtig beugen können. Du und ich, sagte sie, haben es richtig gemacht. Übersetzen muss man überall und Haare wachsen auch überall.

Solche und solche Haare, sagte ich.

Wir haben unseren Platz gefunden, sagte sie. Als hättest du vor dreißig Jahren gewusst, dass du nach Deutschland auswandern wirst, und deshalb Deutsch gelernt.

Nein, es ist andersherum, ich habe zuerst die Sprache gelernt und dann ...

So, Arthur, fertig, in Ordnung? Um ehrlich zu sein, viel zu schneiden ist bei dir nicht nötig.

Föhn bitte trotzdem, es ist kühl draußen.

Ich wollte ihr einen Geldschein in die Hand drücken, doch sie lehnte ab. Arthur! Wie kannst du nur! Ohne dich ... du hast uns so geholfen ... die Wohnung ... wir ziehen ja in zwei Wochen um ... wie könnte ich ... ich werde nie etwas von dir nehmen!

Ich verstaute den Geldschein wieder im Portemonnaie.

Igor wird jede Minute zurück sein, er wollte mit dir über etwas reden, sagte Tanja. Darf ich dir einen Tee machen? Ich habe auch Kuchen gebacken.

Igor betrat die Gemeinschaftsküche, als ich mit Tee und Kuchen fertig war und gerade aufbrechen wollte.

Ich habe eine Geschäftsidee, sagte er. Autos! Wir verkaufen Autos nach Russland und Kasachstan. So ein gebrauchter Passat, der kostet dort doppelt so viel wie hier. Und besser als ein neuer Zhiguli ist er allemal. Die Ukraine ist im Moment tot, da sind die Einfuhrzölle zu hoch. Aber Russland und Kasachstan lohnen sich. Ich habe mit einem Typen gesprochen, der macht das schon seit einiger Zeit. Du verkaufst ein Auto gut - und hast fünfhundert Mark verdient! Wenn du zwei Autos verkaufst, hast du so viel gemacht, wie wir jetzt vom Sozialamt bekommen! Aber um anzufangen, brauchen wir Geld. Etwa zehntausend Mark. Davon können wir drei oder vier Autos kaufen. Du bringst die Hälfte ein, ich die Hälfte. Ich kenne mich mit Autos aus - du sprichst Deutsch. Was hältst du davon?

Das kommt jetzt sehr plötzlich. Ich werde darüber nachdenken, sagte ich.

Mach das. Wir schauen mal in den nächsten Tagen bei euch vorbei.

Das schönste Wetter, das es gibt: am Abend nach dem Regenschauer (den man nicht bemerkt hat), wenn die Straße unter den Laternen glänzt und der Winter sich wärmt. Man meint, das Wasser steige zum Himmel, um einem das Gesicht zu streicheln. Die

Jacke knöpft sich von alleine auf. Man sagt sich: Ich habe eigentlich keine Zeit. Doch diese winzige Runde noch. Unter diesem Baum bin ich lange nicht gewesen, vielleicht hat er sich verändert. Man tritt heran und ist gleich mit den nackten Zweigen vertraut, hält ein, läuft schneller, meint, die Strecke zur Bushaltestelle, zum Park und zurück sei kurz gewesen, betrachtet wehmütig den haltenden Bus, obwohl er sich verspätet hat, und empfände Reue, sich loszureißen und einzusteigen. Kommen solche Tage wirklich wieder?

Solche denn hoffentlich doch nicht, da ich mich zwischen drei Tannen am vertrauten Ort verirre, vor lauter Bäumen die Straße nicht mehr sehe und einen im grünen Wagen hockenden Polizisten nach dem Weg zu fragen genötigt bin. Höflich und hilfsbereit sind sie, das ist die Wahrheit. Von der sowjetischen Milizija hatte man nie eine besonders hohe Meinung, aber die ukrainischen Ordnungshüter verhalten sich, wie man hört, nunmehr einfach ungesetzlich. Selten sind mir dort freundliche Polizisten begegnet, meist genießen sie einfach die Macht ihrer Uniformen. In Deutschland ist es anders. Mag der Anlass auch immer unangenehm sein, man blickt dem Eintreffen der grünen Gesetzeshüter doch zuversichtlich entgegen. Selbst bei einem Autounfall, habe ich gehört, erkundigen sie sich zuerst nach der körperlichen Verfassung der Betroffenen und ermitteln anschließend sachlich den Tathergang. Kein erniedrigendes Besserwissen, infames Schimpfen, wildes Gestikulieren und Angebote unter der Hand, für zwei oder drei größere Scheine Ursache und Wirkung zu vertauschen.

Also fragte ich nach dem Weg.

Der Polizist sagte: Sie sind auf dem richtigen Weg. Noch ein kurzes Stück in diese Richtung. Und er deutete mit der Hand aus dem Autofenster dorthin, wo ich bald die Haltestelle fand.

Etwas länger als geplant ist der Spaziergang gewesen. Aber auch Umwege bedeuten nicht, dass etwas ausgelassen werden darf.

Ich schreibe und schreibe. Verzögerungen dehnen die Nacht, ermüden den Morgen, die zurückgelegte Strecke aber bleibt gleich.

Taschkent war erreicht, die lange Fahrt beendet. Ich wähnte mich in Zugsicherheit, schlief ein. Die anderen mochten an den Fenstern kleben und gespannt auf die nächsten Schritte der Staatsorgane warten, die, in Gestalt der dürren Schaffnerin, irgendwann zum Fertigmachen und geordneten Aussteigen aufgefordert haben dürften.

Vor dem mit einer riesigen Uhr ausgestatteten Bahnhof wachte ich auf. Neben der Uhr hing ein übergroßes Porträt desselben aufgeräumten schnurrbärtigen Mannes wie am Stalingrader Bahnhof und im Stalingrader Flüchtlingsheim. Dann sah ich Lastwagen, die auf uns zu warten schienen.

Die bringen uns zu unserer neuen Unterkunft, hieß es. Alles strömte zu den Wagen. Ich wollte verzweifelt schreien: Wo ist unser Zug? Lieber kehre ich zu ihm zurück! Meinetwegen ist er mir ans Herz gewachsen. Ich will keine neuen Erfahrungen sammeln. Gibt es hier keine Straßenbahnen oder Schiffe?

Warum weint er nur wieder?, fragte Mutter. Ich werde ihn gleich schaukeln.

Weder Mutter noch Großmutter konnten sich, als ich sie Jahre später befragte, an die alles entscheidenden Einzelheiten erinnern.

Und dann waren wir in Taschkent, sagte Großmutter.

Wir sind mit dem Zug gekommen?

Ja.

Wir haben doch nicht am Bahnhof gelebt, sondern in einem Flüchtlingsheim weiter weg?

Natürlich.

Also müssen wir irgendwie vom Bahnhof zum Flüchtlingsheim gekommen sein. Erinnerst du dich, wie? In einem Lastwagen vielleicht?

Was fragst du mich? Hauptsache, wir sind in Taschkent angekommen und haben einen Platz in einem Zimmer bekommen.

Im Vernichtungslager Kulmhof in Chełmno nad Nerem oder Kulmhof an der Nehr, wie die Deutschen diese polnische Ortschaft nannten, wurden zwischen Dezember 1941 und Januar 1945 über hunderttausend Juden mithilfe dreier Gaswagen ermordet. In einem Schloss auf dem Gelände des Vernichtungslagers zogen die Juden sich aus, gaben ihre Wertsachen ab und betraten direkt aus dem Schloss heraus einen der Gaswagen.

Etwa hundert Sicherheits- und Ordnungspolizisten waren mit der Anlieferung, Enteignung und Vergasung der Juden beschäftigt. Das Sortieren der zurückgelassenen Kleider und Wertgegenstände, das Vergraben der Leichen und das Säubern der Gaswagen nach jeder einzelnen Vergasung wurden von jüdischen Zwangsarbeitern erledigt.

Lastwagen, mehr als zwei Erwachsenenkörpergrößen lang und mehr als eine Erwachsenenkörpergröße breit und hoch. Doch die Form wurde nicht durch Stoffplanen angedeutet, sondern von unnachgiebigem Metall diktiert. Im Innenraum schwebte ... über den zweimal eins mal eins Erwachsenen- und eins mal eins mal eins Säuglingslängen schwebte eine Glühbirne und leuchtete.

Den Kellergang davor bestrahlte keine. Er führte über eine Rampe zu den Lastwagen. Die Nackten aus dem tiefen Halbdunkel des Tunnels liefen zum Glühbirnenlicht und traten in den harten Schoß des Kastens, bis er sich füllte. Eng standen sie und nackt, woraufhin die schweren Türen von Uniformierten zugeschlagen und verriegelt wurden.

Der Fahrer eilte nicht, weder brüllte er, noch fuchtelte er mit den Armen, sondern legte sich unter den Wagenboden, nestelte daran, erhob sich, stieg in die Fahrerkabine, startete den Motor, fuhr weder hart noch geschmeidig an, bewegte das Fahrzeug gar

83

nicht von der Stelle. Doch die Glühbirne unterbrach ihr Leuchten jäh.

Manchmal klagt man über minderwertiges Licht, und manchmal ist nichts segensvoller als Dunkelheit. Was man nicht sieht, weiß man nicht. Was man nicht weiß, gibt es nicht.

Nichts habe ich damals gesehen, nichts außer unserem Lastwagen mit der löchrigen Plane. Aber, vielleicht ein paar hundert Atemzüge lang: widerhallendes Pochen und Schreie: Lasst uns raus! und Bitte, liebe Deutsche! und Helft uns! und anderes angstvolles Wehgeschrei.

Es ist bezeugt, durch die eine Handvoll Juden, die das Vernichtungslager überlebt haben, durch die Aussagen einiger Deutscher vor Gericht: Vielleicht ein paar hundert Atemzüge lang hörte man, wie Fäuste gegen die Blechwände des Gaswagens schlugen. Aber was vermögen Fäuste, von Haut überzogene Knochen, gegen Metall? Ein Trommelkonzert höchstens. Was vermögen selbst starke Männer gegen Blech? Und waren doch auch Alte, Kinder und Frauen in den Kasten gefallen. Und standen eng beisammen. Aber um schlagkräftig zu sein, braucht es viel freien Platz, um mit Schwung schlagen zu können.

Einmal jaulte der Motor, ein Uniformierter stampfte heran und schrie: Geh vom Gas runter! Wir haben keine Zeit, den Wagen auszuwaschen. Das Trommeln verklang, die Rufe verstummten, nur noch der Motor lief. Dann nestelte der Fahrer wieder am Wagenboden herum, stieg ein, der Wagen fuhr an und in einen Wald hinein und einen Weg entlang. Zwischen Bäumen hielt er, die Türen wurden von gestreiften Arbeitern aufgestoßen, die Glühbirne erwachte. Es war nichts Neues geschehen, nur anders. Die Sterbenden hatten sich ineinander verkrallt. Länger hatte dieses Sterben gedauert als jenes von Schüssen begleitete in Rumbula. Dafür war es unsichtbar vor sich gegangen. Während die schwarz-weiß Gestreiften ausluden, Arbeitsjuden, durch die Sterne auf den Armbinden als solche gekennzeichnet, noch während sie die verdreckten Toten in Gruben nahebei zogen und stapelten, fuhr der nächste Gaswagen heran.

Chełmno nad Nerem oder Kulmhof an der Nehr, wie die Deutschen diese polnische Ortschaft nannten, lag noch weiter westlich als Charkow und Riga. Wir hatten Wochen gen Osten zurückgelegt. Doch ich muss schon damals, am Bahnhof von Taschkent und später im Lastwagen, auf dem Weg zum Flüchtlingsheim, in Mutters Armen geschrien, muss, um die Gaswagen wissend, gelitten haben, muss schreckerfüllt gewesen sein. Denn was ist unvorstellbarer: dass ich das gesehen habe oder dass es das gegeben hat?

Mitnichten war unser Lastwagen mit Blech verkleidet. Grau-gelber Stoff mit Löchern. Keineswegs brummte der Wagen im Stillstand. Der Fahrer von ungewohnt dunkler Gesichtsfarbe trieb zur Eile an und hatte vor lauter Ratschlägen, die er den Neuankömmlingen zurief, keine Zeit, mit Hand anzulegen. Nachdem das letzte Gepäckstück hochgeworfen worden und der letzte Flüchtling auf die Ladefläche geklettert war, fuhr er hart an, dass Mensch und Sack purzelten, nur ich blieb fest in Mutters Armen. Hinten war der Wagen offen, es zog bitterlich. Jeder wurde gegen seine Nachbarn gedrückt. Ein alter Mann wagte, gegen die Fahrerkabine zu trommeln und in das Aufjaulen des Motors zu rufen, man möge bitte rücksichtsvoller fahren, ermattete Frauen und Kinder säßen hinten. Schrie ich? Jetzt scheint mir, ich konnte mir die Augen nur deshalb nicht ausweinen, weil Tränen bei Wind und Kälte schmerzten.

Wir waren warm angezogen, unsere Habseligkeiten lagen zu unseren Füßen. Alle saßen, von äußerster Enge, gar von Stehen konnte keine Rede sein; jeder, der es gewagt hätte aufzustehen, wäre bei jener Fahrweise gleich gestürzt. Niemand außer mir schrie, geschweige denn, dass jemand versuchte, die ohnehin löchrige Plane aufzureißen. Das Dunkel im Innern störte niemanden, niemand verlangte nach einer Leuchte. Höchstens ich mochte

85

mir eine wünschen, um der Falter, der weisen Tiere, wegen, auf dass sie sich an einer gut funktionierenden Glühbirne wärmten und sich vielleicht über die Kälte jenes Dezember 1941, des ersten anbrechenden Kriegswinters, hinwegretteten.

Aber ich fand die Falter nicht. Auch in Chełmno werden sie nicht gewesen sein. Was sollten sie an jenem Ort, da unter dunklen Glühbirnen hinter Blech getrommelt wurde?

Schon hielt der Wagen, der Motor verstummte, der Fahrer half entnervt beim Absetzen. Auch wenn es eine Schuld war, Jude zu sein, man wurde dafür nicht immer und überall auf Anhieb bestraft.

86

Hier lässt sich schlafen, übernachten

Ich sprach mit Julia über Igors Angebot, gemeinsam einen Autohandel aufzumachen. Igor ist ein listiger Mensch, sagte sie. Vielleicht ist das gut. Er wuselt sich überall durch. Aber ich glaube nicht, dass er dich betrügen würde. Und uns würde ein bisschen mehr Geld nicht schaden. Stell dir vor, Anna zieht wirklich weg und braucht eine eigene Wohnung.

Aber Autos! Ich will mich damit gar nicht auskennen. Ich habe einen anderen Beruf ...

Wenn es wirklich stimmt, was Igor sagt, dass man damit viel Geld verdienen kann, versuch es. Schau dich doch mal an. Du bist müde, du hältst dich kaum noch auf den Beinen. In letzter Zeit erschöpfen dich diese Übersetzungen viel zu sehr.

Und das Geld? Wo nehme ich das Geld her, um Autos zu kaufen?

Fünftausend Mark haben wir doch schon beisammen, oder? Ich verdiene bei den Sprachkursen doch auch etwas ... Ich werde vielleicht ewig zu diesen Sprachkursen gehen! Du kannst dir aussuchen, welche Arbeit du machst. Aber was soll ich tun? Ich werde nie wieder Lehrerin sein können. Für Russisch! Wer braucht das hier schon? Die Leute wollen kein Russisch lernen, sondern Deutsch. Ich fühle mich so ... ungewollt.

Sei doch froh, dass niemand etwas von dir will.

Ein kleines Kind, um das man sich kümmern könnte ... Wenn Anna bald heiraten und Kinder ...

Sie fängt doch nächstes Jahr gerade mal mit dem Studium an!

Ich weiß, aber willst du keine Enkelkinder?

Der Fahrer trieb uns an und warf die Gepäckstücke achtlos vom Lastwagen herunter. Da seine Hände endlich ins Leere griffen, sprang er ab, lief zur Fahrerkabine, schwang sich hoch und raste davon. Doch ich habe keinen Grund, mich zu beschweren. Gütlich und glatt ging ja der Wechsel von Unterkunft zu Unterkunft, von Transport zu Transport vonstatten. War gar Naums, des polizeilichen Großonkels, lange Hand im Spiel? Fürsorglich und großzügig war sie. Vor uns standen graue Bauten, zweistöckige! Dunkle Streifen wehten quer gen Himmel. Ich kannte keine Angst vor rauchenden Gebäuden. Großmutter trug mich hinauf ins zweite Stockwerk.

Bis zum Horizont und darüber hinaus gebreitete Steppe, viele Bahnhöfe, sogar Flüsse und Seen lagen zwischen mir und dem Westen. Wir sind in Sicherheit, sagte ich mir, wir sind in Sicherheit. Daran besteht kein Zweifel. Aber noch hat sich mein Gesicht vom Schreien nicht beruhigt.

In der zugewiesenen Wohnung war eigentlich auch ohne uns nicht mehr viel Platz. Zwar war keine Menschenseele zugegen, doch aufgewühlte Betten, unter denen Bündel lagen, ein mit Tellern, Löffeln und einer Schere beladenes Tischchen auf drei Beinen und Hosen auf einem Nagel nahmen den ganzen Raum ein.

Aber Glück ist ja immer die nächsthöhere Sprosse auf einer Leiter. Gerade noch waren wir in einem Zugabteil und in einem windigen Lastwagen unterwegs gewesen – nun fanden wir uns im zweiten Stockwerk wieder! Die ungemachten fremden Betten brachten, nach einer langen erschöpfenden Fahrt ohne Beinfreiheit, meine Nächsten wohl in Versuchung. Großmutter legte mich auf einem der Betten ab und ließ sich neben mich fallen. Ich schloss die Augen und schlief ein.

Lärmende Kinder weckten mich am Nachmittag. Später erschienen ein Mann und zwei Frauen, verwunderten sich nicht über den neuerlichen Zuzug und hießen uns missmutig willkommen.

88

Richtet euch ruhig ein, sagten sie und machten keine Anstalten, ein Plätzchen zu räumen, rückten zu guter Letzt doch aus einer Fensterecke ab, der linken. Ein Bett stand dort.

Ein Bett, seufzte Großmutter.

Niemand hat es besser, sagte einer schroff, anscheinend das Haupt des Zimmers, den sie Lev nannten. Wir haben abwechselnd allein geschlafen, damit jeder sich wenigstens einmal die Woche ordentlich ausruht. Euretwegen, ich meine, weil wir jetzt Vollbelegung haben, werden sich immer zwei ein Bett teilen.

Aber wir sind zu dritt!

Ich bitte euch, der Säugling zählt nicht, unsere Kinder schlafen zu viert in einem Bett.

Sollten die Zimmernachbarn reden und wertvolle Hinweise zum eigenen Besten geben. Ich ähnelte ja tatsächlich einem Säugling, der sich dem Wesentlichen widmete: essen, verdauen, unbrauchbare Reste in die tuchenen Windeln drücken, dann und wann flennen, schlafen. Aber das Wesentliche war: Ich würde aus dieser Ecke die Welt der nächsten Jahre betrachten, das Fenster, winters verdichtet, sommers weit geöffnet, fest im Blick. Fenster, Türen, Nachbarn; in Wahrheit nahm die Fahrt kein Ende.

Hier lässt sich schlafen, übernachten, sagte Lev, so wie sich auf der Arbeit arbeiten lässt. Das Leben holen wir in der Küche nach oder draußen, wenn das Wetter mitspielt.

Großmutter ließ sich die Küche zeigen, kam zurück und sagte zu Mutter: Arthur hat in der Gemeinschaftsküche nichts verloren. Die angebrannte Luft dort tut seinen Lungen nicht gut.

Dass ich das Leben nicht nachholen würde, wenn das Wetter nicht mitspielte, blieb mir scharf zu schlussfolgern überlassen ... Am Abend fielen Mutter und Großmutter in das schmale Bett. Ich fühlte mich zwischen dem mütterlichen Leib und der Wand wohl gebettet, wenn auch von tadellos weißglattem Bettbezug keine Rede sein konnte. Hinter Mutters Rücken türmten sich unsere Koffer, das Zimmer war Schlaf- und Abstellkammer zugleich, für

89

mich auch Wohnzimmer und Küche. Neben uns schnarchten unsere neuen Nachbarn.

Meine warmen, zum Greifen nahen, fernen Bettgenossinnen wachten erst am späten Morgen auf, da die Zimmernachbarn längst verschwunden waren. Wir brauchen Brotkarten, sagte Großmutter, was wir am Bahnhof bekommen haben, reicht nur für drei Tage. Mir werden sie hoffentlich Arbeit in einem Textilbetrieb zuweisen, aber dir vielleicht auch, das müssen wir verhindern. Sie zog sich an und ging weg.

Am Bahnhof hatten wir kundgetan, dass ein fast Neugeborenes da sei. Dass aber daraus an höherer Stelle Schlüsse gezogen worden waren, bezweifelte Großmutter. Am Nachmittag stürmte sie herein und sagte, Mutter habe sich einzufinden, nebst mir, dem Säugling.

Müssen wir Arthur wirklich mitnehmen?, fragte Mutter. Der Arme hat mehr Fahrten hinter sich als mancher erwachsene Mensch in seinem ganzen Leben.

Sie wollen sich von seiner Existenz überzeugen, sagte Großmutter, sonst bewilligen sie dir keine Extraration.

Plötzlich begann Mutter zu weinen. Wenn Jascha hier wäre, dann wäre alles nicht so schlimm, hörte ich sie schluchzen.

Großmutter erwiderte streng: Wenn Gott will, dann wird er hierherkommen. Oder wir treffen ihn wieder in Charkow, wenn die Faschisten besiegt sind. Er hat ja seinen Sohn noch nicht gesehen.

Mutter wurde sehr schlecht, sie rief mich an, ich bestellte ein Taxi und brachte sie ins Krankenhaus. Es wird das Herz sein. Niemals ist ihr in Charkow so schlecht gewesen, in einem ganzen Lebensalter hat sie weniger Gebrechen zu beklagen gehabt als hier in einem Jahr. Ich denke, weil in den spärlich ausgestatteten sowjetischen Krankenhäusern die Heilungsaussichten nicht zuletzt von der Dicke der zugesteckten Umschläge abhingen, hat sie sich alles für Deutschland aufgespart. Hier kommt es tatsächlich vor, dass Patienten durch die Drehtür des Krankenhauses weniger leidend heraustreten, als sie in die Notaufnahme hineingeschoben worden sind. Im neuen ukrainischen Staat dagegen verursacht die Behandlung bisweilen mehr Kummer als die Krankheit selbst. Die Kräfte des Patienten fließen nicht in die eigene Genesung, sondern in die Suche nach guten und finanzierbaren Ärzten und Medikamenten.

Vorgestern hatte Mutter noch in unserer Küche gesessen und es war nicht schlecht gewesen. Aber schlechte Tage und Tage ohne ausgesprochene Schlechtigkeit wechseln einander ab. Gestern gescherzt, heute im Krankenhaus und morgen, wer redet heute laut von morgen. So soll es ja sein, dass alte Leute unberechenbar sind und ihr nächster Abend nicht vorauszusehen ist.

Ja, alte Leute. Aber nicht die eigene Mutter.

Als Mutter vorgestern noch bei uns gesessen hatte, waren Tanja und Igor hereingeplatzt und hatten aufgetischt: Zur Einweihungsfeier seien wir selbstverständlich eingeladen, sie wollten sich darüber hinaus in kleiner Runde bei mir bedanken. Sie konnten einfach nicht verstehen, dass ihre Papiere und die Sozialgesetzgebung das günstige Ergebnis herbeigeführt hatten, nicht der Sozialamtsbeamte, geschweige denn ich.

Kennt ihr die Geschichte von unserem Umzug aus dem Wohnheim hierhin?, fragte ich.

Meinst du die mit den Tapeten?, fragte Tanja.

Nein, eine andere. Es war so: Wir sind zwischen Wohnheim und Wohnung, von Geschäft zu Geschäft, vom Mittwochs- zum Samstagsmarkt und von dort in den Baumarkt gehetzt, weil Dübel, Schrauben, Farbe fehlten. Wir besaßen ja fast kein einziges eigenes Möbelstück. Dieses furchtbare Suchen, Finden, Verwerfen! Welche Farbe für die Gardinen? Welche Wohnwand? Welcher Sofastoff? Welche Handtuchhalter? Welche Kassenschlange? In welche Reihe stellt man den Einkaufswagen, wenn man endlich fertig ist?

Warte mal!, sagte Julia. Hätte ich gewusst, wie schlimm das für dich ist, hätte ich dich nicht mitgenommen.

Das ist es, obwohl ich volles Vertrauen zu dir hatte, kam ich mit. Weißt du noch, wie wir über die Farbe der Vorhänge im Wohnzimmer stritten? Seit wann mich die Farbe der Vorhänge interessiert?, werdet ihr fragen und denken, dass ich dies dankbar in Julias Hände gelegt haben sollte. Aber ich sage euch, ein Umzug rüttelt an den innersten Instinkten. Ein Wohnungswechsel belastet. Man redet sich ein, einem widerfährt Gutes, man gibt zwei Zimmer mit Gemeinschaftsküche und geteiltem Bad für eine vollwertige Wohnung auf. Doch statt sich freudig auf den Umzug einzulassen, fühlt man eine bleierne Last auf den Schultern. Weil der Mensch ein Dach über dem Kopf braucht, ein sicheres, jeden Tag.

Danke für die warmen Worte, sagte Tanja. Wir hoffen, ihr kommt trotzdem zur Einweihungsfeier. Wie war denn Ihr Umzug, Rosa Israilewna?

Es war nicht sehr schlimm!, antwortete Mutter. Arthur und Julia haben sich um alles gekümmert. Sagt, was ihr wollt – aber in so einer großen Wohnung, alleine, das hätte ich mir nie gedacht. Ich habe früher nie alleine gewohnt. Aber Gott sei Dank ist es nicht weit zu den Kindern ... Arthur, wird Anna wirklich wegziehen?

Sie will, dass ich mit ihr nach Wehnau zum Tag der offenen Tür fahre.

Ach ja!, sagte Igor. Hast du dir über die Autos Gedanken gemacht? Der Markt wächst von Tag zu Tag. Die Russen und Kasachen wollen immer mehr deutsche Autos.

Eigentlich habe ich mit den Übersetzungen gerade genug zu tun, sagte ich. Die wachsen auch ... Aber einen Versuch ist es wert.

Sehr gut!, sagte Igor und rieb sich die Hände. Glaub mir, mit Autos kann man mehr Geld verdienen als mit Übersetzungen. Wir setzen uns zusammen und besprechen alles in Ruhe. Ich habe mich schon mit ein paar Autohändlern in Essen unterhalten.

92

Glücklich, wer sich in Kleinigkeiten, Einzelheiten zu verzetteln vermag. Warum bloß habe ich im letzten Winter meinen Schal verloren, jetzt muss ich einen neuen kaufen. Wo ist der zweite Lederhandschuh hin? Solche Gedankenfetzen tummeln sich im Teich. Soll ich heute oder morgen spazieren gehen? Soll ich dieses Dokument jetzt oder später übersetzen? Solche Gedanken fressen sich auf, vermehren sich. Ich brauche neue Schuhe. In diesem Geschäft gibt es nichts Brauchbares. Soll ich in eine andere Stadt fahren? Der Wind kräuselt die Wasseroberfläche, das ist alles, das ist die Unruhe der Zeit.

Im Teich ist es still. Aber da bin ich nie hingekommen. Überhaupt aufs Wasser nicht oft. Beim ersten Mal war es ein Fluss, der schenkte mir die schönsten Augenblicke meiner Kindheit. Der Weg meiner Geschichte ist so breit, dass ich wohl oder übel auf ihn zurückfinde. Von Taschkent aus sah ich nachts die Sterne am Himmel blinken. Und die Charkower Sterne bewegten sich. Ihre Besitzer führten teures gelbes Papier mit sich. Neue Anschläge auf Litfaßsäulen befahlen den Juden eine Umsiedlung in den zehnten Bezirk, auf das Gelände des Traktorenwerks. Wer am 17. Dezember als Jude anderswo angetroffen werde, habe mit strengster Bestrafung zu rechnen.

Was würde ich mir als Säugling gedacht haben, wenn ich diese Anschläge gesehen und gelesen hätte? Die Juden hatten den Nachthimmel auf der Kleidung, bezogen eine verminderte Brotration, hatten gelbe Papiere für zehn Rubel das Stück erworben. Selbst ein Kind mochte sie leicht von allen anderen Stadtbewohnern unterscheiden. War es nicht einfacher, Gleiche unter Gleichen an einem genau abgegrenzten Ort gleich zu behandeln? Es stand im Einklang mit den bisherigen Maßnahmen, die Juden umzusiedeln.

Früh am Morgen reihte sich ein Stern an den anderen und eilte, mit einem leichten Einschlag gen Süden, der aufgehenden Sonne entgegen. Die glitt am Schnee ab und gab sich auch sonst erbärmlich wenig Mühe. Das änderte sich wenig, als sie erhöht stand. Sie war nicht zum Wärmen da, sondern zum Sichtbarmachen. Wär nicht das Auge sonnenhaft, die Sonne könnt es nie erblicken; alles andere auch nicht, vielleicht. Verschieden Uniformierte standen auf der Straße. Sie mochten Sorge tragen, dass sich die Juden nicht verirrten und etwa ins falsche Werk gerieten.

Früh zogen die Sterne los. Aber eine Kette mit vielen Gliedern zieht sich in die Länge. Als am Abend die Sonne im weiten Bogen fiel, die kalte Schulter zeigte, schrien die Uniformierten: Halt!, und der Zug, nein, der Treck der Sterne, kam zum Stillstand. Aber nicht um Erschießungen ging es, nicht um Gruben. Sondern darum, dass sich Verordnungen und Befehle übereinanderlegen, so wie eine Schicht Erde die nächste überdeckt und man sein Gehen nur mit der obersten verbindet. Es ging um das Ausgehverbot für Juden ab Sonnenuntergang, das von den Uniformierten auf der Marschroute zwischen Stadt und Traktorenwerk als Gehverbot ausgelegt wurde.

Obwohl sich im Fall des Ausgehverbots ein Konflikt mit einer anderen Anordnung ergab, die da lautete, die Juden hätten so schnell wie möglich die Stadt zu verlassen und ins Traktorenwerk zu ziehen.

Im Dezember war's. Die auf halbem Wege angehaltenen Sternträger schmiegten sich aneinander und verbrachten, auf der Marschroute zwischen Stadt und Traktorenwerk, die Nacht unter freiem Himmel. Nun endlich sprachen trübe Charkower mit glänzenden Nachtsternen. Auch ein Zusammentreffen ganz anderer Art geschah, mit neugierigen sternlosen Anwohnern nämlich. Das braucht ihr sowieso nicht mehr, sagten sie und nahmen an sich, was des Wegtragens wert schien: Säcke, Koffer, Bündel. Vielleicht auch Halstücher. Das ging leise vor sich, vielleicht der Uniformierten wegen oder weil die Kälte Stille gebot.

Als sich die Sonne wieder ankündigte, der größte Stern von allen, und alle anderen vom Himmel vertrieb, endete das Ausgehverbot. Aber nicht alle Juden erhoben sich gegen die Sonne; vielleicht weil die nächtlichen Gestirne zwar kleines Licht für die Raubüberfälle gespendet hatten, aber überhaupt keine Wärme.

Ich habe, sobald ich vom Schicksal der Charkower Juden erfuhr – es war einige Jahre nach dem Krieg, ich ging zur Schule in Charkow –, Nachforschungen zum Traktorenwerk im zehnten Stadtbezirk angestellt. Das war nicht schwierig, das Traktorenwerk lag etwa ein Dutzend Bushaltestellen von unserem Haus entfernt. Ein Leuchtturm der nationalen Industriegeschichte! Fertiggestellt 1931, nur ein Jahr nach dem ersten Spatenstich, wurde es nach G. S. Ordschonikidse, einem Revolutionär der ersten Stunde, benannt. Er hatte gleichzeitig mit dem künftigen Anführer Stalin in Gefängnissen gesessen, war in dessen Windschatten in den Machtolymp aufgestiegen und später, da nach Gründen nicht gefragt wurde, weil hohe Köpfe nur so flogen, beseitigt worden. Dem beispiellosen Erfolg des Werks tat das keinen Abbruch, es trug seinen Namen und stellte hunderttausendfach Traktoren her; sechs Jahre lang hohe mit schmalen schwarzen Rädern; ab 1937 weniger elegante Modelle mit einem Kettenlaufwerk und einer halbgeschlossenen Kabine. Kurzum, Panzer im Weizen.

Dieses Werk hatte mit dem Kamenez-Podolsker Fleischkombinat, das täglich um die Rinder- und Geflügellieferung bangte, nichts gemein und leistete einen entscheidenden Beitrag zur Motorisierung des Landes. In jeder sowjetischen Republik, von den fruchtbaren ukrainischen Feldern bis zu den harten Böden des Fernen Ostens, wurde Mutter Erde mithilfe von Traktoren aus Charkow umgepflügt. Vielleicht wäre ohne das erfolgreiche Traktorenwerk auch die Panzerproduktion an einem anderen Standort ausgebaut worden, mein Vater von Kamenez-Podolsk nicht nach Charkow zurückgerufen worden und ich ... aber das wäre eine andere Geschichte, von einem anderen wahrscheinlich verschwiegen. Jedenfalls konnte bei dem Traktorenwerk von einem Evaku-

95

ierungserfolg auf ganzer Linie gesprochen werden. Lange bevor im Oktober 1941 der letzte Rotarmist die Stadt verließ, waren sämtliche Maschinen abgebaut, der Lagerbestand inventarisiert und, mit dem Gros der Arbeiterschaft im Schlepptau, nach dem sicheren Osten abtransportiert worden. Im Januar 1942 wurde in Rubzowsk in der Region Altai auf Grundlage des evakuierten Charkower Betriebsvermögens mit dem Werksaufbau begonnen. Alsbald rollten neue Traktoren vom selben alten neuen Band. Nach Altai, im südlichen Russland auf der Länge Westchinas gelegen, sind deutsche Uniformierte nie gelangt.

Ich huldige dem Werk, als wollte ich es verkaufen und für seine ruhmvolle Geschichte einen Preisaufschlag kassieren. Dabei gibt es fast nichts zu veräußern.

Wer hat auch nur die leiseste Ahnung, was mit Gebäuden geschieht, an deren Bau er beteiligt ist, die er bewohnt oder vom täglichen Vorüberspazieren her kennt? Wird das mühevoll aufgeführte Haus dem Zweck dienen, den es vorgibt erfüllen zu wollen? Wie weit liegen Werkstuben und Ghettobaracken auseinander? Arbeitermahlzeiten waren hier einstmals ausgeteilt worden. Nun nichts. Mitte Dezember 1941 hielten die letzten Charkower Juden Einzug im Traktorenwerk.

96

Kinderspiel

Neujahr, der größte fröhliche Feiertag, zum zweiten Mal in Deutschland. Am 8. März, am 1. und am 9. Mai, dem sogenannten Tag des Sieges, waren wir mit unserer gehobenen Stimmung ziemlich alleine. In der Sowjetunion wurden diese Tage durch Flaggen, Paraden, Radiodurchsagen, ergriffene Fußgängergesichter, majestätische Fernsehbilder erhöht, hier wird von ihnen kaum Kenntnis genommen. Am Jahresende aber kommen sowjetische Einwanderer mit ihrer Feierlust in der Mitte der Gesellschaft an. In den Tagen und Stunden davor proben Kinder unter Zuhilfenahme roter Knallkörper für den großen Auftritt, Ladenregale mit Getränken leeren sich, Hochprozentiger wird in den Taschen verstaut.

Willst du nicht den Arzt bitten, deine Mutter für die Feiertage freizustellen?, fragte Julia.

Sie hat ja recht, ein Krankenhausaufenthalt ist anstrengender als Schwerstarbeit. Eigentlich hilft nur eine Freistellung. Aber ich sagte: Besser, sie verpasst diese Feier und verbringt dafür die nächste zu Hause als andersherum. Wenn alles gut geht, wird sie bald endgültig entlassen.

Endgültig, das Wort löste sich unwillkürlich von meinen Lippen. Aber wer in diesem Alter einmal ins Krankenhaus kommt, kehrt immer wieder dorthin zurück, wenn alles gut geht, vielleicht.

Dafür blieb ich am letzten Tag des Jahres länger als sonst bei Mutter. Um den diensthabenden Arzt nicht zu verpassen, pendelte

97

ich zwischen ihrem Zimmer und dem Dienstzimmer. Mein unablässiges Auf und Ab störte Mutter nicht.

Wie geht es dir heute?, fragte ich. Im Vergleich zu gestern?

Sie fragte: Wo werdet ihr feiern? und später: Mit wem? Das war schon Grund genug zum Feiern. Wer solche Fragen stellt, ist bestimmt schon auf dem Weg der Besserung.

Tiefgründige Gespräche, die nicht unterbrochen werden sollten, gehören zum abendlich-trauten Beisammensein bei gedämpftem Licht. Aber ein Krankenhaus ist der unpassendste Ort für weitreichenden Gedankenaustausch. Nirgendwo sind Banalitäten und Bagatellen gebotener und notwendiger als hier. Der Kranke mit einer Kanüle im vielfach zerstochenen Arm und der Besucher am Bettrand oder auf einem herangeschobenen Stuhl werfen sich Wortbrocken zu und sind zufrieden wie die Spieler einer hoffnungslos in Rückstand geratenen Mannschaft, die sich vorsichtig den Ball zupassen. Indem sie das Spielgerät in den eigenen Reihen halten, laufen sie geringere Gefahr, noch mehr Tore zu kassieren. Aber gesund sind sie und träumen vielleicht vom Rückspiel.

Wenn es Mutter einigermaßen gut geht, schaue ich lieber auf sie als ins Zimmer. Manchmal fühlt sie sich besser als beim letzten Mal, aber die weiß getünchten Wände, auf einer Seite mit Schranktüren, auf der anderen mit Fenstern, die massiven Betten mit Metallgestell, ein kleiner erhöhter Fernseher gegenüber – das dünstet immerwährend Krankheit aus, selbst kurz vor einer Entlassung.

Außer mir lauerte niemand auf den Arzt. Meinten die Verwandten der Kranken, die Krankheit nehme am Feiertag wohlverdienten Urlaub? Vielleicht ist es einfach so, dass viele Kranke sich das eigene Leiden vom Arzt erklären lassen, wenn er ihnen morgens eine Visite abstattet. Und wenn die Verwandten am Nachmittag kommen, erzählen sie es ihnen weiter, nach Gutdünken verschönert, verdüstert oder buchstabengetreu. Aber Mutters größte Sorge gilt gar nicht der Krankheit, sondern dem Nichtverstehen. Sie hat

98

Angst, etwas zu verpassen oder einen Fehler zu begehen. Sie denkt nicht: Was wird aus meinem Herzen?, sondern: Verstehe ich, wenn die Krankenschwester hereinkommt, was sie sagt, was ich tun muss?

Ich glaube, wenn Mutter sehr übel würde und in meiner Abwesenheit Ärzte kämen und sie mitnähmen und man ihr, während sie im weißen Bett läge und Kanülen in die Nase, die Hand und den Unterleib liefen, auf Russisch sagte, sie brauche keine Angst zu haben, antwortete sie mit mühevoll bewegten Lippen und aus verwirrten Augen: Aber was, wenn ich nicht verstehe? Was, wenn man mich nicht versteht?

Ihre Angst ist nicht aus der Luft gegriffen. Einmal sprach eine Krankenschwester auf sie ein und Mutter verstand, dass etwas auf sie warte und sie irgendwohin gehen müsse. Nur was und wohin? Mutter blieb zurück und wusste, dass sie etwas versäumte. Bloß was?

Später schimpfte die Krankenschwester. Mutter begriff das auch ohne Sprachkenntnisse. Erschrocken sah sie aus, als ich am Abend zu ihr kam, flüsterte mir zu, was geschehen war, da stürmte die Krankenschwester schon herein und empörte sich, Mutter habe eine Untersuchung verpasst.

Ins Herz greifen sie einem im Krankenhaus jeden Tag ein, aber der Betrieb bricht zusammen, wenn einer kein Deutsch spricht.

Glauben Sie, Frau Segal hat die Untersuchung boykottiert?

Boykottiert?

Begleiten Sie bitte Frau Segal in Zukunft bis zum Untersuchungsraum und bringen Sie sie wieder zurück.

Nein, in Wahrheit sagte ich das nicht, weil vom Wohlverhalten dieser Schwester vieles abhängt, sagte stattdessen: Entschuldigen Sie! und Sie verstehen ja! und Vielleicht könnten Sie bitte nächstes Mal mitkommen!, begleitet von einem Lächeln.

Die Krankenschwestern unterscheiden sich wie Tag und Nacht. Eine andere gibt es, die verstand auf Anhieb, dass Mutter keinen

Appetit auf Wurst hatte, und brachte mehr Käse. Obwohl die meisten Kranken früh zu Bett gehen, ermüdet durch den Krankenhaustag, half diese zweite Krankenschwester Mutter am Abend, sich anzuziehen, um frische Luft zu schnappen. Ich will ihr ein kleines Geschenk machen, sagte Mutter. Was denkst du?

Der Umgang mit dem Personal ist ein aufregendes Thema. Die gute Krankenschwester gibt sich ohnehin Mühe. Ob sie sich, wenn sie beschenkt würde, noch mehr anstrengen würde? Soll man den Eifrigen oder den Faulen geben oder allen zugleich? In Charkow lief man verzweifelt mit einer Gießkanne herum und goss und goss, gab den Guten und den Schlechten, den Fleißigen und den Faulen, das schien das Sicherste zu sein. Aber hier in Deutschland? Meine Rathaus- und Sozialamtserfahrungen helfen nicht weiter.

Einmal, als Julia und ich bei Mutter saßen, kam der Stationsarzt herein. Tägliche Visite. Aber er fragte zuerst, vielleicht aus Neugierde, vielleicht um auch einmal etwas Unschuldiges zu sagen: Segal – wo kommt der Name her?

Plötzlich reichte, zu meiner großen Überraschung, Mutters Jiddisch aus, um mir zuvorzukommen und zu antworten, es handele sich um einen alten deutschen Namen.

Der Arzt staunte und sagte: Wirklich? Nicht von hier, oder?

Mutter schüttelte den Kopf und sagte: Bavarija.

Das muss eine sehr alte bayerische Mundart sein, die Sie da sprechen, sagte der Arzt.

Gut zu wissen, meinte ich, nachdem er wieder gegangen war, dass wir Wurzeln hierzulande haben und auch noch einen althergebrachten bajuwarischen Namen.

Ich habe nicht die Unwahrheit gesagt, entgegnete Mutter. Unsere Vorfahren sind aus Deutschland nach Polen und in die Ukraine gezogen.

Rosa Israilewna hat recht, sagte Julia. Nur weil der Arzt nett lächelt, muss man ihm nicht alles erzählen ...

Endlich bekam ich den Herrscher über die Herzkrankheiten zu

100

fassen. Tagelang hatte er sich nicht blicken lassen und jetzt auf einmal, ein paar Stunden vor Neujahr, trieb er sich auf der Station herum. Das Herz, ja. Natürlich sei ein Eingriff in diesem Alter immer riskant. Aber es handele sich eben auch um eine Standardoperation, also ...

Ich hatte so lange auf den Arzt gewartet, jetzt konnte ich ihm kaum zuhören.

Alles gut, sagte ich, als ich wieder das halbleere Zweibettzimmer betrat (ein paar Kranke hatten doch Urlaub genommen). Die Operation nächste Woche ist Routine, nichts Besonderes, das machen sie hier jeden Tag tausendmal und es läuft immer gut. Dann erholst du dich ein wenig und in zwei Wochen kommst du nach Hause, bestimmt, wenn alles gut geht.

Gut, dass ich hier liege, sagte sie. Stell dir vor, mir wäre so etwas vor zwei Jahren passiert. Besser hier als dort.

Aber am besten gar nicht, Mutter.

Als wäre ich beim Schritt über die Grenze um zwanzig Jahre gealtert.

Ach, Mutter, glaubst du das wirklich? Wie viele Organe schwächeln bei dir schon lange und wir haben erst hier davon erfahren? Jetzt schmilzt du wie Wachs dahin, unter der Flamme einer Krankenversorgung, wie man sie sich nur wünschen kann.

Nein, das sagte ich nicht, ich sagte: Werde gefälligst schnell gesund, es ist für mich bequemer, zu deiner Wohnung zu gehen, statt hierhin zu fahren.

Sie lächelte und sagte: So sorgst du dich um mich ... Ich weiß gar nicht, was ich tun soll. Unsere Seniorengruppe unternimmt eine Reise nach Koblenz, an den Rhein und zu den Burgen. Ich habe ja noch nichts von Deutschland gesehen. Das Geld habe ich schon in der Gemeinde abgegeben. Meinst du, ich kriege es wieder?

Mach dir keine Sorgen. Die Gemeinde wird bestimmt eine zweite Reise nach Koblenz organisieren, wenn du wieder gesund bist. Oder nach Baden-Baden oder nach Bayern.

101

Ich habe wegen dieser ganzen Krankheiten vergessen, Anna zu Chanukka ein Geschenk zu machen, sagte Mutter. Geh bitte zu mir nach Hause und nimm 50 Mark aus der Schublade, du weißt schon, wo. Gib Anna das Geld heute. Sag ihr aber, das ist nicht für Neujahr, sondern für Chanukka.

Im langsamen Krankenhausaufzug fuhr ich nach unten und trat nach draußen, in den letzten Spätnachmittag des Jahres 1992, unseres ersten ganzen Jahres in Deutschland. Die Straße gaukelte halbherzig den Winter vor. Dann der Straßenverkehr. Nie habe ich mich für Automarken interessiert, aber sie werden einem beständig unter die Nase gerieben, in der Fernsehwerbung und in Zeitungsanzeigen, auf Parkplätzen und im Straßenverkehr. Lastwagen, Transporter, mit und ohne Planen. Ich wechselte die Straßenseite, ging über den Zebrastreifen, ruhig, nicht wie eine angefahrene Katze. Das habe ich letztens gesehen, wie eine angefahren wurde und dann, ohne zu heulen oder zu miauen, stumm auf drei Beinen von der Straße sprang und im Gebüsch verschwand.

Ich ging zur Bushaltestelle, drückte mich unter die Überdachung. Es war gar nicht kalt, nur nass, ein ausgesprochen lausiger Winter. Plötzlich fiel mir ein, dass ich das Monatsticket in Julias Tasche vergessen hatte. Schwarz war ich zum Krankenhaus gefahren und keiner hatte es bemerkt. Glück gehabt, dachte ich und zählte das Geld ab.

Der Bus fuhr ein, ich betrat ihn und bat den Fahrer um ein Einzelticket. Kurze oder lange Strecke?, fragte er.

Wie? Bitte?

Kurze oder lange Fahrt?

Ich hatte es besser machen, pflichtbewusst einen Fahrschein kaufen wollen, um genau dies zu vermeiden: dass Schweiß auf die Stirn tritt und die Wangen sich röten. Ungeduldig hakte er nach: Wollen Sie in der Stadt bleiben oder hinaus?

Ich stieg aus. Man muss die Kraft aufbringen abzubrechen, was im Guten fortzusetzen unmöglich ist. Man muss auch die Kraft haben, mit einem blauen Auge davonzukommen. Der nächste Bus kommt in fünfzehn Minuten, sagte ich mir.

Im zweiten Bus verlangte ich sofort, als ich die erste Treppenstufe betrat, ein Erwachsenenticket der Zone A, legte das Geld passend hin, griff nach dem wortlos gereichten Fahrschein, lief nach hinten, setzte mich und blickte geradeaus. Einige Leute saßen, ein paar standen, freiwillig, überhaupt würden nur so und so viele Leute hereingelassen, aus Sicherheitsgründen. Nie habe ich hier vollgestopfte Busse zu Gesicht bekommen. Ich blickte aus dem Fenster, dahinter waren Fahrzeuge, die zurückblieben und überholten, so wie, wenn wir im Schnee laufen, dieser uns mal hinterherschwebt, mal vorüberrast und dann wieder einfach auf uns fällt. Es schneite aber nicht.

Ich gab Anna den Briefumschlag mit 50 Mark und sagte: Das ist von Oma. Zu Chanukka. Nicht zu Neujahr. Sie hat bloß vergessen, es dir vorher zu geben.

Wann war eigentlich Chanukka?, fragte Anna.

Ich meine, schon vor ein paar Tagen, sagte ich.

Aber es ist nicht schlimm, wenn ich das Chanukka-Geld an Silvester ausgebe, oder?, sagte Anna und lachte.

Nein, sagte ich, solange du wieder vor sechs Uhr zu Hause bist. Und morgen kommst du mit zu Oma.

Natürlich. Ich habe ein Geschenk zu Neujahr für sie.

Aber sie wird doch nächste Woche operiert.

Na und? Hat sie deshalb kein Geschenk verdient?

Ins neue Jahr rutschten wir bei Tanja und Igor. Sie hatten es gerade geschafft, sich halbwegs einzurichten, und stellten nun uns und noch ein paar anderen Freunden stolz die neue Wohnung vor.

Das ist das Wohnzimmer ... Schlafzimmer ... Kinderzimmer eins für Mischa ... Kinderzimmer zwei für Nina ... Küche ... Bad.

Igor zog mich ins zweite Kinderzimmer und sagte: Arthur, was ist denn los? Wir wollten doch schon letzte Woche über das Geschäft reden und wie wir es anfangen wollen!

Ich weiß, aber ich hatte wirklich viel zu tun. Wir können jetzt reden.

Ausgerechnet heute? Na gut. Lass uns ein paar Minuten hierbleiben. Also. Arthur, du kannst doch gut handeln?

Ich weiß nicht.

Natürlich kannst du! Du hast Bücher übersetzt, du redest wie gedruckt. Du sprichst bestimmt besser Deutsch als die deutschen Autohändler, das wird ihnen gefallen. Ich habe auf dem Automarkt in Essen einen Russen aus Moskau kennengelernt, der kommt regelmäßig dorthin und kauft Autos. Das könnte unser erster Kunde sein. Er sagt zum Beispiel, er braucht einen Passat, Limousine, Baujahr 1985 oder '86, schwarz oder silber. Das Wichtigste ist wie immer der Preis. Wir suchen in Zeitungen und auf dem Markt. Du wirst, so wie du redest, bei Autohändlern mehr heraushandeln als ich mit meinen fünf deutschen Wörtern. Den Deutschen gefällt es, wenn man mit ihnen ein schönes Gespräch anfängt.

Wem gefiele das nicht?

Den Deutschen besonders. Arthur, du sprichst Deutsch und ich kenne mich mit Autos aus. Da kann eigentlich nichts schiefgehen. Beim Gewinn machen wir natürlich halbe-halbe.

Auch das noch, dachte ich. Dass Halbpart bei einem solchen Geschäft die natürlichste Teilung der Welt sei, hat sich auch schon ein Hochstapler in einem Buch anhören müssen.

Wir verließen das Kinderzimmer zwei und begaben uns ins Wohnzimmer zu den anderen. Nach Mitternacht begeisterten sich die kleinen Kinder an den Böllern – einige Erwachsene auch.

Das sind die Feiertage gewesen. Ich habe im neuen Jahr über das alte geschrieben, dafür habe ich die ersten, gewissermaßen freien Januartage gebraucht. Aber ich habe das Charkower Traktorenwerk nicht vergessen. Seinerzeit habe ich mich ausgiebig mit dessen Geschicken beschäftigt, weil mein Vater dort gearbeitet hatte und weil die Charkower Juden dorthin zogen. Lange vor dem Einmarsch der Deutschen war das Betriebsvermögen evakuiert worden. Aber warum hatte man nicht stattdessen die Juden mitgenommen, die von den neuen Machthabern sofort besternt und im Verlauf von zwei Winterwochen auf dem ehemaligen Werksgelände schlechter behandelt wurden als Maschinen von einem betrunkenen Mechaniker? Ja, um den Nutzen von Panzern und Traktoren wusste jedes Kind, hingegen stritten sich Gelehrte über den Wert der Juden. Außerdem galt damals, im Krieg, der Vorzug grundsätzlich dem Stahl, nicht Körpern.

In der zweiten Dezemberhälfte wurden die Juden auf dem Gelände des Charkower Traktorenwerks dem Verhungern überantwortet. Manchmal, wenn ein Jude den Kopf aus einer der Holzbaracken steckte, nahm dieser oder jener Wachposten die Gelegenheit wahr und schoss, vielleicht weil Prämien für vereitelte Fluchten ausgelobt worden waren, vielleicht weil die Gewehre, die unter strengem Frost litten, betriebsfähig zu halten waren. Ja, klirrende Kälte herrschte, die dem eisigen Klang dieser Wendung ganz und gar entsprach, wenn auch in Wirklichkeit nichts klirrte bis auf Waffen; sondern ruhig und wie auf Zehenspitzen trug sich's zu, weil Lärm Kraft und also Wärme kostet.

In den Baracken lag, eingewickelt in Mäntel und Lumpen, einer über, neben und unter dem anderen, strebte stetig zur Raummitte und ließ Tote nackt zurück, weil jedes Kleidungsstück Wärme versprach. Eine Baracke wie die andere, ein Tag wie der nächste. Doch wer einige Schritte an den Zaun tat, wurde augenblicklich erschossen. Das war ein ganz anderes Sterben, weil ein Schuss lauter ist als unmerkliches Vergehen. Aber welcher Weg dorniger ist, der laute des Schusses oder der leise des allmählichen Verhungerns und Erfrierens, weiß ich nicht, weiß ich nicht.

Oftmals treten neben jene, die still verhungern und erfrieren,

105

ein paar entschlossene Neinsager auf den Plan. Natürlich nimmt das widerspenstige Vieh das gleiche Ende wie das Lamm, das nicht einmal fügsam zu nennen ist, weil es auch ohne einen Strick zur Schlachtbank spaziert. Vielleicht langt das Lamm sogar ruhig und unversehrt, das trotzende Vieh hingegen entkräftet und vom Kampf gezeichnet vor der Schlachtbank an. Das Ende ist gleich, die angesetzte Schlachtstunde wird nicht verschoben, trotzdem muss über den Weg gesprochen werden.

Nach Sonnenuntergang wurde der Stacheldraht in einer Ecke, die durch mehrere Baracken abgeschirmt wurde, zu einem Basar. Ein Jude trat, bevor er zum Stacheldraht schlich, an einen der Wachmänner heran und steckte – kaum vorstellbar, doch wahrhaftig und mit zauberhaften Folgen – etwas in dessen Manteltasche. Statt zu schreien und zu schießen, begannen die Wachposten sich demonstrativ laut auf Ukrainisch zu unterhalten.

Wie viele verrückte Tauschgeschäfte im Rücken jener toleranten Wachmänner abgewickelt wurden! Wohl kein einziges davon wird nach althergebrachter Gesetzeslage nicht gegen die guten Sitten verstoßen haben. Fünf im Dunkeln schneeweiße Halstücher mit einem geschwungenen Muster am Rand im Tausch gegen einen Brotlaib; vier Goldzähne gegen drei hartgekochte Eier, zwei einen halben Mannesarm lange und zweifingerdicke Würste und zwei Brotlaibe; ein Frauenpelzmantel ohne sichtbare Löcher, eine Kette mit einem roten gläsernen Stein, eine golden gehende Uhr, Brillanten, kein Brillant, wurde gehaucht, gezischt, zwei Säcke Kartoffeln, sechs kantige Brote, drei faustdicke Käse, zwei unterarmlange Schinken wechselten den Besitzer.

Ein verquerer Handel? Wurden die Sternträger von den schwieligen Bauernhänden ihrer ukrainischen Geschäftspartner sozusagen über den Zaun gezogen? Wurden hier genau jene Juden ausgebeutet, die auf innerstädtischen Plakaten als skrupellose und tückische, nur auf den eigenen Vorteil bedachte Bolschewisten dargestellt wurden?

106

So ganz über den Zaun gezogen denn doch nicht. Sie litten Hunger, mehr als ihre Geschäftspartner auf der anderen Seite, was sie sämtliche Wertgegenstände anders betrachten ließ und weshalb sie am Stacheldraht aus ihrer Sicht womöglich ganz und gar nicht übervorteilt wurden. Hatte nicht ein Bauer auf der anderen Seite in hohem Maße recht, als er sagte: Ob das ein echter Brillant ist, wer kann es mir in dieser Finsternis garantieren? Das ist ganz gewiss echt!, und auf eine Wurstspitze zeigte.

Nein, die Juden am Zaun brachen ob des scheinbar skandalösen Handels nicht in Tränen aus, sondern schlichen eiligst zurück in die Baracken, in deren Winkeln ein neuer reger Markt eröffnet wurde. Eier, Wurst, Brot und Kartoffeln fanden reißenden Absatz, mit einem saftigen – und selbstverständlich gerechtfertigten – Aufschlag. Wer die Gefahr scheute und nicht im Dunkeln zwischen zwei Wachposten durch Stacheldrahtlücken feilschte, zahlte drauf. Hoher Gewinn gesellt sich gewöhnlich zu hohem Risiko, weshalb in den Baracken noch mehr Goldstücke und Ohrringe den Besitzer wechselten.

So breiteten sich durch regen Handel Glück und Wohlgefallen zu beiden Seiten des Zauns aus. Deshalb ganz überflüssig die im Weghuschen auf beiden Seiten des Stacheldrahts geflüsterten bösartigen Bemerkungen: Denen geht es noch gut, so viel Gold, wie die haben! und Die nehmen uns das Letzte, dann verhungern wir.

Ich habe einmal gelesen: Für die einen, die Reisenden, sind die Sterne Führer. Für andere sind sie nichts als kleine Lichter ... Und was waren sie mir? Welche Sterne sah ich? Welche hörte ich? Alle, alle schwiegen.

In den Baracken wurde gespielt, obwohl Zeit und Ort um Kinder keinen Bogen machten. Abgemagert, verdreckt, mit entzündeten Augen, bleichen und kränklich roten Gesichtern, in bis zur Erde reichenden Lumpen, plumpen Schuhen, waren vor allem sie empfänglich für die herrschenden Zustände. Und trotzdem spielten einige von ihnen mit steifen Fingern. Ich bin mir sicher – hätte ich

Kreisl

ihnen beim Spielen zugesehen, hätte auch mich das Spiel eine schöne Zeit lang vorbehaltlos gefesselt, hätte auch ich auf den Hunger und die Kälte nicht geachtet.

Die Kinder hockten im Kreis auf der Erde, jedes hatte fingernagelgroße Steinchen vor sich liegen. Der größte Haufen von Steinchen lag in der Mitte, daneben ein faustgroßes Stück Holz, das sich zum einen Ende hin verjüngte und auf dessen vier grob herausgehauenen Seiten je ein anderer hebräischer Buchstabe prangte. Abwechselnd griffen die Kinder nach dem Holzstück, umfassten das klobige obere Ende, pressten das schmalere untere gegen die Erde und drehten es um die eigene Achse. Doch es war nicht weit her mit wildem Kreisen; eines spitzen Untersatzes, einer gleichmäßigen Form und warmer flinker Finger hätte es dazu bedurft. Gewöhnlich stürzte das Gerät zwischen den ersten zwei Atemzügen wieder zur Erde. Aber wie gebannt die Kinder starrten! Mit welchem Entzücken ihre Gesichter das Ergebnis quittierten! Ein Gesicht jedoch, desjenigen, der gerade am Zug gewesen war, verdüsterte sich, weil er der wohlhabenden Mitte ein weiteres Steinchen beisteuern musste.

Der Kreisel, wenn man ihn überhaupt so nennen darf, kippte fast immer auf ein- und dieselbe Seite, der hebräische Buchstabe mit einem waagerechten Strich und drei daraufstehenden Linien kam obenauf zu liegen und führte zur Einzahlung eines Steinchens in die Mitte durch denjenigen, der gerade an der Reihe gewesen war.

Bildete immerwährendes Einzahlen hier den ganzen Genuss? Man mochte an der Sinnhaftigkeit des Spiels zweifeln. Doch endlich fiel das Holzstück auf eine andere Seite, ein Buchstabe mit einem Kopf und zwei Beinchen erschien oben und ein Freudenschrei desjenigen, der gerade an der Reihe war, erklang; und er blickte in lauter enttäuschte Mienen. Der Glückliche räumte hastig die ganze Mitte leer. Nun gehörten die Steinchen ihm.

Noch zwei andere Buchstaben gab es, die aber äußerst selten in

108

Erscheinung traten: Ein an einen Vorsprung mit einem Erhängten erinnerndes Zeichen bedeutete den Gewinn der halben Bank; ein halbes, nach links hin offenes Quadrat bedeutete, dass man das Spielgerät weiterreichte, ohne zu geben oder zu nehmen.

Und wieder schwanden die persönlichen Vorräte, die Bank wurde fett. Das Spiel stand eben unter keinem guten Stern, könnte man meinen. Doch das wahre Übel lag hölzern auf der Hand. Die Seitenflächen des Spielgeräts waren unregelmäßig ausgebildet, sodass es das Gleichgewicht beinahe unbezwingbar zu immer derselben Seite verlor. Wer hatte ausgerechnet den Strich mit den drei aufwärtsgeschlängelten Linien auf die dominierende Kreiselseite gemalt? Hatte er geglaubt, die kindliche Freude dadurch zu befördern? Immer nur einzuzahlen ist nicht schön. Und wiederum, was brächte es, ständig eine leere Bank abzuräumen?

So schlechte Karten jeder Einzelne hatte, er spielte trotzdem und – verlor alles, nicht einmal an einen Kameraden, sondern an die Bank. Aber anders konnte der Kreisel fallen, möglich war es und geschah bisweilen – wie hätte man da vom Spiel absehen sollen? Selbst fast ohne den Hauch einer Chance, wie aufhören, wenn nur die allerkleinste Hoffnung besteht? Und zu welchem Zweck? Schönere, bessere Chanukka-Spiele hätte es geben müssen. Es gab aber nur dieses eine.

Noch bevor die Zahl der abgehaltenen Nachtmärkte das volle Dutzend erreichte, verkündeten Anschläge auf Barackenwänden, dass eine Umsiedlung nach Poltawa bevorstehe, wo die Arbeitskraft der Juden dringend benötigt würde. Poltawa? Bot das riesige Charkow nicht genug Einsatzmöglichkeiten?

Im Nachhinein erscheint das Vorgehen der Deutschen als leicht durchschaubar. Aber die Dinge geschehen nicht im Nachhinein, die Geschichtsbücher werden später geschrieben und die Juden mochten auf jedem Teilstück dieses augenscheinlich gekrümmten, in Wahrheit recht geraden Weges zu den Gruben hoffen und sich, einigermaßen bereitwillig, bei jeder angeblichen Abbiegung täuschen lassen. Aber was blieb ihnen sonst übrig?

In den Tagen um Neujahr fuhren mit Stoff bezogene Lastwagen am Werk vor, schluckten Sternträger, fuhren nach Osten. Hätte ich das alles gesehen, wäre mir schon längst vor unserer Rückkehr nach Charkow die Stadt genau bekannt gewesen; das Stadtzentrum mit seinen Balkonen, Brüstungen, Hausvorsprüngen, das Traktorenwerk, nun die Schlucht Drobizki Jar. Dort hielten die Lastwagen, stießen die Leute ins Freie, wo eine Kette Uniformierter wartete, in Mäntel gehüllt, von einem Bein auf das andere tretend und über die beißende Kälte fluchend. Hier war das verkündete Poltawa.

Eine riesige Grube, eine Schlucht natürlichen Ursprungs wie die nackten Bäume, die nunmehr nackten Menschen und die klirrende Luft. Aber nein, nur Waffen klirrten. Mit Händen auf dem Nacken liefen die Juden hinab und fielen weich in den Schnee. Doch fast niemand fiel unversehrt hin, sondern fast alle waren vor Hunger und Kälte, vielleicht auch von Schlägen krank, dem Sterben nahe. Es braucht nicht viel, den Menschen zu verunstalten, nicht einmal zwei Barackenwochen. Selbst ein kurzer Weg genügt bisweilen, um der Kleidung und heiler Haut verlustig zu gehen, unter Schreien und Schlägen entkräftet niederzusinken, mit wirren Haaren auf dem Nacken und in die Höhe gereckten Schulterblättern.

Dass die Uniformierten schossen, ergab sich also jedes Mal wie von selbst; und war nicht auch alles zum Natürlichsten bestellt mit dem Gaswagen? Da die Juden auf der Ladefläche, umschlossen von drei Blechwänden, dicht beieinanderstanden und kein Apfel zwischen ihnen auf den Boden hätte fallen können, weil unweigerlich von Rücken, Schultern, Brüsten in der Schwebe gehalten; die beiden Hecktüren zugestoßen wurden; Köpfe gegen hohe Schultern gedrückt wurden; gab das Sterben nicht schon da den Ton an und ergab es sich nicht fast von selbst, dass aus dem Wageninneren wenig später Tote gezerrt wurden?

110

Sind das Einsichten, die man in Drobizki Jar hätte gewinnen können? Ich weiß es nicht. Ich weiß nur, dass Lager, Gruben, Gaswagen keine Schulen fürs Leben sind, sondern nur fürs Sterben.

Im Verlauf mehrerer Tage wurden die Baracken auf dem Gelände des Traktorenwerks geleert. Was mag in den dazwischenliegenden Nächten mit den Brotpreisen geschehen sein? Wurde am Stacheldrahtzaunmarkt weitergefeilscht, wurden Nachrichten weitergereicht?

Ihr Juden werdet in der Schlucht erschossen!

Ich glaube nur, was ich mit eigenen Augen sehe. Hört auf, durch Gruselgeschichten den Preis für eure faulen Kartoffeln hochzutreiben!

Kassierten die Schieber vom Zaun nun in den Baracken weniger für ihre geschmuggelten Kartoffeln? Oder doppelt und dreifach, dem Grundsatz gemäß, dass eine sichere Charkower Kartoffel wertvoller sei als zwei in Poltawa morgen? Zu berücksichtigen ist, dass die Anschläge auf den Barackenwänden jedem, der sich für die Umsiedlung nach Poltawa freiwillig meldete, einen Brotlaib versprachen.

Der Handel hörte erst auf, als sich für faule Kartoffeln keine Abnehmer mehr fanden, als die Schlucht von nackten Körpern durchzogen war. Dazwischen lag ein wenig Schnee. So viele Bewohner die Baracken gehabt hatten, so viele Menschen schluckte die Schlucht und quoll nicht über und ging über die Schüsse ruhig hinweg. Erst eine Sprengung, von den Deutschen herbeigeführt, brachte die Schlucht zum Einsturz. Erst durch Dynamit fand der natürlich entstandene Abgrund ein künstliches Ende.

Mit dem Dichter Jessenin möchte man sagen: Auf Wiedersehen, Charkow, auf Wiedersehen. Heimatstadt, du liegest mir im Herzen. Aber wo sind all die gelben Zettel, immerhin erkauft für zehn Rubel? Auf Wiedersehen, Charkow, ohne Handschlag. Traure nicht, zerfurch dir nicht die Stirn. Aber wo sind all die gelben Sterne, und wer leuchtet mir dann noch in dir?

111

Im Dezember 1941 war Jessenin schon seit sechzehn Jahren nicht mehr am Leben. Aber heute weiß ich genau, die gelben Zettel verschwanden neben der Schlucht im Feuer zusammen mit anderen nutzlosen Dingen, weißlichen Papieren, gerahmten Fotografien, gelben Stoffsternen; wertlosen Dingen, die brannten, sodass bisweilen Uniformierte sich daran wärmten und Schnee rundherum schmolz. Heißt es nicht auch: Dort, wo man Menschen erschießt, ist es nicht weit bis zu brennenden Papieren?

Kurz vor unserer Ausreise nach Deutschland, im Herbst 1991, habe ich am Traktorenwerk gestanden. Hier war der Sozialismus von seiner besten Seite mit Arbeit, Stahl und schweren Maschinen zelebriert worden. Nun herrschte tatenlose Trostlosigkeit, keine Arbeiter kamen, keine Lastwagen fuhren hinein noch heraus. Im Wachhäuschen saß einer, als wäre auf dem Gelände noch etwas zu holen gewesen (bestimmt war die letzte brauchbare Schraube längst verscherbelt worden).

Warum haben wir Chanukka im ersten Kriegswinter nicht gefeiert?, fragte ich Großmutter einmal.

Sie antwortete: Wovon redest du? Wir haben im Krieg nichts gefeiert.

Aber Oma, andere Kinder im Wohnheim haben damals Äpfel bekommen. Im Zimmer nebenan haben die ihren Kindern Äpfel gegeben.

Woher willst du das wissen? Dein Vater war nicht da und wir selbst haben ums Überleben gekämpft. Es gab nichts zu feiern. Wir mussten zu dritt in einem Bett schlafen. Ich erinnere mich, als Leute aus einem anderen Zimmer auszogen, da haben sie uns nicht ein zweites Bett gegeben, nein, das haben sich andere genommen, die einen Mann dabeihatten.

112

Unermüdlich, überschwänglich verkündete im Dezember 1941 das Taschkenter Radio – das Radiogerät gehörte Lev, dem Zimmernachbarn, doch auch wir hörten mit – von unseren neuen sowjetischen Panzern, eingenommenen Brückenköpfen, deutschen Gefangenen und vergaß dabei nicht, dem Volk, insbesondere aber der Führung und namentlich Stalin großen Dank auszusprechen.

In einem unbewachten Taschkenter Augenblick rollte ich übers ganze Bett, dorthin, wo der Abgrund klaffte. Der Lärm des Falls dröhnte in meinen Ohren. Ich hörte nicht, wie Mutter heranstürmte. Doch schon hielt sie mich in Händen, Gesicht an Gesicht. Als Großmutter heimkam, verschwieg Mutter den Unfall nicht. Nicht einmal geweint hat er, als er auf der Erde lag, sagte sie.

Das darf nicht passieren, urteilte Großmutter. Du darfst ihn nicht allein im Bett lassen. Er rollt ja, wie er will.

Mutter weinte (ein schwerer Tag mochte es gewesen sein) und sagte, während sie die Brust entblößte und mich auf die Arme nahm, zu Großmutter: Das Leben geht weiter, das Kind will essen. Dann drückte sie mich gegen die volle Brust.

An höherer Stelle in der Taschkenter Wohnungsverwaltung oder anderswo mit einem guten Draht dorthin hatte jemand die richtige Karte gespielt. Ein jüdisches Paar aus dem Nachbarzimmer zog aus. Auf dem Weg durch unser Zimmer ließ eines ihrer Kinder etwas auf den Boden fallen, das zu meinem Bett hin kreiselte und auf die Seite kippte. Ein Holzstück mit scharfen Kanten, obenauf prangte ein Zeichen, das an einen Vorsprung mit einem Erhängten erinnerte. Aha!, rief das Kind zum anderen. Ich habe gewonnen! Gib mir den Apfel!

Später, sagte ihre Mutter gehetzt, draußen wartet der Lastwagen. Dass wir ausgerechnet am letzten Festtag ausziehen! Bald muss die Chanukkia leuchten. Das Obst teilt ihr zu gleichen Teilen auf!

Doppelleben

Ich wollte von meiner Familie erzählen. Meiner Geburt. Meinem einundfünfzigsten Geburtstag. Und dann aufhören mit dem Schreiben in eigener Sache. Ich sitze ohnehin den ganzen Tag am Schreibtisch.

Aber es gibt mehr zu erzählen. Wir sind in Deutschland, immer länger. Mutter hat die Operation am Herzen überstanden, hat sie so gut überstanden, wie es überhaupt möglich gewesen ist. Nach den Stunden, in denen man wartet, zu Hause, dann im Krankenhaus, dann den Arzt sieht und zu ihm spricht und sich etwas von ihm sagen lässt, nach diesen Stunden meint man, auch ins eigene Herz sei eingegriffen worden. Anna zieht vielleicht bald weg. Mutter erholt sich und befürchtet, Anna wird weit weg von zu Hause einen Deutschen oder einen Russen kennenlernen. Mir wäre es auch lieber, Anna lernte einen Juden kennen. Aber es leben nicht viele hier. Julia weiß nicht, wohin mit sich, lernt in den Sprachkursen langsam Deutsch. Die Kurse werden bezahlt. Aber eine richtige Anstellung wird sie hier nicht finden, kümmert sich stattdessen mehr als je zuvor um die Sauberkeit und Ordnung in unserer Wohnung. Und dann geraten unentwegt immer mehr Juden in meine Geschichte, weil sie Sterne trugen, als ich bloß am Himmel welche sah.

Vielleicht kann man am Abend des Schlafes entbehren und sich auf den Beinen, genauer am Schreibtisch, halten, wenn man jung ist. Aber ich habe angeknackste Nächte, Augenringe, Hände, die wünschen, sich auf eine Bettdecke zu legen.

114

Ein Kunde, dem ich die Arbeitspapiere übersetzt hatte, kam wieder. Manche sagen, es sei großartig, wenn ein Kunde wiederkomme, dabei ist es ein überaus doppeldeutiges Zeichen. Er warf die Papiere auf den Tisch, sodass alles andere, was darauf lag, beinahe auf den Boden gerutscht wäre. Ich bin beim Arbeitsamt gewesen, sagte er, und habe mich Ihretwegen fürchterlich bloßgestellt!

Habe ich falsch übersetzt?

Was weiß ich, so weit sind wir nicht gekommen; da, der Name, das ist nicht meiner. Wer soll dieser Richard Hirtweiß sein? Ich bin Roman Hirtmann.

Ich fühlte mich zu einer Entschuldigung veranlasst. Richard Hirtweiß, einer wie er, mit einem anderen Namen. Ich hoffe, dass auf den Unterlagen, die ich für Richard Hirtweiß übersetzt habe, jetzt nicht Ihr Name steht, lieber Roman Alexandrowitsch, sagte ich und bot an, es besser zu machen, umsonst natürlich.

Ich fordere, meinte er, das Honorar zurück. Ich habe wegen dieser unerhörten Schlampigkeit meinen guten Namen verloren!

Bitte, ich behalte die Unterlagen und erstatte Ihnen den ganzen Betrag, sagte ich. Sie gehen in ein deutsches Übersetzungsbüro und lassen sich die gleiche Arbeit das Dreifache kosten. Einverstanden? Oder ich gebe Ihnen die Hälfte des Betrags wieder.

So weit ist es gekommen, ein Basar in den eigenen vier Wänden, im eigenen Arbeitszimmer, das gleichzeitig als Empfangsraum für Kunden dient. Diplom- und Arbeitsbücher fläzen sich als Papierungetüme auf meinem Schreibtisch. Bis auf die Handschriften gleichen sich diese Zeugnisse frappierend. Wie sollte mir, erschöpft, wie ich bin, nicht auch einmal eine Verwechslung unterlaufen, wenn sich selbst die Nachnamen ähneln?

Natürlich ist meine Arbeit wichtig. Die meisten Einwanderer besitzen außer diesen Dokumenten, die ihr Leben beschreiben, gar

115

nichts. Ohne die Papiere – ins Deutsche übersetzt – wird der deutsche Staat ihnen nicht helfen.

Aber es gab eine Zeit, da ich akkurater als Arbeitsbienen beim Wabenbau operierte. Unfeinheiten im Ton, geschweige denn Verwechslungen hätten schlimmstenfalls zu politischen Verwerfungen geführt und wären mir zum Verhängnis geworden. Nein, ich besetzte keinen wichtigen Posten, keiner kannte mich, ein winziges Rädchen nur, was immer das bedeutet. Mir oblagen Übersetzungen ausgewählter Artikel aus deutschen Zeitungen. Diese Übersetzungen erschienen in den internationalen Presseschauen einiger sowjetischer Zeitungen. Bald hatte ich ein Heft mit feststehenden Ausdrücken angelegt. Doch ich schlug selten nach, weil sich das meiste schnell einprägte, nicht nur mir, sondern auch lesenden ostdeutschen und sowjetischen Bürgern. Zum Wohle der fortschrittlichen Länder werden wir ... Bruderschaft unserer Völker ... einstimmiger Beschluss des ... werden siegen ... die Vorteile des ... Im Allgemeinen mochte daran glauben, wer wollte; im Einzelnen machten diese Übersetzungen in etwa so viel Freude, wie mitten in der Flut Sandburgen zu bauen.

Wenn die Kollegen, Zeitungsartikelübersetzer aus anderen Sprachen, nach Hause gingen, um Suppe zu schlürfen, Bratkartoffeln zu essen und Tee oder Hochprozentigen zu trinken, blieb ich im Bewusstsein zurück, dass die Arbeit gerade anfängt, obwohl der Tag gelaufen ist. Ich wollte gute Bücher übersetzen, nicht einförmige Zeitungsartikel. Zwar wurde mir das von offizieller Seite verwehrt, angeblich weil ich für die internationale Presseschau unentbehrlich war (dabei war es höchstens mein Heftchen mit feststehenden Ausdrücken). Doch ich griff auf eigene Faust zu den guten Büchern.

Am frühen Abend hob meine richtige Arbeit an, allerdings gab ich oft schon nach einer Stunde auf, packte meine Sachen und ging zu den häuslichen Bratkartoffeln und dem Tee; Julia glaubte nicht recht an zahllose unbezahlte Überstunden und war eifer-

116

süchtig; vor allem aber klappten mir die Augenlider zu und ich war hungrig.

Ohnehin war ich klein vor dem Tumpel'schen Meisterwerk, ein verlotterter Reisender vor einem Schloss, ein von gelegentlichen Haustürgeschäften zehrender Hausierer. Gleichgültig waren dem Buch meine Bemühungen, so wie dem Schloss, wenn einer mit den Fingerknöcheln ans Eisentor klopft. Tumpel, der virtuose Romancier deutscher Sprache, nutzte viele flatternde Redewendungen.

Er hatte das Nachsehen – so einen Satz schrieb er hin! Das wirkt auch beschwichtigend; Nachsehen; also vielleicht wird ein Auge zugedrückt. Wie übersetzt man das? Im Russischen heißt es dann recht plump: mit einer Nase, mit leeren Händen zurückbleiben!

Andererseits hatte ich manchmal das Gefühl, dem Original in der Übersetzung etwas an Schönheit beigeben zu können. So hieß es bei Tumpel: gehen, wohin die Augen schauen. Im Russischen klingt das, des verzweifelten Gleichklangs wegen, noch schöner: *Идти куда глаза глядят.*

Dann nutzte Tumpel noch besondere Wörter, die mich vor besondere Herausforderungen stellten: zoffende Mischpoke, petzende Gauner ...

Von Übersetzern als Postpferden der Aufklärung hat Puschkin gesprochen. Die Briefe und Pakete kommen an, gewiss, aber in welchem Zustand? Rundherum beschädigt, und wenn man sie öffnet – halbleer. Bei jedem Schritt stolpern wir armen Postpferde, der Inhalt fällt nach und nach heraus und bleibt auf dem Weg liegen.

Als hätte mir Tumpel durch seine Sprachgewandtheit nicht genug Lasten aufgebürdet, wimmelte sein Roman von Unmöglichkeiten, ja geradeheraus gesagt, Anzüglichkeiten. Ich meine die makabren Sexszenen, das heißt, im Allgemeinen, Handlungen, die von triebhafter Gier überquollen oder, eigentlich, Merk-

117

male geschlechtlich-sinnlicher Natur enthielten, ja um es geradeheraus zu sagen, überhaupt irgendwie in Wort, geschweige denn Tat andeuteten, dass über stilisierte Dialoge hinaus körperliche Annäherung möglich und ratsam sei. Wohin mit diesen Scharmützeln? Der unbedarfte sowjetische Leser liefe Gefahr, westliche dekadente Ausschweifungen mit süßer Freiheit zu verwechseln. Der von mir übersetzte Roman drohte der Zensur zum Opfer zu fallen.

Zuerst ruft der Künstler: Verändern Sie nichts! Jedes Wort, jeder Buchstabe, jeder Punkt und jedes Semikolon sind entscheidend. Und vor allem der Buchtitel. Wenn er Ihnen nicht gefällt, ist mir das egal, und wenn Sie ihn unbedingt ändern wollen, scheren Sie sich zum Teufel. Wir kommen auch ohne einander über die Runden.

Dann fasst sich der Künstler und fragt, welche Szenen gemeint seien.

Eigentlich alle, die die geziemende, also durchaus beträchtliche Entfernung zwischen zwei Menschen hemmungslos unterschreiten. 78 von 702 Seiten.

Und was treiben Johann und Lisa stattdessen?, bohrt er nach. Was wird aus ihrem Verhältnis?

Herr Tumpel, geben Sie dem Publikum eine Chance. Die sowjetische Leserschaft ist es gewohnt, von ihrer Phantasie Gebrauch zu machen. Man wird sich die Unterbrechungen zwischen den Gesprächen schon selbst ausmalen.

Gut, seufzt Tumpel, wenn es nicht anders geht ... Aber die Beschreibung des Klaviers mit dem dazugehörigen Akt bleibt. Wie wäre der Buchtitel sonst zu verstehen?

Glauben Sie mir, Herr Tumpel, ich bewundere den Akt auf dem Elfenbeinklavier! Wenn ich alle künstlerischen Freiheiten hätte, ich würde mir allein für die Übersetzung dieser Szene einen Monat Zeit lassen. Allein, es geht nicht, leider. Verzeihen Sie, dieses Geschlecht, das Musikinstrument, ausgeschlossen.

118

So übersetzte ich das Tumpel'sche Elfenbeinklavier (und später das Messingsaxophon und die Holzgeige) vom Deutschen ins Russische. Langsam und zäh tat ich das, nicht so sehr wegen der Zensur, sondern weil ich die falsche Arbeit zur besten Arbeitszeit erledigte. Das war natürlich meine eigene Schuld. Wenn mir Tumpels Roman wichtiger war als die Presseschau, warum fing ich dann jeden Tag mit den Zeitungen an? Die Nacht ist ein guter Geselle, ein dankbarer Zuhörer und hüllt in Ruhe, was ihrer bedarf. Aber des Morgens, das haben schon andere erkannt, denkt und sieht man am klarsten, weil die Tageslast einen noch nicht niedergedrückt hat. Und doch verschleuderte ich meine morgendlichen Kräfte für Artikel wie: Der Ernteertrag dieses Jahres fällt durch die Hilfe der Freunde besonders erfreulich aus! oder Wie im Westen Arbeitslosigkeit die Menschen zerstört! In den trägen Abendviertelstunden dagegen, wenn eigentlich gesagt werden sollte: Wie kommod ist das Leben!, versuchte ich Tumpels Wortneuschöpfungen Paroli zu bieten.

Die eigenen Ziele müssen sich in den eigenen Tagen widerspiegeln. Sonst ist es, als behauptete einer am Morgen: Das Wichtigste ist, dass ich abnehme! Und dann isst er beim Frühstück Wurst und Kekse und bespricht mit der Gattin das üppige Mittag- und Abendessen.

Ich bekam eine Rolle zugewiesen und füllte sie brav aus. Selbstverständlich verstrickte ich mich mit Haut und Haar in die Artikelübersetzungen. Es war eine verführerisch einfache Aufgabe, weil sie in kürzester Zeit zu einem vorzeigbaren Ergebnis führte. Dagegen dauerte es Jahre, bis ich einen Tumpel'schen Roman übersetzt hatte. Auf die Schulter klopfte mir dann keiner, im Gegenteil, ich konnte froh sein, wenn die Übersetzung überhaupt erschien.

Unwillkürlich zog ich die Zeitungsartikel den Büchern vor. Sogar auf dem Weg nach Hause und noch beim Abendessen hing mein Kopf an der kleinen Arbeit. Es ist ja meist nicht so, dass man an die Trauben gar nicht herankommt. Man pflückt bloß zuerst die unteren, leicht zugänglichen. Vielleicht sind jene in der Höhe süßer. Die Reihe käme auch an sie, wüchsen die Früchte unten nicht bald nach. Groß ist die Versuchung, mit dem Bauch am Boden kleben zu bleiben und das Unwichtige wichtig zu nehmen und leichtes, nichtiges Gelingen süß zu feiern.

Es war eben auch ein Glück, in der Presseschauabteilung zu sitzen. Nichts war im besten Land der Welt prestigeträchtiger, als mit dem Ausland in Verbindung zu stehen, von der Drangsal der rückständigen westlichen Welt aus erster Hand zu erfahren und breiten Bevölkerungsschichten einen repräsentativen Ausschnitt der öffentlichen Weltmeinung zu liefern. Außerdem ist es immer schön, eine Stellung innezuhaben, in der man als unersetzlich gehandelt wird. Unvorstellbar, dass einem etwas zustößt, während man auf der Arbeit ist. Im Alltag geschieht nichts Schlimmes. Eine lästige Grippe, ein angeknackstes Knie vielleicht, aber damit lässt sich leben, arbeiten. Ein unbefristeter Vertrag mit lauter Verpflichtungen, führt der nicht zu einer unbefristeten Sicherheit? In der Sowjetunion schlugen sich nur wenige als Freiberufler durch, fast jeder war zeitlos gebunden, ein Paradies auf Erden.

Erzählte Geschichte hat ein anderes Augenmaß für die Zeit als das Geschehen. Wenn ich nicht Ereignisse übespränge, ausließe und verkürzte, wäre ich noch immer nicht über den 17. Oktober, die Nacht meiner Geburt, hinausgekommen. Und trotzdem habe ich Ringe unter den Augen.

Wenn ich morgens schreiben würde, würde ich nachts schlafen und keine Namen mehr durcheinanderbringen, habe ich nach dem zweiten Besuch jenes Roman Hirtmann gedacht. Alle Leute machen das zuerst, was ihnen am wichtigsten scheint. Deshalb dröhnen Rasenmäher morgens am lautesten. Deshalb bringen Neueingewanderte gleich morgens Papiere zu mir, um sie ins Deutsche übertragen zu lassen.

120

Jetzt habe ich keine Sicherheit, ich bin sozusagen freiberuflich tätig. Das in diesem Ausdruck enthaltene Adjektiv, frei, das bedeutet etwas, habe ich gedacht. Sollte ich auf die Tür meines Arbeitszimmers schreiben: Geöffnet 14.00–19.00 Uhr? Aber wenn ein Kunde morgens davorstünde, würde er bestimmt anklopfen, da Julia ihm schon die Wohnungstür aufgemacht haben würde. Oder sollte ich ganz früh am Morgen, mit den ersten Vögeln, aufstehen? Nein, mit denen lieber nicht. Ich hatte eine bessere Idee. Ich habe begonnen, den Kunden bei der Abrechnung zu sagen: Wenn Sie meine Dienste Ihren Freunden und Bekannten weiterempfehlen wollen, vergessen Sie bitte nicht zu erwähnen, dass die Nachmittagsrate um eine Mark pro Seite günstiger ist. Früh am Morgen erhalte ich oft Firmenaufträge, die dringlich sind, ich muss die Übersetzungen innerhalb von wenigen Stunden anfertigen und zurückschicken. Sie haben davon natürlich nicht gewusst, deshalb tun wir so, als wäre jetzt Nachmittag, hier, drei Mark bekommen Sie zurück.

Julia hat schon bemerkt: Eigenartig, früher hast du fast nur morgens Kunden gehabt. Ist dir aufgefallen, dass die Leute auf einmal nachmittags kommen?

Und gestern fragte sie: Mit welcher großen Firma hast du morgens auf einmal zu tun? Warum erfahre ich es von anderen Leuten? Ist es die Mark wirklich wert?

Julia weiß, dass an meinem Schreibtisch eine Geschichte entsteht. Aber sie will nicht unnötigerweise Dunkles ans Tageslicht befördern. Lesen ist für sie ein schöner Zeitvertreib, sie ist immerhin Russischlehrerin gewesen, aber einen Schreiberling oder, noch schlimmer, einen, der sich als wunderlich-verrücktes Genie entpuppte – im eigenen Hause! –, nein! Deshalb ließ sie mich nicht zu Wort kommen und sagte: Du arbeitest dich von früh bis spät für irgendwelche Firmen und Kunden und sonst wen ab. Immer schreibst du. Wann erholst du dich? Du bist nicht mehr in einem Alter, da man sich alles erlauben darf.

121

Wer weiß, ob es ein solches Alter überhaupt gibt.

Sie schimpfte weiter: Du bist wie eine bleiche Zimmerpflanze. Du sitzt zu Hause und rührst dich nicht vom Fleck. Ich bin nicht aus Charkow hierhergekommen, um allein zu sein. Ich will auch etwas von Europa sehen. Wir sind unser ganzes Leben lang nicht aus der Sowjetunion herausgekommen, jetzt sind wir endlich in Europa, haben alle Möglichkeiten, wir können nach Paris, nach London, nach Italien, und du sitzt in deinem Zimmer! Sogar um Freunde zu uns nach Hause einzuladen, hast du angeblich keine Zeit. Nein, ich gehe nicht alleine auf Feiern, ich habe einen Mann. Du bist wie verwandelt. Denk mal darüber nach. Arbeit ist nicht alles und alles Geld dieser Welt wirst du nicht verdienen.

Wie eine ratlose Fichte mit herabhängenden Armen stand ich vor ihr, vom Wind aus allen Richtungen geschüttelt. Bin ich, sagte ich, dir nicht bereits entgegengekommen? Hast du nicht bemerkt, dass ich diese Woche kaum abends gearbeitet habe, dafür mit dir spazieren gegangen bin und im Haushalt geholfen habe? Gestern war ich einkaufen. Und die Nacht verbringe ich ausschließlich im Bett!

Deiner Mutter geht es schon viel besser, sagte Julia. Anna ist noch hier und wird schon auf sie aufpassen. Du brauchst auch etwas Ruhe. Im Sommer fahren wir ans Adriatische Meer und nach Venedig. Punkt. Buch eine Reise.

Führe ich ein Doppelleben? Von wegen – das Doppelte nun als eines neben oder nach dem anderen, was so oder so mehr als ein Leben bedeutete –, wie weit hergeholt das alles, maßlos übertrieben, vorgaukelnd womöglich, dass einer zwei Leben habe, wo sich ängstlich an dem einen einzigen festgekrallt wird. Mein sogenanntes Doppelleben war in Wirklichkeit ein einziges, an manchen Abenden ein wenig mühevolles Leben, vielleicht so geführt, weil ich es nötig gehabt habe, und es hat sich hier in Deutschland

122

daran nichts geändert, nur dass ich nicht mehr Bücher übersetze, sondern in eigener Sache zum Stift greife. Aber ein solches Doppelleben führen viele andere ebenso; ob es nun der Fabrikarbeiter ist, der nach dem sogenannten Feierabend seinen Garten hegt, der Bürokaufmann, der allabendlich Streit mit seiner Ehegattin vom Zaun bricht, weil zwischen ihnen sonst nichts passieren würde, oder der Versicherungsbeamte, der nachts sonderbare Geschichten in einer wunderschönen Sprache dem Papier anvertraut.

Mutter ist wieder zu Hause. Und ich war mit Anna beim Tag der offenen Tür der UWF in Wehnau. Kein fünfzehn Stockwerke hinaufkriechender Beton. Der ganze Ort eine Augenweide. Hügel, Bäume, Wiesen, ein Fluss, der sich friedlich ein Stück des großzügigen Tals einverleibt, eine Brücke, Spaziergängern und Fahrradfahrern vorbehalten, eine zierliche Innenstadt mit einer Einkaufsstraße (Bäckerei, Schreibwaren, Konditorei), der Campus auf einer Anhöhe, geradlinige weiße Formen im Verbund mit holzeisernen Türen. Keine billigen weißen Plastikstühle und mit Graffitis beschmierten Toiletten.

Nach der überzeugenden Ansprache des Rektors, in der Chancen und Mut eine große Rolle spielten, fanden wir uns auf dem Campus wieder, wo uns Getränke angeboten wurden. Das Sonnenlicht fiel auf blitzblanke große Fenster und eine Bronzestatuengruppe mit einem Alten, der verschmitzt einen fleißigen jungen Menschen betrachtete. Trotzdem blickten die meisten Besucher ernst drein und machten Notizen, als stünde nicht deutlich auf jedem Stein und jeder Tür, dass sich hier die Besten und das Beste angesiedelt hatten. Zwei Studenten stellten sich zu uns, beteuerten, die Klausuren zehrten an ihren Kräften, aber man wisse, wofür man hier schufte. So ziemlich jeder Absolvent habe, noch bevor er sein Diplom erhalte, einen hoch dotierten Arbeitsvertrag in der Tasche. Es sei nett hier in Wehnau, ein schönes Dorf. Manchmal

123

vermisse man die große Stadt, dafür konzentriere man sich besser aufs Lernen.

Anna fragte, ob es ein Problem sei, dass sie erst vor zwei Jahren angefangen habe, Deutsch zu lernen, und manchmal Grammatikfehler mache?

Überhaupt nicht, solange sie gut auswendig lernen und rechnen könne.

Der Besuch der UWF zahlt sich schon jetzt aus. Anna reißt sich von Deutschbüchern nur los, um mir Fragen zur Grammatik zu stellen.

Ich verrate es dir morgen, sagte ich, du fällst um vor Müdigkeit. Schau mal aus dem Fenster, der Frühling ist wohl aus Wehnau zu uns herübergeschwappt.

In Wehnau ist der Park, wo Karrieren blühen. Hoffentlich besteht Anna die Aufnahmeprüfungen. Jede angelegte Mark zahlt sich zehnfach aus, ich glaube dem Rektor. Noch besser natürlich, sie erhält einen gebührenfreien Platz.

Zum ersten Mal bereue ich, kein Auto zu haben. Die Zugverbindungen nach Wehnau sind umständlich und zeitraubend, als hätte die Bahn nicht wahrgenommen, was sich dort befindet – oder als brauchten die Leute dort keine öffentlichen Verkehrsmittel, weil jeder ein eigenes Auto besitzt.

In der Nähe hat es gebrannt. Schon im November hatte es ein Feuer gegeben in Norddeutschland. Es war weit weg gewesen. Jetzt fast vor unserer Haustür, und da ist nichts zu machen gewesen für die Feuerwehr. Ich hätte mit der S-Bahn und dem Bus hinfahren und mir das verkohlte Haus angucken und Beileidsbekundungen bestürzter Politiker, die vorgestern in den Abendnachrichten über Asylanten gewettert haben, anhören können. Nur hätte ich viermal umsteigen müssen. Das Regierungsoberhaupt hat darauf verzichtet, um des touristischen Beileids willen aus Bonn nach Solingen zu reisen.

124

Julia meinte: Vielleicht gehört sich das in Deutschland nicht, dass die großen Politiker wegen solcher Sachen extra anreisen.

Aber um eine Rede über Asylanten zu halten, reisen sie, sagte ich.

Aus sicherer Entfernung habe ich der Rede des Außenministers über den beträchtlichen wirtschaftlichen Nutzen der Türken für Deutschland gelauscht. Ich hoffe, die Türken werden ihre ordentliche Stellung auf dem Arbeitsmarkt nicht verlieren. Nicht, dass ich im Besonderen für Türken wäre. Ich bin bloß gegen das Feuer und den Rauch.

Zeitungen und Fernsehen berichteten von den Einzelheiten des Brandanschlags. Ich schaute mich im Flur um. Ob unser Haus wie ein vertrockneter Tannenbaum in Flammen aufginge? Aber von Benzin begossen, brennt sogar das Meer. Glücklicherweise haben wir keinen Windfang. Doch wer weiß, ob die Nachbarn nicht so nachlässig sind, die Haustür aufzulassen.

Ich schaute aus dem Fenster. Wenn man versuchte, das Fallrohr hinunterzugleiten? Es bräche unter der Last zusammen. Oder wenn man alles Weiche aus dem Fenster würfe – Kissen und Decken, die Matratzen passten wahrscheinlich nicht hindurch – und hinterherspränge? Aber wie die Beine anwinkeln, um den Kopf beim Fall nicht zu verletzen? Das Wichtigste, sagte ich mir, ist es, schnell zu handeln, nicht zu warten, bis die Hitze und der Rauch einem das Bewusstsein rauben und nach wenigen Atemzügen eine Rauchvergiftung eintritt. Nicht versuchen, den Brand zu löschen, vielleicht steht der Hausflur längst in Flammen, das Feuer auf der eigenen Etage hat man besiegt, hinaus gelangt man trotzdem nicht und der Rauch breitet sich weiter aus.

Aber was braue ich mir zusammen. Wir leben nicht in einem Türkenhaus und beileibe nicht in einem Judenhaus. Hier leben sonst keine Juden oder Türken oder Russen, ich bin nicht verrückt. Selbst wenn man mir nagelneue Tapeten mit Goldstreifen geklebt, die Miete erlassen und ein monatliches Handgeld draufgelegt hätte, wäre ich niemals in ein solches Juden- oder Türken- oder Russenhaus gezogen. Wir leben in einem ganz und gar deutschen Stadtviertel und sind die einzigen nichtdeutschen Mieter unter sechs Parteien.

Kompensation

Brötchen wurden sorgfältig wie Goldbarren verpackt und Hefeteilchen wie Diamantenketten gebettet. Bunt prangte hinter Glas: 60-jähriges Jubiläum! Mit Tradition schmeckt's! Darunter eine schwarz-weiße Bilderfolge: ein Mann mit Schnurrbart vor einem klobigen Ofen. Eheschließung mit Fliege und ernst blickender Frau. Vater und Sohn vor neuem Ofen. Filiale mit ausladender Theke im anderen Stadtviertel. Zweite Generation, den Eltern gewissenhaft ähnlich, übernimmt die Geschäfte. Vierte Zweigstelle mit lückenlosen Regalen. Familienfoto mit drei Generationen vor einem Auto. Auf dem vorletzten Foto winken zwei Mädchen in die Kamera. Das letzte Bild der Eröffnung der fünften Zweigstelle gewidmet, statt Warenvielfalt ein feines weißes Brot im Mittelpunkt. Die Qualität der Aufnahmen nahm stetig zu, und diese Familie wuchs an den köstlichen Backwaren.

Die geschichtsträchtigen Brötchen fanden reißenden Absatz, ich wartete recht lange in der Schlange. Schaufensterangebote zur Feier des Tages. Erste Sonderaktion: sechs Stück Kuchen plus zehn Brötchen zum Preis von drei und drei! Zweite Sonderaktion: zehn Brötchen zum Preis von sechs! Die Verkäuferin hinter der Theke, pausbäckig, wie aus dem Bilderbuch, war vielleicht fünfundzwanzig Jahre alt, geboren mit dem Autokauf im Bild. Ahnte sie, für wen sie arbeitete? Aber nichts gab es zu ahnen, diese Bäckerei war mir von zuverlässiger Stelle empfohlen worden, die Brötchen und Kuchen gehörten zu den besten weit und breit. Nur davor, dass auf dem Packpapier Reickenburg 1933 prangen würde, hatte mich niemand gewarnt. Auf welchen Monat und welchen Tag fällt eigentlich das Jubiläum? Auf den heutigen? Oder feiern sie das ganze Jahr hindurch?

Für die Aufnahmeprüfungen an der UWF musste Anna ein Referat zu einem selbstgewählten Thema vorbereiten. Ich riet, über die politische Situation in Russland zu berichten. Das interessiert alle, sagte ich, und etwas Falsches erzählen wirst du nicht, weil sich niemand auskennt.

Sie stimmte zu und entschied sich später für den freien Willen. Dass der Mensch keinen hat, machte mich verrückt, erzählte sie uns beim Abendessen. Ich habe darüber viel gelesen, ich war so verzweifelt, dass ich Selbstmordgedanken gehabt habe.

Jetzt platzt du damit heraus! Warum hast du nicht mit uns gesprochen?, sagte Julia erschrocken.

Was hättet ihr gemacht? Den freien Willen herbeigezaubert?

Nein, wir hätten dir geraten, nicht so wirr zu denken, sagte ich. Wir hätten dir auch geraten, mehr Respekt vor deinen eigenen Sinnen zu haben. Die haben ihren eigenen Willen und wollen ganz bestimmt nichts mit Schmerzen und Selbstmorden zu tun haben.

Und am nächsten Morgen fuhr ich mit ihr nach Wehnau. Einige junge Frauen in Kostümen und viele junge Männer in Anzügen strömten in das Hauptgebäude zu den Prüfungen. Auch Anna. Ich setzte mich in die einzige Konditorei im Ort und versuchte zu lesen, konnte mich aber vor lauter Aufregung nicht konzentrieren und ging deshalb am Fluss spazieren.

Zur vereinbarten Uhrzeit, um fünf, trafen wir uns neben der Bronzestatuengruppe mit dem Alten, der verschmitzt einen jungen Menschen betrachtete. Anna sah völlig erschöpft aus. Ich glaube, die schriftlichen Prüfungen habe ich gut hinbekommen, sagte sie. Da waren viele Matheaufgaben dabei. Und das Referat hätte nicht besser laufen können! Die Prüfer waren begeistert.

128

Zunächst erklärte ich, dass Vererbung und Umwelt immer zuerst uns verändern, bevor wir auf sie einwirken, wenn überhaupt. Am besten war es, als ich nach dem einzigen möglichen Grund für den freien Willen fragte. Die Prüfer sind ja nicht dumm. Sie ließen mich nicht ins Leere laufen und gaben die richtige Antwort. Einer sagte sofort: Die Seele? Gott.

Ohne die kleinste Bewegung erst werden die schwächsten Geräusche hörbar. Taub zieht man sich um, wäscht die Hände, das Gesicht, schaltet das Licht aus, rückt das Bettzeug und sich selbst zurecht. Erst nachdem das Kissen, die Decke und der Atem sich gelegt haben, nimmt man wahr: das Ticken der Uhr, den spärlichen Verkehr auf der Hauptstraße, den Fernseher eines Nachbarn. Erst wenn in einem selbst alles still ist, hört man anderes. Fragt sich, zu welcher Seite die leichten Träume herabsteigen. Hoffnungsvoll legt man sich auf die linke, die rechte Seite, und lange vor dem ersten Traum verzetteln sich die Sinne, hat man sich unbewusst gewendet. Zu welcher Seite ist die Schwere herabgestürzt?

Manchmal träume ich. Manchmal, wenn ich an den Judenältesten von Warschau denke. Das Warschauer Ghetto wurde im Oktober 1940 gebildet. Es war das größte Ghetto auf der Welt und zählte mehr als dreihundertfünfzigtausend Insassen auf ein paar Quadratkilometern. So wie in jedem Ghetto wurde auch in Warschau ein Judenrat gebildet. Zum Judenältesten wurde Adam Czerniaków ernannt. Zwischen Oktober 1940 und Juli 1942 starben etwa hunderttausend Menschen im Ghetto an Hunger, Kälte, dazugehörigen Krankheiten. Doch von auswärts kamen neue Juden hinzu, weil Ghettos in kleineren Städten aufgelöst wurden oder weil auswärtige Juden meinten, im Warschauer Ghetto sei es noch am besten. Im Juli 1942 aber begannen die Deportationen aus Warschau ins Vernichtungslager von Treblinka.

Schlagt zu, mit der spurenreichen Hand ins feiste Gesicht, beißt euch mit verfaulten Zähnen an uniformierten Schenkeln fest. Tut es für mich. Einen besseren Grund gibt es nicht. Denn euer Leben ist verloren. So träume ich.

Am 22. Juli 1942 wurde dem Judenältesten Czerniaków von deutscher Seite mitgeteilt, dass umgehend Umsiedlungen nach dem Osten stattfinden würden. Sie würden alle betreffen. Ausnahmen? Nun gut, bestimmte organisierte Gruppen im Ghetto könne man von den Umsiedlungen ausnehmen. Einzelne keineswegs. Und schon gar keine Waisen.

Am nächsten Morgen, der erste Zug nach Treblinka war abgegangen, die nächste Ladung strömte am Umschlagplatz zusammen, teilte Czerniaków dem SS-Sturmbannführer Höfle mit, dass er ihn dringend sprechen müsse. Das dulde keinen Aufschub, es gehe um Leben und Tod und noch vieles andere. Er bitte, sämtliche Funktionsträger einzubeziehen und zu versammeln, die Anwesenheit aller sei entscheidend, aber er, Höfle, der Wichtigste von allen, brauche nicht zu befürchten, dass übermäßig viele beteiligt würden, nein, er, Czerniaków, wisse genau, wem was gebühre. Würden die deutschen Herren den Aufwand für ein Treffen scheuen, trete er, Czerniaków, als Vorsitzender des Judenrats zurück, komme, was wolle; nur schade um die bewährten und in der Vergangenheit stets produktiven Beziehungen zur deutschen Verwaltung. Eine solche Gelegenheit, das versichere er, der Judenälteste, ihm, dem Sturmbannführer, werde sich in seines, des Sturmbannführers Leben, kein zweites Mal ergeben.

Czerniaków erhielt eine Notiz mit der Aufforderung, sich beim Kommissar einzufinden. Mit einem abgewetzten Koffer trat er vor den Eingang. Als der Wachposten verlangte, den Inhalt des Koffers zu inspizieren, entgegnete Czerniaków: Nein, nicht ohne die Zustimmung Ihres Vorgesetzten. Vielleicht bekommen auch Sie etwas ab. Als er das Büro betrat, erwarteten ihn dort verschieden Uniformierte. Seine leidenschaftliche Nachricht war auf großes Interesse gestoßen.

Haben Sie etwas zu sagen, her damit, sagte Höfle. Der erste Transport ist gut verlaufen, weiter so, besser ist es für Sie.

Genau darüber wollte ich mit Ihnen sprechen, sagte Czerniaków und legte den Koffer auf den Tisch. Ich habe lange nachgedacht, was besser ist. In drei Jahren als Judenältester des Jüdischen Wohnbezirks in Warschau habe ich nicht gefragt, warum und wozu ein Ghetto und ein Ältester für die Juden. Stattdessen habe ich den Schmutz auf den Straßen, den Geiz der Reichen und die Verwilderung der Armen beklagt und dagegen gekämpft. Ich bin ständig auf der Suche nach Arbeitskräften unter den armen und nach Spendern unter den reichen Juden gewesen. Ich habe so viel Zeit auf die Verwaltung des Elends verwendet, dass mir keine blieb, um über Ursache und Wirkung nachzudenken. Gestern, nach der Erfüllung Ihres ersten Transportsolls, habe ich die Geschäfte ruhen lassen. Ich habe mir Zeit genommen, ich habe bis in die frühen Morgensonnenstrahlen hinein gegrübelt. Sie haben meinen bitteren Kelch bis zum Rande gefüllt. Ich …

Czerniaków! Zur Sache! Spannen Sie uns nicht auf die Folter. Der SS- und Polizeiführer hat keine Zeit für Geschwätz, erzählen Sie Ihrer Frau von Ihren Ghettosonnenaufgängen.

Auerswald, dass ausgerechnet Sie mich unterbrechen! Wer hat die jüdischen Vermögen eingezogen und dann vom Judenrat Kontributionen in schwindelerregender Höhe gefordert? Sie haben Unterwäsche und Pelze im Ghetto beschlagnahmt, während Goldketten unter der Hand den Besitzer gewechselt haben. Aber dann hatten wir auch noch die Mauer um das Ghetto aus unserem Budget zu bezahlen! Wie oft haben wir zusammengesessen, wie viel habe ich Ihnen zugesteckt! Und vor zwei Tagen haben Sie mich trotzdem so angelogen: Umsiedlungen seien nicht geplant. Jetzt fahren Züge.

Dieser Mann ist verrückt, sagte Auerswald, er ist verrückt geworden, ich werfe ihn hinaus, er vergeudet unsere Zeit.

Nein! Lassen Sie mich ausreden, folgenlos wird es für Sie nicht

131

sein, die Wahrheit zu hören. Sie, Höfle, Brandt, und Sie alle anderen von der SS, aber auch Sie, Auerswald, Grassler, Bischof, hören Sie zu! Ich habe mich fast drei Jahre lang Ihrer Willkür ausgesetzt. Jetzt will ich reden, für den Fall, dass dieses Gespräch überliefert wird. Mal habe ich Pelze sammeln, zählen und an Sie abliefern, dann wieder das Ghetto verkleinern müssen, als platzte es nicht längst aus allen Nähten. Ich habe bei Reichen um Golduhren und Diamanten gebettelt, damit Sie zufrieden sind und vielleicht eine zusätzliche Lieferung Kohlrabi und ein paar Hilfspakete durchwinken. Aber wozu die Bestechungen, nein, lassen Sie mich dieses Wort frei aussprechen. Um Arbeitskommandos aufzustellen, Zwangsarbeiter abzuschicken, Familien über erschossene Angehörige zu informieren und weitere Schafspelze zu sammeln? Um den Ordnungsdienst loszuschicken, der Ordnung schaffen sollte und Ungerechtigkeit verbreitet hat? Ich habe eine Umverteilung angestrengt um der Bedürftigsten willen, aber was habe ich zu verteilen gehabt? Hätten wir die Schwachen schneller wegsterben lassen sollen, um die Starken zu stützen? Es ist alles gleich, weil seit gestern ... Ich bin müde. Auerswald, Brandt, ich bin tausendmal zu Ihnen gegangen und habe vielleicht ein Dutzend vorübergehende Erleichterungen für das Ghetto herausgeschunden, die bald durch neue Erlasse zunichtegemacht worden sind. Wie viel musste ich trotzdem dafür zahlen, obwohl das Budget ausgeschöpft war! Sie haben immer alles bekommen, ich nie auch nur irgendetwas.

Vielleicht bin ich deshalb von allen Seiten beschimpft worden. Sie haben mich erniedrigt, bedroht und geschlagen, und die Juden haben mich verleumdet und verflucht. Ich sei Ihr Handlanger, sagt man. Vielleicht reden sie jetzt hinter meinem Rücken: Die Juden fahren in Zügen nach Osten und Czerniaków, dieser feige Hund, hechelt mit einem fetten Koffer im Maul zu den Deutschen, um seine Haut zu retten. Was gibt es mit den Deutschen sonst zu besprechen? Ja, was eigentlich? Nein! Lassen Sie mich ausreden, hören Sie mich bis zum Ende an, sonst verstehen Sie das Folgende nicht.

Alles, was fürs Leben notwendig ist, haben Sie uns nach und nach genommen. In ein paar Straßenzügen hinter Mauern, im Stadtzentrum, doch im Abseits haben Sie uns eingesperrt und wir haben dagesessen ohne Arbeit, ohne alles. Trotzdem ist das Ghetto lebensfähig. Viele sind gestorben, aber die meisten leben! Vor Kurzem fand ein Konzert statt – im Zuschauerraum stand einer dem anderen auf den Füßen. Wir haben zwölf neue Lehrer ausgebildet. Warum lassen Sie sie nicht in Ruhe? Ich habe Ghettostraße um Ghettostraße gegen Ihre Gier verteidigt. Das Viertel ist immer kleiner geworden und regelmäßig sind neue Züge mit Juden gekommen. Wir haben sie aufgenommen und sind recht und schlecht fertig geworden damit. Das Ghetto ist lebendig, das Ghetto lebt! Obwohl Sie wie Parasiten gewesen sind und uns ausgesaugt haben ... Schlimme Zeiten haben wir erlebt, im Winter hat es Fälle von Kannibalismus gegeben, ich habe das nicht verschwiegen, sondern Ihnen Bericht erstattet. Aber das Ghetto hat sich aufgerafft, das Ghetto lebt, es geht ihm so gut wie lange nicht mehr. Jetzt im Juli gehen die Leute auf die Straße in die Sonne, die Jugend dürstet nach Kultur und Bildung, die Kinder nach einer Wiese und einem Baum. Aber nicht nach Ihren neugierigen Kameras, die hier gewesen sind und Läuse, Tote in der Rinne und angebliche Delikatessenläden gefilmt haben. Ihre Objektive sind immer nur vom Schlimmsten angezogen worden, nie von den Lichtblicken ... Wir produzieren zuverlässig für die Wehrmacht und die lokale Wirtschaft. Die Juden wohnen in ein paar Dutzend kümmerlichen Hausblöcken. Einigen Dutzend! Das ist nicht viel, Warschau ist riesig, wenn ein paar Straßenblöcke mehr unserem Wohnbezirk zugeteilt würden, es merkte niemand. Aber das verlange ich nicht. Meinetwegen schicken Sie uns weiter Züge mit deutschen und polnischen Juden, auch welchen aus Frankreich und Griechenland und sonst woher. Nur verschleppen Sie keine.

Wer soll unterrichtet werden, wer Musik hören? Lassen Sie uns in Ruhe. Können Sie das?

Auerswald, Sie fühlten sich für die Eindämmung der Seuchengefahr in Warschau verantwortlich, haben Sie mir gesagt. Warum haben Sie dann das Ghetto nicht größer, sondern kleiner gemacht? Was ist hier Ursache, was Wirkung? Sie haben hungrige Juden, die das Ghetto für die Nahrungssuche unbefugt verließen, erschießen lassen. Warum verwenden Sie nicht mehr Aufmerksamkeit darauf, im Ghetto Umstände zu schaffen, unter denen nicht gehungert wird und keine Seuchen sich verbreiten?

Ich habe mich von Ihnen demütigen und missbrauchen lassen. Wozu? Um den bitteren Kelch bis zur Neige zu leeren. Damit am Ende alle in Zügen in die Lager fahren und zuerst die Waisen. Die haben Sie vor allem gemeint, als Sie von Einzelnen, für die keine Ausnahme gelte, gesprochen haben. Denn einzeln sind sie und allein vor allen anderen.

Gut, das bringt nichts, sagte einer, er spricht wie ein Verrückter.

Nein, ich bin nicht fertig, ich bin abgeschweift, entschuldigen Sie, das Wichtigste haben Sie nicht gehört. Bereuen werden Sie es nicht, einen Augenblick noch, bitte. Jeder Augenblick geht über alles. Ich weiß, sagte Czerniaków, während er das Kofferschloss aufspringen ließ, im schwierigsten Moment seit Bestehen des Ghettos schiebe ich die Verantwortung von mir. Aber alle zahlen ihren Preis.

Czerniaków, na endlich kommen wir zum Koffer!, rief einer. Ich dachte schon, Sie sind um den Verstand gekommen.

Höfle, sagte Czerniaków, während er den Koffer so weit öffnete, dass die Hand hindurchpasste, hätte ich Ihnen Geld oder ein paar Golduhren angeboten, Sie hätten, ohne zu zögern, zugeschlagen und kein Sterbenswörtchen darüber verloren. Dieser Happen ist zu groß für Sie, deshalb tun Sie wie ein aufrichtiger Soldat, der immerzu an Freunde und Kollegen denkt.

Der Jude!, sagte Höfle, trat an den Judenältesten heran und griff nach der Pistole.

Nein! Lassen Sie Ihre Hände ruhen. Sie werden Ihre Belohnung erhalten, Sie brauchen mich nicht zu erschießen. Sie werden das Ihre erhalten, aber lassen Sie mich ausreden, einmal die Wahrheit sagen.

Sie haben fast alles an sich gerafft, was wir unser Eigentum nannten. Jetzt wollen Sie Juden als Arbeitskräfte nach dem Osten verschicken, sagen Sie. Welcher Osten? Welche Arbeitskräfte? Die fünfjährigen Waisen? Sie denken, ich trage das letzte Ghettogold im Maul. Aber was änderte das Gold? Ließen Sie die Kinder zwei Wochen länger in Ruhe? Für Einzelne wird es keine Ausnahme geben, haben Sie gesagt – ich weiß allzu gut, wer die Einzelnen sind.

Er wollte weiterreden, die Explosion übertönte alle Worte. Die helle Armbinde mit dem Stern flog empor. Der Stern folgte dem verborgenen Weg der Sonnen. Der Stofffetzen, von bleischwerer Last befreit, bauschte sich im Windstoß.

Ich träume und wache nicht auf, obwohl die Explosion für einen Raum unermesslich war. Gedämpft nahm die Geschichte ihren Lauf. Selbst das Ghettoarchiv, schwarz auf weiß, atmete. Dessen Leiter, Emanuel Ringelblum, notierte: Für möglich gehalten hätte man es nicht. Dieser schwache Schuft von einem Judenratsvorsitzenden entpuppt sich als Held. Zum ersten Mal reagierte er nicht, sondern handelte. Drei Jahre lang leckte er den Deutschen und den Judenbonzen die Sohlen. Heute reißt er die größten Mörder von Warschau mit in den Tod. Vielleicht besaß er ein Gewissen, das ihn in die Enge trieb. Die Folgen seiner Handlung jedenfalls werden andere tragen, er entzog sich ihnen. Hätte er uns in seine Pläne eingeweiht, wir hätten Vorkehrungen getroffen und sein Heldentod wäre das Fanal zum Aufstand gewesen. Er brach bloß zu einer Besprechung mit den Deutschen auf, das war nichts Besonderes, jeden Tag spazierte er zu ihnen und diente sich an. Die Ordnungspolizei ist verwirrt. Ihre Leiter würden gerne zu den Deutschen gehen und sie ihrer unbestechlichen Treue versichern. Allein, sie wissen nicht, an wen sich wenden. Wir werden unverzügliche Maßnahmen treffen, zum Aufstand nicht, dafür ist es zu spät, sondern um das Archiv für die Dauer zu bewahren. Es schien in Sicherheit trotz des neuen Unheils, das über das Ghetto gekommen ist. Mit dieser Wendung hat keiner gerechnet, und was daraus wird, wer kann es voraussehen.

Wie in Agonie schrieb ein anderer Ghettobewohner, Chaim Kaplan, in sein Tagebuch: Eine Nachricht verbreitet sich, dass die Häuser beben. Die Welt hört hin. Sind die Menschen vor Hunger und Trauer verrückt geworden oder ist es wahr? Ich nehme alles, was ich je über diesen Menschen Schlechtes gesagt habe, zurück. Ich bin ungerecht gewesen gegen ihn. Vielleicht haben wir im Ghetto einen fasslicheren Sündenbock gebraucht als die Deutschen. Dass auch sie verwundbar sind, hat Czerniaków uns heute gezeigt. So eine dicke Schicht von Angst wie heute hat nicht einmal beim Einmarsch der Deutschen über den jüdischen Häusern gelegen. Ein Gerücht besagt: Die Deutschen werden das Ghetto von allen Seiten gleichzeitig in Brand setzen. Umstellt haben sie es schon. Wer über die Mauern oder die Tore zu fliehen versucht, wird im Maschinengewehrfeuer zugrunde gehen. Es wird keine geschützten Arbeiter und Ratsmitglieder mehr geben. Nur der Weg zum Umschlagplatz wird allen offenstehen. Sie werden einen Straßenzug nach dem anderen abbrennen und dreihunderttausend Juden werden bei lebendigem Leibe verbrannt. Aber auch so viel Ausgelassenheit unter den Juden herrschte zuletzt vor dem Krieg. Ein zweites Gerücht nämlich lautet: Die Deutschen hätten durch den Heldentod des Judenältesten verstanden, dass sie mit den Warschauer Juden so nicht umgehen können, und hätten bereits die Züge mit den ersten Verschleppten zurück nach Warschau geleitet. Und ein drittes Gerücht: Das Jüngste Gericht naht. Trotzdem treibt die jüdische Polizei das Tagessoll zu den Zügen.

Czerniaków hat sich geweigert, bei der Ausführung des Todesurteils am Judentum mitzuwirken. Stattdessen hat er den Nazis einen Hieb versetzt. Sie werden zur Strafe die Mitglieder des Judenrats verhaften und Hunderte, wenn nicht Tausende, als Geiseln nehmen und erschießen. Recht geschieht jenen, die sich mit dem Teufel eingelassen und gehofft haben, ungeschoren davonzukommen. Wie immer werden vor allem Unschuldige leiden. Ein Aufruf kursiert im Ghetto: Die Zeit sei gekommen, dass alle dreihunderttausend in einem Moment über die Mauer brechen. Zwanzig-, dreißigtausend würden geschnappt und erschossen, aber die überwältigende Mehrheit löste sich aus den tödlichen Fesseln! Mein Freund Hirsch hat mich gefragt: Kommen auch alle dreihunderttausend über die hohe Mauer mit den einzementierten Glasscherben? Wird ein Mann Frau und Kind zurücklassen, wenn sie daran hängen bleiben? Und selbst wenn er sein Gewissen an der Mauer hängen lässt und auf die arische Seite gelangt – wohin soll er laufen? Juden, die bei Erschießungen in den Dörfern zufällig mit dem Leben davongekommen sind, haben sich ins Ghetto von Warschau geschleppt. Hier ist es am sichersten gewesen. Deshalb werden wir warten, bis man uns vernichtet.

Ist eine Geschichte erst hingeschrieben, glaubt man, etwas daran müsse wahr sein. Im wild-nüchternen Traum an tiefen Abgründen geschrammt? In Wirklichkeit ist man nicht einmal vom Bett gefallen.

Die Wahrheit ist, dass ein Lamm ein Raubtierrudel nicht angreift, sondern eine winzige Lücke zu erspähen und zu fliehen versucht. Oder sich einfach fressen lässt.

Die Wahrheit steckt manchmal auch in wissenschaftlichen Abhandlungen und Personenlexika. Der SS- und Polizeiführer des Distrikts Warschau, Ferdinand von Sammern-Frankenegg, kam erst im Jahr 1944 bei einem jugoslawischen Partisanenangriff auf dem Balkan ums Leben. Hermann Höfle, den SS-Sturmbannführer

137

und kleinen Organisator der Vernichtung der Juden in Polen, verschlug es nach Kriegsende mal hierhin, mal dorthin. Anfang der sechziger Jahre wurde er in Salzburg verhaftet und beschwerte in Untersuchungshaft die Decke durch einen Strang mit dem eigenen Körper. Was das Räderwerk der österreichischen Justiz mit ihm angerichtet hätte, wenn er sich ihr nicht nachhaltig entzogen hätte, erfuhr am eigenen Leib sein Kollege Ernst Lerch, dessen Arbeit jahrelang darin bestanden hatte, die Enteignung und Vernichtung der Juden voranzutreiben, und der sich deshalb im Juli 1942 in Warschau aufgehalten hatte. 1971 erinnerte sich ein Wiener Gericht seiner, er wurde wegen Massenmordes angeklagt. Vielleicht weil er sich nicht erhängte oder aus anderen Gründen wurde das Verfahren eingestellt.

Doktor Franz Grassler, der Assistent des Ghettokommissars, kann auch nicht im Jahr 1942 in Warschau umgekommen sein. Denn er ist in einem großen Film zu sehen, der vor einigen Jahren entstanden ist und den ich mir hier in Deutschland angeschaut habe, zu Hause, auf Videokassette. Es war der teuerste Film meines Lebens, weil ich extra dafür einen Videorekorder angeschafft habe (Julia wollte, allerdings für ihre eigenen Zwecke, schon längst einen haben) und die Videokassetten selbst auch teuer gewesen sind, wahrscheinlich weil der Film fast zehn Stunden dauert.

Franz Grassler erzählt in diesem Film von seinem Leben. Er liebe Berge. Aber keine Ghettoluft, nein, die liebe er nicht. Seine Erinnerung an diese sei schlecht, weil das Üble im Gedächtnis schnell trübe werde. Was über den Alpentourismus hinausreicht, was allzu schlecht riecht, das lässt Franz Grassler sich erzählen, als hätte er Ghettoluft nie eingeatmet, als hätte er sie nicht mit herbeigeführt. Neugierig und dankbar lässt er sich von ihr erzählen und macht Notizen. Bücher wird er aus diesem gefilmten Gespräch aber keine verarbeitet haben. Öffentlich schriftlich geäußert hat er sich nur zur Lage, Größe und Beschaulichkeit von Bergen, Hütten und Tälern der Berchtesgadener Alpen.

138

Der Ghettokommissar Heinz Auerswald, Grasslers Vorgesetzter, arbeitete nach dem Krieg als Rechtsanwalt in Düsseldorf. Ein paar Mal bin ich mit Julia in dieser Stadt gewesen. Der Rhein, wie kein anderer Fluss deutscher Sprache besungen, gebärdete sich einmal trübselig breit, ein andermal fröhlich spiegelnd. Schick die zentralen Straßen, für uns unerschwinglich die ausgestellte Kleidung – eine richtige Großstadt eben. Dort also praktizierte Auerswald oder tut es immer noch, das geht aus den Personenlexika nicht eindeutig hervor. Er ist nie in eigener Sache mit den Gerichten in Berührung gekommen, jedenfalls nicht in eigener Warschauer Sache. Soll ich wieder nach Düsseldorf fahren, diesmal alleine, von Haus zu Haus gehen und nach einem Auerswald-Schild suchen? Vielleicht ist seine Kanzlei, des guten Namens wegen, längst von einem Jüngeren übernommen worden. Doch gesetzt, der greise Auerswald lebt, als graue Eminenz der Düsseldorfer Jurisprudenz, und gesetzt selbst, ich fände sein Haus, risse ich denn die Tafel mit der Aufschrift Kanzlei Auerswald, Fachanwalt für dieses und jenes Recht, von der Hauswand? Trommelte ich mit den Fäusten gegen die Haustür, träte sie vor staunender Menge mit den Füßen ein, stürmte ungezählte Stufen hinauf und in sein Büro und sagte dem aufgeschreckten Alten – ja, was eigentlich? Dass er auch mich mitgemeint hatte, als er den Judenrat die Mauer um das Ghetto hatte bezahlen lassen? Ich stünde bloß keuchend vor ihm, mit blutigen Händen, und setzte mich vor lauter Erschöpfung vielleicht gar auf den Besucherstuhl. Das ist er, alt geworden, würde ich denken, der Ghettokommissar, der das Ghetto zwei Jahre lang sozusagen zivil verwaltet hat. So würde ich vielleicht denken, aber noch ehe ich Atem für die ersten lauten Worte geschöpft haben würde (ich selbst bin nicht mehr der Jüngste), legten mich herbeigeeilte Polizisten in Handschellen (wenn das in Anbetracht meiner Erschöpfung überhaupt für nötig befunden würde) und führten mich ab.

Haustafeln abreißen, fremde Türen einschlagen, Treppen hinaufstürmen. Ein wilder Traum.

Dass in Deutschland und Österreich Leute wie Lerch oder Höfle, geschweige denn Auerswald und Grassler eher durch ein Nadelöhr als für längere Zeit in die Unfreiheit gingen, dass sie auch nach dem Krieg Verluste vermieden und Gewinne einstrichen, ist eine deutsche und österreichische Angelegenheit. Aber dass kein Einziger von ihnen in Warschau umgekommen ist, kein Kommissar, kein einziger Haupt-, Ober- oder Untersturmführer, was bedeutet das für meinen Traum? Vielleicht, dass er einer von der blauäugigen Sorte war. Das hätte mir auch ohne gegenständliche Prüfung und Nachblättern in Geschichtsbüchern einleuchten müssen. Denn in Wirklichkeit redet einer, der nicht zu den Mächtigen gehört, nie lange, ohne nachdrücklich unterbrochen zu werden. Wenn ich mich aufraffte, Julia den Traum zu erzählen (meist aber schweige ich entschieden), hörte sie kaum ein Viertel der Judenältestenrede an, ohne genervt einzuschreiten: Arthur, was redest du da? Und so lange?

Sie hätte recht. Die meisten Leute, denen mehr als eine Handvoll Sätze auf der Zunge liegen, sind elende Schwätzer. Nur der Judenälteste war keiner.

Wortgewaltig entschlossen? Schmerz ist die Kunst des Lamms und Stille sein Begehren. Das Lamm brüllt nicht, dass die Erde bebt, das Lamm fletscht nicht die Zähne, reißt nicht Stücke vom Feindesfleisch ab. Zerfleischt das Lamm sich selbst? Der Judenälteste war zu sehr um Waisen besorgt, als dass er Kraft genug gehabt hätte, um Anschläge gegen die Deutschen zu schmieden und Granaten zu zünden. Hängt einer an den hoffnungslos Schwachen und platzt dann, wie der Bergwanderer Grassler sagt (er erinnert sich doch an die Ghettoluft), der Traum von ehrlicher Zusammenarbeit mit den Deutschen, bleiben am Ende nur eine Zyankalikapsel und Abschiedsbriefe übrig. Aber nicht Sprengstoffzündungen. Habe ich mit Gewalt von blinder Wiedergutmachung geträumt? Aber es gibt keine.

Nebenstehende und Nachgeborene werden vom hilflosen Zu-

140

und Nachsehen zornig. Eine angefahrene Katze schleppt sich davon, sie faucht nicht. Aber der zufällige Fußgänger hebt die Faust und schreit dem rücksichtslosen Autofahrer Beschimpfungen hinterher. Dem wunden Tier genügte, wenn die Verletzung erkannt und mit den Hinterbeinen milde umgegangen würde. Der Fußgänger aber hat nur gesehen, was ihn nach optischer Gerechtigkeit und Rache verlangen lässt.

Wirre und entstellte Bilder drängeln sich im Traum vor: ein Arm, wie viele Leute, ein Kopf ohne Eigenart, was macht so viel und hier, und fünf Hosen gleichzeitig, eine Schulter in den Himmel, wie viel wert das Brot. Natürlich, was sonst begleitet einen, lose verwirrt, flimmernd, durch die Nacht, als was am Tage vor den Augen gestanden haben mag? Bestimmte Eindrücke zersetzen sich nicht bekömmlich, bloß weil die Augen zufallen. Sie sind ja schon am Tag hinter die Augen gedrungen. Und lassen sich nicht vertreiben. Um in einen beliebigen Schlaf zu springen, um glattere Bildscherben sich im Kopf abwechseln zu lassen des Nachts, brauchte es andere Tage.

Wenn man die Augen öffnet, treten notwendig Wand und Decke in den Vordergrund.

Streng eingezogen und penibel abgezählt wurde mehrmals täglich im Sommer 1942. Gestreckte Züge fuhren aus Warschau ab und fuhren, fuhren nicht weit, verglichen mit einigen anderen Fahrten, fuhren, ohne dass die Deutschen und Österreicher über Verluste zu klagen gehabt hätten.

Gehe auf die Straße, aber denke nicht an die Brötchen und ob dir nicht vergiftete zugesteckt worden sind, weil sie dich an Gesicht oder Aussprache erkannt haben. Streife den zähen Traum ab. Tauche die Hände ins Waschbecken, drücke sie unters kalte Wasser und gegen die glühende Stirn. Kühle das Gesicht, spüle die Augen, froste die Sinne.

Sturm und Rauch

Anna war bei Mutter, als ich einen dicken Brief im A4-Format aus dem Briefkasten zog. Aus Wehnau, von der Universität für wirtschaftliche Finanzen. Ich rief Mutter an, Anna nahm selbst ab, ich sagte, hier, ein Brief aus Wehnau, ziemlich dick, sie solle ihn selbst öffnen. Aber sie solle nicht traurig sein, auch wenn ein so großes Kuvert kaum etwas anderes als die eigenen Bewerbungsunterlagen enthalten könne.

Das kann nicht sein!, sagte sie. Wenige Augenblicke später, Julia und ich saßen in der Küche und waren traurig, Julia, weil Anna traurig sein würde, ich, weil ich von der UWF fast noch tiefer beeindruckt gewesen war als Anna, stürmte sie herein, sie musste gelaufen sein. Der Brief lag auf dem Tisch. Julia umarmte sie noch, da zerrte sie schon am Umschlag, riss den UWF-Stempel entzwei, fischte die erste Seite heraus, überflog sie, sagte: Warum hast du mich so erschreckt? Hier, lies selbst!

Ich las, nickte zu den Glückwünschen der Universität. Wirklich, es ist wegen des Referats, nicht so sehr wegen der anderen Übungen, sagte Anna, Julia umarmte sie noch mal, diesmal anders, und ich war ein glücklicher Tölpel.

Wer konnte das wissen?, stammelte ich.

Bedeutet ein dicker Brief nicht normalerweise eine abschlägige Antwort? An ein Hochglanzmagazin mit Fotos von der Universität hatte ich nicht gedacht.

Man bitte sie, stand noch im Brief, sich innerhalb von zwei Wochen zu entscheiden, ob sie sich immatrikulieren wolle oder

142

nicht, damit, falls sie absage, jemand von der Warteliste zum Zuge kommen könne. Aber was gab es da zu entscheiden, wir hatten die UWF längst in unser Herz geschlossen, sie uns offensichtlich auch, Annas Akzent und gelegentlichen Grammatikfehlern bei den Präpositionen und Tempora zum Trotz. Die beste Universität in Deutschland! Am Tag der offenen Tür hatten wir uns der öffentlichen Verkehrsmittel bedient, auf dem Parkplatz neben der Universität hatten lauter teure Fahrzeuge gestanden, kostümbewehrte Damen und Herren im Anzug waren mit ihren Sprösslingen zum Campus geströmt. Aber die meisten von ihnen erhalten nun magere Briefe. Julia rief in Charkow an, auf dass die frohe Kunde sich in der Verwandtschaft verbreite.

Als ich vor mehr als dreißig Jahren, im Sommer 1960, am Institut für Fremdsprachen in Charkow studieren wollte, lagen die Dinge anders. Die geschwisterlichen Beziehungen zur Deutschen Demokratischen Republik wurden in jeder Glosse beweihräuchert – Deutsch lernen durften dagegen nur eine Handvoll Auserwählte. Um dazuzugehören, genügten dramatische Referate nicht. Bekanntschaften und Briefumschläge taten not.

Das sagt sich heute, als schmierte man weiche Butter aufs Weißbrot. Dabei machten mir, als das Geld zusammengeklaubt wurde, Mutter und Großmutter aufreibende Szenen. Arthur, sagten sie, mit deinen Marotten werden wir uns die Butter fürs Brot nicht mehr leisten können. Wir haben nicht die Mittel ... du wirst deine Fremdsprachen in geflickten Hosen studieren. In den Pausen werden die anderen Hähnchenschenkel auspacken, während du ein Butterbrot essen wirst.

Für die Butter wird es also doch reichen, sagte ich.

So kam es, dass ein Familienfreund, der Volleyball spielte mit jemandem, der verheiratet war mit der Schwester von – genau die spielte den Postboten. Das Briefpapier war eher breit als hoch und auf geschnörkeltem Hintergrund prangten Zahlen. Die Dicke des Umschlags wurde durch den Umstand eines an der Front gefallenen Vaters geschmälert, doch um ein Mehrfaches vergrößert durch den Umstand des ungünstigen Eintrags im fünften Punkt meines Ausweises, der die Nationalität angab. Es war sehr kostspielig für uns, dass bei den Aufnahmequoten nicht galt: In diesem Jahr nehmen wir 80 Prozent Fähige, 18 Prozent Mittelmäßige und höchstens zwei Prozent Dummköpfe. Stattdessen (so berichtete die Schwester von, die verheiratet war mit, der Volleyball spielte mit unserem Familienfreund) hieß es laut hinter vorgehaltener Hand: höchstens fünf Prozent Juden. Trotzdem entpuppten sich im Nachhinein deutlich mehr Kommilitonen als Juden. Legte man strenge Quoten fest, nahm es aber hin, dass diese überschritten wurden, um die Schuld daran den quotientenverderbenden Juden in die Schuhe zu schieben? Wie auch immer: Wegen der Bekanntenkette, des teuren Briefes und meiner Eignung wurde ich angenommen.

Fähig und geeignet war ich ganz und gar. Das Studium der deutschen Sprache passte zu mir wie die Faust aufs Auge. Ich eiferte nicht meinem Großvater, dem deutschkundigen Israel Mendel, nach. Doch es ergab sich irgendwie von selbst, dass ich Deutsch verstehen und sprechen lernte.

Es gibt keine Loyalität zu einer Sprache. Die erste wird im Handumdrehen an eine beliebige zweite verraten. Drei Monate genügen vollauf, um sich bei einem sozusagen fremdsprachigen Selbstgespräch zu ertappen, wonach man nie mehr sagt: dies und jenes der Sprache wegen, oder: Keine Sprache ist wie diese. Obwohl es stimmt. Fassungslos, als klopfte jemand von innen an die Wohnungstür, war ich, als ich deutsche Redewendungen kennenlernte, etwa: nur Bahnhof verstehen.

Ein Sommergewitter wohl, ein uferloses Unwetter, ein Sturm über Taschkent, wo wir seit einem halben Jahr im Flüchtlingsheim lebten. Windzüge, nein Windböen warfen Hitze gegen Masten, Starkregen spülte Staub von ausgedörrten Wegen und Hauswänden.

144

Blitze stimmten in den Paukenschlag ein, zuckten, schlugen, spalteten. Erst gewaltiges, wild aufschlagendes Feuer, dann dichter weitläufiger Rauch. Erst wurde mein Zimmer erhellt, dann verdüstert.

Die Natur ist stets willfährig. Stechend grüne Sommer in voller Blätterpracht, sich farbenfroh kleidende Bäume im Herbst, dann schneebedeckte, dann auftauende Felder und Wiesen, Böschungen, Lichtungen, Stacheldrahtzäune mit grünen Zweigen als Sichtschutz. Im Großen und Kleinen dient die Natur dem, der befiehlt.

Ein paar zerzauste, kopflos gewordene Bäume überlebten Regen, Blitz und Flut. Wind und Wasser, Sturm und Sturzbäche rissen allerlei mit sich fort, der Rauch aber, dunkelgrau, blieb in Taschkent. An den Fenstern schlug sich Ruß nieder.

Gestern saß ich mit Mutter in unserem kleinen Wäldchen, die Sonne mochte hinter Bäumen oder Wolken sein. Wir redeten darüber, dass Anna schnell eine Wohnung finden muss und dass sie und Julia nach Wehnau fahren werden.

Kommst du nicht mit?, fragte Mutter.

Sie brauchen mich nicht, sie können bei der Wohnungssuche nichts falsch machen. Es gibt in Wehnau keine Türken- oder Judenhäuser.

Nein, das sagte ich nicht, ich sagte: Ich würde sie nur stören. Außerdem habe ich keine Zeit.

Und wer redet mit den Vermietern?, fragte Mutter.

Wenn Anna die Prüfungen bestanden hat, kann sie auch mit Vermietern reden.

Aber es ist doch schwer, überhaupt irgendetwas zu finden, meinte Mutter. Ausländern mit Akzent, wer gibt denen schon eine Wohnung? Außerdem sind Wohnungen teuer. Gibt es dort kein Studentenwohnheim?

Gibt es nicht. Dafür ist die Universität zu klein und zu reich.

Ein Wind ging, ich gab Mutter ihre Sommerjacke, die wir im letzten Sommer zusammen gekauft hatten.

Erinnerst du dich an den Sturm damals in Taschkent?, fragte ich.

Was sagst du?

Der Sturm. Im Sommer '42 in Taschkent. Vor genau 51 Jahren. Erinnerst du dich nicht? Überall war Feuer. Dann der Rauch an unseren Fenstern.

Ich weiß gar nicht, wovon du redest. Ich erinnere mich nicht, dass es im Flüchtlingsheim je gebrannt hätte, Gott sei Dank.

Nicht einfach so gebrannt. Das Gewitter. Der Sturm.

Woher kannst du das wissen? Hat deine Großmutter, möge sie für uns beten, dir das erzählt? Ich will nichts Schlechtes über sie sagen. Aber nicht alles, was sie dir erzählt hat, stimmt auch.

Ich meine, den Rauch selbst gesehen zu haben. Es war nämlich so: Im Sommer 1942 bahnten Gleise lang, sehr lang gestreckten Zügen den Weg. Birkenumschlossene Lichtungen wurden von braunen Güterwagen erschüttert. Keine Fensterscheiben klirrten, weil es keine Fenster, keine erste, keine zweite, keine dritte Klasse gab. Aber es waren keine Viehwagen. Denn darin standen Menschen unter sich, Armbindensterne auf engstem Raum wie im Äther nie, und siehe da! - ein Viereck, etwa sechsmal so lang wie breit, hat sich unmerklich geweitet und in ein grell loderndes Sterngefährt verwandelt.

Vielleicht verfängt sich ein Tierchen nicht in einem Spinnennetz. Vielleicht überlebt ein Schmetterling den Winter. Sogar im Krieg nicht zu sterben ist eine natürliche Ausnahme. Auch wenn auf tausend Wegen Gefahr droht, rettet man sich, ist man unter einem guten Stern geboren, vielleicht. Manchmal hat der Zufall eine winzige Chance. Aber die Dienstkleidung der Juden in den lang, sehr lang gestreckten Zügen bestand aus Sternen und schloss Zufälle aus.

146

An einer dörflichen Bahnstation mit einem Backsteinbau koppelten Bahnbedienstete die letzten zwanzig Waggons, ein Zugdrittel, ab. Eine zweite Lokomotive mit rostigen Seiten und quietschenden Rädern keuchte heran, in krankhaften Schüben Fetzen dreckigen Dampfes ausstoßend, griff nach dem losen Zugdrittel, zog kräftig daran, hielt und schob es auf ein abgehendes Gleis und durch ein Tor aus Kiefernzweigen in eine Sackgasse. Gerade noch passte der letzte Waggon auf diesen Bahnsteig, die Lokomotive selbst aber nicht mehr; ein mäßiger Dank für aus letzter Kraft vollbrachte Dienste. Bewaffnete Uniformierte erlösten sie von den Waggons, sodass sie gar nichts mehr zu schieben oder zu ziehen brauchte außer sich selbst und, sichtlich aller Daseinsschwere entbunden, mit vielfacher Geschwindigkeit den Rückweg antrat, woraufhin das mit Kiefernzweigen geschmückte Tor sich schloss.

Und mehr will ich nicht sagen, weil das hier Treblinka war, die Lokomotive Stunden später wieder herankeuchte und das nunmehr leere Zugdrittel, zwanzig Waggons, herauszog und auf diese Weise auch mit dem zweiten und – es dunkelte bereits – dritten Zugdrittel verfuhr. Ich will auch nicht davon reden, wie, nachdem die Türen auseinandergeschoben worden waren, die ausgemergelten Sternträger aus der äußersten Waggonenge auf die Erde fielen, wie die Uniformierten mit erhobenen Gewehren schrien und mitten hinein verwahrloste Gestalten wuselten und Gepäckstücke aus den Waggons zogen. Wie die Uniformierten brüllten: Die Männer hierhin, die Frauen mit Kindern dorthin!, und wie Hände sich aneinanderklammerten, wie aber Schlagstöcke härter waren als Finger und geschriene Anweisungen eindringlicher als gedämpfte Worte zwischen Frauen und Männern. Wie ein adrett uniformierter Deutscher eine Rede hielt: Willkommen seien sie, die gekommen in dieses Durchgangslager. Er sei die rechte Hand des Lagerkommandanten. Ob sie Hunger hätten? Durst bestimmt auch, warm sei es, heiß geradezu, in den Waggons wohl besonders. Das Mittagessen würde gerade zubereitet. Vorher würden sie zum Bad

147

geschickt. Man habe von den unerträglichen hygienischen Verhältnissen im Ghetto gehört und wolle sich vor Seuchen schützen, hier im Durchgangslager und im Osten, wohin sie noch heute zur Arbeit weitergeschickt würden. Auf keinen Fall dürften sie vor dem Bad vergessen, das Schuhwerk mit einer Schnur, die ihnen ausgehändigt würde, zusammenzubinden, sonst gebe es ein Durcheinander sondergleichen; für den Fall übernehme er keine Verantwortung, dass jeder mit zwei gleichen Schuhen die Station am Abend verlassen werde. Genug der Worte, beeilen sollten sie sich, sonst werde die Suppe kalt, das Badewasser auch.

Die Frauen zogen sich und die Kinder in einem flachen Bau aus, die Männer im Freien, alle banden sorgfältig die Schuhe zusammen, haufenweise blieben Sterne auf der Erde zurück. Die nackten Männer und hinter ihnen die Frauen und Kinder liefen in einen engen Gang, der aus Stacheldraht und Kiefernzweigen bestand, schwarze Posten schrien: Das Wasser wird kalt! Das Mittagessen wird kalt! Hände über den Kopf!, und ließen dabei Stöcke auf Rücken und Schultern niedersausen. So sorgten sich die Uniformierten, dass die Juden warm duschten und aßen, und ließen sie gar nicht selbst entscheiden, ob sie nicht doch lieber trödeln und mit kaltem Wasser und kalter Suppe vorliebnehmen wollten. Aber zu welchem Zweck das Händehalten über dem Kopf? Würden Seuchen auf diese Weise gründlicher abgewaschen?

Der Gang wand sich nach links und rechts, bog schließlich scharf nach rechts und hörte auf einer Anhöhe, vor einem riesigen Stern auf. Der thronte über dem Dach eines soliden Ziegelbaus. Ein Sternhaus. Der Gang davor also die Himmelstraße. Kommt zu mir alle, die ihr hungrig und verlaust von der Zugfahrt und jammervollen Zeitläuften seid. Kommt zu mir, eure erschöpften Körper werde ich laben. Ihr tragt Sterne, weil irgendjemand Sterne tragen muss, weil die Welt sonst kläglich aus den Fugen geriete und die Orientierung verlöre, wem welche Suppe und welches Bad gebühre. Da euch aber beim Ausziehen die Sterne abhandengekom-

148

men sind, werde ich euer aller sternlose Scham bedecken. Ruhe findet ihr hier und ein gründliches Bad und dickflüssige Suppe.

Plötzlich sträubten sich einige vor dem letzten Schritt. Aber die Knüppel der Wachposten auf der Himmelstraße kannten nur eine Richtung. Die Nackten, durch den im Lauf genommenen Anstieg außer Atem geraten, rieben sich aneinander und drängten durch die Tür unter dem gelben Stern. Sie gelangten in einen Gang, von dem drei Türen zu mehr als zwei Erwachsenenkörpergrößen breiten und etwa eine Erwachsenenkörpergröße hohen Baderäumen abzweigten. Bis zur Schulterhöhe waren die Räume mit weißen Kacheln verkleidet, die Böden orange, die Decken mit Wasserrohren und Duschköpfen bestückt. Mehr und mehr Menschen gelangten hinein, als brauchte es nicht ein wenig Arm- und Beinfreiheit, um Seuchen abzuwaschen.

Die schwarz uniformierten Ukrainer schlossen die Türen und sperrten das Licht aus. Fenster gab es keine. Ein Brummen legte sich über die Stimmen, brandete auf, verebbte und pendelte sich auf einer Höhe ein. Alles war dunkel. Aber es war nicht still, nein, leise nicht, leise nicht dort.

Lasst uns heraus!, schrien sie. Gott sieht alles!

Sah denn ich alles?

Ich will nicht davon reden, wie, als Stille eintrat, aber es verging eine Zeit bis dahin, dass viele Sätze hätten gesagt werden können, wie daraufhin verwahrloste Gestalten, Arbeiter, Juden auch sie, an der hinteren Wand des Sternhauses nestelten und drei Luken aufklappten. Hatte nicht die rechte Hand des Lagerkommandanten vor einem Wirrwarr gewarnt? Hier war es, ein Sonderdurcheinander. Die Arbeiter rissen, von Uniformierten angefeuert, die Körper auseinander, dass Knochen nachgaben, räumten die Ausgänge, zerrten ans Tageslicht, schleppten hinweg, schichteten die Toten auf Tragen, liefen damit zu einer riesigen Grube hinter dem Sternhaus und entledigten sich dort der Last. Ein weites Feld. Ein weites und tiefes Feld.

149

Dann reinigten sie die weißen und orangefarbenen Kacheln und klappten die Luken zu. Wieder wurden auf der anderen Seite die Türen geöffnet, die nun zu sauberen Baderäumen führten. Wenige Körperlängen vom Eingang entfernt, unter dem großen Stern, standen weitere lebende Nackte.

Fragen könnte man: Haben sie es nicht gewusst? Aufgegriffen im Warschauer Ghetto, waren sie in Waggons geworfen und aneinandergepresst worden wie Lumpenballen, für die eine Zugfahrt fast zu schade ist. Hatten diese Hungernden ernsthaft daran geglaubt, zur Arbeit nach Osten gebracht zu werden? Welcher Osten? Welche Arbeit? Hatten sie warmes Badewasser und heiße Suppe mit Einlage erwartet? Womit hätten sie das plötzlich verdient gehabt nach Jahren, in denen eine durchsichtige Brühe an der Tagesordnung gewesen war? Fragen könnte man so zwischen den Luken des Sternhauses und dem weiten Feld und der tiefen Grube, darein Tote geworfen wurden.

Sagen könnte man aber: gehungert, aber gelebt immerhin dort, im Ghetto. Schlimmeres gibt es als eine beschwerliche Zugfahrt. Die Waggonwände hatten rechteckige Öffnungen gehabt, durch die war manchmal der Wind gegangen. Die Schuhe zusammengebunden und die Nummer des Kleiderhakens gemerkt. Wie mit anderem rechnen? Wie sich vorbereiten? Schwere Arbeit, das lässt sich hinnehmen, verkraften. Aber als Familie, mit Kindern – wie auf anderes sich vorbereiten? Wie mit anderem rechnen? Ein wenig jung und alt vielleicht einige, aber die Hände fleißig, die Füße behände, die Köpfe wach. Sagen könnte man so vor dem Sternhaus, die Himmelstraße im Rücken.

Deshalb will ich nicht davon reden. Deshalb sagt und fragt man lieber nichts. Tief ist der Brunnen des Wissens und Hoffens, unergründlich im Letzten, da, nachdem diese Juden im Sternhaus verschwunden waren, bunte Papierschnipsel von der Farbe diverser Geldscheine auf der Himmelstraße lagen. Für jene aber, die aus den folgenden Zugdritteln auf die Himmelstraße getrieben wur-

150

den und warteten, waren ihre eigenen Papierschnipsel die ersten und einzigen, weil jene Geldscheine, die vorhin zerrissen und zerstreut worden waren, von Arbeitsjuden mit Harken entfernt wurden.

Einige verwahrloste Gestalten vor den Waggons trugen weiße Armbinden mit einem roten Kreuz. Von einem schwarz-grünen Uniformierten bedeutet, griffen sie nach den ältesten und schwächsten Sternträgern und führten, nein schleppten, nein trugen sie links am Ausziehplatz und an Kleiderhaufen vorbei, die Waggonlängen weit und breit waren, und trugen sie auf einen Nebenweg und zogen sie hinter sich her und zu einem großen roten Kreuz, das auf eine weiße Flagge gemalt war. Dahinter schlang sich ein Weg zwischen so hohen Zäunen, dass ein großgewachsener Mann im Sprung nicht darüber hätte gucken können. Noch ein paar Schritte, dann sind wir da, murmelten die Rotkreuzler auf Jiddisch zu den Alten und Schwachen. Wo das Zaunlabyrinth endete, war eine Grube, ein Uniformierter mit Pistole und seitab ein Kleiderhaufen; so wie früher und nebenan Ausziehen; so wie früher Sterbende und Tote, im Anfang verschieden und einen Augenblick, einen Lidschlag später beliebig gleich; aber immer anders, weil andere, so muss es gewesen sein.

Die Kleidung aber würde den Weg in ein besseres Leben finden. Von den Arbeitsjuden zusammengekarrte weiche und bunte Kleiderberge gingen in einem Nebengebäude durch geschickte jüdische Schneiderhände und wurden vor allem und zuallererst von Armbinden- und Bruststernen befreit. Die Fäden wurden auseinander- und hinweggezogen, die Sterne lösten sich, als wäre nichts gewesen, und landeten auf Extrahaufen, die später verbrannt wurden. Die rechte Hand des Lagerkommandanten hatte nicht gelogen. Es war ein Durchgangslager. Für die Kleidung.

Ein Tag nur, doch ganze drei Zugdrittel, sechzig Waggons. Ein ganzer Transport zwischen Morgenhimmel und Abendröte. Die marode Lokomotive verrichtete vielfach ergebenen Dienst, ein

Pendel auf eingefahrener Strecke, sternbeladen in eine Richtung, federleicht in die andere.

Die jüdischen Arbeiter schafften ein ums andere Mal Kleiderberge weg, führten Alte und Schwache zum roten Kreuz, hoben Luken, entzerrten Körper und warfen sie in die Grube. Diese zivil gekleideten Ganoven – der Ausdruck erscheint als einzig möglicher und richtiger – wurden am Abend, nachdem das letzte Zugdrittel abgefertigt worden war, von den ukrainischen Hilfskräften der Deutschen erschossen.

Ich wollte von alledem nicht reden, ich bin mir nicht mehr sicher, ob es in Taschkent im Sommer 1942, ja überhaupt während unseres ganzen Flüchtlingsaufenthalts dort einen größeren Sturm, begleitet von undurchdringlichen Rauchschwaden, gegeben hat. In jenem Sommer 1942, als ein Zug nach dem anderen aus dem Warschauer Ghetto in Treblinka eintraf, schlug jeder Taschkenter Tag neue Wurzeln. Mein Unglück, das sind in Wahrheit nicht größere Stürme und dichter Rauch oder schwarz uniformierte ukrainische Burschen. Und schon gar nicht makellos gekleidete Deutsche und Österreicher. Die Juden sind es, die Juden einzig und allein sind mein Unglück.

152

Unordnung

Anna hat eine, wie sie und Julia sagen, sehr schöne Wohnung gefunden, zehn Gehminuten vom Campus entfernt, auf einem Hügel. Die Miete liege bei dreihundertfünfzig Mark pro Monat. Günstigere Wohnungen gebe es in Wehnau nicht.

Was jetzt?, fragte Julia.

Was soll jetzt sein?, fragte ich zurück. Sie muss die Wohnung nehmen.

Aber die Miete ... Anna hat ausgerechnet, dass das Geld vom Staat gerade für die Miete reichen würde.

Wir helfen ihr natürlich, sagte ich.

Sie hat schon überlegt, ob sie nicht nebenbei etwas dazuverdienen soll.

Als Kellnerin in Wehnau? Das werde ich verbieten, sagte ich.

Warum? Findest du das zu gefährlich?

Nein, ich finde das zu dumm, sich durch einen Zweihundert-Mark-Nebenjob vom Studium an der besten deutschen Universität ablenken zu lassen. Du willst doch nicht, dass sie Kellnerin wird.

Ja, natürlich nicht ...

Sondern ... du weißt schon ... was die eben werden in Wehnau, Leiter, Führungskräfte. Dann werde ich halt mehr übersetzen und ein paar Autos kaufen und verkaufen.

Ja, ich sollte Autos kaufen und verkaufen. Aber mit dem Autohandel läuft es bislang nicht gut. Der Russe aus Moskau, von dem Igor viele Aufträge zu erhalten hoffte, hat ihm tatsächlich ein paar erteilt. Ein fünftüriger Passat, ein Mazda 626 Stufenheck. Ich habe mittwochs und samstags die Zeitung gekauft und bin eine Gebrauchtwagenanzeige nach der anderen durchgegangen. Igor ist jeden Samstag zum Automarkt nach Essen gefahren und hat dort gesucht. Wir haben viele Passats und Mazdas gefunden, aber alle waren viel zu teuer. Dann sind wir bei deutschen Autohäusern und türkischen Gebrauchtwagenhändlern gewesen. Ein Passat bei einem VW-Autohaus hatte genau die Ausstattung, die der russische Kunde verlangte: 1,6-Liter Benziner, Baujahr 1985, weniger als 150 000 Kilometer gelaufen, schwarz, dunkle Sitze, mit Klimaanlage, einwandfreier Zustand. Bloß der Preis lag, wie sich dem Informationsblatt auf der Fensterscheibe entnehmen ließ, bei siebentausend Mark, während der Kunde höchstens fünfeinhalb zu zahlen bereit war.

Arthur, sprich mit dem Verkäufer, sagte Igor.

Worüber soll ich denn mit ihm sprechen?

Frag ihn, ob der Passat unfallfrei ist. Frag irgendwas. Dann frag ihn, was der letzte Preis für den Export ist, und dann biete ihm fünfdrei an.

Fünfdrei? Da steht sieben auf der Fensterscheibe.

Fragen kostet nichts. Sag ihm, das ist für den Export, er braucht keine Garantien zu geben, wir nehmen den Wagen gleich mit, bezahlen bar, sofort. Rede einfach auf ihn ein.

Ich weiß nicht ... wer bezahlt denn nicht sofort in bar, wenn er ein Auto mitnimmt?

Wenn du nicht mit ihm sprichst, mach ich es. Aber du kannst es besser, du redest wie gedruckt.

Dem Autoverkäufer gefiel, dass wir den Passat exportieren wollten, unser Angebot gefiel ihm aber gar nicht. Sechstausend, das ist die absolute Untergrenze, sagte er.

Das bringt nichts!, sagte ich zu Igor im Hinausgehen. Dein Moskauer Kunde ist in Wirklichkeit gar keiner! Wenn wir irgendwann einen Passat für fünfeinhalb finden, dann brauchen wir keine Kunden, dann können wir einfach zum Automarkt fahren und den Passat dort für sechseinhalb verkaufen. Entweder dein Kunde wird vernünftig, oder er soll selbst suchen ... Überhaupt, Igor, warum handeln wir ausgerechnet mit Autos?

Das bietet sich nun mal an. Ließe sich mit Kühlschränken Geld verdienen, würde ich das machen. Kennst du jemanden, der Kühlschränke günstig anbietet oder teuer kauft?

Nein.

Na also.

Im Taschkenter Radio, das von aussichtsreichen Fronten berichtete, mit beflaggten Parolen um sich warf, Stalin ehrfurchtsvoll erwähnte, wenn ein Sieg gefeiert wurde, und an das Volk appellierte, wenn eine Niederlage sich anbahnte, hörte ich auf einmal von Stalingrad, meinem amtlich festgelegten Geburtsort, wo ich, in Großmutters Armen, zum ersten Mal die feste Erde gespürt hatte. Der Feind nähere sich der Stadt, doch man werde ihm tapfer zu wehren wissen. Unser sowjetischer Rundfunk sprach jedoch nicht davon, dass die Evakuationen aus Stalingrad nur sehr schleppend verliefen und massenweise Flüchtlinge sowie Einwohner in der Stadt verblieben, obwohl (oder gerade weil?) ein deutscher Angriff in der Luft lag. Aus der Luft fielen denn auch im August 1942 so viele deutsche Bomben auf Stalingrad, dass sogar die Wolga Feuer fing, der Fluss, den wir vor einem Dreivierteljahr überquert hatten.

In Taschkent brach allmorgendlich alles zur Arbeit auf. Nur Mutter blieb daheim, meinetwegen, für mich, um mir die Brust zu geben. Dafür musste sie sich, weil stillend ans Haus gebunden, um dessen vielfältige Belange kümmern. Zwar war für grundlegende Reinlichkeit jeder Erwachsene selbst verantwortlich, aber die zuständige Behörde hatte es nicht übers Herz gebracht, eine arbeitsfähige Genossin unbeschäftigt zu lassen.

155

Posten und Arbeit bedingen sich gegenseitig. Ob wegen der Arbeit der Posten oder wegen des Postens die Arbeit entstanden ist, ist manchmal nicht zu bestimmen. Wer bückt sich schon nach Kartoffelschalen, die vom Küchentisch gefallen sind, wenn die Verantwortlichkeit dafür auf anderen Schultern liegt? Wer entpuppt sich, der Verantwortung für Hygiene enthoben, nicht als Schmutzfink? Die verantwortliche Behörde wird sich in ihrer Entscheidung gewiss bestätigt gefühlt haben, wenn sie ein solcherart organisiertes Haus besichtigte.

Mutter sagte manchmal: Bald werde ich Arthur abstillen, in die Gruppe geben und arbeiten gehen, das ist doch nicht auszuhalten hier!

Aber Großmutter entgegnete: Er ist noch nicht mal ein Jahr alt! Sei glücklich, dass du ihn nährst. Glaub mir, hier im Haus ist es nicht so schlimm wie an der Werkbank.

Im Betrieb ist man immerhin mit anderen Leuten zusammen, ich bin den ganzen Tag allein, klagte Mutter. Arthur weint so viel.

Tatsächlich besaß ich mittlerweile ein paar kleine schmerzhafte Zähne. Wenn Großmutter abends aus dem Textilbetrieb kam, machte ich ihr Platz. Sie sank erschöpft aufs Bett und wir hörten uns ein paar Weisheiten unseres Zimmernachbars Lev an. Wir werden den Krieg nicht verlieren, weil wir ihn nicht verlieren dürfen. Das Land ist groß, wir können uns einen großangelegten Rückzug leisten. Es ist nur eine Frage der Zeit, bis die faschistische Armee den Rückzug antritt. Zum Abendessen wurden einige Stücke Brot und ein wenig Gemüse aufgetischt oder eine einfache brotlose Suppe.

Im Hof lärmten Kinder. Mutter ließ mich neben ihnen im Baumschatten krabbeln. Sie spielten Fangen, Verstecken oder Sowjets gegen Faschisten mit beweglichem Frontverlauf. Aber ich muss vom Rauch erzählen. Unmittelbar neben unserem Zimmer lag die Gemeinschaftsküche, sodass wir zu den ersten Leidtragenden gehörten, wenn das Essen zubereitet und ungewöhnliche Gewürze

156

genutzt wurden. Der Dunst kroch unter der Tür und durch die Ritzen hindurch und hatte es außerdem leicht, aus den weit geöffneten Küchenfenstern in die nächstgelegenen, also unseren, und in Augen und Nase zu gelangen. Wozu eigentlich eine Küche und ein Herd in solchen Zeiten, da tagsüber alle auf der Arbeit sind und abends mit leeren Mägen erschöpft ins Bett fallen? Lieber ein zusätzlicher Schlafraum mit Betten! Aber die Küche wurde gebraucht. In einem Haus mit vielen Parteien findet sich immer jemand, der aus schmierigem Papier einen Braten wickelt; kaum ein Ort auf der Welt ist so armselig, dass nicht wenigstens einer etwas Warmes zu essen hätte.

Dunst und Rauch verdüsterten den Himmel, ließen sich am wurmstichigen Holzrahmen nieder, schwärzten Fenster und Tür an, bestimmt auch den Schrank, die Stühle und das zunächst einigermaßen weiße Bettzeug. Bedarf es, um Schmutz und Dreck aus der Welt zu schaffen, bloß eines nassen Waschlappens und kräftiger Hände? Niemand raffte sich auf, den Ruß zu entfernen und den Fenstern wieder Glanz zu verleihen. Aber traf es sich nicht gut, dass gerade meine Mutter damit beschäftigt war, Unordnung und Schmutz im Flüchtlingsheim zu beseitigen? Bedrohte der Rauch nicht die Hygiene? Hätte Mutter sich nicht mit allen im Haus verfügbaren Waschutensilien wappnen und der Schwärze laufend, kriechend, ich weiß nicht, wie, Einhalt gebieten müssen? Aber der Rauch stapelte sich nicht wie ordentlich ausgeladene Kartons, lagerte sich nicht wie Staub ab, der mit einer einzigen Bewegung wegzuwischen wäre. Sondern der Fensterrahmen starrte von schwarzen wachsweichen Stellen. Mutter wischte und tränkte den sich düster färbenden Lappen in den Eimer. Wischte und tränkte weiter. Der Ruß blieb. Der Fensterrahmen drohte sich aufzulösen. So ließ Mutter ab und ich sah alles grau in grau.

Obwohl ich mit Autos noch immer nichts verdient habe und für Übersetzungen am Nachmittag eine Mark weniger pro Seite ver-

157

diene als früher, sind Julia und ich in Italien gewesen, an der Adriatischen Küste und in Venedig, so wie sie es sich gewünscht hat. Mit 51 Jahren zum ersten Mal in diesem einzigartig schönen Land. Solche Kirchen! Solche Paläste! Wie eine italienische Piazza in der Augustsonne leuchtet! So etwas haben wir in unserem Leben noch nicht gesehen. Trotzdem bin ich froh, zurück zu sein. Nicht so sehr wegen der italienischen Sommerhitze, die uns doch ein wenig zugesetzt hat, sondern weil es wirklich an der Zeit wird, ein paar Autos zu kaufen und zu verkaufen, damit unsere Finanzen nicht gänzlich durcheinandergeraten. Und weil, das vertraue ich aber nur dem Papier an, der Sommer 1942 so war, wie er war, und nicht anders.

In Treblinka streckten die Gänse die Hälse vor, wirbelten mit Füßen und Flügeln Staub auf, rissen die Schnäbel auf, nicht wie Küken, die das Maul senkrecht stellen, sondern auf eine eigentümlich hitzige Weise, dass ein Spalt sich öffnete, durch den ein Finger hindurchgepasst hätte. Warum erhoben sie sich nicht in die Luft und flogen weg von diesem Ort? Sie liefen bloß im Kreis herum und schnatterten, von hereingeschobenen Zugdritteln aufgeschreckt.

Der Zugdrittel, der Waggons waren zu viele. Anstatt dass die Dinge in der richtigen Reihenfolge ihren Lauf nähmen, stauten sich im August 1942 Zugdrittel auf den Gleisen zwischen dem Bahnhof und dem Vernichtungslager. Noch bevor der eine Transport abgewickelt wurde, traf der nächste ein. Es war, wie wenn man einen Haufen Einzelteile auf ein Fließband schüttete, statt gleichmäßig eines nach dem anderen daraufzulegen. Naturgemäß brach dort, wo der nächste Arbeitsschritt zu geschehen hatte, Chaos aus, niemand wusste, wonach zuerst zu greifen sei. Die Züge kamen an und wiederum nicht, weil zum Ankommen eine Ankunft gehört.

Nur in einem von grünem Stacheldraht umgebenen Lager, nicht

am Fließband, erledigt sich ungeordnet Aufgehäuftes von selbst. Aus den Waggons drangen unnatürliche Schreie, sie waren so laut und zusammenhanglos und schrill, dass gewöhnliche menschliche Scham und Zurückhaltung daraus nicht mehr zu hören waren. Die Stimmen überschlugen und vergaßen sich und die eigene Sprache und den Empfänger.

Nachts reichten uniformierte Ukrainer manchmal Wasser durch die Lüftungsöffnungen in die Waggons und nahmen dafür aus denselben Geldscheine und Schmuck in Empfang (vorher wurde diskutiert, ob zuerst die Eimer oder die Wertgegenstände zu übergeben wären, und manchmal wurde keine Einigung erzielt).

Die Züge kamen immer an. Selbstgenügsam standen die Waggons auf Nebengleisen in der Sonne. Wär nicht das Auge sonnenhaft, die Sonne könnt es nie erblicken. Im Hochsommer war's. Das größte Himmelsgestirn von allen brauchte sich nicht sonderlich anzustrengen, damit, wenn nach zwei oder drei Tagen endlich die Waggontüren aufgeschoben wurden, kein Aufmarsch mit Maschinengewehren und keine Reden von warmen Suppen und zusammengebundenen Schuhen mehr nötig waren.

Solches Gerede hätte auch niemanden mehr täuschen können. Der Ort hatte keine Ordnung mehr, auch wenn die Wege nach wie vor gerade und geharkt, der Rasen gemäht und die Blumenbeete gepflegt waren. Verstreute Bündel lagen auf der Rampe und dazwischen leblose Körper, die von der Hitze sichtbar angegriffen waren.

Wo strikte Ordnung herrscht, da gibt es keine Schonung. Trotzdem muss Ordnung sein. Furchtbar ist sie, aber wenn sie abhandenkommt, ist es noch schlimmer.

Es war nicht so, dass nichts funktionierte. Alles funktionierte, nur nicht für so viele Züge. Natürlich geschehen in einem ausgelasteten Betrieb zwangsläufig Ausfälle. Übermäßiger Verschleiß, Ermüdungsbrüche sozusagen, tragen dann das Ihre zum Chaos bei. So blieb mehrmals, nachdem die Türen des Sternhauses hinter den Juden zugestoßen worden waren, das Motorenbrummen aus, nicht für ein oder zwei Augenblicke, sondern viele Atemzüge lang. Der Motor versagte, vielleicht der exzessiven Nutzung wegen, und musste repariert werden. Das dauerte. Die Juden standen in den drei Kammern und warteten. Schlimmer als ein laufender Motor ist nur ein technischer Defekt.

Aber jeder Tag geht zu Ende, indem an seine Stelle sacht der Abend tritt. Wer tagsüber arbeitet, hat abends Anspruch auf kühle Bierseligkeit. Eine Aufgabe muss nicht mit dem Glockenschlage sechs abgeschlossen werden. Morgen ist auch noch ein Tag. Alles funktionierte ja. Die Schuld an der Unordnung, den verrückten Schreien und der Verwesung in den Waggons lag, nüchtern betrachtet, bei den Gleisen, die zu viele Züge an diesen Ort leiteten.

Nur weil sich am Fließband ein Stau bildet, die Teile in Unordnung geraten – aber man weiß, sie werden nicht in die Brüche gehen und auch morgen noch verwendet werden können –, nur weil sich solche Unannehmlichkeiten in den Arbeitstag einschleichen, wird nicht auf den Feierabend verzichtet. Nur arme Schlucker gehen, wenn der Tag nicht ergiebig gewesen ist, hungrig ins Bett. Um die Ecke schlugen dicke Gänse Radau. Was war leichter, als eine zu greifen, durch einen gezielten Schlag auf den Kopf zu betäuben und ihr die Kehle durchzuschneiden. Bald nach dem Ausnehmen zischte und brutzelte das Fleisch in der Pfanne. So sehen schöne Zeiten aus (dies die Überschrift auf einer Seite im Fotoalbum des stellvertretenden Lagerkommandanten), mit Gänsebratenstücken in einer riesigen Pfanne, mit Bierkrügen und zupackenden Händen.

Wiederkehr

Ich wollte mir selbst ein Geburtstagsgeschenk machen und versuchte, eines meiner Lieblingsgedichte von S. A. Jessenin aus dem Russischen ins Deutsche zu übersetzen. Ich habe nur die letzten beiden Verse zu Papier gebracht:

Sterben ist nicht neu in diesem Leben,
Aber leben ist neuer schließlich nicht.

Das schrieb der Dichter in einem Hotel in Leningrad, wenige Stunden bevor er Hand an sich legte.

Der begnadete W. W. Majakowski schrieb ein wuchtiges Treppengedicht an den Toten mit dem Schluss:

Abzukratzen
           ist nicht schwer
                      in diesem Leben.
Leben machen
           deutlich schwerer.

Fünf Jahre später, 1930, wählte W. W. Majakowski den Freitod. Dass darauf ein geneigtes Gedicht verfasst worden wäre, ist nicht bekannt.

Die Unübersetzbarkeit solcher Gedichte ist eine Erkenntnis. Dass sich im Blut des Dichters auch ein wenig das Land spiegelt, eine andere.

Das Blatt mit den übersetzten Versen liegt jetzt mit den anderen angegriffenen Blättern in der Schublade, in der auch die Geburts-, Heirats- und Sterbeurkunden liegen. Was wird sein, wenn sich die Schublade einmal vor lauter Blättern nicht mehr schließen lässt? Werde ich die Urkunden woanders hinlegen, um Platz zu schaffen, oder werde ich einen neuen Lagerort für die von eigener Hand beschriebenen Blätter finden?

Obwohl in den letzten Wochen nicht viele neue Blätter hinzugekommen sind. Morgens die Autos, am Nachmittag das Übersetzen von Dokumenten. Und Julia verlangt, dass ich weniger am Schreibtisch sitze, besser wie ein Fragezeichen spazieren gehen als wie ein Fragezeichen sitzen, sagt sie. Vielleicht bin ich auch etwas müde.

Einstmals ist man das Jüngste gewesen, das gehätschelte Kleine, zarte Fingerchen und Füßchen mit winzigen Nägeln haben sich niedlich bewegt. Dann haben sich Geburtstage gehäuft, und weil alles gut gegangen ist gewissermaßen, werde ich am festlich gedeckten Tisch nunmehr fast der Älteste sein, Mutters Jahre außen vor, weil sie meine hervorgebracht haben. Was bedeutet ein Geburtstag? Eine fröhliche Sause, weil es wieder einmal dreihundertfünfundsechzig Tage lang gut gegangen ist? Oder Trost über den Verfall hinweg, ein Fest des Lebens? Der Anfang der Welt und das Lebensende sind undeutlich. Die Mitte aber ist prosaisch.

Was jährt sich nicht alles. Die Natur weicht von einem Herbst zum nächsten kaum ab in ihrer Buntheit. In unserem Wäldchen wachsen die Bäume durcheinander. Hainbuchen frösteln neben unbewegten Fichten. Über den Stämmen ein durchsichtiges Geflecht von gelbgrünen Blättern, die, zur Erde gefallen, ins Bräunliche verkümmern. Saftig grüne Nadeln hängen an ihren Zweigen. Julia und ich bleiben auf eingetretenen Pfaden und staunen. Wir reden über Julias in Charkow zurückgebliebene Verwandte, Julias Sehnsucht nach der Mutter, dem Bruder, dem Neffen, der Nichte.

Wann kommen sie endlich nach? Ich verstehe nicht, warum sie sich so viel Zeit lassen, sagt sie. Wir reden über unsere Einnahmen und Ausgaben. Ein Strom sogenannter Russlanddeutscher ergießt sich über die russischen, ukrainischen und kasachischen Grenzen nach Deutschland, daneben fließt, vornehmlich aus der Ukraine, Lettland und Russland, ein kleiner jüdischer Bach. Die Wohnheime füllen und leeren sich und die Nachfrage nach Diplom-, Arbeitspapier- und Pensionsbescheinigungsübersetzungen steigt. Natürlich bekomme ich immer mehr Konkurrenz von anderen Übersetzern. Andererseits, wenn ich der einzige Übersetzer weit und breit wäre, würden die Leute auch von dem unverschämtesten vormittäglichen Preisaufschlag nicht abgeschreckt werden, und ich würde gar nicht mehr dazu kommen, Blätter in eigener Sache zu beschreiben. Es sei auf jeden Fall gut, dass ich mit den Autos angefangen habe, sagt Julia. Wir reden auch darüber, wie schade es ist, dass ich zum ersten Oktober den Nebenverdienst in der jüdischen Gemeinde verloren habe. Früher habe ich mich um die kompliziertesten Sozialamtsfälle gekümmert, russischsprachige Hilfsbedürftige, die sich wunderten, dass Ämter erstens unzählige Papiere verlangen und zweitens besucht werden müssen, freilich zu festgelegten Uhrzeiten. Ich habe diesen undisziplinierten Leuten dann immer eine Moralansprache gehalten: Ja, sie hätten Anspruch auf Unterstützung, doch müssten sie erst einen Berg besteigen und dabei natürlich Regeln beachten. Die Geldüberweisung durch das Sozialamt, das sei der Gipfel. Ich habe aber nie zu sehr mit diesen Leuten geschimpft, weil sie die einträglichsten und bequemsten Kunden gewesen sind. Ihnen haben immer Übersetzungen wichtiger Papiere gefehlt. Und solche Leute haben mich niemals frühmorgens behelligt, weil es nicht zu ihrem Charakter passte, früh aufzustehen. Julia und ich verlieren uns bei unseren Spaziergängen in Mutmaßungen, warum die Gemeinde mir diese Arbeit genommen hat. Der offiziellen Begründung, ich hätte schon eine andere Arbeit, weshalb sie jemand anderem die Möglichkeit geben wollten, etwas hinzuzuverdienen, glauben wir nicht. Vielleicht, denken wir, habe ich einfach freitags und samstags und an Feiertagen zu wenig Präsenz in der Synagoge gezeigt. Wir reden auch darüber, was für ein Glück es ist, dass Julia Fortbildungskurse besucht, die von der Europäischen Gemeinschaft bezuschusst werden. Es ist eigenartig: Die Kursteilnehmer werden für die Gelegenheit, etwas lernen zu dürfen, besser bezahlt als manche Leute, die arbeiten. Eigenartig finden wir auch, dass Julia diese Fortbildungskurse besuchen darf, obwohl sie schon fast fünfzig ist. Zufrieden macht es sie trotzdem nicht.

Ich halte es so nicht mehr aus, sagt sie, während ich überlege, warum ich mich zu den Hainbuchen hingezogen fühle und nicht zu den Fichten. Ich muss etwas tun, sagt sie. Ich will wieder Lehrerin sein, unterrichten, Kindern etwas beibringen.

Was willst du ihnen denn beibringen?, frage ich.

Russisch, was sonst?

Das ist gut, antworte ich. Wenn die Kinder nicht richtig Russisch sprechen können, wie sollen sie richtig Deutsch lernen? Wie sollen sie überhaupt richtig denken? Aber du kriegst nicht genug Schüler für eine Schule zusammen.

Ach was, eine Schule. Ich wäre schon glücklich über eine kleine Gruppe.

Julia und ich reden auch – Zeit genug haben wir, da sie mich fast täglich hinter sich her in den Wald zieht – darüber, wo sie überall hinwill in Europa. Da wir gerade erst am Meer gewesen sind, in Italien!, will sie nun Hauptstädte sehen.

Aber so viel wir auch reden, beflissen vermeidet sie es, im Gespräch auf meine Morgenstunden hinter verschlossenen Türen zu kommen, als wäre es nicht ungewöhnlich, morgens keine Kunden haben zu wollen, als wäre es nur wegen der Autos. Sie will nichts wissen von diesen Blättern. Blätter fallen vor unseren Augen und der Wind, der einen langen Atem hat, tut das Übrige. Er reißt die Blätter aber nicht weg, es scheint vielmehr so, als würde der Baum sie verabschieden, als wäre nicht ihr Ende, sondern ihre Zeit gekommen. Eigentlich ist alles immer besser geworden mit dem Alter.

Mehr Wein für den Geburtstagstisch! Mehr Wein! Einige Gäste hielten sich an durchsichtigere Getränke zu meinen Ehren. Ich dankte für die ausgebrachten Toasts, für die in einem Zug geleerten Gläser. Nun lasst hören von euren merkwürdigen Begebenheiten!, verlangte ich. Wohl hatten wir uns zuletzt auf Inas fünfunddreißigstem Geburtstag gesehen. Vier Wochen mögen für etablierte Leute wie im Flug vergehen, aber lang sind achtundzwanzig Tage für einen, der vor Kurzem ein neues Leben begonnen hat. Ein Mensch, der mit den Füßen fest auf der Erde steht, erinnert sich an den vorletzten Winter und sagt: Was?! Das soll zwei Jahre her sein? Dem Verwurzelten liegt der Dienstag dieser Woche weiter zurück als der vorletzte Winterurlaub. Mir sind, allerdings aus anderen Gründen, die Übersetzungen vom Dienstag verweht und vergangen und die Zeit vor einundfünfzig Jahren ist wie heute Morgen. Doch die Radix meiner Gäste liegt bloß und nimmt gerade einmal mit der oberen Streuschicht Fühlung auf. Sergej ist neuerdings Elektriker geworden (eigentlich ist er Ingenieur). Ist das keine Nachricht? Wie oft wechselt ein erwachsener Mensch das Tätigkeitsfeld? Dreimal vielleicht im Leben, während in unserer winzigen Geburtstagsgesellschaft alle vier Wochen etwas Neues geschieht.

Jetzt werden wir eine schöne Wohnung finden, sagte Ina zuversichtlich.

Denkt an die Probezeit, sagte Igor.

Besser Probezeit als Sozialhilfe, entgegnete Ina.

Diesen Wortwechsel nahm Sergej zum Anlass für eine wunderliche Eröffnung. Er sei bloß deshalb Elektriker geworden, weil Ausländer kaum als Ingenieure eingestellt würden, wie er von vielen Leuten gehört habe. Aber mittelfristig wolle er an einem

Geschichtsinstitut anheuern. Die brauchten bestimmt Leute, die genaue Kenntnisse über die Sowjetunion hätten und Russisch und Ukrainisch sprächen.

Entzückte Stille, sprachlose Verdutztheit. Worin bestehen denn deine genauen Kenntnisse? Dass du dort gelebt hast? Da könnte ja jeder kommen! und Aber Serjoscha! Du bist Ingenieur! Hast du Geschichte studiert? und Hast du dich erkundigt, ob sie jemanden suchen? und Vielleicht brauchen die erst einmal Leute mit Deutschkenntnissen! und Wenn Arthur sagte, er wolle ein deutsch-russisches Buch schreiben, na gut. Aber wie willst du Geschichtsaufsätze verfassen, wenn du auf dem Markt mit Händen und Füßen feilschst!

Ich würde mich schon anders verständigen, antwortete Sergej, aber die Verkäufer auf dem Basar sprechen kein Deutsch.

Wie Ina, Erste und Beste bei den Sprachkursen, wie sie rot anlief! Was müssen Ina und Sergej für ein behütetes Leben geführt haben in der Sowjetunion, dass er wenig falsch machen konnte und sie ihm nicht weglief. Hier, mit kleinen Kindern, wohin und zu wem soll sie laufen? Mitgegangen, mitgefangen, mitgehangen, in der Ehe doppelt und in der gemeinsamen Auswanderung dreifach.

Arme Ina. Dummer Sergej! Was man sich innig wünscht, muss man, wenn es auch nur um ein Haarbreit vom Gewöhnlichen abweicht, für sich behalten. Die Leute denken nicht: Was für eine interessante Idee!, sondern sie denken: Eitler Schwätzer! Ausgefallene Pläne sind ein Affront gegen die gängige Lebensweise. Deshalb lohnt es ausschließlich, vom Erreichten zu reden. Dann werfen sich dieselben Leute, die gerade noch verächtlich zur Seite gespuckt haben, einem zu Füßen. Womit ich Befürchtungen solcherart bei Sergej nicht angestellt und seine Schuhe auf Geeignetheit für einen untertänigen Kuss gemustert haben will.

Lieber schweigen, wie gesagt. Nur, wer ist so diszipliniert, dass er sich nie zum Narren machte? Spät am Abend, angetrunken, im-

166

merhin an meinem Geburtstag, beschwerte ich mich über die langweiligen Arbeitsbuchübersetzungen, den mehr schlecht als recht laufenden Autohandel und die verrinnende Zeit. Aber was konnten meine Gäste, nüchtern betrachtet, verstehen, da ich fast alles verschwieg? Sie antworteten gereizt: Arthur, was meinst du? Sei froh! Du verdienst richtiges Geld in einem richtigen Beruf. Du bist ein gemachter Mann!

Ein gemachter Mann des Sofas wegen? Julia hatte, als die Gäste gekommen waren, gesagt: Heute kann ich euch nur Stühle anbieten, das neue Sofa ist noch nicht da.

Und was ist mit eurem alten?

Das steht in Annas Zimmer.

Später frage Igor: Das Sofa, wie viel?

Drei Teile.

Arthur, wie viel hat es gekostet? Wir suchen auch ein neues Sofa. So ganz schlecht, wie du es gerade beschrieben hast, läuft es mit den Autos doch gar nicht.

Oder ein gemachter Mann der zwei Telefone wegen? Einmal am Abend klingelten beide gleichzeitig; Julias, weil die ferne ehebedingte Verwandtschaft mir zu gratulieren niemals versäumt, und meines, weil jemand eine Übersetzung für den nächsten Tag haben wollte. Ja, normalerweise stehe ich auch abends zur Verfügung, sagte ich in den Hörer, auch sonntags, nur heute leider nicht.

Ob sie morgen ganz früh vorbeikommen dürfe?

Nein, auf keinen Fall! Morgens sei es immer schlecht und an diesem Morgen besonders.

Nur eine Seite, bitte!

Nun, dann solle sie eben morgen Mittag kommen, ich würde die Übersetzung gleich anfertigen. Dann würde ich aber nach dem Vormittagstarif abrechnen, pro Seite eine Mark mehr als am Nachmittag.

Gut!

Igor stand gleich neben mir und fragte, wie viel die Telefone kosteten. Erzählte ich ihm, ich sei Boot gefahren, fragte er auch zuerst: Wie viel? statt: Wohin?

Ja, ein gemachter Mann, weil ich nach Überzeugung meiner Gäste viel Geld verdiene, mit zwei eigenen Telefonnummern!, während sie sechs bis zwölf Deutschkursmonate hinter sich haben, in denen ein durchschnittlich begabter Erwachsener allenfalls lernt, das Prädikat manchmal fehlerfrei zu beugen, bevor er mit den Händen zu fuchteln beginnt. Außerdem arbeiten sie sich die Hände und Füße wund.

So liegen die Dinge an der Oberfläche, weshalb ich sie mit meinen lauten Beschwerden nur geschmäht haben kann. Doch ich war ernsthaft angetrunken, immerhin an meinem Geburtstag. Vielleicht entschuldigte mich, dass ich manchmal wohlwollende oder sonst wie auf mir ruhende Blicke nötig habe. Verbittert dachte ich: Arbeite nicht eigentlich auch ich mir die Hände wund?

Lasst uns ein schönes Gespräch beginnen!, verlangte ich.

Was, worüber?

Lasst uns etwas Neues erzählen. Oder lasst uns eine alte Geschichte wiedererzählen, dann können wir uns mehr Mühe bei der Form geben.

Bei solchem Wetter erzählt sich's am offenen Feuer am besten, sagte Tanja und seufzte. Ich verspreche, wenn bei deinem nächsten Geburtstag ein Kamin in der Ecke steht, erzähle ich ein Märchen.

Es gibt ein schönes deutsches Kinderlied, sagte ich. Brenne auf mein Licht, brenne auf mein Licht, aber nur meine liebe Laterne nicht.

Wer Geburtstag hat, bestimmt, sagte Julia. Ich denke ...

Ich habe einen interessanten Artikel gelesen, unterbrach Sergej sie. Es ging um Unterschiede zwischen gewöhnlichen und sonstigen Geburten, in Bezug auf Glück und Erfolg im Leben. Die Forscher nahmen an, dass Kinder aus Beckenendlagegeburten unglücklicher und erfolgloser sein würden, weil die Verletzungswahrscheinlichkeit bei der Geburt höher ist.

Wegen vergangener Wahrscheinlichkeiten unglücklicher?, fragte Igor.

Nein, eigentlich wollten sie messen, wie stark Menschen unter einer angeborenen Behinderung leiden.

Das ist aber eine ungewöhnliche Untersuchung, meinte Igor. Warum fragen sie nicht gleich Behinderte?

Vielleicht verstößt es gegen Vorschriften, Behinderte zu fragen, wie ihnen das Leben gefällt.

Wovon redet ihr überhaupt? Ihr habt keine Ahnung. Ihr könnt euch gar nicht vorstellen, wie schmerzhaft eine gewöhnliche Geburt ist, geschweige denn eine komplizierte, sagte Ina.

Eine schöne Geschichte! Ich trank weiter. Und dachte an den Baal Schem Tow. Er zweifelte an der kommenden Welt, gab sich einen Ruck und sprach etwa so: Was brauche ich eine kommende Welt, möge sie herrlich strahlen in den wärmsten Farben und sich wonniglich ergießen, was brauche ich, wenn ich Gott liebe.

Der Baal Schem Tow sang und tanzte gerne, nicht nur an Feiertagen. Freude am Leben, Weintrinken, das erschien ihm nicht als schlecht. Auch der wahre Dienst an Gott sollte Freude sein und nicht aus Angst vor Strafe geschehen. Mit dieser Botschaft zog der Baal Schem von Stadt zu Stadt, von Ort zu Ort. Die Leute hörten zu, wenn er erzählte, und labten sich an seinen Worten. Ohne Dünkel war er gegen weniger Gebildete, gegen Frauen und Kinder. Wenn er weiterzog, in die nächste Stadt, an den nächsten Ort, folgten ihm stets einige Männer und Jünglinge.

Mehr Wein und andere, klarere Getränke! Selten gehen Tage ohne schlechte Nachrichten zur Neige, das heißt, an einigen wenigen, drei oder vier in einer Jahreszeit vielleicht, werden die schlechten von den guten überlagert. Erfolg misst sich an der Größe des Hauses. Ich brauche ein größeres Auskommen und die Abwesenheit von Schmerz, denn es geht mir gut. Umsonst ist nichts und am Ende wird berechnet. Ein ereignisarmes Leben verlange ich, indem ich furchtlos bin, wenn nichts geschieht. Die Abwesenheit von Schmerz, sage ich. Ein Auge für die kleinen Dinge haben, das ist Glück. Ein wenig mitzuentscheiden, was man tut, was einem geschieht, das ist Glück. Im Wein verhutzelte Gedanken. Trunken übermütig prallte der Ellbogen hart auf den Tisch, dass die Wohnwand klirrte.

Anna klagte: Mit mir schimpft ihr, wenn ich zwei Gläser Wein trinke. Papa darf trinken, wie er will!

Das ist etwas anderes, dein Vater ist zweiundfünfzig geworden. Welche Probleme hast denn du?, entgegnete Julia.

Außerdem heuchelt Anna. Noch im Sommer, als sie sich Tag und Nacht auf die Prüfungen an der UWF vorbereitete, sagte ich ihr: Hier, Anna, da hast du Geld, bitte, willst du nicht ausgehen und tanzen? Die Lehrbücher laufen dir nicht davon.

Papa, bist du früher feiern gegangen?, fragte sie.

Feiern? Ich? Natürlich! Nicht ständig, aber aus gutem Anlass durchaus.

Sie lernte weiter. Und nun studiert sie an der UWF. Ich brachte sie zum Bahnhof. Eine Direktverbindung nach Wehnau existiert nicht, drei Umstiege sind nötig. Keine dreihundert Kilometer auf eigenen Füßen, trotzdem erschöpft einen das Warten auf der Reise, mit Ankunft an Gleis zwei und Ausstieg in Fahrtrichtung links, aber Abfahrt von Gleis zehn und Ausstieg in Fahrtrichtung rechts, dann die Busfahrt.

Danke, dass du für meinen Geburtstag zu uns gekommen bist, sagte ich. Aber bleib jetzt erst einmal in Wehnau, konzentrier dich auf das Studium.

Mach ich. Es ist wirklich schön dort. Ich gehe fast jeden Abend auf meinem Hügel spazieren und betrachte den Fluss. Ich habe mich übrigens mit ein paar Studenten angefreundet. Wir haben auch schon Klausuren aus den letzten Jahrgängen durchgear-

170

beitet. Das Beste ist, dass man alles in Stichpunkten schreiben darf.

In Stichpunkten?

Genau. Wenn in der Klausur nach Gründen und Beispielen für etwas gefragt wird, reicht ein Spiegelstrich für den ersten Grund, zwei oder drei richtige Worte, ein Pfeil zum Beispiel, fünf, sechs Worte dazu, dann zweiter Spiegelstrich mit dem zweiten Grund und so weiter. Jemand kontrolliert das alles ja, wozu braucht er Sätze? Für die meisten Fächer muss ich nicht einmal Bücher lesen, nur den Stoff aus den Vorlesungen auswendig lernen und rechnen.

Braucht ihr denn gar nicht nachzudenken?, fragte ich.

Mir haben ältere Semester gesagt: Wer während der Klausur nachdenkt, hat bei der Vorbereitung gefaulenzt.

Machst du dir keine Sorgen?

Ob ich eine gute Arbeit finden werde? Ich bitte dich, ich habe gerade mit dem Studium begonnen! Was kann ich mehr tun als lernen und mich für ein Praktikum bei großen Unternehmen bewerben? Einer, der im achten Semester ist und schon einen Arbeitsvertrag unterschrieben hat, meinte, Sorgen mache man sich sowieso, bis man einen Job gefunden habe. Also, Papa, ich werde mir jetzt dreieinhalb Jahre lang Sorgen machen.

Anna lachte, ich schwieg. Vermag ich ihr gute Ratschläge auf den Weg mitzugeben? Man schickt das Kind auf eine lange Reise (oder ist es selbst aufgebrochen?), berührt den über die schmalen Schultern gestreiften Rucksack, ruft: Der ist geräumig, wie viele Lebensmittel, regenfeste Jacken und gute Bücher passen da nicht hinein!, und packt kaum mit, gibt kaum etwas dazu, weil man nichts hat?, oder ist der Rucksack längst gefüllt und fest verschlossen? Man meint immer, man müsse dem Kind etwas mit auf den Weg geben. Möglichst viel sogar. Und überschüttet es mit Ratschlägen und Ermahnungen. Das erwarten wir von dir. Das musst du können. Das kannst du nicht gut. Das kannst du überhaupt nicht. Das musst du schnell lernen! So packt man kaum mit und

171

der Rucksack wird trotzdem schwer und schwerer und dann passiert es vielleicht, dass das Kind, statt den Weg schlank und glücklich zurückzulegen, unter der Last zusammenbricht.

Vielleicht kommt es mit einem leichteren Rucksack weiter. In Wahrheit legt man nur um des eigenen elterlichen Gewissens willen etwas hinein, mahnt das Kind zum eigenen Wohle, nicht zu jenem des Kindes. Soll ich Anna, die so schnell Deutsch gelernt und Aufnahmeprüfungen an der UWF bestanden hat, erzählen, dass sie sich anstrengen muss? Mit Weisheiten ließe sich nicht bloß ein Rucksack, sondern ein ganzer Koffer füllen. Aber vergeblich versuchte ich, taugliche Lehren aus meinem Leben für mein Kind zu gewinnen. Viel erfahren bedeutet nicht, viel Nützliches gelernt zu haben. Der Anblick an den Beinen gefesselter, kopfabwärts hängender Tauben vermittelt einem nicht, wie das Fliegen funktioniert.

Obwohl ich im Studium selbst ein sogenannter Überflieger gewesen bin und Deutsch gelernt habe wie im Flug. Aber mucksmäuschenstill habe ich im Kurs über die Besonderheiten der deutschen Sprache gesessen, in dem auch Komposita behandelt worden sind, anhand ausgewählter Beispiele wie: Dir geht es gut, du genießt eine Sonderbehandlung. Oder: In Wüsten fliehn, weil nicht alle Knabenmorgen-Blütenträume reiften.

Anna rief aus Wehnau an und bereitete mir ein beträchtliches nachträgliches Geburtstagsgeschenk. Ich bekomme einen Freiplatz!, rief sie. Ich werde von den Studiengebühren befreit, weil ich bei den Tests eine der Besten gewesen bin und du kein hohes Einkommen hast!

Kein hohes Einkommen, wohl nicht einmal ein mittleres für UWF-Verhältnisse. Was für eine großzügige Universität! Verzichtet auf Einnahmen, die ihr schriftlich zugesichert worden sind. In dem zwanzig Seiten starken Studierendenvertrag war von Studiengebühren in Höhe von dreitausend Mark pro Semester, nicht aber von Freiplätzen die Rede gewesen.

172

Noch etwas, sagte Anna. Ich habe etwas über den Geldgeber der Universität gehört. Er ist alt und reich und ohne ihn gäbe es die Universität nicht. Jedenfalls wäre sie nicht so gut und Freiplätze gäbe es keine. Aber ich habe gehört, man wisse nicht, was er im Krieg gemacht hat.

Nun, von wem weiß man das schon?

Ich meine, es kursieren schlimme Gerüchte. Ich werde nachforschen und dir davon erzählen. Es ist ja seine Statue, die mitten auf dem Campus steht.

Gestern brachte ich Julia Blumen, einfach so. Die obligatorischen Blumensträuße an Feiertagen findet sie nicht so schön, sie wirft mir dann immer mangelnden Glanz in den Augen vor.

Niemals hätte ich mir ausgemalt, dass ich eine schöne Frau treffen würde, die jeden Tag meinen Blick auf sich lenkte, weil sie neben mir lebte. Niemals hätte ich mir eingebildet, eine Frau glücklicher zu machen, als sie ohne mich wäre. Die Zeit, dachte ich, als ich heiratete, wird die Dinge auf den Kopf stellen oder auch nicht.

Vor unserer Heirat warnte ich Julia: Ich bin ein unliebsamer Mensch, habe keinen guten Charakter.

Die Zeit hat die Dinge nicht auf den Kopf gestellt. Wir kennen uns gut im dreiundzwanzigsten Jahr unserer Ehe, leben zusammen und wohnen nebeneinander, so wie alle, und sind zuletzt in der Wohnung merklich von drei auf zwei Personen geschrumpft und ich frage mich, ob das ein größerer Umbruch ist als damals, als wir geheiratet haben und unverhofft von einem auf zwei angewachsen sind. Eine mittelgroße Gestalt läuft plaudernd an deiner Seite, sitzt schweigend auf dem Sofa und wendet das Gesicht zum Fernsehgerät. Alles ändert sich, wenn man nicht mehr allein zu Hause ist, wie beim Ballspielen, wenn man plötzlich den Ball nicht mehr zu sich selbst hochwirft, sondern seitwärts zu jemand anderem.

173

Am Abend lässt Julia die Rollläden hinuntergleiten, weil das Licht des Sonnenaufgangs sie sonst aufscheuchen würde. Liegt der Rollpanzer vollständig auf, gehe ich hin und ziehe am Seil, sodass oben ein Spalt entsteht. Ich will nicht gar nichts sehen, wenn ich aufwache. Ich schlösse dann nicht wieder die Augen und schliefe ein, sondern suchte angstvoll nach dem Lichtschalter. Der ist rechts, aber wo ist links im Dunkeln?

Eine zarte Nacht, deren dringlichstes Geräusch: aufsteigende Blasen im Mineralwasserglas. Wirre Gedanken, einst klare Vogelzugformationen, im Äther aufgelöst. Scheinbarer Stockdunkelheit ein Schnippchen geschlagen. Das Herz in der Brust, das bloßliegende, und jeder Fußgänger darf daran vorbeispazieren. Wie willst du mit Leuten arbeiten, die dein Herz berührt haben?

Worte, notiert in der Nacht, nachdem ich plötzlich aufgewacht bin. Der Stift auf Papier ist lauter als die aufsteigenden Blasen im Mineralwasserglas.

Ich hörte Schritte, hob die Hand zum Zeichen des Ungestörtseinwollens oder der freundlichen Begrüßung, ich wusste es selbst nicht recht. Julia trat an den Schreibtisch. Und schaute absichtlich nicht auf die Blätter, sondern mir ins Gesicht.

Ich habe gerade erst angefangen, sagte ich. Wie könnte ich schon fertig sein?

Arthur, ich möchte dich etwas Einfaches fragen. Wann sitzt du nicht mehr am Schreibtisch? Lass uns über unseren nächsten Urlaub sprechen.

Es ist mitten in der Nacht! Lass uns morgen darüber reden. Ich arbeite.

Weil du jetzt arbeitest, wirst du morgen zu müde sein.

Für weitreichende Entscheidungen ja.

Arthur, du bist eine ...

Ich weiß, eine bleiche Zimmerpflanze. Aber habe ich an meinem Geburtstag nicht viel gesprochen? War ich nicht laut?

174

Ja, du sprichst lieber selbst, als anderen zuzuhören.

Habe ich nicht auch gelacht? Ich fürchte nur, die Leute finden mein Lachen nicht lustig, weil sie mich für solide halten.

Arthur, ich will jetzt über den Urlaub reden. Du hast versprochen, dass ich bestimme, wohin wir als Nächstes fahren. Wofür gehe ich zu diesen Fortbildungskursen? Wofür verdienst du Geld?

Ach, Julia, wenn ich das wüsste, säße ich jetzt vielleicht nicht hier ... Wir haben uns so schön eingerichtet. Warum bleiben wir nicht zu Hause?

Nein!, rief Julia. Du arbeitest so viel, du hast überhaupt keine Freizeit, du kannst nicht auf den Urlaub verzichten. Gibst du noch immer den Rabatt von einer Mark, wenn deine Kunden am Nachmittag kommen? Haben wir deshalb kein Geld? Hast du nicht immer behauptet, du hättest alle Hände voll zu tun?

Ach, Julia, verstehst du, die Kundschaft ist nicht besonders zahlungskräftig. Viele Leute stehen bei mir in der Kreide. Soll ich sie ausquetschen, wenn sie mit russischen Papieren und leeren Geldbörsen zu mir kommen?

Das höre ich zum ersten Mal, sagte Julia. Ich dachte, du bist zu klug, Fremden Geld zu leihen. Nimm lieber Rücksicht auf deine Familie.

Ich kann nicht völlig rücksichtslos mit den Kunden sein. Das ist nicht gut fürs Geschäft. Nach einer Pause fügte ich hinzu: Außerdem bin ich mit einigen Aufträgen im Rückstand, weil, ja, andere Übersetzungen Vorrang haben. So vieles ist zu übersetzen, verstehst du, weil doch auch einiges gesagt worden ist. Und Wegbezeichnungen müssen nun einmal in der Landessprache verfasst werden.

Nein, ich fügte nichts hinzu, sondern hielt die Pause schweigend aus.

Ich gehe wieder schlafen, sagte Julia, aber im März fahren wir nach Berlin. Buch schon mal was.

Warte!, rief ich. Warum Berlin? Ich meine, du hast recht, besser

175

im März als jetzt im Winter. Aber warum ausgerechnet Berlin? Lieber ans Meer, oder? Lass mich nachrechnen, vielleicht können wir uns doch eine Fernreise leisten, ich werde schon das Geld von diesen Kunden bekommen. Stell dir vor, Karibik oder Kuba ... oder vielleicht doch nicht so weit. Die Kanaren?

Nein, Arthur, wie oft sind wir auf der Krim gewesen, das Meer sieht überall ähnlich aus, das wäre Geldverschwendung. Erst sehen wir uns Europa an. Schon nach Paris und Brüssel bist du nicht mitgekommen. Ich verlange, dass wir etwas zusammen unternehmen. Wenn du dich immer nur verschanzt, gehen wir hier unter. Ich wollte schon immer nach Berlin. Du hast dich immer für Geschichte interessiert. Welche Stadt ist historischer als Berlin?

Ich antwortete nicht, Julia ging wieder schlafen. Ja, welche Stadt wäre historischer als Berlin?

Natürlich würde ich niemals einen Kunden nicht sofort bezahlen lassen, ich betreibe schließlich keine Bank. Nur von einem Bekannten habe ich für die Übersetzung seines Arbeitsbuches einmal zwanzig Mark nicht sofort erhalten, weil er sein Portemonnaie nicht dabeigehabt hat.

Widerschein

Siebentausendzweihundert, höchstens, sagte unser Moskauer Kunde. Wenn der Wagen gut in Schuss ist.

Ich fand in der Zeitung einen Mazda 626, der bei siebentausendsiebenhundert lag, rief an, erkundigte mich nach dem Zustand des Wagens, etwaigen Unfällen und dem Produktionsdatum.

Zustand gut, keine Unfälle, das Produktionsdatum im selben Jahr wie die Erstzulassung.

Letzter Preis?

Siebentausendvierhundert.

Ich rief Igor an und erzählte ihm von dem Auto. Wer verkauft?, fragte er.

Ein Mann verkauft sein eigenes Auto.

Ein Deutscher?

Ja.

Frag ihn nach dem letzten Preis.

Habe ich schon.

Frag ihn nach dem allerletzten Preis.

Gleichzeitig rief Igor unseren Kunden an und meinte, wir hätten ein passendes Auto gefunden, tadelloser Zustand, unfallfrei, für sieben fünf. Günstiger gehe es derzeit halt nicht.

Ich rief noch einmal den Verkäufer an, fragte nach dem allerletzten Preis. Sieben vier. Nein, erklärte ich lächelnd in den Telefonhörer (das Lächeln hört man auch am anderen Ende der Leitung), das ist nicht der allerletzte Preis, das ist der zweite, den Sie genannt haben.

Sieben drei.

So, sagte ich, für sieben nehmen wir ihn, unser russischer Kunde kann nicht mehr bezahlen.

Eigentlich habe ich mir das nicht so vorgestellt, beschwerte sich die Stimme am Telefon ... Na gut. Aber unter siebentausend gehe ich auf keinen Fall. Wenn Sie weiter handeln wollen, brauchen Sie gar nicht erst zu kommen.

Siehst du, sagte Igor, deine deutschen Einreden wirken. Wobei sie den Preis schon senken, wenn das Telefon klingelt. Warum hast du eigentlich nicht sechs acht geboten?

Weil ich ihn uns nicht zum Feind machen wollte, erklärte ich. Vielleicht hätte er sich beleidigt gefühlt, das Angebot abgelehnt und nicht einmal bei siebentausend eingeschlagen.

Unser Kunde ließ sich von Igor zu sieben fünf überreden. Wir holten den Mazda gemeinsam aus Dortmund ab. Am Auto selbst war nichts auszusetzen, leider ließ der Verkäufer vor Ort tatsächlich nicht mehr mit sich handeln. So verdienten wir dreihundert Mark für unsere Arbeit plus fünfhundert Mark für die Differenz zwischen Einkaufs- und Verkaufspreis. Das war das zwölfte und vermutlich letzte Auto im Dezember. Im November sind wir noch über vier Verkäufe glücklich gewesen.

Ich ging mit Mutter durch den Schnee in unserem Wäldchen spazieren. Wir hatten beide Mützen und Handschuhe an.

Sag, bist du dir sicher?, fragte ich.

Sicher worüber?

Dass es damals keinen Sturm und keinen Rauch in Taschkent gegeben hat? Vielleicht habe ich mich geirrt, vielleicht gab es im Sommer 1942 noch überhaupt keinen Rauch. Aber spätestens Anfang 1943 war er da, richtig?

Arthur, ich verstehe dich nicht. Was hast du bloß? Du hast mich schon so oft deswegen gefragt. Welcher Rauch? Was hat deine Großmutter dir eigentlich erzählt? Glaub mir, im Flüchtlingsheim hat es kein einziges Mal gebrannt, Gott sei Dank. Es gab auch keine Fabrik in der Nähe. Wo soll dein Rauch denn hergekommen sein?

Es war einmal ein unscheinbares Plätzchen, waldreich gelegen, vor neugierigen Blicken durch immergrüne Kiefernzweige geschützt, ein Gang zwischen Zäunen, ein Erdwall, ein gemauertes Gebäude. Grün – Zeichen der Hoffnung, der Ordnung und des von höherer Stelle Genehmigten.

Die Züge, die in Treblinka anlangten, schienen keineswegs ersten, im Gegenteil, tiefsten und letzten Ranges zu sein, weil im Vergleich zu allen anderen ohne Eile. Doch in Wahrheit Züge von allergrößtem Wert und ersten Ranges, weil sie unweigerlich aufbrachen und anlangten, höchster Priorität ganz und gar, trotz aller Warterei auf Nebengleisen. Wie viele Ladungen mit Panzern, Pferden oder Kohle auch immer an ihnen vorüberfuhren – die Züge nach Treblinka verirrten und verspäteten sich nie. Zu spät kommen kann man nur, wenn niemand mehr wartet. Doch hier wurde kein einziger Zug abgewiesen, sondern alle angenommen.

Das Fließband funktionierte nunmehr tadellos, weil die Ordnung durch allerlei Maßnahmen wiederhergestellt worden war. Die Rampe von Treblinka war nun ein Bahnsteig. An einem Mast waren Schilder mit Ortsnamen befestigt: Warschau hierhin, Białystok in die umgekehrte Richtung. Der Ort selbst hieß einer Tafel zufolge Obermajdan. Die hing an der Wand des Empfangsgebäudes, das mehrere Türen besaß, auf denen 1. Klasse, 2. Klasse, 3. Klasse stand. Daneben ein Fahrplan mit Zeit- und Ortsangaben: Lublin 19.39, Białystok 06.41, Warschau 07.22. Ob es sich um Ankunfts- oder Abfahrtszeiten handelte, stand nicht dabei. Dafür thronte über dem Fahrplan eine Uhr, deren Ziffernblatt größer als ein Menschenkopf und deren Zeiger so lang wie Unterarme waren; eine richtige Bahnhofsuhr eben. Aber die Zeiger verharrten bei einer Uhrzeit. Und das Gleis vor dem Empfangsgebäude war genauso lang wie ehedem und fasste nicht mehr als zwanzig Waggons.

179

Die Arbeitsjuden von Treblinka gingen denselben Aufgaben nach wie ehedem (natürlich, das verstehe ich, waren es jetzt andere Menschen). Jene, die das Gepäck der Juden aus den Waggons holten, trugen nunmehr ein blaues Armband, jene, die das Gepäck sortierten, ein rotes. Im Lauf sangen sie von einem festen Schritt und Tritt, geraden Blick und kleinen Glück. Jedes einzelne Wort dieses mittelmäßig gedichteten Liedes kenne ich auswendig. Auch in jenem Film erklang es, in dem schon Franz Grassler von Ghettoluft sprach. Ein kratzender Ohrwurm, der keinen Weg hinausfindet. Dinge gibt es, an die man unweigerlich denkt, wenn man um sie weiß – wie erst, wenn man sie gehört oder gesehen hat. Die Arbeitsjuden sangen, von einem pistolenfuchtelnden Uniformierten angetrieben, vom Hören auf das Wort des Kommandanten, von Arbeit, Gehorsamkeit und Pflicht.

Die Himmelstraße führte jetzt zu einem größeren Ziegelhaus mit größeren Gaskammern. Nach wie vor hieß ein Stern die nackten Eintretenden willkommen. Ihre eigenen Sterne, gelbe mit verwinkeltem Schriftzug, blaue auf einem Armband, buchstabenlose auf Brust und Rücken, hatten sie auf Kleiderhaufen und Kleiderhaken zurückgelassen ... Hätte ich das damals als Kleinkind wirklich gesehen (denn was ist unvorstellbarer: dass ich das gesehen habe oder dass es das gegeben hat?), ich hätte mich wohl gefragt: Warum und wozu überhaupt Sterne, so unterschiedliche gar, wenn sie sich ausgerechnet auf dem Weg in den Himmel verlieren? Und ich hätte mir selbst geantwortet: Sterne müssen unbedingt getragen werden – wohin sonst als in den Himmel?

Selbstverständlich fiel das Los auf Juden als Lastenträger. Überall waren sie ja zur Hand, in Kamenez-Podolsk, Charkow, Riga, Warschau, Berlin, und stellten dennoch, oder gerade deshalb, nirgendwo die Mehrheit, sodass, wenn der Befehl erklang: Juden, knöpft Sterne auf eure Hemden und Mäntel!, sich die Sternfrage sofort für viele Länder bei geringem Aufwand klärte. Natürlich hätte man befehlen können: In Deutschland tragen Deutsche einen

180

Stern, in der Ukraine Ukrainer, in Polen Polen und so weiter. Das wäre aber töricht gewesen. Der Bedarf nach sechszackigen Stofffetzen wäre sprunghaft angestiegen – und das mitten im Krieg! Und wie viele Güterwagen hätten zur Verfügung gestellt werden müssen! Wie viele und wie riesige Sternhäuser wären zu bauen gewesen! Deshalb war es ganz verkehrt, als ein deutscher Komponist (hat er die Hymne von Treblinka komponiert? Es war wohl jemand anderes) von den Juden verlangte, mit dem Judesein aufzuhören, um gemeinschaftlich mit der Mehrheit Mensch zu werden; ein solcher menschheitsfeindlicher Schritt der Juden hätte nur gewalttätige Konflikte um die Übertragung und Anheftung der verwaisten Sterne nach sich gezogen.

Die Vernichtung der Juden in Treblinka führte nicht zu freierer Atemluft für die sternlose Mehrheit. Im Gegenteil, zäher Rauch verpestete die Umgebung. Die Toten wurden auf Gleisen zwischen dem neuen Sternhaus und den alten Gruben verbrannt. Eisenbahnschienen dienten als Verbrennungsroste. Doch kein trockenes Stück Holz ist der Mensch, er brennt nicht wie ein Birkenscheit. Der menschliche Brand verlangte Gehilfen. Jenen Arbeitsjuden, die die Toten von den Gaskammern zu den Verbrennungsrosten schleppten, glitten beim Aufladen manchmal nasse Fußknöchel aus den Händen. Dann erhielten sie den einen oder anderen Peitschenschlag von Uniformierten, die in der Nähe standen und sich, wenn der Wind ungünstig wehte, Taschentücher vors Gesicht hielten. Unaufhörlich schöpften andere Arbeitsjuden, schwarz am ganzen Körper, die Haare versengt, hustend, mit Stahleimern eine Flüssigkeit, die in gesonderte Kanäle gelangte, ab und gossen sie wieder ins Feuer. Zu Staub sollst du werden. Gut denn, zu Staub wenigstens, nicht schwarz-klebriger Asche und teigig zäher, das Feuer entfachender Flüssigkeit. Ein eigenes Häuflein, dass einer es auflese und sage: Er war Mensch, hier sein Staub, der Erde wird er beigegeben. Aber nicht: Hier Menschenfett und werden damit andere Körper begossen, dass die Flamme am Himmel lecke und noch in tausend Jahren die Asche aus dieser Grube über der Welt schwebe.

Zuweilen brach die Nacht an. In sie hinein drang der Rauch, Flammen stachen hoch. Zwielichtige weibliche Gestalten tauchten unweit des Vernichtungslagers auf. Die Scheren, die in der Baracke Frauenhaare ein paar Fingerbreit über dem Ansatz abschnitten, schienen diese Weibsbilder nicht abzuschrecken – obwohl sie in dieser Hinsicht viel zu verlieren gehabt hätten, mit ihrem vielfach langen Haar, blond, braun, schwarz, das weit hinabfloss, zu Knoten und Zöpfen gebunden, und sich an bunte, aufreizende Kleider schmiegte. Zehn Zuglängen von den grünen Toren entfernt standen und spazierten sie auf der Dorfstraße und lachten laut in den Wind. Diese üppigen Frauen entsprangen nicht der dürren Erde, den schiefen Hütten von Treblinka. Sie kamen von weit her, im Windschatten der Züge, gelockt vom Pfiff der Lokomotive, dem ausgestoßenen Dampf, dem unerschöpflichen Reichtum dieses Ortes, den Überresten der Sterne: Gold, Geld, Edelsteinen, feiner Seide, Leder, Halstüchern und was nicht sonst alles zurückbleibt, wenn volle Züge in einer Sackgasse geleert werden. Mochte ein großer Teil des Raubguts in Paketen und Ballen nach Berlin geschickt werden; es blieb doch, bei aller Ordnung, einiges zurück.

Es waren einmal Reichtümer, die entstammten Güterwagen. In den meisten Koffern war kein Gold, kein Schmuck, keine Seide. In den Kiefern der meisten Juden war kein Gold. Aber es waren viele Koffer, viele Kiefer. Es war einmal Schmuck, der fand in den Bauernhäusern neben dem Vernichtungslager Treblinka einen neuen sicheren Halt. Nach Sonnenuntergang und auch am helllichten Tage schlenderten die ukrainischen Wachleute von Treblinka einzeln und auch in Grüppchen über den Waldweg auf die Dorfstraße und wurden sogleich von den üppigen Weibsbildern umworben. In den Hütten geschahen dann Tauschgeschäfte. Grünes, mit Zahlen bedrucktes Papier gegen vier volle Flaschen, eine Münze gegen

182

1943 : Stalingrad [handwritten annotation]

mehrere Hinterkeulen, und dann, nach dem Rückzug der für Speise und Trank verantwortlichen Bauern, eine Kette, ein Ring gegen zärtliche Ausrufe und Küsse. Leere Flaschen fielen auf den Boden und Leiber unter Lachen und Schreien auf Betten.

Es war einmal ... Ich war ein Kleinkind, der Brust meiner Mutter unter Schreien entwöhnt. Ich war fast anderthalb Jahre alt. Vor unserem Taschkenter Haus verbrannten Kinder aufgelesene Zweige und Gras, dass es qualmte und blakte. Sie husteten, ihre Augen tränten, wenn ihnen ein Windstoß die Schwaden ins Gesicht trieb, doch ihre Tränen verschwanden im Nu, ihre Wangen trockneten schnell und ihre Münder lachten.

Das Taschkenter Radio triumphierte. Achtung, Achtung! Die faschistischen Okkupanten und ihre Verbündeten haben in Stalingrad kapituliert. Unsere Divisionen haben die Sechste Armee der Faschisten eingekesselt und vernichtet. Fast hunderttausend Feinde sind gefangen genommen worden. Wir haben dem Sturm standgehalten und den Feind restlos vernichtet. Der genialen Führung des ... und auch den Generälen ... und den tapferen Soldaten der Roten Armee ... allen sowjetischen Bürgerinnen und Bürgern ... Das ist ein großer Sieg im Großen Vaterländischen Krieg. Ihm werden weitere folgen!

Weiter hieß es: Die Faschisten haben alles zerstört, was sie zerstören konnten. Wo sie gewesen sind, steht kein Stein auf dem anderen. Aber in Stalingrad haben wir triumphiert. Die sowjetischen Bürger werden diese Stadt wieder aufbauen, und noch glorreicher wird sie dastehen als vor dem heimtückischen faschistischen Überfall!

Dann hörte ich: So wie wir die Faschisten in Stalingrad vernichtet haben, so werden wir Charkow zurückerobern. Die rote Flagge wird über Kiew und Kamenez-Podolsk, Warschau und Berlin wehen. Unsere Soldaten haben einen gewaltigen Sieg bei der Befreiung der Heimat errungen.

Berlin

Eine Flasche und Gläser tauchten aus der Versenkung auf und wurden in der Küche aufgestellt. Auf ein Blatt Papier zeichnete unser Zimmernachbar Lev eine Karte und skizzierte mithilfe von Pfeilen die, wie er sich ausdrückte, wichtigsten strategischen Auswirkungen dieses historischen Sieges. Ich ließ mich auf seine Knie heben und schaute aufmerksam hin. Taschkent war nicht eingezeichnet, dafür Charkow und Stalingrad. Alle Pfeile zeigten nach Westen.

Wir sind wieder zu Hause. Zurück von der Reise, die Julia angezettelt hat, weil sie unbedingt, und unbedingt in meiner Begleitung, die wiedervereinigte deutsche Hauptstadt sehen wollte.

Zur Geschichte einer Reise gehört auch deren Vorbereitung. Die begann damit, dass ich sagte: Nein, Julia, eine organisierte Reise mache ich nicht mit.

Warum nicht? Das haben wir in Amsterdam auch so gemacht. Es war schön.

Amsterdam ist nicht Berlin. Außerdem halte ich diese plappernden Reiseführer und Reisegruppen nicht mehr aus.

Na gut, dann kümmere dich doch selbst um alles. Fahrt, Übernachtungen, Ausflüge. Wenn du gut planst, wird es wie eine Busreise werden – nur teurer.

Aber viel ruhiger und freier.

Alles andere als ruhig war allerdings unsere Reisevorbereitung. Unbedarfte Menschen buchen Hin- und Rückfahrt zugleich. Aber erst einmal sollte man ankommen. Der Gedanke an die Rückkehr mag sich einschleichen. Aber man sollte nicht großspurig Rückfahrscheine kaufen, worauf als Abfahrtsort Berlin und ein definitives Datum vermerkt ist, ohne dass man vorher den Fuß auf den Berliner Bahnsteig gesetzt hätte.

Wissen Sie gar nicht, wann Sie zurückkommen?, fragte die Frau am Fahrkartenschalter.

Warum fragen Sie?

184

Weil eine Buchung ohne Rückfahrt teurer ist. Für Hin- und Rückfahrt erster Klasse gibt es diese Woche Sonderkonditionen.

Erste Klasse ja, das unbedingt, aber nur Hinfahrt.

An welchem Bahnhof in Berlin möchten Sie aussteigen?

Wie viele haben Sie?

Sie lächelte und sagte: Es gibt ganz viele Bahnhöfe. Ich schlage vor, Zoologischer Garten.

Also kaufte ich zwei Fahrkarten bis zum Zoologischen Garten.

Als ich Julia die Fahrkarten zeigte, fragte sie: Und was ist mit dem Hotel?

Das Hotel buchen wir vor Ort.

Dann nimm bloß genug Geld mit.

Der Winter stieg das Fallrohr hinab und vergrub sich zähneknirschend. Bäume rafften sich auf. Ein freundlicher März, der sich von Anfang an äußerste Mühe gab, dass Spaziergänger die Sonne auf der Haut spürten. Schön, dass es so warm ist, sagte Julia. Ich packe keine Mäntel ein.

Ich sorgte dafür, dass die gepackten Koffer drei Tage vor der Abfahrt im Flur standen. Hätte sich nicht plötzlich ergeben können, dass wir uns verrechnet und schon spätabends am zweiten Tag würden aufbrechen müssen? Es tut wohl, wenigstens nebensächlich vorbereitet zu sein. Manche sagen, Hauptsache, ein dickes Portemonnaie am Leib, weil das, was zu Hause vergessen worden ist, sich dann kaufen lässt. Aber wer weiß, ob am neuen Ort diese Dinge zu einem erschwinglichen Preis angeboten werden? Ob es sie dort überhaupt gibt? Nein, lieber packte ich zeitig die Koffer, und zwar für vierzehn Tage, auch wenn wir in Berlin nur eine Woche zu bleiben beabsichtigten.

Eine Reise in den aufbrechenden Frühling in einem Schlafwagen erster Klasse, mit drei Lichtschaltern, denen im Ergebnis einer eilig durchgeführten Prüfung Leuchten gehorchten. Wir richteten uns ein, mit Schuhen im Extrafach zum Zuklappen, Jacken auf dem Kleiderhaken und Keksen auf dem Tisch.

185

Soll ich die Jalousien herunterlassen oder wollen wir noch ein bisschen aus dem Fenster schauen?, fragte Julia.

Lass uns aus dem Fenster schauen. So viele Lichter! Selbst der Himmel strahlt davon. Von Westen nach Osten ist's ein helles Land. Es gibt bestimmt nette Flecken in Berlin, die Stadt wird sonnige Seiten haben. Man kann auch am richtigen Ort zur besten Zeit sein. Aber wir dürfen nicht zu viel erwarten.

Nein, das sagte ich nicht, sonst hätte Julia geantwortet: Steig aus, ich fahre alleine! oder Ich steige aus, fahr alleine! Ich hörte bloß den Zugrädern zu, schaute aus dem Fenster. Das Schild mit dem Namen unserer Stadt war längst vorbeigezogen.

Wenn ich mich umsah in der Nacht, dann war ich ... melodisches Aufzählen der Schwellen ... von unten her erleuchtete Gestirne ... gemütlich und bequem, fast wie zu Hause, Siedlungen huschten vorüber ... teuer bezahlte, aus der Arbeit und sich selbst herausgerissene Zeit ... um den Schlaf tappten Füße ... dann war ich um die Angst gebracht. Eine Zugnacht übers blinde Land lullt ein. Mit Sicherheit hätte ich die Ankunft im rosigen Berliner Morgen verpasst, wenn die Schaffnerin nicht angeklopft, uns einen schönen guten Morgen gewünscht und den Bahnhof Zoo angekündigt hätte.

Ich ließ Julia mit dem Gepäck am Gleis zurück, lief zum Fahrkartenschalter und buchte zwei Plätze im Schlafwagen erster Klasse für die Rückfahrt in einer Woche, wiederum zu einem Sonderpreis, wie mir versichert wurde. Am Touristeninformationspunkt nebenan reservierte ich ein Zimmer.

Das Hotel liegt sehr zentral, aber weit genug vom Bahnhof entfernt. Die Bahn hören Sie nicht, sagte die junge Frau. Am besten fahren Sie eine Station mit der S-Bahn, von dort ist es ein Katzensprung zum Hotel.

Ich holte Julia ab, wir wechselten den Bahnsteig, dort stand viel Volk, aber selbst die suspektesten Gestalten, suspekt, weil sie sehr schlank waren und verlottert aussahen, schlugen und schrien nicht herum.

186

Ich sah eine Dampflokomotive schwarz und breit auf unser Gleis zurollen und weiß-graue Wolken ausstoßen, die mit jenen am Himmel verschmolzen. Die Grenze zwischen dem Zug und dem Himmel bildete sich erst wieder heraus, als er bremste, für uns offenbar. Ich ließ das Gepäck fallen und griff nach Julias Arm. Die Menge wartete stumpf.

Ich fragte einen Mann im Anzug: Ist das die Bahn?

Ja, antwortete er. Dampfloks, aus Reichsbahnbeständen. Schön, finden Sie nicht? Die Vereinigung hat auch gute Seiten.

Halb gezogen von Julia, halb gedrängt von der Menge, sank ich in einen der Personenwagen. Und ward nicht mehr gesehen? Pünktlich stiegen wir an der genau bezeichneten Station aus, ließen das Gepäck im Hotel zurück und liefen, weil wir keinen Stadtplan hatten, einem Pulk japanischer, chinesischer oder koreanischer Touristen hinterher.

Was ist Berlin? Bauwut, hochgeschossene gelbe Kräne, aufgewirbelter Staub? Berlin ist Geschichte, gegen die wir auf Schritt und Tritt prallten. Ein Reichstag hat lichterloh gebrannt. Ein berittenes Tor hat sich fünffach vergeblich zur Durchfahrt dargeboten. Eine einseitig bunte Mauer hat die Stadt und tausendfach die Welt geteilt. Berlin ist Geschichte, aber nicht so, dass es abgetan wäre, sondern es erzählt und erzählt von Dingen, die, wie es sich für eine bedeutsame Hauptstadt gehört, auch fremde Länder und Menschen betrafen, so ungeheuerlich, dass das nicht ohne Wirkungen auf die Stadt selbst bleiben konnte.

Auch begegneten uns eigentümliche Gestalten, wie sie zu jeder wahren Metropole gehören. Gleich am ersten Abend wurden wir auf der zentralen Brücke zur Museumsinsel unvermittelt von einem Mann angesprochen. Verstehen Sie Russisch?, fragte er auf Deutsch. Er trug nichtssagende Kleider und ein müdes, unrasiertes Gesicht. Vierzig oder auch sechzig mochte er sein.

Ich blickte zu Julia, sie blickte zu mir, dann zu ihm, dann wieder zu mir. Ich antwortete: Ja!

187

Ich habe solchen Hunger!, sagte er in einwandfreiem Deutsch und streckte die Hand aus.

Stumm griff ich in meine Geldbörse, fischte eine Mark heraus, ließ sie auf seine Finger fallen, er bedankte sich lautstark, schon wieder auf Deutsch, und verschwand. Julia und ich schwiegen bis zur Karl-Liebknecht-Straße (ich sah mir alle Straßennamen genau an), dann sagte sie: Wie gemein! Was für ein listiger Bettler! Er verzettelt uns in ein Gespräch und fängt dann zu betteln an. Hätte er uns gleich nach dem Geld gefragt, hätten wir ihm nichts gegeben. Das war kein Kind, kein Invalide, wir wissen, was er mit dem Geld anstellt. Warum hast du ihm etwas gegeben?

Um seine Stimme nicht zu hören und seine ausgestreckte Hand nicht zu sehen. Ich musste entweder geben oder die Augen abwenden und die Ohren verschließen. Im Vorbeigehen ungerührt Nein! zu sagen oder ganz zu schweigen, das verhärtet einem das Gesicht. Ich will nicht, dass es wegen einer Mark erstarrt. Mir ist gleichgültig, ob er sich Butterbrote oder Bier kauft. Ich gab meinet-, nicht seinetwegen.

Nein, das sagte ich nicht, ich sagte: So wenig wie ich ihm gegeben habe, reicht es lange nicht für eine Flasche Schnaps, höchstens für einen Apfel.

Wer bloß acht Stunden in Berlin hat, fährt vom Kurfürstendamm zum Reichstag, läuft zum Brandenburger Tor, weiter zum Gendarmenmarkt, Checkpoint Charlie, rennt unter Nackenschmerzen, weil der arme Kopf unaufhörlich zum Wenden gezwungen wird, durch ein Museum, rennt zum Alexanderplatz, dann ist der Tag vorbei, man hat unter Beweis gestellt, dass man kräftige Beine und einen strapazierfähigen Nacken hat. Ein paar Eindrücke sind wie Tinte durch Löschpapier eingesaugt worden. Das Löschpapier landet im Papierkorb. Hingegen mit einer Woche im Rucksack wagt man sich zum Schloss Charlottenburg und in die Gedächtniskirche, wandelt durch dieses und jenes Museum auf der Spreeinsel und betritt eine Kirche nach der anderen, weil deren Haupttürme die angrenzenden Häuser überragen. Bleibt man eine Woche, zählt der Kopf mehr als die Beine.

Natürlich waren wir auch in Potsdam, am vorletzten Tag unserer Reise. Sanssouci! Wie viel ich davon gehört habe!, frohlockte Julia.

Das Schloss. Stand ich verloren davor als verlotterter Reisender? Nein, mit Tickets in der Hosentasche, Informationsmaterial in den Händen und einer Führung vor der Nasenspitze. Ich hätte lieber einen Spaziergang im Park gemacht als in fremde Wohn- und Schlafzimmer und Küchen gespäht, wo Gabeln, Messer, Löffel und Kochtöpfe ausgestellt waren. Das Vestibül, der Grottensaal, warum nicht, nur machen diese Führungen, ohne die man gar nicht ins Schloss hineinkommt, vor Privatgemächern mit zierlichen Liegen und kurzbeinigen Tischchen keinen Halt. Nach der Besichtigung der Schlossinnereien stiegen wir, über Weinbergterrassen, zum prächtigen Park hinab, mit Alleen und Skulpturen im Schatten.

Fast wie damals, sagte ich zu Julia, als wir uns kennengelernt haben und durch den Schewtschenko-Park gelaufen sind. Nur dass hier Skulpturen römischer Göttinnen stehen und keine Trophäenpanzer.

Julia lächelte. Am Morgen des nächsten, des siebten und letzten Tages in Berlin, schlug sie vor: Sanssouci war so schön, lass uns wieder hinfahren. Wir haben viele hübsche Gebäude links liegen lassen. Mir ist außerdem ein nettes Restaurant aufgefallen.

Gut, sagte ich. Die Abfahrt ist erst um sieben.

Es schien so einfach zu sein. Wir deponierten das Gepäck am Bahnhof und nahmen den Bus nach Potsdam. Am Schlossparkplatz deutete Julia auf ein Plakat. Darauf war ein reizendes weißes Gebäude dargestellt, ein Text warb: Ältestes Berliner Schloss aus dem 16. Jahrhundert! Auf dem Weg ins Zentrum gelegen, zweistündiger Halt, Weiterfahrt nach Berlin-Zoo. 10 Mark p. P.

Wunderbar, das ist für den Nachmittag, sagte Julia. Das älteste Berliner Schloss!

Vielleicht prunkte Sanssouci erneut auf die anmutigste Weise. Ich weiß es nicht genau. Ich weiß nur, dass wir nach dem Mittagessen den spärlich besetzten Bus zum ältesten Berliner Schloss bestiegen, zwanzig Mark zahlten, eine Dreiviertelstunde lang durchs Grüne und an einem See vorüberfuhren. Das ist der Große Wannsee, gab der Fahrer bekannt. Das ist das Jagdschloss, sagte er, als der Bus neben einem hübschen weißen Gebäude mit hohen Fenstern und einem roten Dach hielt.

Über dem Holztor des Schlosses hatten sich zwei Hirsche auf eine ganz eigene kokette Art mit dem Geweih ineinander verhakt, eine Tafel aus Sandstein kündete vom *Gruenen Wald*. Julia unternahm einen Rundgang durch die Gemächer, ich weigerte mich und betrachtete stattdessen die ausgestellten Bilder deutscher und holländischer Meister. Ein Auge für die kleinen Dinge zu erübrigen tut sehr wohl. Was ist schöner, als wenn es sich in den Gesichtszügen eines Porträts verfängt? Ich war von den Köpfen eingenommen und blieb lange vor jedem einzelnen stehen. Als Julia mich am Arm packte, zuckte ich zusammen. Sie sagte: Wo hast du gesteckt? Alle sind gegangen, ich habe dich nicht finden können.

Dass wir Hals über Kopf hinausliefen, ich mit einem leeren Jackenärmel, half nichts. Der Bus war ohne uns abgefahren. In einer Stunde kommt bestimmt der nächste, sagte Julia. Hinter dem Schloss ist ein See, lass uns dort spazieren gehen. Hier ist ein Geruch, der mich an meine Kindheit erinnert. Das kommt vom Wasser und den Pflanzen. Ich war mit meinen Eltern oft am See. Lass uns hingehen.

Ich würde mir eigentlich lieber die Gemälde ansehen, sagte ich.

Sag mal, sind wir zusammen im Urlaub oder nicht?, fragte Julia. Es reicht, dass ich mit fremden Leuten durch das Schloss gegangen bin. Ich habe vielleicht die Hälfte davon verstanden, was der Reiseführer erzählt hat.

Du kannst ja mit mir die Porträts angucken, schlug ich vor.

190

Gut, dann gehe ich alleine zum See.

Nach einer Dreiviertelstunde trafen wir uns vor dem Tor mit den Hirschen und der Inschrift *Z Gruenen Wald*. Aber nicht eine Menschenseele erschien, geschweige denn ein Bus. Bis zum Nachtzug war noch viel Zeit, natürlich. Aber Menschen im Allgemeinen und Reisende im Besonderen sind empfindlich gegen Unwägbarkeiten. Ich wünschte in der Mitte dieses siebten Tages bloß, an seinem Ende rechtzeitig am Gleis zu stehen. Meine touristische Neugierde war gestillt bis zur Halskrause, ich brauchte nichts mehr zu sehen. Wohin sollten wir? Und wie?

Vielleicht gehört es sich in Deutschland so, Touristen zurückzulassen, klagte Julia. Vielleicht fährt noch ein Bus zurück nach Sanssouci.

Aber wir sind doch schon hier, sagte ich. Was bringt es uns, nach Sanssouci zurückzufahren? Um diese Uhrzeit fahren alle Busse nach Berlin, nicht andersherum. Wir müssen selbst irgendwie zum Bahnhof kommen.

Ich wollte ins Schloss, um nach dem Weg zu fragen, aber die Türen waren, während wir auf dem Hof gestanden hatten, offenbar abgeschlossen worden. Ich klopfte an, nichts regte sich. Wir gingen um das Gebäude herum.

Wenn wir nichts unternehmen, fährt der Zug ohne uns ab, sagte Julia.

Ich ging zum anliegenden Flachbau, klopfte, verlangte laut nach einer Antwort, da ging ein Fenster auf und eine Frau schaute uns an. Was wollen Sie denn?, fragte sie.

Zurück, sagte ich.

Wohin?

Zum Zoologischen Garten, wir haben unseren Bus verpasst. Kommt noch einer?

Nee. Nehmen Sie ein Taxi.

Bitte bestellen Sie eines!, bat ich.

Aber sie schlug einen schroffen Ton an und wirkte nicht durch

Uniform, sondern durch Haltung, indem sie sagte: Sie müssen sich schon an die Fahrpläne halten. Da kann ja jeder so kommen!

Es kommt aber nicht jeder so! Nur wir sind hier, flehte ich. Haben Sie ein Einsehen!

Doch ich sagte nicht: Wir müssen uns alle helfen.

Auch sie sagte nichts mehr, sondern verschwand aus dem Fenster. Ich hörte, wie sie ein Taxi bestellte und die Adresse nannte, Jagdschloss Grunewald am Hüttenweg.

Als das Taxi eintraf, winkten wir erleichtert und hielten alle Daumen hoch, als führe es nicht ausschließlich unseretwegen vor.

Von hier ins Stadtzentrum wird es ein Vermögen kosten. Er soll uns nur bis zum nächsten Bahnhof bringen, sagte Julia.

Zum nächsten Bahnhof bitte, sagte ich.

Der Taxifahrer murmelte etwas Unverständliches.

Gut, Julia stieß mich an, er ist unzufrieden. Es wird nicht weit weg sein.

Das kommt davon, wenn man reist, sagte ich. Nur weil du meinst, etwas Neues sehen zu müssen, geraten wir in Schwierigkeiten!

Jetzt bin ich also schuld!, sagte Julia. Ich bin neugierig auf die Welt. Ich kann nicht so wie du den ganzen Tag zu Hause in meinem eigenen Saft schmoren.

Ich schmore nicht in meinem eigenen Saft. Ich arbeite! Ich übersetze, ich übersetze sehr viel mehr, als du denkst, und ich verkaufe auch noch Autos. Aber du brauchst diese ganzen neuen Eindrücke, weil du nicht arbeitest.

Du brauchst mir nichts von Arbeit zu erzählen!, rief sie. Ich habe dreißig Jahre lang gearbeitet. Wir sind nach Deutschland gekommen, weil du meintest, du würdest hier Arbeit finden. Du hast nur an dich gedacht. Dass ich hier nichts finden würde, war klar. Und jetzt wirfst du es mir vor! Wir sind mit deiner Mutter hierhergekommen, meine Mutter und mein Bruder sind noch immer drüben. Ich bin hier ganz alleine. Anna ist weg, dich zähle ich gar nicht mehr mit.

192

Sie drehte sich weg von mir. Wir hatten uns in Rage geredet. Hoffentlich verstand der Taxifahrer kein Russisch. Wirklich, in einer Ehe sollten beide arbeiten oder keiner von beiden. Aber Julias Schuld ist es bestimmt nicht, dass sie hier nie mehr eine richtige Arbeit finden wird. Russischlehrerinnen mit dreißigjähriger Arbeitserfahrung sind in Deutschland nicht gefragt. Wir können froh sein, dass sie einen Platz bei den Fortbildungskursen bekommen hat und etwas hinzuverdient.

Entschuldige, sagte ich nach einer Weile, da ich nur ihren Hinterkopf sah. Ich bin etwas gereizt von Berlin ... Wir kriegen den Zug schon.

Der Fahrer sagte: Hier, Bahnhof Berlin-Grunewald, macht elf Mark dreißig.

Als wir ausstiegen, wandte sich Julia, entgegen ihrer sonstigen Gewohnheit, Gespräche auf Deutsch mir zu überlassen, direkt an den Taxifahrer und fragte: Wie kommen wir zum Bahnhof Zoologischer Garten?

Ist alles ausgeschildert, können Sie nicht übersehen.

Nein, konnten wir nicht. Ein Empfangsgebäude mit geneigtem Dach, umrahmt von kahlen Zweigen, eine hübsche Uhr über dem Haupteingang, dahinter schwergewichtiges Schwellenzählen. Nun stand ich hier.

Von Richard Glazar, einem tschechischen Juden, der nach Treblinka deportiert worden war, dort als Arbeitsjude im unteren Lager gearbeitet und während des Aufstands hatte entkommen können, habe ich gelesen, dass er einmal, lange nach dem Krieg, in Nürnberg gewesen ist. Mit einem Freund hat er unter anderem das Reichsparteitagsgelände besichtigt. Auf der Führerkanzel hat er leise, bewegt gesagt: Hier hat er also gestanden – aber mich gibt es noch!

Ich bin nicht wie Richard Glazar, ich bin in einem Flüchtlingszug geboren worden, ich musste kein Vernichtungslager überleben, keinen Aufstand mitmachen. Ich stand nur vor dem Bahnhof

Berlin-Grunewald. Nein, wir eilten gleich durch den Tunnel zu den Personenverkehrsgleisen. Julia sprach nicht mit mir. Vielleicht verging die Zeit deshalb so langsam. Aus einigen weiter entfernten Gleisbetten wagten sich Sträucher und schlanke Stämme hervor. Es braucht nicht viele Jahre ohne Züge, bis Birken zwischen den Schienen zu wachsen beginnen. Vor zweiundfünfzig Jahren fuhren von hier aus Züge nach Riga, Litzmannstadt, Warschau, Theresienstadt, ins Vernichtungslager Auschwitz-Birkenau. Aber die S-Bahn Richtung Zoologischer Garten fuhr ein und begrenzte meine Sicht. Die Ansage lautete: Nächster Halt – Westkreuz.

Es war einmal ein Land, das hieß Deutschland. Was für ein schönes Stück Land. Wunderliche Schlösser und Seen, Bahnhöfe mit rotem Dach und blauer Uhr gibt es hier. Jeder deutsche Tag schlägt eine Wurzel in den Boden. Vielleicht wächst einmal ein Bäumchen heran, welcher Nationalität auch immer. Zu Hause ist dort, wo sich Geschichten ereignen und gedeihen. Kein Land ist wie ein anderes – aber wie dieses? –, so ruhig und gewissenhaft abgründig. Es gibt einen Sonderfleck auf der Welt, der heißt Deutschland. Kann ich hier leben? Ausgezeichnet. Aber kann ich hier auch bei Sinnen bleiben?

Es war einmal ein Nachtzug. Darin lag meine Frau auf dem Bett und redete kein Wort mit mir. Im Schlepptau des Abends legte sich Dunkelheit übers Abteil. Dann brannten die Leuchten lichterloh. Doch wo viel Licht ist, ist starker Schatten, nicht? Keine Falter im Widerschein. Warum auch würden sie ausgerechnet hier ihre Kreise ziehen? Richtige Glühbirnen stürzen sie nur ins Verderben. Die Falter verwechseln Leuchten manchmal mit Sternen, kreisen darum, geraten in eine verhängnisvolle Spirale und stürzen, der Hitze zu nahe gekommen, mit angebrannten Flügeln und wundem Leib zur Erde. Nur wenn ein Tierchen sich ans nächste reihte, eines nach dem anderen krampfhaft gegen die heiße Leuchte schlüge, zur Erde fiele, weil die verbrannten Flügel es nicht mehr

194

trügen, und unmittelbar vom nächsten Falter abgelöst würde, nur dann ertönte ein ununterbrochenes Trommeln gegen das Licht, in undurchdringlicher Dunkelheit, weil die Falter mit ihren Leibern die Sterne, nein, die Leuchte bedeckten.

Julia las und schwieg. Warum streiten wir uns eigentlich?, dachte ich. Viel wichtiger ist doch ... Es ist doch ein Glück, lange zusammenbleiben zu können. Es wäre schön, wenn wir nach vielen Jahren Ehe, wenn wir beide alt und schwach geworden sind, zueinander sagen können: Ich bin immer treu gewesen. Obwohl ich vielleicht manchmal versucht gewesen bin ... Nein, dies Letztere verschweigt man lieber.

Ein Tischchen trennte uns, auf dem die Fahrscheine lagen. Hör zu, Julia, sagte ich. Es gibt im Deutschen einen Ausspruch: Ob Osten oder Westen, zu Hause ist's am besten. Wollen wir uns wieder vertragen?

Wenn nicht jetzt, wann dann?

Die Uhr tickt so leise auf ihre eigene Weise. Schau, sagte Groß-mutter zu Mutter, Arthurs Augen haben den hellblauen Grund ver-loren und sind grün geworden. Wie seine Ärmchen und Beinchen gewachsen sind!

Sie klopften gleichzeitig je dreimal mit den Fingerknöcheln auf den Tisch.

Grün, grün, grün sind alle meine Kleider, grün, grün, grün ist alles, was ich hab. Darum wein ich Stachelkiefertränen, weil mein Schatz ein Strauß von Zweigen ist.

Nein, Großmutter sang für mich jiddische Lieder und Mutter welche auf Russisch.

Mein Vater war nach wie vor an der Front, wo er über kurz oder lang, aber wer wusste schon genau, wann und wie, dem Beispiel vieler mit dem roten Stern geschmückter Körper folgen und zu-grunde gehen würde, weil das Sterben dort so selbstverständlich war wie das Fallen einer vom herbstlichen Apfelbaum sich lösen-den Frucht. Ob wegen des fallenden Apfels oder des Todes meines Vaters die Frontlinie sich krümmen oder wölben, der Krieg des-halb früher oder später oder mit anderem Ergebnis zu Ende gehen würde, würde mit ihm persönlich nichts zu tun haben. Er hatte sich den Krieg nicht ausgesucht, genauso wenig wie ich mir mei-nen unsteten Geburtsort.

Meine Augen erkrankten. Eine Krankheit, die, wie alle Krank-heiten, aus heiterem Himmel kam. Gleichzeitig erkrankten sie, waren am Morgen plötzlich verklebt, die Lider unfähig, sich zu heben. Großmutter stand seufzend auf und kleidete sich an. Langsam lösten die Lider sich aus klebriger Umklammerung, die Tür schloss sich. Mir schien, in die nunmehr bloßliegenden Augen hätte sich Eckiges und Spitzes gemengt. Splitter? Ein Balken? Es kratzte ungemein.

Gleich darauf tränten sie, doch keine salzigen Tropfen lösten sich und rannen die bekannten Bahnen hinab, sondern widerwärtig Zähes rang und wand sich hervor. Mutter stand auf, kaum vermochte ich, ihr hinterher und zum Fenster zu blicken, das immerzu verdüstert war. Trotzdem blendete mich jetzt das eindringende Licht. Schmerzen hatte ich keine.

Mutters entsetzte Ausrufe dokumentierten meinen Zustand: Deine Augen sind ganz rot! Und eitrig! Nicht mit den Händen anfassen! Mutter griff nach meinen Fingern, drückte sie, ließ mich los und wehklagte: Arthur, was sollen wir tun? Hast du Fieber? Sie presste ihre Lippen an meine Stirn. Nein, Fieber hast du keines. Aber wo hast du das bloß her?

Ja, woher eigentlich? Hatte ein Marder sich in unserem Bett versteckt, an Augensträngen genagt und leckte nun die klebrige Flüssigkeit ab, die daraus hervortrat? Warum waren dann nicht auch Mutters und Großmutters Augen rot? Oder hatte sich die Krankheit aus dem Rauch gespeist? Für Mutter schien sie aus dem Nichts zu wachsen, so wie für die meisten Menschen Krankheiten einfach so geschehen.

Niemals zuvor war mein Wunsch, mit den kleinen Fäusten und kurzgeschnittenen Fingernägeln in den Augen zu wühlen, so übermächtig gewesen. Niemals zuvor hatte Mutter so peinlich darauf geachtet, dass ich es unterließ. Nein!, sagte sie. Nicht dass noch mehr Dreck in die Augen kommt. Mein Anblick quälte sie, dabei litt ich keine Schmerzen. Der Eiter und ein leichtes Fieber verursachten eine gewisse Unbehaglichkeit, ein gläsernes Gefühl, eine verhalten rollende Kopfkugel. Mutter und Großmutter, wie hinter einer Glaswand, wischten Verunreinigungen von der Glas-

197

fläche der Augen. Ich dachte, so dünn bin ich, berührte Bauch und Seiten, das drang wohlig in den Kopf und schauderte mich an den betroffenen Stellen, dünn und leicht, und wurde vom leicht fiebrigen Schlaf, dem freundlichen Bruder, ach was, dem allerentferntesten Verwandten des Sterbens, übermannt ... Im Grunde kann nur ein Gesunder über die Krankheit sprechen, aber auch nur über die eines Fremden oder eines genesenen Nächsten. Krankheit, das ist, wenn man sich vordergründig selbst nicht mehr gehört.

Erschöpft lehnte ich selbst einen Apfel ab, von Mutters Gesicht kullerten Tränen auf mein Hemdchen, Großmutter schimpfte und behauptete, ein richtiger Arzt täte not. Die waren rar, weil westwärts, an der Front, sich ihrer Arbeit ein viel weiteres Feld darbot. Doch am dritten fiebrigen Abend bekam ich Besuch. Großmutters Arm wies den Weg, bitte! bitte!, und eine kleine Gestalt in buntem Gewand und mit Mützchen auf dem Kopf trat ein. Mutter stürmte auf sie zu und verbeugte sich sogar ein wenig. Setzen Sie sich, setzen Sie sich doch!, bat Großmutter. Hier, bitte, Tee. Plätzchen mit Marmelade, gebacken nach eigenem alten Rezept, bitte, probieren Sie!

Süßes hatte ich nur mit der Muttermilch regelmäßig gekostet. Dieser Mensch trieb uns in den Ruin, indem er Tee trank, Plätzchen hineintunkte und verzehrte.

Zunächst bemühte sich Großmutter um ein Gespräch. Wir danken Ihnen so sehr für den Besuch! und Er ist alles, was wir haben! und Ist der Tee zu schwach oder zu stark? Doch der Alte ließ sich nicht beirren und verzehrte, im nunmehr eingetretenen Schweigen, ein aufgeweichtes Plätzchen nach dem anderen. Als Tee und Zucker sich erschöpften und nur noch einige Krümel an die Plätzchen erinnerten, zog er, ohne mich eines Blickes zu würdigen, ein paar Döschen aus der Tasche, verlangte Wasser und mischte und panschte. Schließlich erhob er sich.

Auftragen fünfmal täglich zwischen Augen und Unterlider. Und stand auf und wandte sich zur Tür.

198

Aber ... aber wollen Sie sich das Kind denn nicht ansehen?, fragte Mutter.

Vielleicht ob ihrer gebrochenen Stimme oder weil das Backwerk so köstlich gewesen war, beugte sich über mich ein Gesicht, in dessen harten Furchen der Unterschied zwischen Gut und Böse, Schön und Hässlich längst ausgetrocknet war. Inwärtsgesunkene und vor Taschkenter Unwettern gut geschützte Augen trafen auf die meinen, eine Erkenntnisspur spannte sich über seine Stirn, er murmelte: Warum? und prallte zurück zum Türpfosten. Einreiben, heute fünfmal, morgen fünfmal, übermorgen fünfmal, dann wird er gesund, soweit die Natur es erlaubt.

Wie meinen Sie das?

Er zog ein weiteres Döschen aus den Weiten seines Gewands und sagte: Das ist eine Salbe. Vielleicht wird sie die Schmerzen und die Sorgen stillen. Tun Sie sie ihm auf die Augen ... nicht nur heute, morgen und übermorgen.

Wir danken Ihnen! Von ganzem Herzen!, riefen meine Nächsten. Großmutter versuchte, ihm etwas zuzustecken.

Er wich aus, murmelte: Ich will nichts empfangen, nicht in diesem Haus, nicht von ihm! Dann verschwand er.

Jetzt hat er nichts genommen!, rief Großmutter aus (aber die Plätzchen!). Vielleicht hilft die Medizin überhaupt nicht.

Erst das Schmerzmittel oder die Medizin, was denken Sie?, fragte Mutter.

Die Medizin natürlich, sagte Großmutter. Hauptsache, er wird gesund. Große Schmerzen hat er nicht, es kratzt nur, deshalb will er sich ständig die Augen reiben. Das darfst du nicht, Arthur!

Ein kleiner Greis jenseits von Gut und Böse war Hals über Kopf vor mir geflüchtet. Eine Lichtgestalt? Wenigstens tat mir das Tageslicht nach seinem Besuch nicht mehr so weh. Fünfmal heute, fünfmal morgen, fünfmal übermorgen. Da gesundet ein nicht allzu schwächlicher Kleinkindkörper, der gerade einmal seinem zweiten Frühling auf dieser Welt entgegensieht, vielleicht auch von selbst.

Die zweite Arznei, die Schmerzsalbe, entfaltete drei Tage lang eine wohltuende Wirkung. Mutter trug sie mir auf die Augenlider auf. Vom Fieber geschütteltes Gedächtnis und matte Gedanken. Taube Vergesslichkeit. Was war noch mal gewesen? Wie? Undeutlich wie Kiefernzweige im Regen, Sterne hinter Wolken. Schwerelos tapste ich im Nebel, glücklich, der Kopf zählte nicht viel. Aber allzu schnell legte Mutter dieses Schmerzmittel zur Seite, gleich nachdem die Entzündung verschwunden war. Sie vergaß, dass der hellsichtige Medizinmann die Anwendung nicht auf heute, morgen und übermorgen beschränkt hatte.

Welche Augenkrankheit hatte ich damals?, fragte ich Mutter auf dem Weg zum Kardiologen.

Wann? Welche Krankheit?

In Taschkent. Wer war der Arzt im bunten Kleid und mit dem Mützchen?

Arthur, schreibst du immer noch über uns?

Was war mit meinen Augen? Wer war der Mann mit dem Mützchen?

Du warst manchmal krank. Aber du hattest nie etwas Schlimmes, Gott sei Dank. Hat dir deine Großmutter etwas von einem Arzt mit Mütze erzählt?

Auch eine fingerbreite Erdschicht bedeckt. Nur nicht bei warmer Witterung. Dann hebt sie sich und stößt Unhaltbares aus. Von morgens bis abends unter Einsatz eines mächtigen Baggerarms, Hunderter Totenjudenhände und eines Feuers auf Gleisen ohne Anschluss wurde in Treblinka lichterlohe Vergangenheitsbewältigung betrieben. Aber nein, es wurde nichts bewältigt, es wurde nur verbrannt. Gerade noch hatten die uniformierten Herren der Welt über Gruben gestanden und immer mehr und immer größere und tiefere graben lassen. Tausend Jahre sollten die Toten dort liegen. Aber nun, da die Kriegsfront sich nicht mehr nach Osten,

200

sondern nach Westen verschob, da die Herren der Welt Angst bekamen, ihre Gruben könnten schon bald und nicht erst in tausend Jahren von jemandem geöffnet werden, der ihre uniformierten Taten nicht verstehen würde, ließen sie dort Bagger wühlen und die Toten ans Tageslicht zerren. Die mehr oder weniger verwesten Körper wurden nunmehr zusammen mit jenen, die gerade aus dem Sternhaus gezogen worden waren, auf den Eisenbahnschienen verbrannt. Die Asche wurde von Arbeitsjuden durchgesiebt, die feuerbeständigen Knochen wurden zerkleinert und alles zusammen wurde wieder in die Gruben geschüttet und von einer Erdschicht, die so dick war, wie ein Erwachsenenkörper lang ist, bedeckt.

Was war, das war? Ist die Vergangenheit vergangen? Holz verfault und Eisen rostet. Aber Menschen? Tote? Ganz und gar unbewältigte Vergangenheit wurde da aus der Tiefe hervorgezogen. Und als sie verbrannte, blieben ganz und gar nicht zu bewältigende Asche und Rauch übrig.

Ein Backenzahn erkrankte, ich litt Schmerzen, sogar am Auge. Ich ging ins Wohnzimmer, Julia sah mich erstaunt an, denn es war noch Morgen, morgens aber lasse ich mich kaum je blicken. Ich brauche ein Schmerzmittel, sagte ich. Der Zahn tut immer mehr weh, das Zahnfleisch ist geschwollen.

Geh lieber zum Arzt, antwortete Julia.

Ja, später, am Nachmittag. Aber der Zahn tut genau jetzt weh. Was wird der Arzt schon ausrichten? Nicht den Schmerz entfernen, höchstens den Zahn.

Übertreib nicht. Er wird dir den Zahn schon nicht entfernen. Vielleicht reicht eine Füllung.

Ich ging gleich am Vormittag zum Arzt. Klang danach der Schmerz ab? Mir schien es so. In Wahrheit wütete er zahneinwärts hinter einer Straßensperre aus Schmerzmitteln.

Wer vermag sich gegen das zitternd blaue, nein, das flimmernd grüne Frühlingsband abzuschotten? Darauf werden nüchterne Nachrichten geritzt. Eine Zeitung wird abonniert, ein Fernseher ist angeschafft worden, ein Medium schrecklicher als das andere. Man guckt und liest gewissenhaft. Ich hatte Julia gleich am Anfang gesagt: Wir kommen doch ohne einen Fernseher aus, da läuft nichts Gutes.

Dann guck nicht hin, hatte sie gesagt. Ohne halte ich es nicht aus.

Deshalb hatte ich auf dem Balkon eine hässliche Satellitenschüssel zwecks Empfangs eines Dutzends russischer Kanäle befestigt.

Fast im Stundentakt spuckt das Fernsehen Nachrichten aus. Julia guckt sich mehrmals täglich dasselbe wirtschaftliche und politische Chaos aus Russland an. Der Fernseher läuft, ob sie nun bügelt oder kocht. Selbst beim Telefonieren bleibt er an. Hauptsache, es brummt und flimmert.

Was hältst du von einem kleinen Gerät für die Küche?, hat sie zuletzt gefragt. Damit ich mich beim Kochen nicht langweile.

In Charkow hatte sie nie nach einem zweiten Fernseher verlangt. Nicht nur, weil wir froh waren, uns überhaupt einen leisten zu können. Sondern auch, weil ihr genau ein Film und eine Nachrichtensendung am Abend genügten. Am Nachmittag arbeitete sie. Nun führen wir ein besseres Leben, wählen Hauptstädte als Urlaubsziele aus, laufen auf sauberen Straßen und leben in einer großen Wohnung, aber die Hausarbeit und die Fortbildungskurse füllen die vielen Stunden des Tages nicht aus. So hat Julia sich an den intensiven Umgang mit dem schwarzen Kasten gewöhnt. Das Auge zur Welt steht in der Wohnzimmerecke gegenüber der Tür. Wenn ich unsere Wohnung betrete und der Bildschirm dunkel ist, weiß ich: Julia ist nicht zu Hause.

Um neun Uhr abends lauschen wir gemeinsam den russischen Hauptnachrichten. Aber im Allgemeinen werden die russischen Sendungen immer schlechter und dümmer. Manches, was heute über den Bildschirm flimmert, ist so geschmacklos, dass es in der

Sowjetunion verboten gewesen wäre. Die miesesten Anleihen werden im Westen gemacht, statt dass man sich die guten Sendungen zum Vorbild nähme, die es hier schließlich auch gibt.

Auf die russischen Nachrichten folgen welche auf Deutsch. Die höre und sehe ich mir auch an. Nicht fernzusehen, keine Zeitungen zu lesen – dass die Möglichkeit überhaupt besteht! –, aber es ist keine. Wie fahrlässig wäre das! Ich kann es mir nicht leisten, den Kopf in den Sand zu stecken. Was immer kommen mag, Berichte über brandneue Verordnungen oder Gesetze, ich muss alles gleich erfahren und richtig auslegen. Alles, was in Staat und Stadt geschieht, könnte schließlich auch uns angehen.

Wenn nicht jetzt, wann sonst?, fragte einmal ein alter, alter Rabbi, der noch den zweiten Tempel erblickte.

Ich habe lange genug gesehen, gehört und gelesen. Was bleibt mir übrig, als es niederzuschreiben, da es vorbei ist?

Vor dem hoch und breit geratenen Fernseher juckte mein rechtes Auge. Stürmisch rieb ich es, um eingedrungene Staubkörner zu entfernen oder so tief einzureiben, dass ich nichts mehr fühlte. Als ich die Hand wieder entfernte, sah ich Archivaufnahmen aus einem afrikanischen Land.

Beim Landeanflug ist das Regierungsflugzeug des ruandischen Präsidenten unter bislang ungeklärten Umständen abgestürzt. Hochrangige Vertreter der ruandischen Regierung beschuldigen aufständische Rebellen, einen Anschlag auf das Flugzeug verübt zu haben. Die Rebellen gehören vornehmlich der zweitgrößten Volksgruppe der Tutsi an, während die Regierung in der Hauptstadt Kigali aus Hutu besteht, die die größte Volksgruppe stellen. Die Spannungen in der Hauptstadt drohen zu eskalieren. Verhaftungen und Erschießungen werden gemeldet.

Der Bericht dauerte kaum so lange, wie Julia braucht, um mit einem trockenen Tuch über den – dann allerdings ausgeschalteten und dunkel spiegelnden – Bildschirm zu wischen.

Obwohl ich den Fernseher normalerweise gleich nach den Nach-

Hutu — Tutsi (handwritten annotation)

richten ausschalte oder Julia überlasse, ließ ich ihn jetzt flimmern und erfuhr aus einem Hintergrundbericht zu später Stunde unter anderem, dass die Unterscheidung zwischen Hutu und Tutsi, den beiden großen ruandischen Volksgruppen, in Personalausweisen verankert sei. Die waren seinerzeit von den belgischen Kolonialherren ausgestellt worden. Wer damals zehn oder mehr Rinder gehabt hatte, war von den Belgiern zum Tutsi deklariert worden, die anderen zu Hutu.

Naturgemäß grasten auf den meisten Weiden weniger als zehn Rinder. Somit stellten die Tutsi die reiche Minderheit. Aber dann, so der geschwätzige Kasten in meinem Wohnzimmer, wurden die Belgier vertrieben, rissen die Hutu die Macht an sich.

Nun lagen die Trümmerteile des Präsidentenflugzeugs in Flughafennähe. *Die Spannungen in der Hauptstadt drohen zu eskalieren,* sagte das Fernsehen.

Eine Fehde zwischen afrikanischen Stämmen? In Ruanda gab es bestimmt nicht einmal Züge.

Wenige Tage später berichtete die Zeitung: *Nach dem Abschuss der Präsidentenmaschine in Ruanda fallen die beiden Volksgruppen Hutu und Tutsi übereinander her. Zehn belgische UN-Soldaten, die Premierministerin und andere führende Politiker wurden unmittelbar nach dem Anschlag von Angehörigen der Präsidentengarde ermordet. Die internationale Gemeinschaft verstärkt kurzzeitig ihre Präsenz, um ausländische Staatsbürger zu evakuieren. Dann sollen die UN-Soldaten abgezogen werden, um weiteren Anschlägen vorzubeugen.* Der Bericht war so lang und schmal wie ein Daumen.

Dann hieß es ... Hör zu, sagte ich zu mir selbst. Was geht es dich an? Das ist nicht Europa, nicht Deutschland. Macheten und Keulen mögen auf Armeslänge treffen, doch sie werden keine Kontinente und Meere überbrücken. Du abonnierst eine konservativ-links-liberale Tageszeitung und eine liberal-links-konservative Wochenzeitung, um dich sorgsam und aus unterschiedlichen Perspektiven über die hiesigen deutschen Umstände zu informieren, nicht über ostafrikanische Scharmützel. Die Medien enttäuschen dich nicht und schweigen sich in der Hauptsache aus.

Wenn ich nicht für mich bin, wer ist dann für mich? Solange ich aber nur für mich selber bin, was bin ich?, sprach der alte, alte Rabbi. Er wusste um seine Zeit und ihre Bräuche. Wann, wenn nicht jetzt?, fragte ein italienischer Jude, der 1944 in ein Konzentrations- und Vernichtungslager deportiert wurde. Aber in Ruanda gibt es keine Züge. Keine einzige Schwelle ist dort je angeschraubt, kein einziges Gleis verlegt worden, dachte ich. Schwarze schlagen sich im Busch zwischen Schulen und Stadien die Köpfe ein. Das Fernsehen schweigt. Ich sagte zu mir: Arthur! Du bist kein Säugling mehr! Der diffuse Schimmer aus dem Gang ist Erste-Klasse-Leuchten gewichen.

Das Präsidentenflugzeug war Anfang April abgeschossen worden. Bunt schillerte das Frühlingsband, der Tag der Arbeit rückte näher. Mitten in Afrika schlugen sich Schwarze mit importierten Macheten die Köpfe ein. Richtig. Natürlich. Was sollten sie sonst tun? Doch wie lange konnte das dauern? Von Sonnenaufgang bis Sonnenuntergang? Höchstens. Die Arme erschlaffen, gerechter Zorn klingt an weichen Körpern aus, die Machete wird in die Ecke geworfen, Bananenbier fließt in Strömen. Am nächsten Morgen, trotz eines dicken Kopfes und schwerer Beine, aufstehen, die blutbeschmierte Waffe aufheben, säubern und zurück in den Busch eilen, zurück in Kirchen, Schulen und Stadien gehen und weiter Arme, Beine und Köpfe abtrennen? Auch am übernächsten Morgen, in der folgenden Woche und einen ganzen Monat lang?

Wenn einer sich jeden Morgen erhebt, die Krawatte bindet und auf die Straße tritt – dann ist er auf dem Weg zur Arbeit. Steht einer jeden Morgen auf, läuft in eine Kirche und schwingt die Machete – dann ist das kein wildes Kopfeinschlagen mehr, sondern Arbeit. Das abendliche Bananenbiertrinken (oder sind plötzlich erstklassige Flaschenbiere zur Hand?) und der Verzehr von Fleischspießen (aus Rindfleisch etwa? Von welchen Herden?) stellt sich plötzlich als der Feierabend, als eine schöne Zeit nach getaner Arbeit heraus.

Ein Pogrom flaut spätestens am zweiten Morgen ab. Ein Pogrom ist ein Jammer, aber gleich werden Läden instand gesetzt, fünfzig oder hundert Beerdigungen rasch verrichtet. Ein Jammer ohne Zweifel, doch das Leben geht weiter, weil das Volk, das den Pogrom erlitten hat, noch existiert. Zerknittert, zerzaust, verängstigt, wird es den Kopf wieder aufrichten, hat ihn schon gehoben, um Brandschäden am Dach zu inspizieren. Das Volk glättet die Rockfalten und setzt die Türen instand. Doch wehe, wenn der Morgen keinen Frieden bringt, wenn die Bewaffneten Ausdauer zeigen, am dritten und vierten und fünften Morgen, wenn sie früh aufstehen und zur Arbeit eilen. Dann ist es keine Raserei, sondern ein Plan, der verwirklicht wird. Dann sind Arbeit und Fleiß die schlimmsten Dinge auf der Welt.

Ich sah fern. Manchmal. Selten. Über Ruanda wurde eigentlich kaum berichtet. Einmal hieß es: *Völkermord, hunderttausend Opfer.*

Von wem? An wem? Das sagte niemand. Meine Zeitung druckte verlegen: *88 tote Schüler wurden in einer Schule in Südruanda gefunden. Sie waren mit Buschmessern zerhackt worden.*

Aber die Zeitung verriet nicht, wessen Waffen und was für Kinder. Wird ein Völkermord von Buschmessern an Schülern verübt?

Zwangsläufig hebt sich der Vorhang, nein, stürzt herab, weil mit Blut vollgesogen und so schwer geworden, dass die Stangen die Last nicht mehr tragen. Dann offenbart sich alles. Kauern auf der Bühne noch ein paar Lebende, denen das eintretende Licht aus dem Zuschauerraum nützte? Wie fest sind die Stangen gewesen, wie viel Blut hat es gebraucht, bis sie gebrochen sind?

Das kunterbunte Frühlingsband war entrollt und würde bald in dem uralten riesigen Eichenschrank verschwinden, in dessen vier Fächern schon unzählige Frühlinge und sonstige Jahreszeiten lagerten. Betroffen vermeldete die Zeitung: *Bislang wurden bei diesem Genozid etwa eine halbe Million Ruander, überwiegend Tutsi, von militanten Einheiten abgeschlachtet.*

Ich lauschte den unbekannten Vögeln des Sonnenaufgangszirkus. Sie hörten gar nicht auf zu schreien. Morgens gingen Bauern zur Arbeit, doch sie säten nicht und ernteten nicht. Ich sagte zu mir: Arthur! Du bist kein Säugling mehr. Hör auf fernzusehen. Kein diffuser Schimmer, weder dort noch hier in gut ausgeleuchteten Zügen.

Ich wischte selbst den Staub vom Fernseher. Der war schuld. Doch es reichte, die Tageszeitung an der falschen Stelle aufzuschlagen, auf Seite zwölf oder zwanzig. Die Medien waren mein Unglück, zielloses Umschlagen, aufmerksames Lesen, folgenschweres Umschalten auf seriöse Kanäle ...

Irgendwann fällt der Vorhang. Bestürzt teilte die Zeitung mit: *Augenzeugen eines Massakers berichten, vielen Opfern seien die Unterschenkel abgeschnitten worden. Die Tutsi, zu denen die meisten Opfer zählen, gelten als hochgewachsen. Schon vor dem Absturz des Präsidentenflugzeugs am 6. April war im staatlich gelenkten Radio regelmäßig zum Mord an den Tutsi und zum Fällen großer Bäume aufgerufen worden.*

Wenn nicht wir sie, dann sie uns.

Arthur, sagte ich mir, hör auf, fernzusehen gen Süden, lies den Innenteil der Zeitungen! Aber auch dort tauchte plötzlich Ruanda auf.

In den allermeisten Fällen werden nach Deutschland geflohene Ruander mit Ausweisungsbescheiden in das vom Bürgerkrieg verwüstete Land zurückgeschickt. In einer Begründung des Bundesamts heißt es, die Umstände, auf die sich der Antragsteller, ein junger Tutsi, berufe, gälten ebenso für alle anderen ruandischen Staatsangehörigen in Ruanda. Dass er mit jenen Umständen unzufrieden sei, begründe kein Asyl, weil es der gesamten Bevölkerung nicht anders ergehe.

Julia, sagte ich, könntest du dir vorstellen, aus Deutschland wegzuziehen?

Was, warum? Wohin denn? Willst du zurück nach Charkow?

Bist du verrückt? Hörst du die Nachrichten nicht? Dort wird alles immer schlimmer! Lehrer kriegen schon seit Monaten kein Gehalt mehr!

Nein, ich will nicht zurück. Aber das Bundesamt will keine ruandischen Flüchtlinge aufnehmen.

Welches Bundesamt? Welche ruandischen Flüchtlinge? Was haben wir damit zu tun?

Wenn nicht dort, wo dann? Nein, in Wahrheit lag Ruanda zu weit südlich. Afrikaflüchtlinge, Asyl, Abschiebung, lauter nebensächliche Außenverhältnisse. Gar nichts hatte das mit Deutschland zu tun. Vergiss den Süden mitsamt seinen Ruandern, sagte ich zu mir selbst. Man muss vor die eigenen Füße schauen, um nicht zu stolpern. Denk lieber darüber nach, was im Osten, nicht in Ostafrika, geschieht. Den Osten trennt von deinem Westen bloß eine dreistündige Fahrt auf schnurgerader Autobahn ohne Demarkationslinien und Grenzkontrollen.

Seite zwei meiner Zeitung und selbst russische Abendnachrichten versicherten nämlich am 13. Mai:

Durch die Straßen der Stadt Magdeburg wurden gestern vor den Augen der Polizei etwa ein Dutzend Schwarze und Türken gejagt. Sie sollen mit fünfzig bis sechzig Rechtsradikalen zusammengestoßen sein. Einige Gebäude in der Innenstadt wurden demoliert. Die Polizei schaute zunächst tatenlos zu, am Ende nahm sie einige Afrikaner fest. Ermittlungen werden vielleicht eingeleitet, allerdings wurde kein einziger Deutscher festgehalten. Die Lage sei sehr verworren gewesen, so die Polizei.

Dann las ich, dass die Kirche in Deutschland ein paar flüchtigen Ruandern Asyl gewährt hatte und vom Staat dafür gerügt worden war.

Ich muss vor die eigenen Füße schauen, dachte ich. Aber über ein Hindernis auf der Erde stolpert man vielleicht nur. Gegen eines auf Augenhöhe wird der Kopf eingeschlagen.

Da die Arbeit in Ruanda weitgehend verrichtet war, hieß es in der Zeitung: *Die Bevölkerungsexplosion ist schuld. Zehn Schwanger-*

208

schaften pro Frau. Acht Komma drei Lebendgeburten. Das Land von der Größe Brandenburgs hat mehr als dreimal so viele Einwohner und gehört zu den am dichtesten besiedelten Ländern der Welt. In den letzten dreißig Jahren hat sich die Bevölkerung mehr als verdoppelt. Wären Geburtenkontrollprogramme konsequent umgesetzt worden, hätte Ruanda eine Million Einwohner weniger – jetzt ist eine halbe Million umgekommen.

Richtig. Wo, wenn nicht dort? Die Erde muss riesig sein, wenn so viele Verbrechen stetig auf ihr Platz finden. Auf einem winzigen Flecken hausen viele.

Seid fruchtbar und mehret euch. Was ist richtig: acht oder eins Komma zwei Kinder pro Frau? Ich weiß es nicht, ich weiß es nicht. Vielleicht denkt jede Familie nur an sich selbst; die eine an ihre acht, die andere an ihre eins Komma zwei Kinder.

Wie, wenn nicht so? Wann, wenn nicht jetzt?, schrieb ein italienischer Jude, der im Konzentrations- und Vernichtungslager gewesen war. Wenn ich nicht für mich bin, wer ist dann für mich? Solange ich aber nur für mich selber bin, was bin ich? Wenn nicht jetzt, wann sonst?, sagte ein alter, alter Rabbi, der den zweiten Tempel erblickte.

Lange genug sah, hörte und las ich. Was blieb mir übrig, als es niederzuschreiben, da es vorbei war?

Des Sommers goldnes Band hat zu wehen angefangen.

209

Es ist ja seine Statue

Ich kenne jetzt die Noten für dieses Semester, sagte Anna beim Mittagessen. Alles mit sehr gut und gut bestanden. Nur Wirtschaftsgeschichte nicht, da habe ich eine Drei bekommen. Der Professor verlangte einen langen Text, einen Essay. Wie sollte ich das in neunzig Minuten hinkriegen? Aber eine Drei ist nicht schlimm. Unter den besten zwanzig des Jahrgangs bin ich trotzdem. Ich habe aber auch echt viel gelernt. Ich bin manchmal um vier Uhr morgens schlafen gegangen und um halb neun wieder aufgestanden, um zur Vorlesung zu gehen. Das Praktikum, das ist jetzt wie Urlaub.

Anna ist aus München gekommen. Sie macht ein Praktikum bei einem großen Unternehmen. Sogar ein Gehalt kriegt sie. Den Praktikumsplatz hat sie ganz ohne Beziehungen, nur per Post, mit Anschreiben und Lebenslauf, bekommen. Wir wunderten uns zunächst, dass sie nach zwei anstrengenden Semestern nicht einfach Ferien machen wollte. Aber an der UWF ist ein Praktikum in den Sommerferien vorgeschrieben, weil ein Betriebswirt ohne Betriebserfahrung nichts tauge.

Wie sind die Kollegen zu dir?, fragte Julia. Bei meinen Kursen ist es schlimm. Und in der Schule lassen die Kinder Schwächere nicht abschreiben, habe ich gehört. Sie petzen, wenn ein Mitschüler die Hausaufgaben nicht gemacht hat. Als Lehrerin finde ich das nicht gut. Keine Spur von Solidarität, sie kämpfen nur gegeneinander.

Vielleicht gibt es schon Solidarität, sagte ich, nur keine ungerechtfertigte.

210

Das gehört zur Solidarität doch wohl dazu, dass sie nicht immer gerechtfertigt ist.

Nein, ich meine, in der Sowjetunion wurde sich stets mit allem und jedem solidarisiert. Was hat es uns genützt? Damit es Wohlstand gibt, müssen sich die Leute an Regeln halten.

Was hat das mit Annas Arbeit zu tun?

Vielleicht gar nichts, ich wollte es nur gesagt haben.

Dann lass lieber sie erzählen. Anna?

Eigentlich sind alle nett, sagte Anna. Ich habe Angst gehabt, sie würden mich Kaffee kochen und Brötchen holen lassen. Aber die älteren Kollegen fragen immer, ob sie mir etwas aus der Cafeteria mitbringen sollen. Ich bin sogar für ein kleines Projekt verantwortlich. Ich berichte jeden Dienstag von drei bis vier Uhr dem Abteilungsleiter darüber. Er ist zufrieden und hat schon angedeutet, dass er mich für die Winterferien wieder einstellen will. Aber am letzten Dienstag habe ich schon um Viertel nach vier statt um fünf das Büro verlassen. Da hat er mich angehalten und gemeint, ich könne ruhig gehen – ich hatte ihn gar nicht nach seiner Erlaubnis gefragt –, solle aber in Zukunft Bescheid geben, wenn ich früher Feierabend machen wolle.

Wie hast du dich verhalten?

Ich bin gegangen.

Julia wunderte sich: Wie – einfach gegangen? Dein Vorgesetzter will, dass du ihm Bescheid sagst. Das ist sein gutes Recht, wofür ist er sonst Vorgesetzter? Du hättest dich entschuldigen und sagen müssen, das hättest du nicht gewusst und heute sei ohnehin eine Ausnahme.

Deine Mutter hat völlig recht, sagte ich. Auch mit einem klugen Kopf kommt man nicht weit, wenn man ständig damit gegen die Wand rennt. Geh nach Hause, wann du willst, aber gib ihm das Gefühl, dass es nach seiner Uhr geschieht. Am besten wäre es, wenn er dir selbst die Tür aufhält und meint, es freiwillig zu tun.

Das arme Kind, dachte ich, meine Güte, plagt sich in der Ferne mit widerlichen Abteilungsleitern herum, kommt fürs Wochenende zu uns und wird auch noch von uns bekrittelt. Es ist falsch, ihr den schon gut gefüllten Rucksack noch weiter vollzustopfen. Aber wir können der Versuchung nicht widerstehen, weil es so einfach, weil es immer wieder so einfach scheint: Du ermahnst den anderen, er begreift es und alles wird besser. Obwohl in Wahrheit fast nie und fast gar nichts dadurch besser wird.

Trotzdem sagte ich nach der Suppe: Es ist nicht deine Aufgabe, symbolischen Widerstand gegen deinen Chef zu leisten. Ich habe nie demonstriert, weder gegen noch für, auch nicht gegen schlechte Bücher und Artikel, sondern habe sie allesamt übersetzt. Einmal wollte man, dass ich das Buch eines westdeutschen Autors übersetzte, der mit der Sowjetunion sympathisierte. Schon die erste Seite, ach was, der erste Satz, war peinlich. Selbstverständlich protestierte ich nicht. Ich hatte ja ein Heft mit politischen Redewendungen, das habe ich dir schon mal gezeigt, das übersetzte für mich das schlechte Buch in ein paar Wochen. Warum hätte ich auch ablehnen und meine Stellung gefährden sollen? Die Familie ist das Wichtigste, die ist zu Hause und ...

Was hat das mit meiner Arbeit zu tun?, fragte Anna.

Ich wollte es nur gesagt haben. Die Übersetzung schadete doch niemandem, weil sie von niemandem freiwillig gelesen wurde. Und überhaupt ... Weißt du, das Bücken oder die Verbeugung, das ist eine feine, eine notwendige Angelegenheit. Früher gelangten Höflinge allein durch elegante Knickse und Diener zum Reichtum. Die Menschen haben sich doch nicht verändert, nur die Formen. Stell dir vor, ich musste immer auf der Hut sein, ob nicht dieser oder jener Abschnitt eines Tumpel'schen Buches zufällig neuen politischen Richtlinien widersprach. Natürlich war Tumpel für die Schwierigkeiten, die sein Buch verursachte, mitverantwortlich. Ständig äußerte er sich tagesaktuell. Aber was aus einem Politikermund selbstverständlich klingt, das sieht in einem Buch banal aus.

212

Papa, was hat das mit meiner Arbeit zu tun?

Überhaupt nichts, sagte Julia. Dein Vater erzählt nur. Aber aufmerksames Zuhören macht bescheiden und klug, Anna. Wer nur redet, wird noch hochmütiger, als er es schon ist.

Was für ein Sonntag. Der Morgen ist noch von Frieden erfüllt gewesen, ich habe unser gemeinsames samstägliches Mittagessen, das erste nach vielen Wochen, da Anna nicht nach Hause kommen konnte, auf Papier festgehalten. Aber dann ... es ist jetzt spät am Abend. Obwohl ich das Schreiben in eigener Sache auf die Morgenstunden verlegt habe, kann ich nicht bis morgen warten.

Mit dem Mittagessen bei Mutter fing es an. Zu viert saßen wir um den Küchentisch, redeten wenig, beschäftigten uns mit den heißen Pellkartoffeln. Plötzlich sagte Anna: Ich habe einen Jungen kennengelernt. Ich will ihn euch bald vorstellen, wenn es sich ergibt. Er wohnt auch in Wehnau.

Wer das denn sei?

Ein Student wie ich, er ist bald fertig mit dem Studium. Er macht jetzt auch ein Praktikum in München, bei einer Unternehmensberatung.

Wer er denn sei?

Ein sehr guter Junge. Vier Jahre älter als ich.

Wer er denn sei?

Ein Deutscher.

Er ist kein Jude, sagte Mutter.

Ich sagte nichts, ich dachte, damit sei alles gesagt, und wollte mich weiter den Pellkartoffeln und dem Hering und den Zwiebeln widmen oder, noch lieber, von Ruanda erzählen, davon, dass zwischen April und Juni, in drei Monaten nur, offenbar achthunderttausend Tutsi umgebracht worden waren. Ich wollte erzählen, dass die Rebellenarmee der Tutsi nun fast das ganze Land kontrollierte und aus der Hauptstadt Kigali keine Übergriffe mehr gemeldet wurden, dass gleichzeitig Hunderttausende Hutu nach

213

Tansania und Zaire flohen und dass, beim Anblick dieser elenden Flüchtlingsströme und notdürftig eingerichteten Lager, wo die Cholera grassierte, die Zeitung und das Fernsehen sich wieder voll in ihrem afrikanischen Metier fühlten und munter drauflosberichteten. Dass nun, da der Völkermord vollbracht war, die Organisation mit dem schönen Namen Vereinte Nationen erwachte und eine UN-Mission mit robustem Mandat zum Schutz der Flüchtlinge schickte.

Ich wollte zu reden beginnen, aber Anna antwortete: Na und? Hauptsache, ich liebe ihn und er liebt mich.

Ich möchte mit meinem Schwiegersohn und den Enkelkindern reden können, sagte Julia.

Dann lernt er Russisch oder du Deutsch. Und überhaupt, wer redet von Heirat? Ich studiere noch.

Schmerzen unter der linken Schulter. Es ist nicht das Herz. Durch Anspannung oder aus anderen Gründen ist die Rückenmuskulatur verkrampft, das, nur das ruft dieses Stechen in der linken Brust hervor – aber das Herz nicht, bewahre, das schlägt schließlich ganz woanders. Außerdem bin ich gesund.

Er wird dich als Jidowka beschimpfen, sagte Mutter.

Oma, er kennt dieses Wort nicht einmal. Und selbst wenn er es kennt, warum sollte er so etwas sagen, wenn er mich doch liebt?

Jetzt liebt ihr euch nur. Aber wenn ihr heiratet und zusammenlebt, streitet ihr euch. Dann sagt er es.

Aber wir heiraten doch noch gar nicht. Ich studiere!

Weiß er, dass du Jüdin bist?

Natürlich.

Das ist alles nicht richtig. Du solltest einen guten jüdischen Jungen finden. Warum willst du ausgerechnet mit einem ... bist du sicher, dass er dir gefällt?

Danke für das Essen!, sagte Anna, stand auf, verließ die Küche und ließ mehrere gepellte Kartoffeln auf ihrem Teller zurück.

214

Als wäre das nicht genug für einen Sonntag gewesen ... Vor ein paar Stunden habe ich sie zum Bahnhof gebracht.

Warum hast du von diesem Jungen erzählt?, fragte ich. Ausgerechnet, als Oma dabei war. Du weißt doch, ihr Herz ...

Ebendeshalb. Ich merke doch, wie sie um sich selbst kreist, um die Krankheit. Es tut ihr gut, wenn sie ein bisschen aufgeschreckt wird und sich über etwas anderes Gedanken macht ...

Ich weiß nicht, sagte ich, ich weiß nicht.

So, Papa, ich werde mit euch nicht mehr darüber reden, bis ihr euch entschuldigt habt. Ihr könnt nicht einfach meinen Freund beschimpfen, ihr kennt ihn nicht einmal.

Wir haben niemanden beschimpft, wir ...

Nein, antworte nicht, denkt einfach mal darüber nach. Was ich dir noch sagen wollte ... Erinnerst du dich an die Statue auf dem Campus meiner Universität? Es ist die Statue des wichtigsten Mäzens. Nach dem Krieg hat er ein Unternehmen gegründet und ist sehr reich geworden. Die Universität trägt auch seinen Namen.

Wirklich? Heißt sie nicht Universität für wirtschaftliche Finanzen?

Schon, aber UWF ist nur der Rufname. Der Mäzen hat unheimlich viel Geld gespendet, jetzt trägt die Universität auch seinen Namen.

Was für ein Glück für euch! In Düsseldorf hat ihnen der Universitätsname nicht einen Heller eingebracht. Euer alter Unternehmer schreibt doch keine Gedichte?

Was ich dir noch sagen wollte ... Ein scheuer Seitenblick.

Was denn?

Im Krieg hat er bei einer Einheit der SS gedient. Aber an der Front. Die haben gekämpft, so wie die Wehrmacht.

Es ist gerade mal vier Stunden her, dass ich Anna zum Bahnhof gebracht habe. Doch während ich von diesem Blatt Papier Gebrauch mache, frage ich mich, ob ich mir das alles ausgedacht habe. Ich wäre ja stolz auf eine solche Lügengeschichte. Aber so etwas denkt man sich nicht aus. Man zerschmettert nicht den Boden unter den eigenen Füßen.

Was jetzt? Was sollte jetzt sein? Ich laufe bloß auf einem löchrigen Boden umher und schaue beim Gehen vorsichtig hinab, damit meine Beine nicht allzu tief versinken.

Anna sagte aufgeregt: Ich kann die Universität wegen dieser Sache nicht verlassen.

Natürlich nicht! Verlangt denn das jemand? Aber ich schwieg.

Das wäre lächerlich, sagte sie. Die Universität hat mit der ganzen Sache nichts zu tun.

Das denn nun doch, dachte ich, doch sagte noch immer nichts.

Studenten und Professoren aus der ganzen Welt kommen zu uns, sagte Anna. Ich mache mich lächerlich, wenn ich wegen dieses Mäzens die Universität verlasse. Worüber soll ich mich beschweren? Beim Vorstellungsgespräch habe ich ja in jedem zweiten Satz einen Grammatikfehler gemacht und trotzdem haben sie mich genommen. Viele Deutsche sind abgewiesen worden. Die Professoren und Doktoranden drücken noch immer ein Auge zu, wenn ich mich nicht ganz präzise ausdrücke. Niemand benachteiligt mich, im Gegenteil. Außerdem ist die Bibliothek nachts und an Feiertagen geöffnet. Eigentlich brauche ich mich nur hinzusetzen und Tag und Nacht zu lernen, für alles andere sorgt die Universität. In meinem Jahrgang sind ein Russe, ein Türke, zwei Holländer, ich. Was zählt, ist, ob ich die zweihundert Seiten für die Klausur auswendig lerne. Ich weiß nicht, was dieser Namensstifter bei der SS gemacht hat. Die Universität ist ganz anders.

Was konnte ich antworten? Dass das alles halb so schlimm sei? Dass in Charkow am Institut für Fremdsprachen, an dem ich studierte, in den Personaldokumenten die Nationalität der Studenten stand? Dass ein Professor hinter die Namen der jüdischen Studenten zwei Buchstaben, FR, schrieb? FR, das bedeutete eigentlich Französisch. Richtige Franzosen gab es bei uns allerdings nicht. Was sollten die in Charkow am Institut für Fremdsprachen? Dem

216

Professor war bloß nach einer unschuldigen Verschleierung zumute. Manchmal haute er auf den Tisch und sagte: Diesen Franzosen werde ich zeigen, wo der Pfeffer wächst!

Ja, sagte ich. So, so. Hm. Hast du Oma auch davon erzählt?

Nein, wozu? Ich habe ihr Wehnau noch immer nicht gezeigt. Wenn ich den Führerschein gemacht habe und du ein Auto gekauft hast, nehme ich sie sofort mit.

Der Zug nach München rollte ein. Am Bahnsteig, in der Hast, Hals über Kopf, verabschiedeten wir uns voneinander.

Es wäre schön, wenn Anna uns häufiger besuchte. Mehr Sonntage von dieser Art allerdings würden, fürchte ich, den Schmerz von der linken Schulter zur Mitte hin verlagern.

Als ich gestern nach Hause kam, ich hatte gerade ein Auto in Essen gekauft, wollte ich, vielleicht, endlich, Julia fragen, was wir jetzt tun sollten, wegen dieses Deutschen, wegen der Universität. Sie hing aber am Telefon und sagte immer wieder aufgeregt: Gut, sehr gut! Als sie endlich auflegte, sagte sie: Alles gut! Sie kommen im Oktober, vielleicht schon Anfang Oktober, wenn alles gut geht. Ilja hat heute in Kiew die Reisepässe mit den Visa erhalten. Hoffentlich finden sie schnell einen Bus nach Deutschland.

Ja, Ilja. Und Mascha. Und ... Liebe fast auf den ersten Blick ist es mit Julia gewesen. Doch die Ehe hat nicht nur sie in mein Leben verschlagen, sondern auch ihre Eltern, ihren jüngeren Bruder, seine Frau, die, bei Feiern angetrunken, mich stets zum Tanzen und unbeholfenen Drehungen zwang, und deren Kinder. Lauter liebe, anständige Leute mit einem einzigen Makel vor der ganzen Welt: der engen Verwandtschaft mit meiner Frau. Ein junger Mensch denkt sich: Ich liebe diese Frau (es bleibt mir nichts anderes übrig), so ist das, wir heiraten. Aber liebst du auch ihren Bruder? Ihren Vater? Ihre Mutter? Liebt sie deine Großmutter? Das Brautpaar mag sich begeistert das Jawort geben und unter Fanfarenklängen im Brautgemach verschwinden. Am Morgen wird es

hungrig herauskommen und feststellen, dass sich in der Zwischen-
zeit auf der Bühne ganz viele freundliche, wütende und zähne-
knirschende Ja- und Nein-Worte und Heiraten ereignet haben, der
Mutter mit dem Schwippschwager, des Onkels mit der Schwägerin,
der Großmutter mit dem Schwiegervater und so weiter und umso
inniger und verflochtener, je enger zusammengewohnt wird, in
zwei Dreizimmerwohnungen etwa. Genau eine dieser zahllosen
Ehen ist freiwillig eingegangen worden, wenn überhaupt.

Ich weiß, im Grunde sind das lauter Gemeinheiten, wie ein
schreibender Ritter einmal sagte, aber eben lauter und laute, weil
oftmals in erhöhtem Tonfall vorgetragen. Erst unsere Auswanderung nach Deutschland hat uns ein Auslaufen aus diesen böigen
Ehehäfen ermöglicht. Jetzt ziehen einige der von uns verlassenen
Gattinnen und Gatten nach.

Wir werden nach einer passenden Wohnung für Ilja und Mascha suchen. Aber ich fürchte, in diesem Viertel werden wir nichts
finden, sagte ich kopfschüttelnd zu Julia. Das ist hier zu teuer, das
Sozialamt wird nicht zahlen, leider.

Aber bei deiner Mutter hat es doch auch ...

Eine alte Frau, auf die Nähe der Verwandten angewiesen, eine
halboffizielle Ausnahme, wie lange habe ich mit der Beamtin diskutiert!

Arthur, Hauptsache, sie finden schnell einen Bus, möglichst
über Tschechien. Polen ist zu unsicher, man hört ständig von
Raubüberfällen ... Ich habe mir solche Sorgen gemacht, dass sie
mit den Visa Probleme bekommen. Bei uns ist es glattgegangen,
aber man weiß ja nie ...

Bei uns ist es wirklich glattgegangen. Vor drei Jahren, im Früh-
jahr vor meinem fünfzigsten Geburtstag, schritt ich dieselben
Flure ab wie neuerdings Ilja, um eine Aufenthalts- und eine Aus-
reisegenehmigung zu erwirken, Visa für Mutter, Julia, Anna und
mich. Zuerst fuhr ich nach Kiew, um im deutschen Konsulat

Anträge auf eine unbefristete Aufenthaltsgenehmigung zu erhalten. Die Frau am Schalter schien angenehm überrascht durch die unverhoffte Unterhaltung auf Deutsch und gab mir einen Hinweis. Wenn ich es eilig hätte (ach was, überhaupt nicht, nur brach uns der Boden unter den Füßen weg, seit vier Monaten hatte Julia kein Gehalt mehr erhalten), solle ich Nordrhein-Westfalen oder Niedersachsen als bevorzugtes Bundesland eintragen. Für Bayern und Baden-Württemberg seien die Wartelisten lang.

Ich fuhr zurück nach Charkow, legte die erforderlichen Unterlagen zusammen und füllte die Anträge im Verlauf von zwei vollen Abenden aus. Kam meine Großmutter am 5. oder am 6. Oktober 1898 zur Welt? Eine rundliche Fünf oder eine eckige Sechs auf knittrig-vergilbtem Papier. Und auch die zusammengefaltete Heiratsurkunde meiner Eltern breitete ich auseinander; die Zeichen verloren sich in den Falten.

Gerüchten zufolge achteten die deutschen Behörden besonders auf die Geburtsurkunden der Antragsteller. Ob einer im neuen Personalausweis als Jude, Russe oder Ukrainer bezeichnet wurde, interessiere die Deutschen nicht, hieß es, weil die neuen Papiere käuflich seien. Aber wenn die möglichst alte, weil dann eher nicht auf dem Amt oder sonst wo gekaufte sowjetische Geburtsurkunde versichere: Vater Russe, Mutter Ukrainerin, ja, wie solle deren Sohn als jüdischer Kontingentflüchtling durchgehen, selbst wenn in seinem Ausweis stehe, dass er Jude sei?

Unser aller Geburtsurkunden ließen keine Wünsche offen. In Mutters Geburtsurkunde der Vater Jude, die Mutter Jüdin, in meiner die Mutter und der Vater Juden, in Julias beide Eltern Juden und in Annas naturgemäß auch. Unser Bekannter Sergej, mit dem ich Schulter an Schulter – ein unschätzbarer Vorteil in tagelangen Schlangen – den langwierigen Prozess der Visaerlangung durchlaufen würde, besuchte uns, um die mehrere Fingerbreit hohen Dokumentenstapel inklusive beglaubigter Übersetzungen gegeneinander abzugleichen. Alles lag auf dem Tisch, als bedurfte es eines Beweises, dass über Wohl und Wehe immer Papiere entscheiden, bedruckte, gestempelte und von geübter Hand beschriebene Dokumente und Urkunden.

Neidisch betrachtete Sergej unseren Stapel. Mehr gibt es bei euch nicht zu wollen, seufzte er, rief dann verzweifelt: Ich Dummkopf, Dummkopf!

Hör auf zu jammern, empörte sich Julia, du bist mit Ina seit vielen Jahren glücklich verheiratet.

Nein, sagte er, dass Ina Russin ist, das ist halb so schlimm. Ich selbst bin in den Geburtsurkunden der Kinder als Russe verzeichnet. In meiner eigenen steht es richtig ... zur Hälfte. Mein Vater ist Russe. Früher war alles andersherum. Da wollte man alles sein, nur nicht Jude. Und jetzt wollen wegen der Deutschen alle Juden sein. Oder Wolgadeutsche. Aber Wolgadeutsche haben wir keine in der Familie.

Sie werden deine jüdische Mutter nicht ohne euch auswandern lassen, versuchte Julia ihn zu beruhigen.

Den verzagten Sergej im Schlepptau, fuhr ich wieder nach Kiew, wo wir von morgens sechs bis nachmittags um drei in einem Extrahäuschen des deutschen Konsulats inmitten einer unruhigen Schlange warteten. Selbst vor Lebensmittelgeschäften, mit nichts als Butter und Salz im Angebot, wurde ja gedrängelt – wie erst hier, da es galt, sich den Weg in butter-, salz- und gerüchteweise sogar hähnchenreiche Gegenden zu erkämpfen. Schulter an Schulter mit meinem Bekannten, nein, nunmehr Freund Sergej verflogen mir neun Stunden wie im Nu, weil ich ohne Angst vor dem Verlust des eigenen fortgeschrittenen Ranges in der Schlange immer mal wieder kurz austreten konnte. Neun Stunden – aber in einer amtlichen, von Deutschen organisierten Schlange kam man unweigerlich irgendwann einmal zum Zuge. Sergej bestand darauf, als Erster einzutreten. Wenn sie deine Papiere zuerst sehen, sagte er, liegt die Messlatte für mich viel zu hoch. Bei dir sind alle Juden und bei mir eigentlich nur meine Mutter.

Mit einem verrückten Lächeln im Gesicht erschien er nach einer Viertelstunde wieder in der Tür, ich trat gleich ein. Wache, qualifiziert skeptische Augen eines freundlichen Mitarbeiters des deutschen Konsulats musterten abwechselnd meinen Dokumentenstapel und mein Gesicht. Er blätterte die Unterlagen durch, betrachtete mich noch einmal.

Sie sind also am 19. Oktober 1941 in Stalingrad geboren worden?, fragte er auf Russisch.

Nein ... also grundsätzlich ja, antwortete ich auf Deutsch.

Oh, Sie sprechen ja Deutsch!

Ich bin Übersetzer.

Wunderbar! Aber wie meinen Sie das, mit der Geburt, grundsätzlich?

Eigentlich bin ich schon zwei Tage vorher geboren worden, auf der Flucht von Charkow nach Stalingrad. Aber als eine Beamtin das in Stalingrad festgehalten hat, hat sie den Tag der Ankunft mit dem Geburtstag gleichgesetzt. Das wurde nachträglich auch in die Geburtsurkunde übertragen.

Ja, hm ... das dürfte eigentlich kein Problem sein. Die Unterlagen sind ja sonst vollständig. Ich nehme Ihren Antrag an.

Vier Monate später traf der ersehnte Brief vom deutschen Konsulat ein, von der Postbotin persönlich überreicht. Ich las auf Russisch: Wir freuen uns sehr, Ihnen mitzuteilen, dass ... dieser Bescheid hat eine Gültigkeit von einem Jahr.

Sag, Julia, bat ich, welche Farbe hat dieses Schreiben?

Was meinst du?

Grau oder gelb?

Arthur, wir dürfen nach Deutschland fahren!

Ja, das ist sehr schön, aber sag, bitte.

Grau, gewöhnliches, günstiges Papier. Hauptsache, wir können weg von hier!

Du hast recht, graues Papier. Billiges graues Papier erscheint eben manchmal gelb.

221

Mit dem grauen Brief ging ich zur Miliz, wo ich einen Laufzettel für das Kriegskommissariat, die Arbeitsstelle, die Wohnungsverwaltung und so weiter zwecks Bestätigung, dass niemand offene Forderungen an mich habe, erhielt. Zu meiner Verwunderung musste ich nirgendwo Geldscheine im Briefumschlag auf die andere Tischseite schieben. Ohne dass ich auch nur eine einzige Kopeke hätte klingeln lassen, wurde der Laufzettel an allen Beamtenschreibtischen ausgefüllt. Man ließ mich umsonst aus der Ukraine weglaufen, welcher wunderliche Umstand mich vielleicht zum Bleiben bewogen hätte, wenn mein Gehalt höher gewesen und regelmäßig ausgezahlt worden wäre. Nein, mir erging es bei unseren Reisevorbereitungen nicht wie dem zwischen staatliche Mühlen und Mühlsteine geratenen und herzlos aufgeriebenen Korn, wobei die Bürokratie das anfallende Mehl in die eigenen Säckel steckte und nur die Schale und die Spreu das Land verließe, vom Weizen getrennt, weißlich bestäubt und betäubt, mit aufgeweichtem oder nunmehr zur Härte des unteren Mühlsteins zusammengepresstem Herzen. Nein, es lief alles erstaunlich glatt, ich ging zurück zur Miliz und beantragte mithilfe des vollgekritzelten Laufzettels die Herausgabe der Reisepässe, die ich wiederum einen Monat später abholte. Ein neuer Stempel zierte sie: Ausreise nach Deutschland bis Juli 1992 möglich. So viel Zeit brauchten wir nicht. Ich fuhr sofort wieder nach Kiew, zusammen mit Sergej, der genau den gleichen erfreulichen Bescheid auf grauem Papier erhalten hatte. In Kiew fanden wir uns in einer deutlich kleineren Schlange im deutschen Konsulat wieder, gaben unsere Reisepässe und grauen Briefe ab, fuhren nach Charkow und kehrten eine Woche später zurück nach Kiew.

Der Beamte reichte mir lächelnd – so viel Freundlichkeit vonseiten der Obrigkeit wie in diesem deutschen Konsulat hatte ich überhaupt noch nie erfahren – vier dunkelrote Reisepässe, vier Büchlein der Reise, die ein glänzendes deutsches Visum auf der zweiten Reiseseite enthielten. Die erste Seite zierte die Ausreise-

222

bewilligung durch die Charkower Miliz, und beide Seiten gehörten zusammen wie Abfahrt und Ankunft und würden zu den wichtigsten unseres Lebens gehören. Könnte ich bitte Ihren grauen Brief wiederhaben?, bat ich.

Das geht leider nicht, sagte er, den behalten wir auf jeden Fall.

So kehrte ich ohne grauen Brief, dafür mit vier glänzenden Reisepässen zurück nach Charkow.

Nein, es hat uns nicht jählings nach Deutschland verschlagen, wir wurden nicht zwischen Mühlen gezwängt und als Schale beliebig ausgespuckt. Niemand drängte uns zur Auswanderung, außer die eigenen Finanzen natürlich, aber auch die zwangen uns nicht direkt nach Deutschland, sondern nur weg aus Charkow. Nein, nicht versehentlich sind wir hierhergekommen, sondern haben alles darangesetzt, nach Deutschland zu gelangen. Denn wir dachten, dass ich als russisch-deutscher Übersetzer am ehesten hier eine Arbeit finden würde, nicht in Amerika oder Israel.

Es wird schon gut gehen für Ilja, bei uns ist ja auch alles gut gegangen, sagte ich zu Julia. Aber was tun wir jetzt mit Anna? Was haben wir falsch gemacht?

Wir werden diesen Jungen zu uns einladen, antwortete sie. Es ist besser, ihn kennenzulernen, als nichts über ihn zu wissen. Wenn er nicht gut für Anna ist, werden wir es ihr erklären, vielleicht versteht sie das und findet dann einen ordentlichen jüdischen Jungen. Wir sind doch nicht die einzigen Juden hier.

223

Kopfgespräche

Mittlerweile laufen Autos besser als Übersetzungen. Zwei Übersetzerbüros haben in der Nähe aufgemacht und locken mit niedrigen Preisen, auch ganz ohne Nachmittagsrabatte. Gut für die Kunden. Aber was bringt mir das? Kein einziges zusätzliches Arbeitsdokument oder Zeugnis muss übersetzt werden, nur weil die Übersetzung zwei oder drei Mark günstiger geworden ist. Die Einnahmen aller Übersetzer sinken bloß. Natürlich wollen mir die beiden Neuen Kunden wegnehmen. Ich habe aber keine Lust auf einen Preiskampf, bei dem ich am Ende genauso viel arbeite wie jetzt und die Hälfte verdiene.

Bei Autos ist es anders. Der Markt ist groß. Igor und ich können das große Ganze nicht ändern, nur Angebot und Nachfrage zur Kenntnis nehmen und danach handeln. Manchmal finden wir ein günstiges Auto, der Kunde will es aber nicht haben, weil ihm die Farbe der Sitze nicht passt oder sonst etwas. Dann kaufen wir es selbst und inserieren es wieder in der Zeitung oder Igor bringt es zum Automarkt nach Essen.

Besonders mittwochs und samstags, wenn die Zeitung erscheint, werde ich schon am frühen Morgen von Interessenten angerufen. Ob Deutsche, Russen oder Türken: Immer fragen sie zuerst nach dem Zustand des Fahrzeugs, dann feilschen sie um den Preis. Natürlich steht in unseren Inseraten meine Telefonnummer.

Ich freue mich ja, wenn viele Leute wegen unserer Autos anrufen. Aber diese Anrufe morgens stören mich, beschwerte ich mich

224

bei Igor. Du weißt, ich übersetze auch noch ... da muss ich mich konzentrieren.

Hast du eine bessere Lösung?, fragte er. Wenn ein Deutscher anruft und meinen Akzent hört, hängt er auf. Und wenn wir nicht anrufen, sobald die Zeitung da ist, schnappen uns andere die guten Autos weg. Das weißt du doch.

Ich wollte mich auch nicht zu sehr beklagen. Die Autos laufen so gut, dass Julia und ich uns sogar ein eigenes gekauft haben, einen roten Opel Kadett für dreieinhalbtausend Mark.

Julia fährt jetzt mehrmals in der Woche ins Wohnheim und gibt Kindern Russischstunden, für ein Entgelt in Form von Sachgeschenken. Das ist unvorstellbar!, erzählt sie mir. Die Kinder haben teilweise schon seit über einem Jahr keinen Russischunterricht mehr gehabt. Sie wissen nicht mehr, dass man *хорошо* mit drei O schreibt! Sie brauchen diesen Unterricht. Was soll aus ihnen sonst werden?

Aus drei Gründen begleitete ich Mutter in die Synagoge. Erstens um der Begleitung willen. Zweitens, weil oft der zehnte Mann fehlt. Drittens, weil ich dort einen Bekannten, ja man könnte sagen, einen Freund gefunden habe.

Mein erster Besuch in der Synagoge, zweieinhalb Jahre ist es nun her, war äußerst nervenaufreibend. Gleich beim Eintritt in den Gebetsraum ergriff mich der Rabbiner bei der Hand, fragte, ob ich Jude sei, legte mir, als ich bejahte, einen weißen Umhang um die Schultern und befahl mir, mich in die erste Reihe zu setzen und zu warten. Dann fing er an zu beten.

Was will er von mir?, fragte ich verschüchtert einen alten Mann, der neben mir saß.

Sie werden gleich nach vorne gerufen und aus der Thora vorlesen, erklärte er.

Warum ich? Ich weiß nicht, was ich machen muss, ich war noch nie bei einem Gebet. Kann das niemand anderes machen?

225

Wir machen das jede Woche, seufzte der Alte. Der Rabbiner freut sich, wenn neue Leute kommen.

Das Gebet begann. Hebräisch gehörte nicht zu den von mir gelernten Sprachen. Büchlein mit einer russischen und einer deutschen Übersetzung lagen griffbereit. Welches Buch sagte mehr als die Thora? Welche Lektüre endete eher in der Sackgasse als jene jüdischer Gebetbücher in hebräischer und kyrillischer Schrift am Sabbat?

Nach einer Viertelstunde wurde ich nach vorne gerufen, der Rabbiner war sehr zuvorkommend, erklärte, wann ich die Thora mit dem weißen Umhang zu berühren habe, und reichte mir einen Zettel, auf dem sowohl in deutschen als auch russischen Buchstaben der hebräische Text stand. Auf Russisch las ich ab. Dann fragte der Rabbiner nach meinem Vornamen, dem Vornamen meines Vaters, betete, sagte Arthur, sagte Jakov, schüttelte meine Hand und entließ mich auf meinen Platz.

Sehen Sie, ist doch halb so schlimm, sagte mein Nachbar.

Ich war unvorbereitet, sagte ich und seufzte.

Alles gut, versicherte er. Machen Sie sich keine Sorgen. Das lässt sich alles lernen ...

Er zögerte, schien etwas hinzufügen zu wollen. Wollte er mir sagen, dass ich mich mit dem Lernen beeilen müsse, weil ich nicht mehr der Jüngste sei? Dass es sehr spät sei, mit fünfzig Jahren zum ersten Mal die Synagoge betreten, die Thora berührt und aus ihr vorgelesen zu haben?

Ihre Eltern ... sie sind Juden?, fragte er.

Ich wäre nicht unzufrieden, das erfunden zu haben. Aber es ist die Wahrheit. Dieser Mann, der sich die Riten der Religion und das Hebräische in langen Stunden zäh erarbeitet haben mochte, fragte nicht nach meinem Wissen und meinem Glauben, fragte nicht, ob ich Gott nun näherkommen wolle. Nein, er fragte nur, ob meine Eltern Juden seien, weil das seiner Meinung nach das Entscheidende war.

226

Eigentlich wähnt man sich in der Synagoge unter Juden. Doch genau weiß man es nicht, wenn man sich umschaut. Es steht den Leuten nicht auf der Stirn geschrieben. Klein- und Großgewachsene, Dunkle, Rothaarige und Bleiche, selbst Blonde (wenn auch wenige), kurzum, auf temperaturunbeständiger europäischer Erde groß gewordene Menschen nehmen am Gebet teil. Ein paar konversionswillige, eigenartige Menschen, wenn sie es nicht um einer Heirat willen, sondern aus gänzlich freien Stücken tun, sitzen auch dabei. Sehen Juden unter sich sehr unterschiedlich aus, aber die Nichtjuden unter ihnen sind wieder anders? Gut möglich. Bestimmt. Ich habe dafür kein gutes Auge.

Am Freitagabend war ich der zehnte Mann, Roth trat als Letzter und Elfter in den Gebetsraum. Nur sein Kopf zählte. Gleich beim ersten Aufeinandertreffen, bei einer Thoralesung an einem Samstagmorgen, war er mir aufgefallen, wie er in der zweiten Reihe gesessen hatte. Dann hatte er vorne am Lesepult gestanden und laut vorgelesen, ruhig, im braunen Anzug, unter den Ärmeln hatten sich hellere, keineswegs blasse Hände und überm Kragen der Hals abgezeichnet. Im Kopf hatte sich das Leben gesammelt.

Nach der Gebetsstunde lockern sich bei dunklem Wein und weichem Brot, das den Umständen entsprechend köstlich schmeckt, die Zungen. Die Verzahnung des Religiösen mit dem weltlichen Rest, der geheiligte Becher in der Hand, der Gebetsraum nebenan, der bewusst heitere Rabbiner – so ist es wohl immer gewesen und kann nicht anders sein.

Nun sagte ich zu Roth beim dunklen Wein und weichen Brot: Freund Hirsch ... Pardon. Herr Roth, meine Tochter hat mir erzählt, dass der wichtigste Mäzen ihrer Universität bei der SS war, in einer Fronteinheit. Die Universität ist sogar nach ihm benannt, obwohl niemand sie so nennt. Meine Tochter hat sich diese UWF in Wehnau selbst ausgesucht. Das ist die beste Universität für Ökonomie in Deutschland. Meine Tochter ist zufrieden. Sie macht gerade ein Praktikum in München, wirklich gut bezahlt, will ich

Ihnen sagen. Niemals hätte ich gedacht, dass Studenten nach zwei Semestern so viel verdienen können.

Ich wollte ihn eigentlich fragen, was jetzt zu tun sei, da Anna einen Deutschen kennengelernt hat, aber ich konnte nicht, sagte stattdessen: Soll sie etwa die Universität wechseln? Ein Auslandssemester steht an. Weil sie sehr gute Noten hat, darf sie nach London, an eine der besten englischen Universitäten. Stellen Sie sich das vor! Soll sie jetzt die UWF verlassen?

Welchen Sinn hätte das? Ihre Tochter ist zufrieden, antwortete Roth. Aber Ihr Problem mit diesem Mäzen wird sein, dass er lebt. Eines Toten Taten liegen einigermaßen offen zutage. Aber er hat viel Geld dafür ausgegeben, dass die Universität nach ihm benannt wird. Gut möglich, dass er Lust bekommt, sich zu einer Veranstaltung einladen zu lassen. Küss die Hand, wird es heißen. Was tun Sie dann?

Was ich tun werde? Ich werde es nicht mitbekommen. Ich bin nur dreimal in Wehnau gewesen, am Tag der offenen Tür, bei den Aufnahmeprüfungen und bei Annas Umzug.

Arthur, Sie sind ein kluger Mann und täuschen weder sich noch mich. Ihr eigen Fleisch und Blut lebt dort und Sie höchstpersönlich werden sich einfinden, wenn es darauf ankommt. Glauben Sie mir das.

Nur Roths Kopf zählte, der gezeichnete, über dem Körper thronende. Die schlichte Rede setzte den weichen grauen Haaren, von dunklen Strähnen gezeichnet, die Krone auf. Wie manches Gesicht morgens von Schlaf gezeichnet ist, so seines von Geist.

Ein hier geborener, groß und klein und alt gewordener Herr. Ein deutscher Jude. Ein, wie er mir einmal erzählte, heranwachsendes, vor allen fremden, also per se feindseligen Augen auf dem Dachboden verstecktes U-Boot, das niemals aus erhöhten Tiefen an die frische Luft auftauchte. Die wackelige Leiter zum Dachboden war der Turm, die letzte Sprosse die Brücke, die schräge Dachluke das Periskop, das zu benutzen ihm streng verboten war, weil ein

228

U-Boot in feindlichen Gewässern stillhalten und verräterische Regungen unterlassen muss. Ohnehin konnte er, weil die Dachluke krumm war, nicht direkt auf die Straße hinabschauen. Außerdem war die Straßenaussicht recht verschwommen – das Fenster wurde absichtlich niemals gereinigt, um den Dachboden verödet erscheinen zu lassen – und neblig, dreckig, weit entfernt erschienen Fußgänger, in Abhängigkeit von Tageszeit und Wetter mehr und weniger eilende Passanten, gewöhnliche Lagen des Festlands.

Wenn ich trotz des Verbots hinausspähte und mir die Augen wund sah und die Gesichter der Leute nicht erkannte, wie sollten sie mich hinter einer Dachluke, einer unter vielen, entdecken, wenn sie gar nicht suchten?, sagte Roth. Am meisten quälte mich, dass die Leute sich genauso fortbewegten wie früher. Den Dachboden verlassen, aus dem Haus gehen, mich unter die Menge mischen, mich an ihr reiben, schnell und langsam wie die anderen gehen, statt auf dem Dachboden zu sitzen – wie oft konnte ich kaum widerstehen und wurde erst durch die Mahnungen meiner Retter zur Besinnung gebracht.

Drei Jahre habe ich in diesem Versteck mitten in Berlin verbracht, erzählte Roth. Ein wenig Erleichterung verschaffte mir der Fliegeralarm. Der hat mich gerettet. Ich durfte natürlich nicht in den Keller gehen, in den Luftschutzbunker sowieso nicht. Aber das machte mir nichts. Was ich auf der Straße sah, entschädigte mich für alles. Die Leute gingen schneller, manche liefen. Kein Schlendern mehr. Ich fühlte mich nicht mehr wie ein weltfremdes Unterwasservehikel auf Dachbodenhöhe, während alle anderen lebten wie zuvor. Auch ihr Leben war anders geworden. Überhaupt glaube ich, sagte er, dass die Dachluke mich gerettet hat. Ich habe ständig gelugt und gestarrt, das hat meinem eigenen Gesehen- und Geschnapptwerden vorgebeugt.

In erster Linie wird ihn allerdings seine nichtjüdische Verwandte und Hausbesitzerin gerettet haben.

Ich will Ihnen von meiner Tante erzählen, sagte er, da der Wein getrunken und das Brot gegessen war. Kommen Sie morgen früh. Jetzt ist Ihre Mutter müde und wartet auf Sie.

Ich begleitete Mutter bis zu ihrer Wohnungstür, die ein paar hundert Schritte von meiner eigenen entfernt ist, in wenigen Minuten zurückzulegen, was bedeutet, dass ich mich schneller als ein Rettungswagen einfinden würde, um zu übersetzen. Wir statten uns nach wie vor kurze Besuche ab, bringen Essen vorbei und holen welches ab. Aber früher war es eher so, dass die vollen Behälter von Mutter zu uns wanderten, mittlerweile wandert das fertige Essen von uns zu Mutter. Julia kümmert sich um Mutters Haushalt, weil Mutter es alleine nicht mehr schafft.

Manchmal heulen Rettungswagen fensterweise auf und streichen flüchtig Wände und Schränke blau an. Das rotierende Sondersignal rückt so manches ins rechte Licht. Einem geht es schlecht und er selbst weiß vielleicht nichts davon. Gleich wird er auf einer Trage aus dem Zimmer hinausgeschoben werden, ohne sich umsehen zu können. Menschen gibt es, die einem Krankenhaus nie nahe gekommen sind und mit fünfundachtzig im vertrauten Lehnstuhl nie mehr die Augen öffnen. Andere werden von Metallbetten und weißem Bettzeug gequält.

Ich verstand auf Anhieb, wovon Roth sprach, was seinen überlegenen Kopf bewies. Dem Hals gebührte einiger Dank, dass er den Kopf hochhielt. Wie verletzlich das alles doch ist! Wenn selbst dem schlanken Hals etwas geschähe – keine Wiedergutmachung, weil nichts mehr gedacht, gesagt und gehört werden würde. Roth fertigt keine Schriften an, keine leuchtenden Aufnahmen seiner selbst. Selbstgewissheit und Mut braucht es doch wohl, um jederzeit gefährdete Gedanken nicht zu zementieren, durchs Aufschreiben etwa.

Wir haben nur einen Kopf zum Denken, das macht das Ganze nicht einfacher, sagte er.

Das war jetzt am Samstag, nach dem Gebet, ich war Roths Bitte –

230

oder war es ein Befehl gewesen? – gefolgt und hatte deswegen gar nicht genug Zeit gehabt, wegen all der Autos anzurufen, die Igor in der druckfrischen Zeitung angekreuzt hatte.

Ja, sagte ich, mit einem Glas roten Weins in der Hand, das Brot fasste ich erst einmal nicht an (in der Gemeinde wird über jene gelästert, die Hunger und Gier nicht bezähmen können, gleich zugreifen und sich gar noch die Taschen vollstopfen). Ich habe einen Nachbarn, der ist taub gegen laute Vögel, obwohl er ein Beamter ist und früh aufsteht ... Glauben Sie, er zöge, wenn es nötig würde, durch Behörden und Ämter, um bescheinigt zu bekommen, dass er keine jüdischen Großeltern hat?

Ich kenne Ihren Nachbarn nicht. Doch wenn es nötig würde ...

Wer in die SS wollte, brauchte eine saubere Ahnentafel bis 1750. Dabei müssen ja bei jedem Schritt zurück doppelt so viele Fragen beantwortet werden wie bei der gerade untersuchten Generation. Glauben Sie nicht, dass Standesbeamte, Archivare, Priester und Pastoren sich wenigstens über den Arbeitsaufwand empören würden, Unmengen angegilbter Papiere ans Tageslicht zu holen? Weigerten sich Kirchen nicht, Taufregister und Heiratsbücher zum falschen Zweck zur Verfügung zu stellen?

Arthur, was reden Sie da? Höhere Stellen weigern sich nie, sondern sind einfach zuständig.

Aber platzte, wenn Ehen zwischen Juden und Nichtjuden verboten würden, die Geduld verliebter und vernünftiger Leute nicht?

Beruhigen Sie sich, sagte Roth. Manche Leute behaupten, der Mensch bestehe aus winzigen Einzelteilchen; wenn die sich auflösen, auseinanderfliegen oder andere Verbindungen eingehen, hört der Mensch auf zu existieren. Vielleicht ist es so. Aber Schmerz und Angst sind wirklich. Das Leben geht weiter und wir müssen mit dem, was gewesen ist, auch noch fertig werden.

Wie leben die Menschen mit ihren Erinnerungen, wenn man selbst es mit ihren ausgesprochenen und aufgezeichneten Erinnerungen kaum aushält?

231

Lassen Sie uns hinausgehen, sagte Roth.

Vor der grau-weißen Gemeindetür aus Stahl und Glas fragte ich: Wollten Sie mir nicht von Ihrer Tante erzählen?

Es gibt Dinge, die dürfen nicht geschehen sein, nicht in unserer Nähe, antwortete er. Meine Tante hatte einen schrecklichen Unfall. Sie konnte danach ihre Arme und Beine nicht mehr richtig bewegen. Das Schlimmste war, dass sie nicht mehr alles verstand. Verstehen Sie, die tatkräftigste Tante, gerade noch kerngesund, gerade noch mit den Enkelkindern beschäftigt, war plötzlich ans Krankenbett gefesselt, ohne Aussicht auf Heilung. Das ist viele Jahre her, ich war ein Junge, ich ging noch zur Schule, aber das hat sich bei mir eingebrannt fürs Leben. Ich werde das nicht vergessen, solange mein eigener Kopf etwas zählt. Einige Menschen, die ihr sehr nahe gewesen waren, erkannte sie noch. Mich nannte sie immer beim richtigen Namen, wenn ich an ihr Bett trat. Wir mussten sie in einem Pflegeheim unterbringen. Es gibt Dinge, die dürfen nicht geschehen sein. Niemals hätten wir es uns vorstellen können, ein Mitglied der Familie in ein Heim zu geben. Aber wir hatten keine Wahl, weil ihre Pflege so viel Zeit und Kraft erforderte. Die Tante hatte weniger schlechte Tage und sehr schlechte Tage. An weniger schlechten Tagen antwortete sie, sprach und stellte sogar Fragen. An schlechten Tagen ...

Roth zögerte. Mir schien, er wollte den Satz fortsetzen, aber dann schüttelte er nur den Kopf.

Ich liebte sie sehr, setzte er endlich fort. Wenn ich weit weg vom Pflegeheim war und an sie dachte, ja selbst noch auf dem Weg ins Pflegeheim, wollte ich ihr immer zärtliche Worte sagen. Aber diese Worte verloren sich an ihrem Bett. Nicht etwa, weil mir bewusst geworden wäre, dass die Tante diese Worte nicht verstehen würde, sondern die Worte waren plötzlich weg und tauchten erst wieder auf, wenn ich auf der Straße stand. Zweimal täglich wurde sie von uns, ihren Verwandten, besucht, einmal vor- und einmal nachmittags. Wenn zum Beispiel meine Mutter vormit-

232

tags hinging, ging meine Cousine nachmittags hin. Viele andere Patienten wurden von überhaupt niemandem besucht. Aber selbst meine Tante war nur zwei Stunden von vierundzwanzig nicht alleine. Zwei lange Jahre lag sie in jenem Bett im Pflegeheim. In diesen zwei Jahren schloss ich die Schule ab ... Ich habe gesagt, sie verstand vieles nicht mehr. Aber manchmal sagte sie, sie wolle nicht mehr leben. Also verstand sie doch alles, ja?

Roth schaute mich an. Aber ich wollte nicht antworten.

Sie starb an einer Infektion, sagte er. Die Ärzte kämpften nicht dagegen, führten keine Operation durch, mit unserer stummen Zustimmung. Wir weinten, vielleicht nur der Form halber. Wirklich geweint hatten wir nach dem Unfall. Dinge gibt es, die dürfen nicht geschehen sein, sind trotzdem geschehen und wir sind ihnen höchstens zum Teil gewachsen.

Er schwieg. Ich schwieg. Dann sagte er: Wie viel das damit zu tun hat, wovon Sie sprachen, Arthur, weiß ich nicht. Aber ich will mit Ihnen von meiner Tante gesprochen haben. Es gibt Dinge, die dürfen nicht geschehen sein, nicht in unserer Nähe. Glauben Sie, auch nur ein Stachel zieht sich zurück, weil es angeblich ungerecht ist, dass er uns wehgetan hat? Glauben Sie, auch nur eine Blüte bricht auf, weil alles grau ist?

Ich konnte nicht anders, als zu fragen: Wenn Sie an Ihre Tante denken, erinnern Sie sich mehr an die Zeit, als sie gesund oder als sie krank war?

Ich wünschte, ich dächte mehr an die vielen Jahre, als sie gesund war. Aber ich fürchte, ich denke mehr an die zwei Jahre, als sie krank war.

Wir setzten uns auf eine Bank vor der Synagoge. Er sagte: Wir reden immerzu von uns selbst, zwei Juden, einer älter als der andere. Ich darf das sagen, weil Sie der Jüngere sind.

Ich antwortete nichts, woraufhin wir saßen und schwiegen.

Frontnachrichten

Hastig geht einer die Straße hinab mit Augen, die im Dunkeln nicht mehr viel sehen, und Füßen, die gleichzeitig in der Luft sein und fliehen wollen – denn man fühlt Gefahr; und doch berührt man stets mit wenigstens einem Fuß die Erde, zögert, fängt nicht an zu laufen, sondern eilt unschlüssig weiter. Was soll eine kopflose Flucht, wenn vielleicht gar nichts droht? Wie würden sich die Leute wundern, wenn man mir nichts, dir nichts davonrannte? Eine unbegründete Flucht ist peinlich. Aber sind auf der Straße überhaupt noch viele Leute, vor denen man sich zu schämen brauchte? Ist sie nicht beinahe menschenleer?

Nur wenn alle Angst haben, wirft man sich ruhigen Gewissens mitten unter sie, springt panisch vor und zurück, schlägt um sich. Aber dann hilft es nichts mehr; wenn alles durcheinanderrennt, endet die Flucht notwendigerweise im Gedränge.

Da ich unwillkürlich älter wurde, mich auf die eigenen kurzen Beinchen zu stellen lernte, Schritte tat, hinfiel und, um mich gegen Mutter und Großmutter gefällig zu erweisen, wieder aufrappelte, den ziellosen Gang fortsetzte und dabei mit kaum gehorchender Zunge laut lallte und lächerlich niedliche Worte ausstieß, verbrachte ich warme Tage auf dem Hof, inmitten anderer Kinder, die deutlich weniger Verstand besaßen, als ihre umfänglich ausgebildeten Köpfe nahelegten, und sich der Spielerei mit ganzem Herzen ergaben. Von dem staubigen Hinterhof führte ein gerader Weg zum sogenannten Kindergarten, dieser – ist es denn heute anders? – elterlichen Ausflucht, auf dass das Kind nicht alleine im Zimmer sitze und weine. Lieber, es sitzt in einem Haufen mit anderen Kindern und weint.

Warum habt ihr mich eigentlich in Taschkent weggegeben, zu den anderen Kindern und der Erzieherin?, fragte ich Mutter und Großmutter als altkluger Zwölfjähriger.

Wie, weggeben?, empörte sich Großmutter. Das war doch ein Glück, dass wir dich dorthin geben konnten. Ohne Naums Beziehungen ...

Du warst doch schon abgestillt, sagte Mutter. So konnte auch ich arbeiten gehen.

An der Wand in dem einen einzigen Kindergartenraum hing ein Porträt desselben aufgeräumten schnurrbärtigen Mannes wie im Stalingrader und Taschkenter Bahnhof. Eine große dunkle Frau herrschte über das kunterbunte Durcheinander aus weichen und gelockten, braunen, glattsträhnigen blonden und stechend schwarzen Köpfen. Ich saß abseits oder trippelte draußen im Gras. Was konnte ich anderes tun? Selbst das eine und andere unverständige Kind hielt sich abseits.

Vielleicht war mein Urteil über jene fremden Kinder auch ungerecht. Was wusste ich, wie sie es mit den Gestirnen hielten.

Einmal beim Trippeln stieß ich an eine halboffene Tür und sah die große dunkle Kindergärtnerin, freilich nicht in hoffärtiger, vom Hof her bekannter Verfassung, sondern aufgelöst und glänzend im Gesicht, bestimmt der Schweißtropfen wegen. Die mochten durch die Anstrengungen des Mannes in ihr Antlitz gezaubert worden sein. Er hing an ihrem freigiebig hingestreckten Hals. Trotzdem bemerkte sie mich, fuhr zusammen, wand sich los, zog an der Bluse, gewann den Hofzustand wieder, stampfte auf mich zu, duckte sich, zischte: Wenn du nur ein Wort sagst, kratze ich dir die Augen aus!, schob mich hinaus, schlug die Tür zu und schloss ab. Wer weiß, sonst wäre ich vielleicht wieder hindurchgeschlüpft, auch um des schönen Anblicks anschmiegsamer Haut willen. In ihrer erregten Wut hatte sie nicht daran gedacht, dass meine Zunge zu kurz für die Schilderung ihres langen Halses war.

Dies meine lieblichste und vielversprechendste Kindergartenerfahrung. Immerhin hatte mich die aufgewühlte Erzieherin in der zweiten Person angesprochen. Sonst hörte ich nur: Mama verbietet Arthur ... Was hat Arthur heute Schönes gemacht ... Arthur darf nicht ... und so weiter. Wie oft schlich ich noch zu jener Tür! Vergebens. Meist stand sie weit offen und offenbarte eine unschuldig unbelebte Aussicht auf Stühle und Schränke. Niemals mehr fand ich sie angelehnt, äußerst selten abgeschlossen, vielleicht weil die meisten jungen Männer, deren leibliche Verfassung nach geschlossenen Türen und einem im Schloss umgedrehten Schlüssel verlangte, an der Front kämpften.

Nie wieder!, ruft man beschwingt. Nie mehr!, schluchzt das beleidigte Kind. Nie mehr spiele ich mit dir!, schreit es erleichtert den ungezogenen Spielkameraden an. Schöne Zukunft, die heute so ist, wie wir sie uns für morgen ausmalen. Im Kindergarten wird vieles angeeignet, selbst in der Schule, selbst in einem Lager. Nur nicht Menschlichkeit. Deren Erlernung ist, wenn überhaupt, Kleinstgruppen von einer Person vorbehalten.

Wir aßen manchmal weniger, als dem Magen lieb gewesen wäre, trotzdem wuchs ich, Mutters und Großmutters Bemühungen sei Dank. Auf Umwegen trieben sie Milch auf und flüsterten liebevoll, während ich trank: Das ist gesund. Das ist gut für ihn. Nachdem sie einen Apfel oder eine Tomate in Stücke geschnitten oder ein winziges Stück Fleisch (ja, auch das trotz Rationierung und Kartenzuteilung, freilich sehr selten) zubereitet hatten, schauten sie mir entzückt beim Essen zu und sagten: Das ist gesund. Das ist gut für Arthur!, und glaubten mit gerührtem Gesichtsausdruck, dass ich genau in dem Augenblick des Kauens und Schluckens gesünder und kräftiger würde. Jede verspeiste Gurke entzückte sie, jedes abgebissene Apfelstück tat ihnen wohl. Langsam, sagten sie, langsam! Bitte, kaue aufmerksam.

236

Tod des Vaters (handwritten)

Der unglaubliche, wenn auch fassliche Wohlstand nur durch des fernen Onkel Naums Anstrengungen! Ohne ihn wäre alles anders gewesen. Nicht von ungefähr Milch, Obst und Gemüse, ein festes Dach über dem Kopf, ein sogenannter Kindergartenplatz für mich – alles dank Onkel Naums Fürsorge.

Jeden Tag wurden im Radio Briefe an die Front und von den Fronten des Vaterländischen Krieges vorgelesen. Kein einziges Mal hörten wir die Briefe Mutters und Großmutters an meinen Vater, vielleicht weil sie sie nicht an die Moskauer Redaktion, sondern an die Front sandten. Dafür erklang die Stimme des Obersten Befehlshabers, dessen Namen die Stadt trug, in der ich amtlicherseits geboren worden war. Seines Namens würdig hatte sich das hart umkämpfte und gehaltene Stalingrad ja vor einiger Zeit gezeigt. Er sprach und alles lauschte ehrfurchtsvoll. Er sprach von einer gelungenen Militäroperation (andernfalls hätte er wohl geschwiegen), in deren Verlauf der Feind auf ganzer Linie geschlagen und die viertgrößte Stadt des Landes, Charkow, zurückerobert worden sei. Daraufhin ertönten Ehrensalven, die Abendnachrichten triumphierten. Charkow ist zurückerobert worden! Diesmal endgültig.

Was haben die Eroberungen und Rückeroberungen mit der Stadt angerichtet?, fragte Großmutter und antwortete selbst: Kein Stein ist auf dem anderen geblieben.

Aber ist der Krieg nicht fast vorbei?, fragte Mutter zaghaft. Charkow ist befreit, endgültig.

Charkow!, rief unser für den Krieg zu alte und für die Kriegsproduktion zu unentbehrliche Zimmernachbar Lev empört. Und was ist mit Kiew? Minsk? Endlich, was ist mit Berlin?

An einem Tag ereilte uns die Nachricht vom Fall meines Vaters. Äpfel fallen von Bäumen, im Herbst oder auch früher, wenn der Stamm und die Äste stark geschüttelt werden. Ein Apfel fällt im Wind, ein anderer wird von einer schneidigen Hand abgerissen, weil es sich im Krieg so gehört, und der nächste wiederum reift unberührt, schrumpft und vergeht heil in sich selbst. Ich hatte es von Anfang an gewusst. Hier war Taschkent, dort die Front, Charkow, Kiew und Minsk, die mit gutem Recht befreit zu werden verlangten – selbst Berlin gehörte unbedingt eine rote Fahne aufgepflanzt.

Wäre jenes Kamenez-Podolsker Fleischkombinat nicht gewesen … vielleicht hätte Vater dann eine unentbehrliche Stellung bei der Panzerproduktion erhalten und wäre nicht eingezogen worden. Aber wäre jenes Kamenez-Podolsker Fleischkombinat nicht gewesen, hätte die unbedingte Liebe meiner Mutter einem anderen gegolten, sodass ich – aber das wäre eine andere Geschichte, von einem anderen verschwiegen.

Im Anfang hatte ich einen Vater gehabt. Natürlich fielen sowjetische Soldaten an der Front. Wie auch nicht? Natürlich erhielt Mutter einen Brief. Doch schlimm trifft auch, was nicht verwundert, wovon nicht gesagt wird, man traue seinen Augen nicht, weil man ihnen traut und nichts anderes erwartet, obwohl man alles anders erhofft hat.

Wer: Jakov Segal, Serschant der Roten Armee. Was: gefallen. Wo: Belgorod, Russland. Dies von Hand geschrieben. Alles andere (dem Eide treu, heldenhaft, im Kampf für das sozialistische Vaterland, Dokument verwertbar für Pensionsansprüche) gedruckt. Der einzige Mann, der einzige Vater, der Sohn. Aber Äpfel und Bäume gab's viele.

Ich war nicht mehr in einem Alter, da Mutter mich im Weinen auf die Arme nehmen, die Brust entblößen, mich dagegendrücken und sagen würde: Das Leben geht weiter, er versteht nichts und hat Hunger. Nein, ein Kleinkind, der Mutterbrust längst entwöhnt, den Gemütsbewegungen der Nächsten entfremdet. Im Kampf bei Belgorod, Russland, gefallen. Im Kampf immerhin, als ein mit einem roten Stern geschmückter Soldat, so und nicht anders, bei Belgorod, dort und nicht anderswo, das muss ich gedacht haben. Nicht verschollen, nicht im Westen. Jetzt weiß ich, aber mir scheint, dass ich es schon damals, beim Starren auf das amtliche Schriftstück, geahnt habe: Schlimmeres gab es für einen Rotarmisten, als im Kampf bei Belgorod zu fallen. Und für einen jüdischen Rotarmisten sowieso.

Zeit verwischte die Reihenfolge, in der die Dinge geschehen waren, und den Schmerz, der geherrscht hatte. Großmutter sagte zu mir: Als mein Sohn mir genommen wurde, wurdest du mir geschenkt. Du bist ihm wie aus dem Gesicht geschnitten. Ich liebe dich mehr als alles andere auf dieser Welt. Enkelkinder zu bekommen ist ein großes Geschenk. Aber das geschieht vielen. Dass aber das Kind einem genommen wird ... Kinder müssen Eltern begraben, nicht andersherum ... nicht andersherum, nicht so, dass es kein Grab gibt ... Als er mir genommen wurde, wurdest du mir gegeben. Wenn du erwachsen bist, musst du schnell heiraten. Ich sage dir, finde schnell eine jüdische Frau und zögert nicht mit den Kindern.

Die stacheldrahtumflochtenen Kiefernzweige von Treblinka gewährten nur dem Rauch ein Entkommen. Nur Rauch, von einem Sommer bis zum nächsten. Aber wenn nicht jetzt, wann dann?, mochten sich die Arbeitsjuden von Treblinka denken. Sie luden hineingeschobene Waggons aus, leerten Koffer, bewegten sich zwischen Kleider- und Kofferbergen, die Manneshöhe überragten, trennten Tücher von Schuhen, Fotografien von Brillen, sortierten Hosen, schnitten Sterne von Mänteln und trugen die wertvollsten Sachen in das längliche Gebäude, auf dessen zum Gleis hingewandter Seite Fahrpläne und Richtungspfeile zur ersten, zweiten, dritten Klasse hingen. Sie marschierten, das Treblinka-Lied singend, unter Bewachung in den Wald, um dort grüne Kiefernzweige zu sammeln, und nutzten den Proviant, den sie im Gepäck der gerade vergasten Juden fanden, um dickflüssige Suppen zuzubereiten. Aber wenn nicht jetzt, wann dann?

Treblinka oder Obermajdan, wie eine Aufschrift am länglichen

Gebäude diesen Ort nannte, war eine Sackgasse auch für sie. Früher oder später würden sie alle hinter der weißen rot bekreuzten Flagge erschossen werden. Nur Widerstand oder Flucht, also wenn sie plötzlich die entgegengesetzte Richtung über Stacheldraht und Panzersperren hinweg einschlügen, bot den Hauch einer Aussicht auf Rettung.

Aber von einem Sommer zum nächsten versuchten nur sehr wenige zu fliehen oder zu widerstehen, vielleicht weil praktisch körperlich alles andersherum ist. Hier wird gestanden, geatmet, gearbeitet, geredet, gegessen. Dagegen müssten bei einer Flucht drei dichte Kiefernzweig- und Stacheldrahtlinien erreicht und aufgeschnitten oder übersprungen werden, während von den Wachtürmen aus geschossen würde. Wenn, was aber sehr unwahrscheinlich wäre, einer diese Hürden überwände, so würde er spätestens auf der viele, viele Schritte breiten ebenen Fläche oder den von Stacheldraht umwickelten Sperren dahinter von einer Kugel eingeholt werden. Würde aber, wider alles Erwarten, einer unversehrt oder leicht verletzt bei der ersten Baumreihe anlangen – wohin dann? Gleich würden abgerichtete Hunde auf die Jagd geschickt. In die Sümpfe, in die Hütten – aber dort verhungert man und hier wechseln Kostbarkeiten den Besitzer, während gespielt und getrunken wird. Würden die Hüttenbewohner sich tatsächlich über die Ankunft eines Juden freuen, dem sie – neben vielen anderen – ihren neuerlichen Reichtum verdankten?

Wenn nicht jetzt, wann dann? Körperlich gefühlt, war die Flucht der geradlinigste Weg in den Tod, während auf dem anderen, dem gewöhnlichen Weg irgendwann, aber wer weiß schon genau, wann und wie, gestorben würde. Der sicherste Ort, um jetzt zu leben, war – hier, auf dieser Seite der Kiefernzweige, in diesem Lager, dessen Umfang die Länge von vier oder fünf Transporten nicht überschritt und vom gemächlichen Wachposten auf ganzer Höhe und Breite schneller abgeschritten war, als ein Zugdrittel ausgeladen wird, hier, auf diesem, wegen der Kiefern-

240

nadeln und der bunten Kleider in den Koffern, farbenfrohen Fleck, war es am sichersten; und die sicherste Tat, um jetzt zu leben, war – nichts zu unternehmen, als was uniformierte Stimmen und Gewehre befahlen.

Gehorchen oder widerstehen? Diese Entscheidung wurde Menschen aufgebürdet, die waren, wie sie waren. Nach Treblinka waren sie nicht etwa geraten, weil sie mit bemerkenswerten Charaktereigenschaften ausgestattet gewesen wären, sondern weil sie Sterne trugen. Und noch nicht nackt die Himmelstraße zum Sternhaus hinaufgegangen waren sie, weil das Fließband nach Arbeiterhänden verlangte.

Eine ganze Mischpoke brauchte es, um einen Ausbruch aus Treblinka zu wagen, weil höchstens in einer großen Gruppe für den Einzelnen, wenn auch keinesfalls für die ganze Gruppe, der Hauch einer Aussicht auf Rettung besteht. Ein Hauch ist nicht wenig in verrauchter Windstille.

Gemeinsamer Widerstand aber verlangt zunächst nach einem gemeinsamen stabilen Stand. Dafür wird sich an andere gelehnt. Man steht also zusammen. Da fällt das Sterben noch schwerer. Gedämpfte Gespräche werden geführt und feine Fäden gesponnen, die den Keim des Aufstands in sich tragen. Die großangelegte Unternehmung hängt an vielen Gliedern. Es braucht einen Plan, es braucht Instrumente, Messer, Pistolen, Gold. Aber regelmäßig werden Komplizen aus der Mitte gerissen und von Uniformierten auf den Weg geschickt, der an der weißen Flagge mit dem roten Kreuz vorbeiführt. Fein gesponnene Fäden reißen und die große Gruppe bricht entzwei, weil vertraute Rücken, an die sich gerade noch gelehnt worden ist, verschwunden sind. Die hinzugeworfenen neuen Arbeitsjuden werden geprüft, neue Gesprächsfäden geknüpft, langsam wird sich wieder aufgerichtet …

Was brächte es, wenn ein Einziger flöhe? Wieder gingen verlässliche Rücken verloren, weil jeder Zehnte erschossen würde, der Fliehende würde gefasst und aufgehängt, nachdem ihm so und so viele Hiebe auf sein Rückgrat versetzt worden wären. Und gelänge seine Flucht: Am nächsten Tag träfen weitere Züge ein, als wäre nichts gewesen. Dem Geflohenen, selbst wenn er einen bewohnten Ort erreichte, an dem die Züge sich füllten, glaubte doch niemand die Erzählung von Himmelstraße und Sternhaus, weil es so etwas auf der Erde nicht gibt.

Der Anstoß für den Aufstand war letztlich, dass in Treblinka kaum noch volle Zugdrittel eintrafen. Dadurch waren die Arbeitsjuden gefährdeter denn je, weil ihre Arbeit und also ihr Leben sich um eintreffende Züge drehte. Schon hatten hinter den Sternhäusern die Bagger die meisten Gruben geöffnet und waren ausgegrabene und aufgeschichtete Körper auf Gleisen verbrannt worden. Schon war fast alle Asche wieder in ebenjene Gruben geschüttet und mit Sandschichten durchzogen und mit Erde überdeckt worden.

Wenn nicht jetzt, wann dann? In Wahrheit und Wirklichkeit geschah der Aufstand auch, weil kaum noch Züge mit Sternträgern, Lebensmitteln, Kleidern und Wertsachen eintrafen. Im Gegenteil, leere Waggons wurden hineingeschoben und beladen. Die große Baracke vor der Rampe leerte sich, die Schuh- und Kofferberge sackten ein. Wie auf einem Fließband war's, da Rohstoffe allmählich zur Neige gehen, geübte Hände ins Leere greifen und der Wohlstand sinkt ... Und es waren doch keine Ganoven, sondern aufbegehrende Arbeitsjuden. Und nicht um zu sterben, geschah die Erhebung, sondern aus Gründen des Lebens. Wohl auch um der Geschichte und der Erzählung willen, auf dass es darin nicht bloß um rot und blau und sonst wie gestreifte Ganoven gehe. Denn die Geschichte wird von Lebenden und Überlebenden erzählt, nicht von toten Helden.

Zwei Schüsse vorneweg, das Signal zum Beginn des Aufstands. Die ersten Schüsse an diesem Ort, die nicht von Uniformierten abgegeben wurden. Erst trat der heiße nachmittägliche Sommertag auf der Stelle, so muss es gewesen sein. Es war im August 1943, ein

242

Jahr und zehn Monate nach meiner Geburt. Eine gute Jahreszeit für Falter. Obwohl über den gcharkten Wegen mit weißen Bordsteinkanten und gepflegten, von der Sommerhitze ein wenig zerfressenen Grasflächen zäher Rauch schwebte. Der hätte die zarten Falter beschädigt, hätte ihnen die hauchdünnen Flügelschuppen ausgerissen. Oder die schmächtigen Geschöpfe gerieten in den Sog des Feuersturms über den Gruben, verbrannten im Abglanz des Sternhauses und trügen, von einem gewöhnlichen Auge kaum wahrzunehmen, das Ihre zu den noch nicht verscharrten Aschebergen bei. Wir hatten uns längst aus den Augen verloren, die kleinen Anhänger des Lichts und ich.

Zwei Schüsse. Besenrein lag Treblinka unter Sonnenstrahlen. Eine Explosion erschütterte Obermajdan, neue Farben flackerten auf. Gleich wurde gerannt und geschossen, Baracken fingen Feuer. Es wurde nicht einfach geflohen, nein, die Ganoven – aber es waren keine – erhoben sich.

Die wenigsten Menschen tun, was ihnen keine Hoffnung auf Rettung lässt. Einzelne aber gab es, die wurden durch Obermajdan des Lebens so müde gemacht, dass sie einen ganzen Benzintank in die Luft jagten, zu Ehren ihrer Nächsten, die hinter der Himmelstraße im erhöhten Sternhaus umgebracht worden waren. Das Feuer – ein ganz anderes als an den Gruben hinter dem Sternhaus – schlug viele Körperlängen hoch und ließ sich sehen, da bin ich mir sicher. Selbst die beiden Sternhäuser, das größere und das kleinere, flammten auf, von verschworenen Händen angezündet.

Oben und unten verkehrte sich, Sterne, Flammen, einige sternlose Sternträger – aber es waren keine mehr – hielten Gewehre in Händen und schossen, andere stachen mit Messern auf Uniformierte ein.

Sehen heißt schaffen, ist ein Gestalten, sagte mal ein Weiser. Ich trug zu dem Aufstand nichts bei, nicht den kleinsten Aufruhr, indem ich etwa Töpfe zerschlagen und Lärm gestiftet hätte. Was hätten die drei oder vier Schüsseln in meiner Reichweite schon ausgerichtet? Abstellkammern, aus denen ich hätte weiteres Geschirr holen und aus dem Fenster werfen können, gab's keine; Großmutter und Mutter aber wären wegen des Verlusts der unersetzlichen drei Schüsseln entsetzt gewesen.

Ein Aufstand, darum handelte es sich zweifellos, weil sich mehrere erhoben. Aber nicht alle. Was fängt ein erschöpfter Kleidersortierer mit einem Messer an? Nach den ersten Schüssen und Explosionen flohen einige Arbeitsjuden nicht Richtung Freiheit, sondern in die Wohnbaracken. Auf den ersten Blick mag das unbegreiflich erscheinen. Aber Augen zu und durch? Von überallher, aus Fenstern, von den Wachtürmen, wird geschossen. Splitter fliegen. Was liegt da näher als ein Dach über dem Kopf? Unweigerlich wird der Tod die Baracke betreten, aber wer weiß schon genau, wann und wie, während hinter der Tür gleich geschossen und gestorben wird.

Trotzdem, wundersam oder naturgemäß, ich weiß es nicht, durchschnitten andere sternlose Sternträger mehrere Zweig- und Stacheldrahtzäune und blieben nicht an der stacheldrahtumflochtenen Barriere hängen, sondern sprangen drüber. Sie verschwanden hinter den Kiefern, und Einzelne von ihnen entkamen den hinterherjagenden Hunden und Uniformierten. Auch um der Geschichte und der Erzählung willen taten sie das. Sie flohen mit der Geschichte darüber, wie ihre Gesichter durch den Rauch schwarz geworden waren.

Ich, ich wäre nie an jenen Ort geraten, weil die Juden von Charkow gleich in Charkow, in der Schlucht von Drobizki Jar ... aber ich muss trotzdem davon erzählen. Noch in tiefster Nacht brannte Obermajdan, durch den Feuersturm getriebene Luftzüge ließen die Sterne am Himmel flimmern.

244

Durchgangslager

Wir waren unter den Ersten, die aus der zerfallenden Sowjetunion nach Deutschland auswanderten. Nun kommt die Verwandtschaft nach, genauer, Julias eigentliche und meine angeheirateten Verwandten. Ilja rief aus einer Telefonzelle an, so weit alles gut, wenn auch sehr anstrengend, der Fahrer meine, sie seien mitten in Deutschland, in der Nähe von Kassel oder wie das heiße, sie brauchten nur noch ein paar Stunden.

Gott sei Dank!, sagte Julia in den Telefonhörer, legte auf und sagte zu mir: Lass uns losfahren!

Sie brauchen doch noch ein paar Stunden.

Ich will da sein, wenn sie kommen. Was machen sie da ohne uns?

So fuhren wir denn gleich los. Julia, fragst du dich nie, was ich morgens mache?, sagte ich im Auto.

Was wirst du schon machen? Du handelst mit Autos. Du sagst selbst, das bringt mehr Geld als die Übersetzungen. Es ist besser so. In Charkow hast du zu Hause Bücher übersetzt und für uns keine Zeit gehabt.

Ich finde nicht, dass ich jetzt weniger übersetze als früher, erwiderte ich.

Hauptsache, du hast Zeit für uns. Außerdem brauchen meine Mutter und Ilja und Mascha jetzt deine Hilfe.

Wir fuhren vor den wohlbekannten Notunterkünften in Unna-Massen vor und warteten.

Drei Jahre ist es her, dass wir selbst Charkow Richtung Deutschland verließen. Die Wochen und Monate davor waren schwer gewesen. Wir verkauften unsere Charkower Wohnung und tauschten all unsere Rubel auf dem Schwarzmarkt zu horrenden Kursen gegen Dollar und Mark ein (die versprochenen dreißig Dollar für das Schlafzimmer bekamen wir natürlich nie, so wenig wie die Muttern und Schrauben). Wir wussten nicht, was uns in Deutschland erwartete, weshalb wir möglichst viel Bargeld dabeihaben wollten. Aber was mussten wir nicht alles zurücklassen! Eine herrliche Buchsammlung und auch Menschen. Das Sortieren und Packen, die Angst, dass etwas schiefgehen könnte (obwohl doch alle Papiere in einwandfreiem Zustand waren), dass irgendwer sich irgendetwas anders überlegen und uns aufhalten würde. Wir versuchten, unsere anstehende Ausreise geheim zu halten, um keine Missgunst zu erregen, und doch schien das ganze Haus davon zu wissen. Ein Nachbar, mit dem wir eigentlich in einem guten Einvernehmen standen (mal lieh er uns Salz aus, mal wir ihm Zucker), stellte mich auf dem Treppenabsatz zur Rede. Du willst den Deutschen wohl eine zweite Gelegenheit geben, euch umzubringen?, fragte er. Ihr seid Juden, geht nach Israel. Verrat, wenn du gehst, ist es sowieso. Aber dann geht wenigstens nach Israel.

Ich blieb stehen und antwortete: Vielleicht geht es dir gut. Aber ich habe schon seit Monaten kein Gehalt ausbezahlt bekommen. Ich gehe nicht wegen der Deutschen nach Deutschland, sondern weil ich dort arbeiten werde. In Israel, wer interessiert sich da für Übersetzungen aus dem Deutschen und ins Deutsche? Mein Platz ist dort, wo ich meine Familie ernähren kann. Und überhaupt, wenn alle Russen und Ukrainer Visa bekommen und Verräter am eigenen Land werden könnten, würde das Land leer werden.

Nein, in Wirklichkeit eilte ich schweigend an ihm vorbei und die Treppe hinauf. Ein verbitterter Nachbar ist immer gefährlich, besonders wenn der Staat in Scherben liegt.

Im Oktober 1991 war's. Unsere vier dunkelroten Reisepässe lagen bereit, Büchlein der Reise mit je zwei Einträgen, einer Aus-

246

reisebewilligung durch die heimische Miliz und einer Einreisegenehmigung durch das deutsche Konsulat, und beide Seiten gehörten zusammen wie Abfahrt und Ankunft. Das Reiseziel in Deutschland hieß Unna-Massen. Einen bedeutenden Teil unserer Devisen gab ich für vier Zugtickets von Kiew nach Dortmund aus, vier Plätze im Schlafwagen. Vielleicht hätten wir auch einen Bus von Charkow nach Unna-Massen bekommen können. Aber es hieß, die Busfahrer machten die Heizung grundsätzlich nicht an, um Treibstoff zu sparen. Ich durfte Mutter nicht vier Oktobertage lang mit angewinkelten Beinen in einem unbeheizten Bus sitzen lassen. Mutters schwache Gesundheit, nur die, zwang uns in den Zug.

Wir wurden im Regen von Verwandten und jahrzehntelangen, vornehmlich Julia verbundenen Freunden verabschiedet. Viele weinten, aus Freude, dass wir in ein besseres Leben, aus Angst, dass wir ins Unbekannte aufbrachen, vor allem aber aus vorweggenommener Sehnsucht und weil es sich unter diesen Umständen so gehörte. So standen wir in der Kälte, bis der Bus kam, der uns nach Kiew bringen würde, und Julias Bruder Ilja sagte: Genug, lasst sie einsteigen, das wird eine lange und schwere Fahrt.

Der Bus rumpelte über Schlaglöcher bis Kiew. Am dortigen Bahnhof warteten wir neben den Koffern so lange, wie der kleine Zeiger der großen runden Uhr benötigte, um einen halben Kreis zu bewältigen. Nein, sagte ich mir, niemand hat dich gezwungen, sechs Stunden Zeitpuffer einzubauen. Zu deiner eigenen Sicherheit hast du dich so entschieden. Niemand bewacht deine Schritte, die Miliz geht doch eigentlich auf und ab, um deine Habseligkeiten vor dubiosen Gestalten zu schützen. Um dich herum stehen lauter Leute mit zuversichtlichen, wenn auch besorgten Mienen. Besorgt doch nur des vielen Gepäcks und der langen Fahrt wegen. Vielleicht machen sie sich auch Sorgen wegen des Bargelds, wegen der Devisen, die sie in der Brusttasche, im Stiefel oder sonst wo haben. Aber der mitzunehmende Geldbetrag ist durch keine staat-

247

lichen Verordnungen begrenzt. Ich habe meine kleine Bibliothek nicht zurückgelassen, weil etwa eine Verordnung das Gepäck auf fünfzig Kilogramm pro Kopf begrenzte, sondern weil wir nicht so viel tragen konnten.

Endlich fuhr der Zug ein. Ein geheiztes Abteil zweiter Klasse, ein Schlafwagen mit Polstersitzen, ein Speisewagen ganz in der Nähe. Wir werden in die richtige Richtung fahren, sagte ich mir. Eine lange Fahrt wird es werden, weil ganz Polen und Deutschland vor uns liegen.

Fünf Stunden stand der Zug zwischen der Ukraine und Polen. Kontrolle, Aussteigen, Inspektion und so weiter, warum, wozu, fragten uns die Grenzschützer, wie an jeder seriösen Grenze. Öffnen Sie diesen braunen Koffer.

Natürlich. Lauter Kleidung, wie Sie sehen. Dürfen wir sie behalten?

Was?

Nichts, entschuldigen Sie.

Während unsere Koffer untersucht wurden, es war nicht einmal klar, wonach da eigentlich gesucht wurde, wurde der Zug umgespurt. Eine andere Spurweite, eine andere Welt vielleicht.

Lublin, Warschau, Łódź. Ich lief im Gang auf und ab, während der Zug Lichter von den Bahnsteigen fing. Lublin, vielleicht war das auch ein wirtschaftliches und kulturelles Zentrum im östlichen Polen, vielleicht hatte es einstmals die bedeutendste Talmudschule von allen beherbergt, vielleicht, aber vor allem undzuallererst doch Generalgouvernement, Distrikt Lublin, SS- und Polizeiführer, Aktion Reinhardt, Erntefest; Warschau hieß die polnische Hauptstadt, der ausgestreckte Bahnhof erleuchtete allerlei Personenwagen – vor allem und zuallererst aber das größte Ghetto, die meisten und längsten Züge, der zäheste Widerstand; dann Łódź, vielleicht die zweitgrößte polnische Stadt – vor allem und zuallererst aber das zweitgrößte Ghetto, das am längsten währte, weil wirtschaftlich betrieben und weit westlich gelegen. Vom

248

Osten nach Westen wuchsen Häuser und Autos, Straßen glätteten sich. Hatten wir nicht deshalb genau diese Richtung eingeschlagen? Und Radom! Zamość!, pochten Durchsagen gegen mein Ohr, drängten sich mir Anzeigetafeln in den Blick. Kanada ist das zweitgrößte Land auf Erden, kalt und reich, hauptsächlich sind es aber so und so viele Baracken in Auschwitz, wo Wertsachen und Kleider sortiert und verstaut werden. Gewiss ist Mexiko ein lateinamerikanisches Land zwischen Nord und Süd; in erster Linie aber der neue Abschnitt in Auschwitz zwischen Stacheldraht und Wachtürmen. Was bedeutet Polen in Wahrheit? Jüdischer Wohnbezirk in Warschau, Ghetto Litzmannstadt, Aktion Reinhardt, Kanada, Mexiko.

Gelegentlich klopfte ein freundlicher Zugbegleiter an und fragte nach unseren Wünschen, namentlich Kaffee und belegte Brötchen betreffend. Meist wiesen wir ihn ab, weil Julia dem Mundvorrat eine eigene umfängliche Tasche gewidmet hatte. Vier Stunden verbrachten wir am polnisch-deutschen Übergang bei Frankfurt an der Oder. Wieder mussten wir den Schlafwagen zweiter Klasse verlassen und in der Kälte warten. Anna sagte: Hier ist die Grenze. Schau, Papa, ich bin schon in Deutschland und du bist noch in Polen, obwohl ich deinen Arm berühre.

Wir sind beide im Niemandsland, antwortete ich.

Es war Oktober. Aber wir wurden nicht etwa von deutschen und polnischen Grenzschützern hin und her geschubst, von der deutschen auf die polnische Seite und wieder zurück. Ruhig standen wir und waren bloß besorgt und gereizt, dass man uns aus dem Abteil gescheucht hatte. Aber für eine Stunde, vielleicht etwas mehr, das war klar, nicht für Wochen und Monate im Niemandsland, weil Staatsbürger nicht dieses Landes, weil die Staatsbürgerschaft jenes fadenscheinig aberkannt, weil sozusagen staatenlos, weil keine Bürger in niemandes Land zwischen Deutschland und Polen. Nein, es war überhaupt nicht so wie damals bei der Polenaktion 1938.

249

Deshalb fügte ich hinzu: Du hast recht, man könnte sagen, ich bin noch in Polen und du bist schon in Deutschland. Was kann ein Schritt nicht alles bedeuten!

Die Polen ließen uns passieren, Deutschland hieß uns willkommen. Im Speisewagen zwischen Frankfurt und Berlin wurden Gläser mit durchsichtigem Inhalt gefüllt (vornehmlich aus eigenen verborgenen Flaschen zwecks Devisenschonung), Gläser geleert, wieder gefüllt und geleert. Münder lockerten sich. Man versuchte, mit den eigenen Deutschkenntnissen zu glänzen. Ein junger Mann zielte mit dem Zeigefinger auf seinen Trinkkumpan und schrie: Hände hoch! Achtung! Hitler kaputt!, und lachte. Das waren die drei deutschen Ausdrücke, die jedermann in sowjetischen Kriegsfilmen aufgeschnappt hatte. So wurde sich gefreut und gefahren.

Berlin, Wolfsburg, Hannover, Bielefeld ... Ein herbstlich zugezogener Oktobermorgen 1991, Ankunft in Unna-Massen, so wie von den Reisepässen, den Büchlein der Reise, verlangt. Uns empfing ein mit Formularen bewehrter Mann in Jeans und Windjacke. Er suchte sich erst in gebrochenem Russisch zu verständigen und setzte erleichtert auf Deutsch fort, als ich mich erbot zu übersetzen. Willkommen im Durchgangslager Unna-Massen!, so sprach er zu den sieben Familien, die um ihn herumstanden. Willkommen seien wir, die gekommen in dieses Durchgangslager. Gewiss seien wir müde. Kalt sei es. Hoffentlich hätten wir eine gute Anfahrt gehabt. Er sei, wenn wir so wollten, die rechte Hand des hiesigen Durchgangslagerleiters. Noch etwas Geduld, dann würde auch an uns die Reihe kommen, sagte er und deutete auf ein graues Gebäude. Es gehe dort ganz unkompliziert zu, wie auf einem Fließband. Aber bitte nicht mit dem ganzen Gepäck dorthinein stürzen, sonst gebe es ein Durcheinander sondergleichen. Bald würden uns Zimmer zugewiesen und die erste Hilfe zur Verfügung gestellt. Dann könnten wir einkaufen gehen, zwei Läden befänden sich in dieser Straße. Aber genug der Worte, beeilen sollten wir uns, viel-

250

leicht käme gleich der nächste Transport an, dann würde die Schlange länger werden.

Ich habe eine Frage, sagte ich. Durchgangslager, haben Sie gesagt. Das wusste ich nicht. Ich dachte, das ist ein gewöhnlicher, ein offener Ort. Sagen Sie bitte, Durchgang wohin?

Er schaute mich verdutzt an. In eine andere Stadt in Nordrhein-Westfalen natürlich, antwortete er. Das geht recht zügig, innerhalb von zwei bis drei Wochen wird Ihnen eine Stadt zugewiesen, wenn Sie keine Sonderwünsche haben.

Nein, sagte ich, Sonderwünsche haben wir keine.

Dann kommen Sie schnell, alles andere wird Ihnen dort erklärt, sagte er und führte uns zum grauen Gebäude.

Gibt es einen Lagerältesten?, fragte ich.

Einen Lagerältesten? Nicht, dass ich wüsste. Das ist in Deutschland nicht üblich, wissen Sie. Jede Familie ist für sich. Es bleibt sowieso kaum jemand länger als drei Wochen hier sitzen. Wie kommen Sie eigentlich zu diesem herrlichen Deutsch? Es ist das reinste Vergnügen, mit Ihnen zu sprechen!

Erklären Sie mir noch eine Sache, bitte. Fließband, haben Sie gesagt. Was wird in diesem Gebäude verarbeitet?

Sie, was sonst!, sagte er und lachte. Das ist die erste Anlaufstelle für Neuankömmlinge. Das läuft mittlerweile richtig professionell ab, Sie sind ja nicht die Ersten. Machen Sie sich keine Sorgen.

Lager, Durchgang wohin? Am Fließband, im ersten Büro, wurden uns makellos weiße Formulare nebst grauen Formularanleitungen zur Verfügung gestellt. Erst gehen Sie ins Sozialamt, dann zum Hausmeister, dann ins Arbeitsamt, hieß es. Zwei Stunden später verließ ich, um achthundert Mark reicher geworden, das nahebei gelegene Sozialamt. Achthundert Mark, das war der Vorschuss für zwei Wochen, zwei, nur zwei, Wochen, nicht Monate, achthundert, nicht fünfzig, Mark, nicht Rubel. Ein ganzes Vermögen. Dann ging ich zum Hausmeister, vorbei an zwei- und dreistöckigen grauen Häuschen, die von größeren deutschen Häusern bloß durch eine zweispurige Straße getrennt zu sein schienen. Leute, augenscheinlich Bewohner des Wohnheims, gingen hier und dorthin, wie ihnen beliebte.

Beim Hausmeister erhielten wir je zwei Haus- und Zimmerschlüssel und vier Sätze Bettzeug. Weißes, sauberes Bettzeug, ohne Löcher, keinen Deut schlechter als unser eigenes. Sogar gebügelt. Gott sei Dank!, rief Julia. Ich hab ja fast keines mitgenommen.

Am Nachmittag registrierten wir uns im Arbeitsamt. Niemand schrie: Wer ist Tischler? Maurer? Auf die Seite hierhin! Alle anderen dorthin!

Nein, geduldig wurden in Büros Qualifikationen abgefragt, Diplome und Abschlüsse verlangt und weiße, gelbe und grüne Formulare ausgefüllt. Wie Sie Deutsch sprechen!, sagte der Beamte, an dessen Tisch wir Platz nahmen, entzückt.

Ich stehe mit dem Deutschen auf vertrautem Fuß, antwortete ich. Weil ich Übersetzer bin, fügte ich hinzu. Ich habe Tumpels Werk ins Russische übersetzt.

Wer ist Tumpel?, fragte der Beamte.

Wie, sagt Ihnen das Elfenbeinklavier nichts?

Nein.

Das Messingsaxophon? Die Holzgeige?!

Nein. Aber Sie finden bestimmt bald Arbeit, Herr Segal.

Sagen Sie mir eines, bat ich. Warum sind die Formulare gelb und grün?

Das dient der Orientierung. Weiße Formulare beschäftigen sich mit anderen Fragen als gelbe oder grüne. Das gibt es bei Ihnen in der Sowjetunion nicht, wie?

Willkommen in Deutschland, hieß es von Anfang an. Ich schaute mir die Durchgangslagerkinder an. Leidenschaftlich gaben sie sich neuen Spielen hin, für die ihnen daheim das Material gefehlt hatte. Sie tranken Apfel- und Orangensaft aus Päckchen, die sie so noch nie zuvor gesehen hatten. Mit den leeren Päckchen, in denen noch die Strohhalme steckten, liefen sie dann umher und taten, als hielten sie tragbare Geheimdiensttelefone in Händen. Ging der Strohhalm, der die Antenne darstellte, verloren, trösteten sich die Kinder damit, das Päckchen mit dem Strohhalm eines Spielkameraden aufzublasen, es auf die Erde zu legen und daraufzuspringen, was, wenn gekonnt ausgeführt, einen Knall zur Folge hatte. Es war ihnen gar nicht schade um die zerplatzten Päckchen, weil morgen ja neue gekauft werden würden.

Sechs- oder achthundert Mark – das schien uns damals viel, unfassbar viel Geld zu sein. Mit diesem Geschenk hatten wir nicht gerechnet. Dass in Deutschland nicht gehungert und wenig Not gelitten wird, das hatten wir gewusst, aber warum das so war, das erfuhren wir nun. Man zeigte es uns auf eindrucksvolle Weise, nicht durch belehrende Worte nämlich, sondern durch Geldscheine mit Nullen am Ende.

So ist es vor drei Jahren gewesen. Nun saßen wir in unserem eigenen Auto vor den Notunterkünften und warteten auf den Bus. Er kam denn auch an und daraus stiegen vor unseren Augen Julias Mutter und ihr jüngerer Bruder, seine Frau, die Tochter und der Sohn aus, erleichtert (weil die Reise endlich zu Ende), verunsichert (weil zum ersten Mal im Leben im Ausland), erschöpft (weil die Reise lang gewesen), und fielen Julia in die Arme, dann mir, Anna war eines Seminars wegen in Wehnau geblieben und Mutter bereitete zu Hause ein Festmahl vor.

Bald trat eine junge Frau heran. Sie hielt keine ausgedehnte Rede, sondern führte die aus dem Bus gestiegenen Kontingentflüchtlinge zum Sozialamtsgebäude. Ich ging mit, um zu helfen. Nach der Geld- und Schlüsselausgabe stürmten sie (wer hat je so viel Geld auf einmal in den Händen gehalten – einfach so!) in unserer Begleitung vorsichtig die Geschäfte. Zu der Erkenntnis, dass achthundert Mark eine große Summe ist, gelangten nun auch sie. Ein intensiver Moment des Glücks, ein unverhoffter Überfluss, in den Regalen, im eigenen Portemonnaie. Hähnchenschenkel waren die erste Wahl, davon kauften sie gleich fünf Großpackungen. In Charkow ist Geflügelfleisch teuer, während es hier zu den günstigsten Lebensmitteln zählt.

Bald ist Arthurs Geburtstag, sagte Julia, als wir uns am späten Abend von den neu gewonnenen Verwandten verabschiedeten. Anna kommt auch, um euch zu sehen ... Stellt euch vor, sie hat einen Deutschen kennengelernt.

Und was jetzt?, fragte Julias Mutter. Sie wird doch nicht ...

Sie will uns nichts von ihm erzählen und überhaupt nicht darüber reden.

Warum nicht?

Ich weiß nicht. Vielleicht versteht sie selbst, dass das nicht richtig ist, was sie macht. Das hat ja nichts damit zu tun, ob der Junge gut oder schlecht ist.

Vielleicht ist er nicht schlecht, aber ...

Lasst uns nicht heute darüber reden. Ich weiß gar nicht, warum ich davon angefangen habe, sagte Julia und seufzte ... Nächste Woche ist Arthurs Geburtstag. Wir feiern endlich wieder als eine große Familie. Arthur, das ist ein Montag, wollen wir die Feier nicht doch, ausnahmsweise, auf den nächsten Samstag verschieben? Gleich am Wochenanfang müssen Ilja und Mascha zu den Sprachkursen. Sie müssen sich überhaupt erst einrichten.

Montag oder gar nicht, sagte ich. Du weißt, ich mag keine Verrückungen.

Gestern bereicherten Julias Mutter, Ilja und Mascha und ihre Tochter und ihr Sohn mein Geburtstagsfest um ihre Anwesenheit. Obwohl heute Dienstag ist, habe ich mir freigenommen, von den Autos, von den Dokumenten und Übersetzungen, um in aller Ruhe über meinen 53. Geburtstag zu schreiben.

Freudentränen flossen, als sie Anna wiedersahen. Aber von ihrem deutschen Freund oder wie man das nennt, sprach keiner. Ich wüsste auch nicht, was ich noch dazu sagen könnte, selbst wenn sie darüber zu sprechen bereit wäre. Wir haben ja schon alles gesagt. Vielleicht braucht es etwas Zeit, bis sie versteht, wie recht wir haben.

Natürlich hatte ich neben unseren alten neuen Freunden auch Herrn Roth eingeladen. Muss das sein?, hatte Julia gefragt. Was soll er mit uns und wir mit ihm, willst du ihn nicht gesondert einladen, meinetwegen am Montag, und am Samstag feiern wir mit allen anderen?

Mach dir keine Sorgen, hatte ich entgegnet. Alles wird sich einrenken.

Ich ließ Herrn Roth als Ehrengast rechts neben mir Platz nehmen. Man bemühte sich von allen Seiten um einen deutschen Wortwechsel mit ihm, aber ohne meine Mithilfe reichte es höchstens für drei, vier Sätze. Deshalb wurde sich, noch bevor die Teller zum ersten Mal geleert waren, allseits dem russischen Tischgespräch zugewandt. Ilja und Mascha erzählten von der schweren Anreise, unsere alten neuen Freunde erinnerten sich wehmütig an Unna-Massen. Das waren Zeiten! Alles war fröhlich und einfach! Haufenweise Hähnchenschenkel! Jetzt ist alles schwierig. Immerhin, Hähnchenschenkel in Hülle und Fülle nach wie vor ... Achthundert Mark sind im ersten Jahr mehr Geld als im vierten, so war die allgemeine Überzeugung. Gut, man verdient nebenher hinzu, trotzdem reicht es vorne und hinten nicht, wegen der Wohnung, wegen des Autos, lauter Ausgaben. So klagten Ina und Sergej, aber Igor und Tanja hielten sich zurück, weil unser Autogeschäft ganz ordentlich läuft.

Ich hörte mit einem Ohr hin und versuchte hauptsächlich, Roth zu unterhalten. Sie haben Freunde, sagte er, das ist schön.

Ach wo, sagte ich, das ist einzig und allein das Verdienst meiner Frau. Wenn sie nicht Kontakt zu ihnen halten würde, säßen nur Sie und ich und meine Nächsten hier.

Da er sich erschrocken umschaute, sagte ich: Keine Sorge, uns versteht niemand.

255

Wirklich nicht?

Dafür müssten die anderen konzentriert zuhören. Wissen Sie, lieber Herr Roth, es gibt Menschen, zu deren Ehren sich zweimal einige wenige Gäste einfinden, bei der Geburt und beim Begräbnis. Wegen meiner Frau gehöre ich nicht dazu. Eltern, eine Frau, Kinder, ein oder zwei Freunde, sonst niemanden belästigen, von niemandem belästigt werden, das ist häusliches Glück, nicht, lieber Hirsch, pardon, lieber Herr Roth. Als in Charkow eine Kollegin in Rente ging, da drängten sich an ihrem letzten Arbeitstag Dutzende, wenn nicht Hunderte Leute in unser Büro. Umarmt wurde sie, tausend gute Worte zu ihr gesagt, Unmengen von Kuchen gegessen. Auch ich nahm ein Stück. Sonst verstand ich nichts. Ich dachte, bei meiner Abschiedsfeier werden sich nicht so viele Kollegen einfinden, ich wüsste überhaupt nicht, wie ich auf mehr als zehn Einladungen käme. Ich habe nie viele Freunde gehabt. Wann immer ich mit mehr als zwei, drei Menschen auf einmal zu tun habe, verzettele ich mich. Mehr als zwei, drei Menschen mit ihren eigenen Gesichtszügen, ihren eigenen Umgangsweisen und Ansprüchen, das überfordert mich. Manchmal glaube ich, mir geht es wie einem Kind, das sich stets mit grünen Würfeln beschäftigt hat, es könnten natürlich auch rote sein, und auf einmal werden lauter kunterbunte Spielsteine vor ihm ausgeschüttet. Das Kind sortiert sie gewissenhaft nach Farben und greift sich zum weiteren Spiel nur ein Häuflein, nämlich dasjenige mit den grünen Steinen, heraus. Es können natürlich auch die roten sein.

Einige Toasts auf meine und Mutters und Julias Gesundheit und Wohlergehen wurden ausgebracht, dann tauchten neben den Salaten warme Speisen auf. Ich hatte mich gewundert, warum mir Igor und Tanja zusammen mit den Glückwünschen keinen Briefumschlag überreicht hatten. Die Erklärung folgte mit dem Hauptgericht. Feierlich stellte Julia eine Gans in die Tischmitte.

Die ist von Tanja und Igor!

256

Oho, da haben sie euch aber ein Geschenk aufgetischt!

Mascha sagte: Eine faschistische Gans also.

Alles verstummte, jemand räusperte sich.

Nein, faschistisch doch nicht wegen ... einzig und allein, weil in Einwandererköpfen Gänse mit Deutschland zusammenhängen. Eine Gans ist eine deutsche Gans – warum nicht gleich eine faschistische?

Was ist passiert?, fragte Roth.

Die Gans ist Faschist, erklärte Igor.

Die Gans ist als Faschistin verunglimpft worden, erklärte ich.

Ach was, sagte Roth, das ist eine ganz vortreffliche Gans, gekonnt zubereitet, glauben Sie mir.

Bitte, stören Sie sich nicht daran, greifen Sie zu, lieber Herr Roth. Eine harmlose Geschmacklosigkeit, nichts weiter. Vielleicht auch ein wenig Unsicherheit. Die Verwandten meiner Frau sind ja gerade erst nach Deutschland gekommen.

Die Gans wehrte sich denn auch nicht gegen die Verleumdungen, gleich griffen mehrere Hände nach ihr und wenig später starrte kahles Gerippe gegen Teller und Gläser.

Mit einem Ohr vernahm ich Brief-Sozialamt-Befreiung, Bescheid-Zuschuss, Im-Angebot-Kilo, Kurse-bezahlt, Amsterdam-Paris. Vielfach füllten und leerten sich Gläser. Hört zu! Ja, also ... es ist mein Geburtstag!, sagte ich laut. Es ist mein Geburtstag, erklärte ich Roth auf Deutsch, deshalb müssen alle zuhören. Wir machen Fortschritte, sagte ich auf Russisch. Wie nicht, die Ersten, die aufbrechen, sind die Kräftigsten. Die Ersten und die, die gar nicht herüberkommen, sind die Besten, erklärte ich Roth, meine Gäste gehören zu den ersten Neueingewanderten. Ilja, Mascha, ihr seid später gekommen, ihr wart nicht unter den Ersten. Aber das hat nichts zu sagen. Auch aus den Nachkommenden kann etwas werden, erklärte ich Roth. Trinken wir auf euren Erfolg, rief ich. Ich bin angetrunken, erklärte ich Roth. Stoßen wir an.

Wie laufen eigentlich Ihre Übersetzungen?, fragte Roth.

257

Die von Arbeitspapieren? Schlecht. Die Autos laufen gut. Aber die Übersetzungen laufen schlecht. Der Wettbewerb.

Dann schreiben Sie etwas auf Deutsch und übersetzen es ins Russische oder andersherum, sagte er. So schlagen Sie zwei Fliegen mit einer Klappe und verdienen doppelt und dreifach. Sie haben Bücher übersetzt, warum schreiben Sie nicht selbst eines?

Autos werden nicht von denselben Leuten gebaut und repariert, sagte ich.

Manchmal schon, entgegnete Roth.

Wofür soll ich schreiben? Und worüber?

Über Juden und Deutsche zum Beispiel.

Ein jüdisches Buch auf Deutsch? Ein jüdisch-deutsches Buch? Ein Buch auf Deutsch über Juden? Und über Deutsche? Ein Judenbuch?

Warum nicht?

Ach, lieber Herr Roth, an diesem Wort stimmt einzig, dass es nur im Deutschen möglich ist. Es wäre höchstens ein Buch über lichtarme Sterne. Höchstens ein Versuch, sie zu deuten. Aber zum Deuten, wissen Sie, gehört nicht nur das Auslegen. Hell zu machen, ins rechte Licht zu setzen ist ebenso wichtig. Über welches Licht verfüge ich denn? Haken Sie nicht nach, hören Sie einfach zu, heute ist mein Geburtstag. Ich weiß, man versucht jetzt, Namen aufzuzeichnen, den Opfern Gesichter zu geben, so nennt man das. Aber wer merkte sich ein Tausendstel von diesen Gesichtern? Wer sagte ein Tausendstel von diesen Namen auf? Nicht um Namen, Gesichter ging es damals. Blicke können töten, heißt es. Ich weiß nicht. Ein besserer Mensch als ich, einer, der nicht nur klagte, sondern handelte, sich mit einer Waffe in der Hand wehrte, kämpfend aus dem Warschauer Ghetto entkam, aber nicht darüber hinwegkommen sollte, sagte einmal in einem Interview, als er auf den Aufstand im Ghetto angesprochen wurde: Würden Sie an meinem Herzen lecken, Sie vergifteten sich ... Lieber Herr Roth, er war ein besserer Mensch als ich. Sie reden von neuen Büchern.

258

Zuallererst muss Geschriebenes aufbewahrt werden. Einmal, als ich meine Großmutter fragte, wie es damals war, wissen Sie, das tat ich gelegentlich, meinte sie: Dein Onkel Naum hinterließ allerlei Aufzeichnungen. Er saß nachts am Schreibtisch und schrieb über seine Zeit bei der Miliz. Und?, fragte ich. Wo sind die Papiere? Gib sie her. Wissen Sie, was meine Großmutter antwortete? Sie sagte: Wir haben sie weggeworfen. Habt ihr eine Hausdurchsuchung befürchtet?, fragte ich. Nein, meinte sie, warum hätten wir eine Hausdurchsuchung befürchten sollen? Wir zogen um, hatten keinen Platz mehr, also haben wir sie entsorgt, ein kniehoher Stapel war das, Naum hatte viele Nächte über diesen Papieren gesessen. Wie konntet ihr sie wegwerfen!, schrie ich meine Großmutter an. Sie verstehen meine Wut, lieber Herr Roth. Aber meine Großmutter sagte bloß: Wo hätten wir sie denn aufbewahren sollen? Für veraltete, von Motten angefressene Mäntel war genug Platz und für die Aufzeichnungen gab es keinen!, schrie ich. Mir war zum Weinen zumute. Doch meine Großmutter sagte nur: Die Mäntel sind teuer gewesen und nach wie vor in bester Ordnung. Wer hätte gedacht, dass du einmal nach diesen Papierbergen fragen wirst. Niemand hat sich je dafür interessiert, außer der Onkel selbst, der hat sogar einiges davon für gutes Geld abtippen lassen ... Stellen Sie sich vor, so wichtig waren ihm seine Memoiren, dass er sie sogar abtippen ließ! Ich stellte die ganze Wohnung auf den Kopf. Aber Unverfrorenheit neigt zur Gründlichkeit. Alles war vollgestellt mit den nutzlosesten Dingen, überflüssigen Möbelstücken, die Schränke überfüllt mit irgendwelcher Kleidung. Im Buchregal standen schlechte Bücher neben guten. Was ist das für eine Umgebung, in der die nachts niedergeschriebenen Erinnerungen des Onkels entsorgt werden? Warum hatte er schlaflose Nächte gehabt? Vielleicht des Manuskriptinhalts wegen. Hätte ich darin Nützliches, Wertvolles gefunden? Natürlich hätte ich das! Doch meine Nächsten warfen alles weg und parierten meine Fragen mit immer denselben Antworten. So viel zählte bei uns das geschriebene Wort. Verstehen Sie das, lieber Herr Roth? Nein, heute ist mein Geburtstag, ich habe wirklich lange gesprochen, ich habe mich in Rage geredet. Wissen Sie, die Tochter des Baal Schem Tow hat studiert. Im achtzehnten Jahrhundert! Sie hat getan, was Männer tun. Sie hat zusammen mit den Männern getanzt. Aber ich glaube nicht, dass sie einen Nichtjuden geheiratet hat. Im Gegenteil, einer ihrer Enkel war der berühmte Rabbi Nachman. Wissen Sie, Anna hat in München ein Praktikumszeugnis bekommen, da steht drin: stets zur vollsten Zufriedenheit. Das bedeutet sehr gut, sagt sie. Gut. Aber meine Mutter fragt, wann sie endlich einen jüdischen Jungen findet und heiratet. Anna antwortet, dass sie bald wieder Klausuren hat. Die Einheit der Waffen-SS, in der ihr Mäzen gewesen ist, hat Kriegsverbrechen in Charkow und Italien begangen. Das hat sie mir erzählt. Ob der Mäzen selbst daran teilgenommen hat, weiß niemand. Die Einheit hat aus mehreren Tausend Soldaten bestanden, er selbst hat sich nie dazu geäußert. Warum sollte er auch? Niemand hält ihm ein Messer an den Hals und fragt. Stattdessen verbeugen sich Universitäten vor ihm. Etwas liegt hinter einem Vorhang und man freut sich darüber. Was hat das mit meiner Universität zu tun?, fragt meine Tochter. Ich kann sie nicht wegen des Mäzens verlassen, sagt sie. Sicher nicht! Und verlangt das denn jemand? Die Universität hat nichts damit zu tun, sagt sie. Das denn nun doch. Wenn ich, sagt sie, vor den Rektor trete und sage: Ich gehe, weil ich dagegen bin, dass wir von diesem Mann Geld nehmen!, dann fragt doch der Rektor: Gefällt Ihnen nicht, wie er Geld verdient? Doch. Aber mir gefällt seine Vergangenheit nicht. Und was hat das mit der Universität zu tun?, würde der Rektor fragen. Studieren hier nicht Menschen aus unterschiedlichen Ländern? Liebe Frau Segal, werden Sie etwa schlecht behandelt? Aber meine Tochter wird von allen gut behandelt, wie sie selbst sagt. Im nächsten Jahr verbringt sie ein Semester an einer der besten englischen Universitäten.

Die Hauptspeisen waren längst abgeräumt. Meine Schwipp-

260

schwägerin Mascha rief: Hört auf zu quatschen! Lasst uns lieber etwas spielen. Am besten ohne Worte, damit Herr Roth mitmachen kann. Pantomime!

Jeder schrieb ein Wort auf einen Zettel, die wurden gefaltet und zusammengelegt, jeder zog einen und zeigte wortlos das darauf notierte Wort. Aber selbst in diesem sprachlosen Spiel stieß Roths Teilnahme schnell an ihre Grenzen. Denn was gezeigt wurde, wollte durch Bemerkungen begleitet werden, deren Güte der Zeigende mit stummem Kopfnicken oder -schütteln quittierte. Manchmal musste das Publikum erst behutsam auf die richtige Fährte gebracht werden. Ein Wort wie Empirie (selbstredend von Sergej aufgeschrieben) ist nicht einfach zu zeigen. Stellst du einen Verrückten dar? Kopfschütteln. Einen Wissenschaftler? Kopfnicken. Zählst du? Kopfnicken.

Roth flüsterte: Ich finde es wunderbar, dass Sie spielen. Unsere grausigen deutschen Geburtstage sollten sich daran ein Beispiel nehmen. Wir reden den ganzen Abend lang, trinken Bier und schalten, wenn samt und sonders ausgeredet und zerredet worden ist, den Fernseher an. Trotzdem, in einer fremdsprachigen Gesellschaft zu sitzen ist gewöhnungsbedürftig. Nein, genau genommen spreche ich hier eine fremde Sprache. Ich fühle mich ein wenig verloren, aber ich will weder weggehen noch Russisch lernen. Nein, Arthur, missverstehen Sie mich nicht, ich bin dankbar für Ihre Einladung und genieße Ihr Fest. Sie binden mich vorbildlich ein. Ich teile bloß meine Beobachtungen mit. Also weggehen oder Russisch lernen. Aber ich will nicht weggehen, es gefällt mir sehr bei Ihnen. Ihre Frau kocht fabelhaft, dagegen verblasst selbst die deutsche Gans. Und die Napoleon-Torte Ihrer Mutter ist unvergleichlich ... Wo ist eigentlich Frau Segal?

Meine Mutter ist erschöpft, sie ist nach Hause gegangen. Die Gäste, die neuen, längst angeheirateten Verwandten, das hat sie mitgenommen.

Nun, Arthur, ich fühle mich wohl bei Ihnen. Und ein wenig ver-

261

loren. Aber Russisch lernen, eine fremde Sprache, in meinem Alter, kann ich das, will ich das? Also weggehen? Aber legen Sie mir nicht schmackhafte Bissen auf den Teller? Bewirtet werde ich vortrefflich, ob mit oder ohne Sprache. Ich bin Deutscher und ein jüdisches U-Boot, nicht, aber heute Abend bin ich sprachloser Ausländer, Einwanderer, wie hieß das gleich, Kontingentflüchtling.

Wiedergutmachung

Ich rief Igor an, hier, ein günstiger Opel in der Zeitung, nur der Kilometerstand ist höher als vom Kunden verlangt.

Hast du schon angerufen? Wer verkauft?

Ein Deutscher sein eigenes Fahrzeug.

Der Kilometerstand macht nichts, sagte Igor, der Preis ist gut. Für den Kunden finden wir ein anderes Auto, das hier verkaufen wir selbst.

Igor, zweihunderttausend.

Nicht mehr lange. Lass uns jetzt gleich hinfahren.

Wir lassen den Tacho zurückdrehen, erklärte er mir auf dem Weg. Ich kenne einen Fachmann, fünfunddreißig Mark.

Aber so viele lange Fahrten machst du nicht wieder rückgängig. Was geschehen ist, ist geschehen. Die Vergangenheit ist vergangen.

Nein, ich erwiderte nur erschrocken: Zweihunderttausend Kilometer!

Eben, irgendjemand wird den Tacho zurückdrehen und einen hübschen Gewinn machen, sagte er. Am besten machen wir das. Es ist nicht einmal verboten. Wenn das Lenkrad und die Sitze verschlissen sind, werden die Leute natürlich aufmerksam. Und selbst dann findet sich immer noch einer, der dem Tacho glaubt.

Als wir uns das Fahrzeug anschauten, flüsterte Igor: Schau dir das an, wie neu. Alles kommt auf den Besitzer an, nicht die Laufleistung. Achte mal auf das Lenkrad und die Sitze. Wie achtzigtausend gelaufen, höchstens. Sag ihm, dass er noch um dreihun-

263

dert Mark runtergehen muss. Zweihunderttausend, das ist kein Klacks.

Am Abend beklagte ich mich bei Julia über Igors Verhalten. Vielleicht gehört sich das so in Deutschland, sagte sie.

Nein, Julia, Zeiger zurückzudrehen und lange Fahrten zu kürzen gehört sich nur, wenn man ein Schwindler ist. Von irgendwem, meint Igor, wird sowieso zurückgedreht, also warum nicht von uns.

Da hat er doch recht. Kann nicht auch Ilja in eurem Geschäft etwas machen? Vielleicht die Autos zum Hafen fahren? Besser, er verdient etwas dazu als Igors Leute.

Mindestens an jedem zweiten Abend sitzen Julias Mutter, Ilja und Mascha bei uns. Manchmal auch ihre Kinder. Auch sie habe ich ja geheiratet. Sie schmieden Pläne für erste Exkursionen quer durch Deutschland und Europa. Reiseträume, Paris, Venedig, Amsterdam, fremde verheißungsvolle Ortsnamen mit bitterem Beigeschmack, weil ein Leben lang unerreichbar; endlich klingen sie süß in den Ohren, endlich wird, unter vorsichtigen Blicken in die Geldbörse, auf internationale Städtereise gegangen. Wir sprechen auch darüber, was ihre zwanzigjährige Tochter Larissa und ihr vierundzwanzigjähriger Sohn Alexander hier tun können. Erst einmal die Sprache lernen, das ist klar. Und dann? Der Sohn hat schon ein abgeschlossenes Studium hinter sich, Ingenieurwesen, natürlich, aber was bringt es ihm jetzt? Man sollte ganz jung oder ganz alt sein, wenn man einwandert. Sonst hat man nur Schwierigkeiten.

Zwei Wochen haben sie im Durchgangslager Unna-Massen verbracht, nun sind sie in unsere Stadt gezogen und wohnen in demselben Wohnheim, das uns vor drei Jahren als Unterkunft gedient hat. Fünf zweistöckige Häuser, fast Neubauten. Gegenüber stehen deutsche Ein- und Zweifamilienhäuser mit Vorgärten und Hecken, die anscheinend unter Zuhilfenahme von Linealen geschnitten werden. Keine Mauern zwischen dieser und jener Hausreihe, nur

264

parkende Autos. Ich habe die alten, neu gewonnenen Verwandten zum Sozial- und Arbeitsamt begleitet und beim Ausfüllen gelber, grüner, weißer und rosa Papiere geholfen. Dass die Formulare unterschiedliche Farben haben, das dient der Orientierung, habe ich ihnen erklärt. Jetzt besuchen sie, wie Julia und Anna vor drei Jahren, Sprachkurse, von morgens zehn bis nachmittags um drei, keine Schwerstarbeit, bloß eine höfliche Aufforderung, im Verlauf eines halben Jahres Deutsch zu lernen.

Ihr könnt aus unseren schlechten Erfahrungen lernen, sagte ich ihnen vor ein paar Tagen. Wir sind zum Beispiel auf den Jahrmarkt gegangen, ihr braucht nicht mehr hinzugehen.

Was ist denn am Jahrmarkt so schlimm?

Wir gingen hin, gleich nachdem wir ins Wohnheim gezogen waren, zur Feier des Tages. Achthundert Mark, das scheint ja ein unermessliches Vermögen zu sein. Wir gingen an einem Stand nach dem anderen vorbei, dann blieben wir, weil Anna und Julia es so wollten, vor einem Karussell stehen, das nicht übertrieben halsbrecherisch ausschaute. Ich erinnere mich noch, wie viel wir gezahlt haben, fünfzehn Mark, meine Hand zitterte beim Hinblättern der Scheine nur deshalb nicht, weil ich hoffte, bald durch Übersetzungen Geld zu verdienen. Sie bestiegen die Gondel, winkten Mutter und mir zu, dann geriet das vermaledeite Gefährt ins Schweben, höher, schneller, vorwärts, rückwärts, ein Heidenspaß, vielleicht, wenn man erst einmal bezahlt hat. Das ging hin und her, dann hielt die Gondel, aus einem Mikrofon krächzte es unbeschwert: Wollt ihr mehr? Jetzt geht es kopfüber! Wer nicht will, steigt aus. Niemand stand auf, alle schrien übermütig: Ja! Julia und Anna schrien mit, obwohl sie die Frage nicht verstanden haben konnten. Verzweifelt ruderte ich mit den Armen, zeigte die drohende Gefahr durch umkippende Handflächen an, lasst es sein, kommt her, zu uns, bezahlt ist bezahlt, das Geld ist verflossen und versunken und euch wird dieses Hals über Kopf nicht mehr Freude bereiten, nur weil die Qual fünfzehn Mark gekostet hat. Bezahlt ist bezahlt, bitte! Sie winkten uns nur sorglos zu. Die Bügel rasteten wieder ein, die langen Stäbe gerieten in Bewegung, die Gondel mit bunten elektrischen Lämpchen flog und kam hoch oben zum Stillstand, kopfüber wer weiß für wie lange, denn unten hielten Mutter und ich die Luft an. Dann rührten sich die haltenden Stäbe in die eine Richtung, das Gefährt in die entgegengesetzte, welche zwei gegenläufigen Bewegungen das Gaudi gewiss für jene erhöhten, die von unten zusahen und keine Nächsten oben sitzen hatten. So ging es vor und zurück, kopfüber verharrend und herumsausend.

In unsere Arme torkelten, glitten sie und noch am nächsten Tag fühlte sich Julia schrecklich. Vielleicht gehört sich das in Deutschland so, Leute zu quälen, stöhnte sie. Ich antwortete: Nein, man muss nur zuhören und verstehen. Anna erklärte ich: Die Moral ist – lerne so schnell Deutsch, dass du auf dem nächsten Jahrmarkt alles verstehst. Ich werde nie wieder auf Jahrmärkte gehen, antwortete sie.

Aber ich verriet Julias Mutter, Ilja und Mascha nicht, dass Anna hinzugefügt hatte: Deutsch lerne ich schneller, als du denkst!, und dass es so gekommen ist und auf ihrem deutschen Praktikumszeugnis *Stets zur vollsten Zufriedenheit* steht, was sprachlich fragwürdig ist, jedoch nicht grundsätzlich, weil sogar der Chef ihres Chefs sie gelobt hat. Nein, von solchen Dingen erzähle ich ungerne, weil vom eigenen Glück zu reden anmaßend ist. In der Öffentlichkeit das eigene Kind hochleben zu lassen ist schamlos. Gelobt werden soll das Kind von anderen, man selbst soll es verteidigen, wenn's nottut, und bestenfalls ein wenig im Guten tadeln.

Später am Abend, nachdem Ilja und Mascha und meine Schwiegermutter gegangen waren, sagte ich zu Julia: Mag ja sein, dass sie jetzt nicht auf Jahrmärkte gehen, weil wir sie gewarnt haben. Andererseits motiviert ein unfreiwilliger Ausflug kopfüber sie vielleicht, die Sprache zu lernen. Wir sind fürsorglich, aber hilft ihnen das auch?

266

Das sind meine Mutter und mein Bruder!, rief Julia.

Ich meine nur, vielleicht lassen wir sie ein bisschen in Ruhe, damit sie selbstständig werden. Du hast genug zu tun.

Geldgebende Instanzen sind auf Julias Russischunterricht im Wohnheim aufmerksam geworden. Nun steht ihr für dreimal je drei Stunden die Woche ein Raum in der jüdischen Gemeinde zur Verfügung und sie bekommt ein kleines Honorar.

Wie ist es eigentlich mit Ausländern?, fragte Mascha. Hier leben so viele Türken. In unserem Wohnheim nicht, aber sonst überall.

Ich kaufe beim türkischen Gemüsehändler ein, sagte Julia.

Die Tomaten und Gurken sind meistens frisch, sagte ich. Sonst habe ich nur eine nähere Erfahrung mit Türken gemacht. Ich stand im Schwimmbad unter der Dusche, neben mir ein halbes Dutzend junger Türken. Ich duschte, sie auch. Sie sprachen laut auf Deutsch und Türkisch miteinander. Wenn ihr mich fragt, ist das schlimm.

Dass sie laut Türkisch sprachen?

Nein, dass sie die Sprachen panschten und vermanschten. Wie sie beide quälten! Sie fingen einen Satz auf Deutsch an und beendeten ihn auf Türkisch oder andersherum oder ein ganzer Satz auf Türkisch, dann zwei Worte auf Deutsch. Aber Juden aus Kiew führen sich genauso auf, sobald sie ein bisschen Deutsch gelernt haben. Habt ihr auf meinem Geburtstag bemerkt, was die Leute mit der Sprache anstellen? Sie bilden einen Satz nach russischen Grammatikregeln mit russischen Worten und setzen plötzlich ein deutsches Wort wie Aber, Spaß, Nein, Ja, Bitte schön ein, das man genauso gut auf Russisch sagen könnte. Vor allem das arme deutsche Doch hat es ihnen angetan. Ich weiß, für Doch findet sich im Russischen nicht so leicht eine Entsprechung wie für Ja und Nein und Bitte schön. Aber das ist doch keine Entschuldigung! Die Leute wollen mit ihren Deutschkenntnissen glänzen und zeigen bloß, dass sie das Deutsche nicht beherrschen, das ist

267

schlimm genug, und das Russische nicht ernst nehmen, das ist sogar unverzeihlich. Ihr als Neuankömmlinge habt noch einen klareren Kopf.

Danke für die Lektion, Arthur. Was geschah denn im Schwimmbad?

Ach ja. Mein Shampoo fiel einem der Türken vor die Füße. Er hob es auf und gab es mir. Ich sagte: Danke. Er antwortete nicht. Als ich den Duschraum verließ, folgte mir einer von ihnen. Ich hielt die Tür so lange auf, bis er sie selbst halten konnte. Er sagte: Danke. Ich antwortete nicht.

Und weiter?

Nichts weiter, mehr gibt es da nicht zu erzählen. Die Usbeken sind übrigens auch ein Turkvolk. Über einen Usbeken könnte ich euch einiges erzählen. Der versuchte, als wir in Taschkent waren, mein Augenleiden zu heilen, nein, er ahnte, dass das nicht in seinen Schamanenhänden lag, und bemühte sich, meine Schmerzen zu lindern. Fragt Mutter.

Als aber Mutter und Julias Mutter sich später am Abend zu uns gesellten, erlaubten sie niemandem, irgendwelche Fragen zu stellen. In der Gemeinde, sagten sie aufgeregt, wurde uns mitgeteilt, dass wir Anspruch auf eine Entschädigung haben, weil wir 1941 geflohen sind. Arthur, wie kannst du davon nichts gewusst haben? Hier sind die Antragsformulare.

Mutter reichte mir einen Umschlag, aus dem ich gelbe Papiere zog, auf denen ein grauer Stern prangte, auf dessen oberer gedehnter Spitze eine kleine Flamme brannte. Daneben stand, als erklärte das alles: Claims Conference – Hardship Fund.

Gelbes Papier kostet mehr als weißes. Was habt ihr dafür bezahlt?, fragte ich.

Gar nichts, sagten sie, die lagen auf einem Stapel, wir haben drei Exemplare genommen.

Warum sind die Formulare gelb?

Auch grüne wurden verteilt, sagte meine Schwiegermutter, aber

268

uns wurde erklärt, dass für uns die gelben gelten. Stimmt das nicht? Wir haben sogar eine Anleitung mitgenommen, lies bitte.

Berechtigt zu einer einmaligen Zahlung in Höhe von 5000 Mark sind Juden, las ich, die hinter dem Eisernen Vorhang gelebt und während des Krieges Verfolgung durch die Nazis erlitten haben. Wer bereits eine Rente nach BEG, Artikel-2-Fonds oder CEEF bezieht oder in einem ehemaligen kommunistischen Blockstaat wohnt, ist von Zahlungen ausgeschlossen. Als Verfolgter gilt auch, wer vor den Nazis floh.

Doch, sagte ich, stimmt, diese gelben Papiere betreffen uns.

Kein Konzentrationslager, kein Ghetto, keine Zwangsarbeit, kein Versteck auf okkupiertem Territorium. Um fünftausend Mark zu erhalten, ist nur Flucht nötig, in Zügen voller Juden und Nichtjuden. Aber was heißt nur Flucht? Habe nicht auch ich, besonders ich, bleibende Schäden davongetragen? Habe ich nicht beinahe zu atmen aufgehört, gleich in den ersten Lebensaugenblicken, nicht als beliebiger Mensch, sondern als neugeborener Jude, denn der erste Eindruck und der zweite und alle anderen vom Licht und Zügen und Gestirnen sind jüdisch gewesen und jüdischer Säugling, Jude zu sein hat genau das bedeutet – Lichtmangel, Züge, Gestirne.

Ich werde die Papiere für euch beide ausfüllen, sagte ich, das dritte Exemplar hättet ihr nicht mitzunehmen brauchen. Hier steht: Die Erwerbsfähigkeit muss verfolgungsbedingt um fünfzig Prozent gemindert sein. Ist mein Einkommen wegen der Flucht um die Hälfte gesunken? Doch höchstens gestiegen durch die beinahe angeborenen Deutschkenntnisse ... gestiegen vor allem, meine ich, seit wir hier sind, dermaßen gestiegen, dass ich fünftausend Mark im Autohandel gut gebrauchen könnte. Igor meint, wir müssen viel mehr investieren. Eure Anträge werden angenommen, bei älteren Antragstellern wird eine verminderte Erwerbsfähigkeit vorausgesetzt.

Julias Mutter ereiferte sich: Arthur, was heißt schon gestiegen, gesunken, ein Rothschild bist du nicht geworden. Was schadet ein

Versuch? Wir schicken drei Anträge in einem Brief. Wer weiß, was in den Köpfen der Leute von dieser Klaus-Konferenz vor sich geht. Wir durften keinen Antrag stellen, solange wir in Charkow lebten, erst hier. Ärmer sind wir hier doch nicht geworden, im Gegenteil. Also warum sollten sie bei dir nicht auch so komisch entscheiden?

Weil sie dann zahlen müssten, gab Julia zu bedenken und forderte trotzdem, dass auch ich einen Antrag stellte.

Ich werde also Mutters Taschkenter Arbeitsnachweise übersetzen (von Februar bis November 1942 verantwortlich für elementare Hygiene im Taschkenter Komplex... gezeichnet...) und sie dem gelben Formular und sonstigen Papieren beilegen. Das Kernstück meines eigenen Antrags wird die irreführende Stalingrader Geburtsurkunde sein.

Unter Gesprächen und dem Ausfüllen von Anträgen haben sich Bäume entblößt, nun geht der Winter auf Tuchfühlung und eine kahle Taschkenter Naturbeschreibung droht anzuheben. Doch im Dezember hörte ich, in unserem Taschkenter Zimmer sitzend und mit Holzstücken spielend, wie das Radio sagte: Stehen Sie bitte auf. Der Prozess ist eröffnet! Der erste Prozess gegen deutsche Faschisten überhaupt. Drei faschistische Verbrecher und ihr Kollaborateur sitzen auf der Anklagebank in Charkow, das die rote Armee von den Faschisten befreit hat. Über faschistische Verbrechen in Charkow wird dieses Gericht im Saal des Operntheaters verhandeln. Endlich fängt die Bestrafung an. Die Gerechtigkeit hat begonnen zu siegen!

Jeden Tag wurde vom Prozess, von den Verbrechen der drei Faschisten, ihres russischen Kollaborateurs und von den Verbrechen vieler anderer Faschisten und Kollaborateure berichtet. Vom Traktorenwerk, der Schlucht Drobizki Jar, Erschießungen und Gaswagen war die Rede. Aber von Sternträgern nie, immer nur von sowjetischen Bürgern, Alten, Frauen und Kindern. Vielleicht weil sie keine Sterne mehr tragen, dachte ich, werden sie bei Gericht als sowjetische Bürger bezeichnet, nicht als Juden. Wer erkannte in verwesten Toten die Sternträger wieder?

Einmal gelangt die Wahrheit ans Licht. Aber in welcher Form? Wie sieht sie dann aus? Und was hilft sie? Über Drobizki Jar wurde vor Gericht gesprochen. Das Erdreich wurde aufgewühlt, Tote gelangten zum Vorschein. Leute standen anbei, machten sich Notizen und fotografierten. Dann wurden die Toten, statt, so wie in Obermajdan, verbrannt zu werden, wieder der Erde zurückgegeben.

Das Radio berichtete nicht, dass die Angeklagten etwa gestanden hätten: Die Juden fristeten im Traktorenwerk ein jämmerliches Dasein, sie verhungerten. Welcher Weg war kürzer als jener zur Schlucht? Sie schwebten zwischen Leben und Tod, wir stießen sie in die richtige Richtung. In Drobizki Jar schauten wir genau hin und fühlten uns bestätigt; die Juden knieten sterbenswürdig in der Schlucht. Wie denn anders nach zwei Wochen im Traktorenwerk? Ins Traktorenwerk aber hatten sie gehen müssen, weil sie Sterne getragen hatten. Sterne hatten sie getragen, weil sie Juden gewesen waren. Juden waren sie gewesen, weil sie Sterne getragen hatten. Sterne müssen getragen werden.

Nein, so sprachen die vier Angeklagten nicht. Sie waren, wie das Radio verlautbarte, kleine Rädchen in der faschistischen Maschinerie gewesen. Aber was bedeutete das - kleine Rädchen? Die Schützen verfügten über grenzenlose Macht, im Augenblick des Schusses mehr als irgendjemand, mehr als irgendwelche Führer. Keine flatterhafte, flüchtige und flache Macht, wie etwa Freier im Rotlicht sie zu genießen pflegen, die anfassen und mitnehmen, wen sie wollen, und für eine Viertelstunde an der Oberfläche kratzen; sondern durchdringende, ungeheure Macht besaßen sie. Entblößte standen und lagen vor ihnen. Irgendwelche Führer in Berlin trafen selten, fast nie, unmittelbare Entscheidungen; sogenannte kleine Rädchen immerwährend. Sie führten aus und geboten, wie und wann, über stehende, kniende, liegende Menschen.

271

Alles war, mochten jene meinen, die von kleinen Rädchen sprachen, an höherer Stelle längst entschieden worden. Doch jedes Körperglied, jedes Haar hatte in der Macht der Uniformierten gelegen. Stiefel, Handschuhe, Gürtel, Uniformen hatten bedingungslos geherrscht, Köpfe keine Rolle gespielt. In Wirklichkeit war alles im Traktorenwerk und in der Schlucht von Drobizki Jar und im Kastenwagen, den einer der Angeklagten bedient hatte, geschehen und entschieden worden. Alles hatte davon abgehangen, wann die Zündung betätigt, wie aufs Gaspedal gedrückt, ob verfrüht losgefahren worden war oder nicht. Ob und wie die Gesichter der Erstickten später beim Ausladen verzerrt gewesen waren, war genau davon abhängig gewesen, was das kleine Rädchen, der Fahrer, getan hatte. Sein war die Macht gewesen. Die ganze Herrlichkeit der Welt hatte in der richtigen Uniform und dem richtigen Abzeichen bestanden und der Wille ihres Trägers hatte über Anfang und Ende allen Seins entschieden.

Im Radio wurde das Urteil verkündet: Todesstrafe durch Erhängen für alle vier Angeklagten. Kleine, doch notwendige und strafwürdige Rädchen, die auch mich hatten umbringen wollen. Natürlich sah ich die Vollstreckung nicht mit eigenen Augen. Doch es fanden sich genug achtsame Zuschauer. Vierzigtausend Charkower Bürger, so das Radio, haben sich auf dem Marktplatz versammelt. Die Menge verfolgt, konzentriert schweigend, wie das gerechte Urteil an den vier faschistischen Verbrechern vollstreckt wird. Das aber ist nur der Anfang, das ist nur der erste Prozess. Alle Faschisten werden die gerechte Strafe für ihre Verbrechen am sowjetischen Volk erhalten!

Erst das brennende Obermajdan, dann eine resolute Gerichtsverhandlung in Charkow. Würden die sogenannten Nazis und Faschisten von Angst ergriffen werden, weil die Bestrafung fast auf dem Fuße folgte, würden sie, wenn nicht hinterfragen und bereuen (denn alles war natürlich gewesen), so doch aus Furcht grüne Zäune niederreißen und lange Züge stoppen?

272

Reminiszenz

Wir saßen im Wartezimmer beim Kardiologen, ich las ein Buch von Raul Hilberg wieder, Mutter saß und sinnierte oder hörte auf ihr Herz oder konnte die Anspannung nicht loswerden, die ein Arzttermin mit sich bringt, für das Herz und auch sonst.

Arthur, ich wollte dich schon lange etwas fragen, aber ich habe es immer wieder vergessen, sagte sie. Du hast doch irgendwann angefangen, von deiner Geburt zu schreiben und solchen Dingen ... ich weiß nicht, was du da noch alles hineinschreiben wolltest. Bist du damit fertig?

Wie kommst du darauf?

Weil du nicht mehr so viel in deinem Arbeitszimmer sitzt, wenn ich bei euch bin. Und wenn du da sitzt, höre ich dich ständig wegen der Autos telefonieren. Außerdem fragst du mich nichts mehr.

Vielleicht frage ich dich nicht, weil du mir nichts erzählst.

Ich habe dir alles erzählt. Was machst du denn jetzt mit deiner Geschichte, wo sie fertig ist?

Was soll ich denn mit ihr machen? Außerdem ist sie gar nicht fertig.

Er hat euch die Gestirne gesetzt als Leiter zu Land und See; damit ihr euch daran ergötzt, stets blickend in die Höh'.

Wie wahr. Und wie ungenau. Die Gestirne – als erklärte das alles. Dabei dienen jedem andere zur Orientierung. Blanke blau konturierte auf weißem Hintergrund, helle auf dunklem Hintergrund, gelbe mit vier Buchstaben, schlichte, große weiße. Manchmal sehen Gestirne zu Lande sogar wie blaue und rote Armbinden aus. Zur See hatte mich das Wolgaschiff im Glück gewiegt. Ergötzt – an der Vielfalt? In die Höh' blicken – vielleicht gebührt jeder Zeit eine eigene Perspektive.

Die Gestirne gesetzt – das hört sich monumental und endgültig an. Aushänge auf Litfaßsäulen sprachen eine andere Sprache. Bisweilen hieß es: Betrifft Judenstern. Der Judenstern hat nunmehr wie folgt auszusehen ... Dann flogen Scheren und Stofffetzen und ein handtellergroßer gelber Stern ohne Buchstaben geriet zu einem tassengroßen buchstabenverzierten Stern. Nur die Zahl der Zacken blieb stets auf sechs begrenzt. Neun, zehn, zwanzig Zacken und mehr wären ja auf nichts anderes als auf einen verwischten Kreis hinausgelaufen und hätten zur Verwechslungsgefahr mit dem Mond geführt.

Unter einem anderen Stern geboren werden, einem einzigen glücklichen Stern folgen. Gab es das überhaupt? Sternschnuppen? Ich hatte meine Wünsche ... Doch nicht um einzelne Lichter ging es, sondern um die Gesamtheit der Sterne, wie in einem Sternbild, das den ganzen Himmel bedeckt. Auch wenn beim Blick zum Himmel (Sterne, Sterne, so weit das Auge reicht) die Aufmerksamkeit manchmal auf den einzigen beweglichen Stern gelenkt wird, ein Flugzeug oder was. Die vielen Sterne mögen erhabener sein – aber das eine Flugzeug lebt, bewegt sich.

Das Weihnachtsfest empfinde ich, so scheint es mir, inniger als unsere christlichen Nachbarn, weil ihnen die Muse ausgerechnet in diesen andächtigen Tagen abgeht. Alle Zeit und Kraft opfern sie der Darbietung vor sich selbst und anderen. Mit Händen, die von Geschenken überfüllt sind, linsen sie scheu zur Krippe. Die rührt mich nicht, aber Ruhe herrscht dieser Tage und gemächlicher Winter, mäßiger Verkehr und Abwesenheit von Lärm. Mein Gemüt zu bewegen genügen die stille Straße und die scheinbare Andacht der Häuser, wenn ich spazieren gehe. Zwar weiß ich, dass in den Häusern fette Gänse auf Tische gehievt werden und statt freudiger Einkehr oft die Müdigkeit voller Bäuche regiert. Doch ich sehe es nicht und höre weihnachtliche Stille.

Selbst durch die Sprache schwappt das Fest in unsere Wohnung. Der Tannenbaum, mit dem wir das Neujahrsfest schmücken, wird durch den Verkäufer als Weihnachtsbaum bezeichnet. Wir kaufen einen Weihnachtsbaum, unter dem wir zwischen den Jahren Geschenke platzieren werden, und haben im Herbst in der Synagoge das jüdische Neujahrsfest begangen. Auf Reisen betreten wir zuallererst Kirchen, weil sie die Pracht europäischer Jahrhunderte bergen. An Sonn- und Feiertagen spazieren vornehmlich ältere Leute an unseren Wohnungsfenstern vorüber zur läutenden Glocke, die auch an Werktagen regelmäßig von sich hören lässt.

Anna ist für die Weihnachtstage bei uns. Vielleicht weil all ihre Freunde zu Hause bei den Eltern sitzen und feiern. So geht es nicht weiter, hatte Julia vor ihrer Ankunft zu mir gesagt. Wie lange ist Anna schon mit diesem Jungen zusammen? Und wir haben ihn noch immer nicht kennengelernt! Das ist eine Schande! Wer weiß, was da passiert … was da noch alles passieren wird. Wir müssen mit ihr sprechen.

Gut, wir sprechen mit ihr, hatte ich gesagt. Was sagen wir ihr?

Dass es für uns das Wichtigste ist, dass es ihr gut geht. Und dass wir wissen müssen, wie es ihr geht. Sie soll diesen Jungen einmal mitbringen. Warum hat sie ihn uns nicht schon längst vorgestellt? Haben wir sie so schlecht erzogen?

Gestern war es so weit. Lass uns einmal offen sprechen, sagte ich zu Anna, als wir zu dritt beim Essen saßen. Sie verstand auf Anhieb, was ich meinte, seit Monaten drückt dieses Thema Dellen in jedes noch so belanglose Wort, das wir miteinander wechseln.

Erst wenn ihr euch entschuldigt, sagte sie.

Wofür denn?!, rief Julia aus.

Dafür, dass ihr schlecht über meinen Freund geredet habt.

275

Wann haben wir denn schlecht über ihn geredet? Wir kennen ihn ja nicht einmal.

Eben. Ohne ihn zu kennen, habt ihr gemeint, er würde mich irgendwann als Jidowka beschimpfen und solche Sachen.

Das hat deine Großmutter gesagt. Er ist eben kein Jude und ...

Aber Julia unterbrach mich und sagte: Genug davon. Willst du ihn uns nicht vorstellen? Es ist doch eine Schande, dass wir deinen Freund nicht kennen. Wie heißt er überhaupt?

Max.

Und was macht er?

Er ist im Sommer mit dem Studium fertig geworden. Mit einem Sehr gut im Diplom! Seit zwei Monaten arbeitet er für eine Bank in Frankfurt. Wir sehen uns eigentlich nur an den Wochenenden.

Und warum hat er dich nicht für die Weihnachtstage zu sich nach Hause eingeladen?

Hat er. Aber ich finde es nicht richtig, seine Eltern kennenzulernen, ohne dass er meine Eltern kennenlernt.

Was machen seine Eltern?

Sind beide Ärzte.

Bring ihn nächstes Mal mit. Wenn er will, kann er im Gästezimmer übernachten, sagte Julia.

War das Thema denn damit abgeschlossen? Ich konnte nicht mehr an mich halten. Wie stellt ihr euch das vor?, fragte ich. Was ist, wenn ihr heiratet und Kinder wollt?

Ich denke gar nicht daran, ich studiere noch. Aber wenn wir irgendwann heiraten und Kinder haben, was soll dann sein?

Werden die Kinder getauft oder was?

Nein. Wenn sie groß sind, entscheiden sie selbst, was sie sein wollen.

Wäre es nicht einfacher, das im Vorhinein festzulegen?

Ich will gar nichts festlegen, vielleicht streite ich mich morgen mit ihm und dann trennen wir uns.

Was macht er bei der Bank?

276

Er versucht, aus Geld noch mehr Geld zu machen. Oft sitzt er bis nach Mitternacht im Büro. Aber wenn er das ein paar Jahre lang durchhält, wird er sehr viel Geld verdienen.

Also, bring ihn mit, sagte Julia.

Am Abend, im Bett, sagte sie zu mir: Immerhin kommt er aus einer guten Familie. Und du wirst mit ihm auf Deutsch reden können. Warum machst du dir überhaupt solche Sorgen?

Mutter wird unglücklich sein, wenn sie erfährt, dass Anna es ernst meint.

Hör auf. Hauptsache, Anna selbst ist glücklich. Ich weiß nicht, ob sie mit diesem Max glücklich wird, er arbeitet so viel. Wann sehen sie sich überhaupt? Sag deiner Mutter, dass es egal ist, ob Max Jude, Russe oder Deutscher ist. Annas Kinder werden in jedem Fall Juden sein, weil sie Jüdin ist.

Und was, wenn sie sie taufen lässt?

Das macht sie schon nicht, sie hat doch auch ihren Stolz.

Auf Weihnachten folgt in Deutschland unbedingt Neujahr, der größte fröhliche Feiertag, zum vierten Mal in diesem Land. Eitle Vorsätze fürs nächste Jahr? Der Stift ... das Papier in der Schublade mit den Urkunden ... das riesige Wollknäuel kaum entwirrt.

Die Neujahrsnacht, im Kreise neuer alter Verwandter und gar nicht mehr neuer Freunde verbracht, bescherte uns drei Höhepunkte: Vor 22.00 Uhr wurden zum ersten Mal die Sekunden gezählt, das war das russische Neujahr. Um 23.00 Uhr wurde auf das ukrainische angestoßen. Zur wahren Geisterstunde wurde das deutsche neue Jahr schon recht trunken willkommen geheißen. Doch selbst zum runden deutschen Glockenschlag behielt das russische Fernsehen die Oberhand. Was das deutsche Regierungsoberhaupt zu sagen hatte, interessierte niemanden.

Die Kinder ließen sich selbstverständlich von den erwachsenen Nostalgien nicht täuschen. Für sie zählte nur die deutsche Uhr. Nach deren Weisung drängten sie mit Streichhölzern und bunten

277

Knallkörperverpackungen zur Tür, stürzten Hals über Kopf hinaus, zündeten Raketen an und flüchteten vor explodierenden Böllern. Noch in zwanzig Jahren werden die Eltern, an den Schläfen grau geworden, schon um zehn und elf Uhr abends anstoßen und russisches Fernsehen gucken, nie deutsches. Die Kinder kreischen schon jetzt auf Deutsch.

Endlich wachen die Russen auf, sagte Igor. Zwei Wochen habe ich nichts von ihnen gehört. Wie kann man überhaupt so lange betrunken sein?

Sie feiern Neujahr und russisches Weihnachten, erklärte ich.

Nein, entgegnete Igor, sie trinken und essen und schlafen nur gerne. Hier ist die erste Bestellung, hab schon etwas gefunden, lass uns mal anrufen.

Ich rief an.

Wer verkauft?, fragte Igor.

Keine Ahnung.

Tu nicht so. Ein Deutscher?

Nein, gab ich zu, von der Aussprache her nicht.

Ein Kanake?

Wie meinst du das?

Ein Kanake, Türke, Araber, ein Dunkler halt.

Könnte sein.

Schade. Lass uns weitersuchen.

Warum? Er meint, das Auto ist in einem guten Zustand. Der Preis ist gut.

Vergiss es. Die setzen zwei Blechkisten zusammen und verticken sie als ein ganzes Auto. Bei denen kaufen wir nur, wenn es ganz, ganz billig ist.

Das taten wir denn. Der Preis war schlichtweg zu niedrig. Auf dem Weg nach Lübeck blieb Igor mit einer Panne liegen, was ich von ihm selbst erfuhr, als er mich aus einer Telefonzelle anrief und brüllte: Ich habe es dir gesagt! Du wolltest nicht hören!

278

Weil er, nicht ich im Auto übernachten würde, schwieg ich und ließ ihn brüllen. Aber als er am nächsten Nachmittag zurückkam, hielt ich nicht an mich. Ist uns, sagte ich, vor drei Wochen nicht ein Auto aus einem deutschen Autohaus kaputtgegangen?

Arthur, du hast gut reden, du hast heute Nacht zu Hause geschlafen. Du bist ausgeruht, warum solltest du nicht ein bisschen philosophieren? Mir bricht schon zum dritten Mal ein Kanakenauto unter dem Hintern weg. Nie wieder, hörst du, nie wieder! Ich will Geld verdienen, nicht verlieren. Und vor Tanja muss ich mich auch noch rechtfertigen, weil ich nicht zu Hause übernachtet habe. Meinst du, sie glaubt mir, dass ich wirklich eine Panne hatte? Rede du doch mit ihr!

Wir haben den Tachometer schon, ich weiß nicht, wie oft, bei einem bewährten Mechaniker zurückgedreht. Das ist kein Kavaliersdelikt, sondern eine Notwendigkeit, sagt Igor. Tun wir es nicht, sagt er, werden wir die Autos nicht los. Oder die Käufer würden unser Versäumnis für dreißig Mark hinter der Grenze nachholen, uns aber viele hundert Mark weniger bezahlen. So ist das Exportgeschäft, sagt er, aus den Augen, aus dem Sinn. Aber jetzt stand ein Mädchen mit ihren Eltern vor mir und dem kleinen Mitsubishi, den Igor und ich für zweieinhalbtausend und mit einer Laufleistung von hundertneunzigtausend gekauft und dann für dreitausendzweihundert und einer Laufleistung von hundertfünftausend Kilometer in der Zeitung inseriert hatten. Seine Tochter habe, so erzählte der Mann, gerade ihren Führerschein gemacht und nun seien sie auf der Suche nach dem ersten Fahrzeug. Sie wohnten in der Nähe und hätten meine Zeitungsannonce gesehen. Mürrisch antwortete ich auf ihre Fragen, was mir in dem Gemütszustand, in den mich ihr Hochgefühl versetzte, nicht schwerfiel.

Warum ich das Auto verkaufe, fragten sie. Weil ich einen Diesel brauche, antwortete ich.

279

Und wenn ich einen Wagen mit Dieselmotor verkaufe, antworte ich eben, dass ich einen Benziner brauche.

Bei den Preisverhandlungen, die ihr Vater anstieß, blieb ich unbeugsam, damit sie den Kleinwagen ja nicht kauften.

Der Preis wird nicht gesenkt, eher schon angehoben, brummte ich.

Trotzdem oder gerade weil meine Unnachgiebigkeit ihnen gefiel (also muss das Auto gut sein, werden sie gedacht haben), schlugen sie zu und kauften den kleinen Wagen auf der Stelle. Ein alter Mann, der, als blühender Bräutigam angekündigt, humpelnd in die Gemächer des Mädchens schleicht. Vielleicht – auch das gibt es ja – wird sie mit dem Greis glücklich werden. Gravierende Mängel hatten wir bei dem Mitsubishi wirklich nicht festgestellt. Und behielten einen hübschen Gewinn zurück, über fünfhundert Mark, weil vom verlangten Preis kein Pfennig abgebröckelt war.

Aber ich schimpfte mit Igor, ich sagte: Von wegen aus den Augen, aus dem Sinn! Das Mädchen wohnt ganz in der Nähe. Sie wird vielleicht auf unserer Straße mit diesem Mitsubishi herumfahren. Es ist nicht ausgeschlossen, dass wir uns wiederbegegnen.

Du hast privat verkauft, ohne Garantie, sagte er. Wenn das Auto den Geist aufgibt, hat sie keine Ansprüche gegen dich.

Nein, Igor, hör zu. Bei Autos, die wir gemeinsam verkaufen, wird nicht mehr zurückgedreht! Man kann die Zeit nicht zurückdrehen.

Hör auf mit der Moral, Arthur. Wenn einer anruft und fragt: Wie ist der Zustand?, sagst du: Gut!, oder du erzählst von einem Kratzer, obwohl das Getriebe Probleme macht. Alle machen das so. Wie oft bin ich bis nach Koblenz gefahren und habe festgestellt, dass ich belogen worden bin. Wollen wir Geld verdienen oder nicht, das ist die Frage.

Ich klagte den misslungenen Betrug zu Hause an. Misslungen, weil er, hätten Igor und ich ihn nicht begangen, nicht geschehen wäre. Julia sagte: Vielleicht gehört sich das so in Deutschland.

Nein, der Autohandel ist bloß ein weites Feld für Tricks und Lug und Trug. Wo sonst wird man so leicht zum Gauner?

Arthur, du übertreibst. Du verdienst jetzt ordentlich. Sonst könnten wir uns kein eigenes Auto leisten.

Lieber ginge ich zu Fuß. Am liebsten bliebe ich zu Hause. Jetzt bitten auch noch unsere Verwandten, dass ich mit ihnen ins Arbeitsamt fahre, da ich doch ein Auto habe ... Überhaupt sollte ich vielleicht wieder häufiger mit dem Bus fahren. Letztens bekam ich dort, als ich nach Duisburg fuhr, um ein Auto abzuholen, eine Lebensweisheit mit auf den Weg. Zwei junge Frauen saßen vor mir. Es ist, verdammt, alles schlecht!, sagte die eine auf Russisch zur anderen und meinte wohl, keiner verstünde sie außer ihrer Freundin. Jeder Tag geht vor die Hunde. Ein Tag ist beschissener als der andere. Heute zum Beispiel: Erst habe ich gefressen, dann habe ich geschissen. So ist das immer. Was für ein Leben!

Ich erzählte Roth von dem Busmonolog. Ich klagte auch über meine Betrügereien.

Ihre Geschäfte scheinen gut zu laufen, erwiderte er. Entschuldigen Sie, dass ich frage. Sie dürfen mich nicht missverstehen, ich missbillige gar nichts, ich bin nur auf Ihre Antwort neugierig. Von dem Geld, das das Sozialamt Ihrer Mutter überweist, legt sie sogar etwas zurück, um Ihrer Tochter an Feiertagen Geld zu schenken, das haben Sie mir erzählt. Dabei verdienen Sie genug, um Ihre Mutter zu versorgen.

Lieber Herr Roth, solche Rechnungen dürfen nicht ohne den Zahlungsempfänger gemacht werden. Selbst wenn ich mich entschlösse, den Staat aus der eigenen Tasche zu entlasten – was übrigens, Mutters Wohnungsmiete und die Krankenkassenbeiträge eingerechnet, eine ziemliche Belastung für mich wäre –, selbst wenn ich mich dazu durchränge, meine Mutter würde es niemals zulassen. Jetzt führt sie ein eigenständiges Leben, sie ist nur vom Staat abhängig, aber der ist so nebulös und zuverlässig, dass diese Abhängigkeit nicht zählt. Bekäme sie dagegen das Geld von mir, ihre Ruhe wäre dahin. Wie würde sie Anna weiterhin Geschenke machen? Wie guten Gewissens Geld für Städtereisen ausgeben? Eltern müssen für die Kinder sorgen, nicht umgekehrt, sagt meine Mutter immer. Ich bin anderer Meinung. So wie am Anfang Eltern ihre Kinder auf den Armen tragen, so müssen Kinder ihre Eltern in späteren Jahren stützen. Aber, lieber Herr Roth, nicht umhauen und dann jäh aufrichten.

Mutter und Julias Mutter erhielten Briefe, in denen ihnen mitgeteilt wurde, die Anträge für den Hardship Fund seien zur Bearbeitung angenommen worden. Mir dagegen wurde mitgeteilt, mein Antrag werde abgelehnt, weil ich nicht geflohen sei. Nicht in Charkow sei ich zur Welt gekommen, sondern bereits im Hinterland.

Aufs Drängen meiner Nächsten hin hatte ich mich auf den Antrag eingelassen und mit einer Ablehnung gerechnet – einer skandalös unsachlichen freilich nicht. Ich werde einen Einspruch verfassen. Im Fluchtzug bei Lissitschansk habe ich das Licht der Welt erblickt, werde ich schreiben, geradewegs auf der Flucht, keineswegs in Sicherheit, erst auf dem Weg dorthin. Und von wegen Hinterland, bereits im Juli 1941 ist in der Nähe von Lissitschansk ein Zug zerbombt worden. Nicht umsonst sind die Fenster verdunkelt gewesen und hat absolutes Lichtverbot geherrscht. In der Blau-Schwärze meiner Geburt ist den armen Faltern … nein, davon werde ich nicht schreiben. Aber ich werde erwähnen, dass unter diesen Umständen natürlich keine Geburtspapiere ausgestellt worden sind, erst nach unserer Ankunft in Stalingrad. Die urkundenerfahrenen Mitarbeiter der Claims Conference müssen, so werde ich schreiben, verstehen, dass im staatlichen Dokument die Geschichte bloß verschwommen erscheint wie das eigene Abbild in einem beschlagenen Spiegel. Doch selbst wenn sie dokumentenhörig Stalingrad als Geburtsort voraussetzen – von wegen Hinterland! Das zerstörteste überhaupt. Auch dem sind wir später

282

glücklich entkommen. Es ist nur ein Zufall, dass ich noch lebe, denn genauso gut hätte ich auch in Charkow verhungern oder, zusammen mit meiner Mutter, in der Schlucht von Drobizki Jar erschossen werden können, werde ich schreiben. Wenn mein Großonkel nicht ... wenn der Zug nicht ... das werde ich nur denken. Das habe ich schon immer gedacht.

Arthur, schreib an diese Klaus-Konferenz, sagte Mutter. Es geht um viel Geld. Sie müssen mein Verfahren beschleunigen, damit ihr Geld für den Grabstein habt. Sonst sterbe ich, bevor sie fertig sind, und ihr bekommt gar nichts.

Ihr war es sehr schlecht gegangen, ich war sehr erschrocken gewesen. Ein Rettungswagen mit blauen Leuchten auf dem Dach und roten Kreuzen auf weißen Flanken hatte vor ihren Fenstern gehalten, sie mitgenommen und mich zurückgelassen. Aber Arthur, hatte sie zum Abschied geflüstert, werde ich verstehen, was sie von mir wollen?

Ich komme nach, hatte ich sie beruhigt. Julia packt gleich den kleinen Koffer, ich bringe ihn dir noch heute.

Wenn das Nichtverstehen ihre größte Sorge ist, hatte ich auf der Fahrt ins Krankenhaus gedacht, geht es ihr dann doch nicht so schlecht? Aber ob der Schmerz bereits nachgelassen hatte und sie wieder praktischen Lebensdingen zugewandt gewesen war oder ob sie einfach große Angst gehabt hatte, vor dem Schmerz und allem anderen, das hatte wohl nicht einmal sie selbst gewusst.

Mutter, sagte ich, am weißmetallenen Bett zusammen mit Anna sitzend, die extra aus Wehnau angereist war, gut, ich versuche, den Prozess zu beschleunigen. Aber was willst du mit dem vielen Geld? Du legst sowieso fast alles zurück. Ob du es jetzt erhältst oder später, ist doch egal. Und fragte, um keine bittere Erwiderung zu hören (später, da ...), sofort: Weißt du noch von den beiden KPs?

Sie hob die verletzten Lippen (in Wirklichkeit sind sie wohl nicht verletzt, aber alles an ihr sieht jetzt wund aus) und sagte: Da lebte deine Großmutter noch, möge sie für uns beten.

Halb an Anna gewandt, in Wirklichkeit für Mutter, erzählte ich. Eine fröhliche Geschichte über Altbekanntes, nicht über das Hier und Jetzt im zweiten Stockwerk des Stadtkrankenhauses, geschweige denn über die ins Licht der Lampe über dem Bett getauchten Zukunftsaussichten. Mutter würde Worte und Geschichte wiedererkennen und sich von Kabeln, Messgeräten und Schläuchen unter der Haut ablenken. Und Anna und ich auch. Ich erzählte also: Eines schönen Abends sahen Mutter, Großmutter und ich einen Film über Königspinguine. Den ehrwürdigsten Eindruck machten die Tiere, wenn sie an Land spazierten. Gewichtige Schritte, schwarze Fracks, blütenweiße Hemden, gelb-orange Fliegen, schwarze Lackschuhe, kerzengerade Haltung – kurzum, verkappte Agenten oder Prinzen. Wie sie scharenweise in eine Richtung strebten, meinte ich: Ich weiß, wohin sie so unbeirrt laufen. Sie wollen auf dem Südpol eine Zelle der KPdKP gründen. Was ist das?, fragte Großmutter. Kommunistische Partei der Königspinguine. Aber sie nehmen auch Pinguine anderer Rassen und Länder auf, wenn sie Arbeiter oder Bauern sind. Schwarz-weiß-gelb ist ihr Rot. Wie Großmutter mich da anherrschte! Ich dürfe nie wieder die Ausdrücke KP, Kommunistische Partei und Königspinguine in den Mund nehmen. Wenn das jemand höre! Die Leute würden denken, das Kind habe das zu Hause aufgeschnappt. Ob ich eine Waise werden wolle?

Eines anderen Abends (erinnerst du dich, Mutter?) lief ein Film über verschiedene Kaninchenrassen. Das waren nun ganz andere Tiere als die kommunistisch-adligen Pinguine, denen ein einziges Ei in vierzehn Monaten zuteilwurde. Die Kaninchen kannten keinen Anstand. So und so viele Würfe pro Jahr, so und so viele Junge pro Wurf, hieß es, das hänge nicht zuletzt von der Rasse ab. Diese Rasse, jene Rasse, der Rasse entsprechend. Eine KP also, sagte ich. Arthur!, zischte Großmutter. Willst du in einem Waisenhaus en-

284

den? Wenn du das K-Wort noch einmal aussprichst ... Nein, Oma, wehrte ich ab, ich meine die Kaninchenphilosophie, die Liebe zu Rasse und Züchtung. Reinrassigen Kaninchen soll die ganze Welt gehören. Vernünftige Tiere und Menschen denken nur an sich selbst. Aber rote Königspinguine und braune Kaninchenphilosophen denken an das sogenannte große Ganze ...

Das Gespräch hatte Mutter erschöpft. Weil es ein Monolog von mir gewesen war? Oder weil Krankheit auf anderen Pfaden wandert als Gesundheit? Ein heiler Mensch hat vom Zustand eines gebrechlichen so viel Begriff wie die Berge vom Meer.

Ich weiß, bei Mutter stauten sich in Charkow Krankheiten auf und durchbrachen in Deutschland alle Dämme. Mutter holte hier geduldig Behandlungen nach, die sie dort versäumt hatte. Regelmäßige Arztbesuche, ausgefeilte deutsche Medikamente, drei deutsche Krankenhausaufenthalte schienen neue solide Wälle aufgeschichtet zu haben. Aber auf einmal, nach einer längeren Atempause, wieder im Krankenhaus, ohne Vorwarnung, im vierten deutschen Jahr – das ist gefährlicher Ernst. Solide Wälle – gibt es das in diesem Alter, gibt es das überhaupt?

Immerhin stachelt die Krankheit zum Kampf auf. Wenn Mutter an einem Tag von acht Leuten besucht wird, Anna, Julia, mir, den neuen alten Verwandten und einer Freundin, und die Krankenschwester schimpft: Nicht alle auf einmal! Sie ist schwach. Lassen Sie Frau Segal zu sich kommen! – dann verabschiedet sich doch keiner bedrückt, sondern in Worten und Gesten und mit selbstgemachten Frikadellen wird Kies herangeschleppt, dessen sie sich gefälligst zur Aufschüttung eines neuen Damms bedienen soll.

Die Sorge um die Verwandtschaft, um deine Tante und deinen Onkel, hat Oma mitgenommen, flüsterte ich Anna im Hinausgehen zu. Ich werde ihr sagen, sie braucht sich in Zukunft überhaupt um nichts mehr zu kümmern.

Welche Sorge?, fragte Anna. Es geht allen gut.

Trotzdem, neue alte Gesichter, neue Gespräche, dieser beschwert

285

sich über das eigene völlige Unvermögen und Versagen bei den Sprachkursen, jene bittet um jenes, hier, ein neuer Brief vom Sozialamt. Häufige Treffen und Tischgespräche, Klagen, Heimweh. Einem alten Menschen, der ein ordentliches Leben führt mit zwei, drei Freundinnen, in der Zeit genau festgelegten Telefonaten und Synagogenbesuchen, darf der Lebensrhythmus nicht beschädigt werden. Es ist auch meine Schuld, dass ich das zugelassen habe.

Aber ich sagte nicht: Deine Oma ist ein alter Mensch und schwer krank. Wie lange trägt nicht ein geduldiger Ast seine Äpfel. Nicht, nicht jetzt von Ästen und Äpfeln.

Purimspiel

In unserer Synagoge wurde Purim gefeiert. Ich saß dabei. Der Kantor, wir haben nun einen eigenen, las sich freudetrunken das Buch Ester aus dem Leib. Haman!, rief er den verkleideten Kindern zu, die daraufhin wie verrückt ihre Ratschen drehten. Verständige Greise beteten ausgelassen und ältere Damen hinter mir tuschelten lauter als gewöhnlich auf Russisch über abwesende Freundinnen. Der laute Vortrag, die knatternden Ratschen, der Tratsch schaukelten sich gegenseitig hoch, weil jeder wenigstens sich selbst deutlich zu hören wünschte, und allmählich versagte dem Kantor die Stimme. Nach dem Gebet wurde überreichlich gegessen und getrunken, die Kinder führten ein längeres Stück auf. Das übermütigste jüdische Fest herrschte unbehelligt. Aber was führten die Kinder da eigentlich auf?

Sie redeten, damit auch ihre Großeltern verstanden, auf Russisch und zeigten, wie der persische König Ahasveros mit den Fürsten des Reiches ein Fest feierte. Auf der anderen Seite der Bühne bewirtete die Königin Waschti, gespielt von Tanjas und Igors Tochter, die Frauen der Fürsten. Im Rausch rief der König nach Waschti, um, nun, was braucht es eine Begründung, sie gehörte ihm wie der süße Trank aus seinen kühlen Kellern. Waschti aber überhörte seinen Ruf. Als die bunt angezogenen und im Gesicht rot und schwarz bemalten fünfjährigen Fürsten des Reiches und deren Gemahlinnen von der Bühne verschwanden, fragte Ahasveros seinen Diener: War die Königin Waschti hier?

Die Königin Waschti war nicht bei dem König, antwortete der.

287

Warum nicht?

Gastfreundschaft gebot ihr, die Frauen der Fürsten zu unterhalten.

Wie? Die Frauen der Fürsten waren wichtiger als die Fürsten und der König selbst?

Darüber ließ sie dem Großkönig nichts ausrichten, antwortete der Diener.

Damit hatte er das Urteil über Waschti gesprochen. Der König verkündete: Waschti wird in die Wüste geschickt. Such mir eine neue Hauptfrau!

Dieselben kleinen Mädchen, die gerade von Waschti bewirtet worden waren, traten erneut eines nach dem anderen auf die Bühne. Diesmal stellten sie die schönsten Jungfrauen aus den hundertsiebenundzwanzig persischen Provinzen zwischen Donau und Indus dar, wie der Diener, Inas und Sergejs Sohn, verkündete. Die kleinen Mädchen gingen am sitzenden König vorüber, schienen sein Gefallen nicht zu finden und verschwanden. Aber dann betrat das wohl hübscheste Mädchen in unserer Gemeinde die Bühne. Der etwa zwölfjährige König sprang auf, rief Ach und Och und streckte die Arme nach ihm aus. Es war Ester, eine Jüdin. So ging ihr Stern auf. Sergejs Sohn deklamierte, während Sergej Fotos von ihm machte:

Liebliche Ester im Königsgeviert!
Ich war dort selbst, trank Honig, Bier,
Das rann den Schnurrbart herab und verfehlte den Mund,
Und ums Gemüt wurde mir satt und bunt.

Doch dann trat der Thraker Haman, ganz in Schwarz gekleidet, auf die Bühne. Die Kinder im Publikum ließen ihre Ratschen fliegen. Ich bin der Großwesir des Königs, sagte Haman. Und ich bin ein Gefäß, darin Gift sich selbst bespringt, zeugt, gebiert, wie Kaninchen vermehrt. Der König hat zwischen den letzten beiden

288

Vollmonden Ester dreimal zu sich gerufen. Worüber hat er mit ihr gesprochen? Ich weiß, dass sie zum selben Stamm und zur selben Familie gehört wie der jüdische Beamte Mordechai. Er hat am Hof viele Freunde. Versäumt er nicht beharrlich, das Knie vor meiner Sänfte in die Erde zu drücken? Ich weiß, einige altgediente Beamte erlauben sich eine halbe Verbeugung, weil sie alt und schwach sind. Aber hat der Jude Mordechai Probleme mit den Beinen?

Haman hielt inne, schaute sich um. Die Kinder nutzten die Gelegenheit, um die Ratschen zu drehen. Nachdem sie sich wieder beruhigt hatten, sagte er, ans Publikum gerichtet: Ich weiß, dass unter Esters und Mordechais Vertrauten viele Juden sind. Nun, ich selbst, der thrakische Großwesir des Königs, habe thrakische Landsleute in Schlüsselpositionen gehievt. Aber das bin ich, Haman, und das sind Thraker, Leute, die ich kenne. Sie sind mir von Verwandten empfohlen worden und haben ihrerseits thrakische Verwandte und Bekannte gefördert. Es hat sich von selbst ergeben, dass in meinem Ministerium vornehmlich Thraker sitzen. Ich konnte eigentlich nichts dagegen tun. Ein junger Thraker klopft bei mir an und sagt: Onkel, ich habe die Ausbildung abgeschlossen. Deines seligen Urgroßvaters Urenkelin, meine Mutter, entsendet dir ehrerbietige Grüße durch mich. Soll ich wieder gehen? Natürlich gebe ich ihm Arbeit an einem Schreibtisch im Vorzimmer. Er sitzt dort und winkt hauptsächlich andere Thraker zur Audienz bei mir durch.

Aber das ist es eben, dass sich um Ester und Mordechai nicht Thraker, sondern Juden tummeln. Ich bin mir sicher, Mordechai blickt starr zur Erde, um seine Heimtücke, nicht seine Demut zu verbergen. Er hat Eisenstangen statt Knien. Mordechai und Ester sind Feinde und Juden, also sind die Juden Feinde und die Feinde Juden. Natürlich werden sie alle bei mir ankommen, die braven Perser und Meder, selbst Thraker, und jeder hat seinen anständigen Juden. Es ist ja klar, die anderen sind Schweine, aber dieser eine ist ein prima Jude.

Wie ich dem Jungen zuhörte, erinnerte ich mich plötzlich an Brazlaw, das ukrainische Städtchen, in dem einstmals die Eltern meiner Mutter lebten. Ihnen wurde ein Junge zuteil, der so früh starb, dass sein Rufname aus Mutters Gedächtnis gefallen ist wie eine vorzeitig verdorbene Knospe vom Baum ins Gras. Ein Friedhof, dessen Wege zur Suche nach dem Grab mit seinem Namen einlüden, ist nicht erhalten geblieben, weil motorisierte deutsche Einheiten Pflaster für richtige Straßen benötigten. Der jüdische Friedhof zollte der hohen Nachfrage nach geschliffenen Steinen Tribut. Sollte ich die Straßen von Brazlaw nach eingebauten Grabsteinen absuchen, um den Namen meines Onkels zu finden?

Die Königin Ester werde ich nicht stürzen, sagte Haman. Ihre Arme sind zu weich, ihre Gestalt ist zu schön und das Haupt ... ja, das Haupt. Stelle ich sie als Jüdin bloß, fasst der König noch Neigung zu den Juden. Schone ich sie dagegen, wird sie sich dankbar und zärtlich erweisen. Sind die Hofjuden erst einmal vernichtet, wird sie allein, wehrlos und umgänglich sein und unter meine Fittiche flüchten.

Der erzählende Diener trat hervor (Ina stieß Sergej an, damit er wieder Fotos machte) und sagte: Damit war es um Haman geschehen. Man kann nicht so tun, als wäre eine keine Jüdin, die doch der gute Stern der Juden ist.

Der Diener zog sich zurück, der König Ahasveros setzte sich wieder in den Sessel, Haman trat an ihn heran und seufzte und sagte: Ach, das Reich verbeugt sich vor der Weisheit und Stärke des Großkönigs. Nur eine Provinz macht ihm zu schaffen. Ich frage mich, ob nicht die Unruhen in Jehud aus unserer geliebten Hauptstadt Susa gesteuert werden.

Lass mich in Ruhe, sagte der König. Wozu bist du Großwesir? Der Tat, nicht der Klage wegen.

Ich habe einen Erlass angefertigt, sagte Haman, zog einen Zettel aus der Hosentasche (auch das Erinnerungsvermögen von Kindern ist nicht unendlich groß) und las vor: Der Großkönig Ahas-

290

veros schreibt an den Polizeikommandanten von Susa und den Statthalter von Samerina. Als Herrscher über viele Völker und Gebieter der hundertsiebenundzwanzig Provinzen von Indien bis Kusch habe ich beschlossen – nicht aus überheblicher Willkür, sondern in meinem allzeit bewiesenen Streben nach Milde und Güte –, meinen Untertanen ein ruhiges Leben zu sichern und das Reich bis an die Grenzen mit guten Straßen zu versehen. Aber uns ist zu Ohren gekommen, dass sich mancherorts allzu bald Schlaglöcher bilden. Als ich meine Ratgeber fragte, wie die Schlaglöcher gestopft werden könnten, wies Haman, der bei uns durch seinen Einfallsreichtum glänzt und im Reich den zweithöchsten Rang innehat, darauf hin, dass die Juden an allem schuld sind. Unduldsam verhalten sie sich gegen andere Menschen und leben nach absonderlichen und befremdlichen Gesetzen. Nicht nur gelangten dadurch viele Straßen in einen trostlosen Zustand, obwohl die Verwaltung der Straßen von uns ausgezeichnet geleitet wird. Sondern diese Juden stellen sich gegen die Interessen unseres Hofes und stiften das ganze Gebiet Jehud zur Auflehnung an. Schon in der Vergangenheit haben die Juden sich gegen die Babylonier störrisch gebärdet und wurden durch die Zerstörung ihrer Hauptstadt Jerusalem nach Gebühr bestraft. Doch nichts hat dieses hochmütige und händelsüchtige Volk daraus gelernt und schmiedet weiterhin Pläne zum Aufstand. Einmal wird es sich überheben und wider allen Verstand, nur weil seine Gesetze angeblich danach verlangen, gegen schiere weltliche Übermacht aufbegehren. Jehud wird verwüstet und das starrsinnige Volk in alle Himmelsrichtungen verstreut und heimatlos in der weiten Welt hausen und überall in der Minderzahl sein und schmerzlich fühlen, wie es ist, nicht unter des Großkönigs Schutz zu stehen, sondern als eine gefährdete Minderheit unter einer wogenden Mehrheit zu leben, Land für Land. Da wir nun aber die Herrschaft über Jehud haben, belassen wir es zum einen dabei, unsere Garnison bei Jerusalem um dreihundert Mann zu verstärken. Dies ist dem

Statthalter Samerinas aufgetragen. Klein ist Jehud, doch wichtig, weil es das brotreiche Ägypten mit unseren Kernlanden verbindet. Zum anderen wird unsere geliebte Hauptstadt Susa von den Agenten Jehuds, den heimtückischen Hofjuden, gereinigt. Die Agenten aufzuhängen ist dem Polizeikommandanten von Susa aufgetragen. Er möge sich dabei von dem edlen Haman leiten lassen, auf dass die Landesstraßen zukünftig keine Schlaglöcher mehr haben.

Der König streckte seine Hand aus, Haman hielt den Zettel gegen dessen Ringfinger und beide zogen sich zurück. Ein etwa vierzehnjähriger Junge trat hervor und begann, sich die Kleider vom Leib zu reißen. Er hob einen auf der Bühne liegenden Sack auf, warf ihn sich über die Schultern und sagte, den Blick aufwärtsgerichtet: Herr! Meine Kusine Ester ist Königin, ich selbst, der jüdische Beamte Mordechai, erweise mich bei Hofe als nützlich; warum sollte ich nicht nach höheren Stellungen streben? Aber niemals dachte ich, dadurch die Arbeit der jüdischen Gelehrten in Babylon und Susa zu gefährden. Herr! Wie werde ich in der Geschichte dastehen, wenn sie meinetwegen nicht niedergeschrieben wird? Ich sage laut, dass alle es hören und einer es aufschreibt: Hamans Fußsohlen will ich küssen, damit die Gelehrten die Geschichte Israels ungestört aufzeichnen können. Dazu sind auch die vermögenden Kaufleute nötig, denn durch ihre Freigebigkeit werden die Köpfe und Hände der Gelehrten von der alltäglichen Schwere befreit. Dazu sind auch die hohen Beamten nötig, denn durch ihre Fürsprache erst gelangen die Kaufleute zu einträglichen Geschäften. Herr Abrahams, verschone dein Volk! Ohne die Niederschrift wird Israel aus der Geschichte verschwinden wie das Gehör aus den Ohren der Greise. Das gesprochene Wort verzettelt sich und verschwindet in einer Felsspalte wie ein Wiesel. Dann streiten Schwerhörige und Kurzsichtige darüber, wie es sich angehört hatte. Nur die Schrift ist beständig. Herr, lasse die Hände derer, die dich schwarz auf weiß preisen, nicht blutlos werden!

292

Während Mordechai so sprach, errichtete Haman im Hintergrund einen Galgen. Als Mordechai zu reden aufhörte und den Blick ins Publikum richtete, klatschten die Leute. Ester trat auf die Bühne zu Mordechai.

Wurdest du, wehklagte Mordechai und streckte die Hände nach ihr aus, zur Königin erhoben, damit das Blut unserer Gelehrten und Kaufleute über uns komme? Wird wegen deiner schlanken Arme und meiner Stellung bei Hofe das Buch Gottes und der Welt unvollendet bleiben? Wird das Volk Gottes selbst keinen Platz darin finden? Ach, hätte der Herr dir doch gröbere Gesichtszüge und mir statt einer Stellung bei Hofe einen Acker gegeben, auf dem ich Weizen anbaute! Vielleicht würde Haman sich dann nicht Israel, sondern den Armeniern oder Baktrern zuwenden. So viele reiche armenische und baktrische Kaufleute siedeln in Susa.

Ester wandte sich recht theatralisch ab, führte die Hände zum Gesicht, ließ ein Schluchzen erahnen, dann sagte sie: Vielleicht hat der Herr mich anmutig erschaffen, damit ich Unheil von Israel abwende. Angst erfüllt mich. Waschti, meine Vorgängerin, hat sich übertriebene Gastfreundlichkeit gegen die Frauen der Fürsten zuschulden kommen lassen. Ich habe mein Judentum nie an die große Glocke gehängt. Aber wenn nicht jetzt, wann dann? Ich werde die Geschichte Israels retten oder mit ihr zugrunde gehen. Wenn ich zugrunde gegangen bin und dieses giftige Fass Haman doch kein Gift über Susa und Babylon versprüht, werden die jüdischen Gelehrten vielleicht von meiner Tat erfahren und so werde auch ich in die Geschichte eingehen ... doch lieber täte ich das als Königin denn als Verstoßene. Den König und Haman werde ich zum Festmahl laden. Der König wird zwischen meinen schlanken Gliedern und Hamans knochigen Fingern wählen.

Mordechai zog sich zurück, Ester ließ sich in einen Sessel fallen, zwei Mädchen eilten, mit Spiegeln und Lippenstiften beladen, zu ihr. Ach!, seufzte sie. Seit acht Jahren gehöre ich schon dem König. Der Jugend glatte Frische ist von mir gewichen wie die erste zarte

Helle vom Frühlingsblatt. Gewandtheit und Reife sind mir dafür zuteilgeworden. Es ist ein trüber Ersatz, deshalb brauche ich klärende Salben.

Die Mädchen verschwanden, zwei weitere Sessel wurden auf die Bühne gebracht, in denen der König und der Großwesir Platz nahmen. Ester lächelte den König an, reichte ihm einen Apfel, eine Banane, ignorierte Haman jedoch nicht und schob ihm eine Feige zu, die er mit einem tiefen Kopfnicken entgegennahm.

Dann standen alle drei auf, Ester und Ahasveros gingen von der Bühne, Mordechai ritt auf einem Jungen ein, der einen Besen statt eines Pferdeschwanzes trug. Haman aber sprach: Wohin so eilig, Mordechai? Bleib stehen, tausche Worte mit mir. Solange wir reden, leben wir.

Solange eine heilige Schrift unsere Namen birgt, leben wir, entgegnete Mordechai.

Wisse, Mordechai, an der Garnison für Jehud liegt mir nichts. Die letzten Meldungen aus dem Reich legen eher eine Verstärkung der Streitkräfte in Baktrien nahe. Auch die jüdischen Hofschranzen sind nicht hochmütiger und unduldsamer als alle anderen, wenn ich es mir recht überlege. Im Gegenteil, ich frage mich, ob wir nicht mittlerweile zu viele Thraker bei Hofe haben. Du jedenfalls solltest meiner Überzeugung nach befördert werden, deiner Kusine und deiner eigenen Verdienste wegen.

Mir liegt nichts am Krieg mit dir. Deine Taten haben den Stern zum Leuchten gebracht. Ich werde ihn nicht verdunkeln, entgegnete Mordechai. Und gab dem Pferd einen Klaps auf den Po, dass das Publikum lachte, und ritt hinweg.

Ester trat wieder auf und setzte sich in einen der Sessel. Haman fiel vor ihr nieder und fasste den Zipfel ihres Kleids. Aus Liebe zu dir, Ester, Frau der Frauen, all die unüberlegten, verliebten Taten! Um dir näherzukommen! Behagt die Garnison für Jehud dir nicht oder der Galgen für deinen Onkel, sprich nur, sprich! Aus Liebe zu dir …

294

Nein, Haman!, unterbrach ihn Ester. Aus Hass, der in dir gedeiht wie Unkraut, der kein Wasser braucht, um zu wachsen. Weil du ein Gefäß bist, das Gift in sich selbst zeugt und nur nach einem Vorwand sucht, um es zu versprühen. Hättest du mich begehrt, ich hätte dich verständnisvoll abgewiesen und dem König kein Sterbenswörtchen gesagt. Aber du zieltest auf mein Volk, indem du seinen Kopf, die Gelehrten und Beamten und Kaufleute zu vernichten suchtest. Die Geschichte meines Volkes wolltest du ungeschrieben, ungeschehen machen lassen.

Da trat der König auf die Bühne und Ester sprach so: König, Gemahl! Der Großwesir bietet mir an, mein Leben zu verschonen.

Was, sagte der König, verlangt der Großwesir dafür?

Meine Liebe zu dir, König, Gemahl! Aber, bitte, erweise dich um Großpersiens willen als gnädig und belasse Haman auf dem höchstmöglichen Posten. Erhalte ihn als Großwesir und zweiten Mann im Staat, denn er ist ein fähiger Minister. Nur lasse ihn nie wieder in meine Nähe gelangen.

Mehrere Jungen stürmten mit Indianergeschrei die Bühne, fesselten Haman und schleppten ihn, unter dem ohrenbetäubenden Lärm der Ratschen, zum Galgen, der im Hintergrund stand.

Ich aber dachte daran, dass in Chełmno nad Nerem oder Kulmhof an der Nehr, wie die Deutschen diese polnische Ortschaft nannten, zwischen Dezember 1941 und Januar 1945 falsches Licht am Ende des Tunnels leuchtete, das auch mir galt. Kein wohlgefälliger Stern überstrahlte es, sondern abgegriffene Sterne fielen, auf Mäntel genäht, aus Fenstern in den Innenhof. Wer das Licht am Ende des Tunnels sah, der trommelte wenige Augenblicke später einige Atemzüge lang mit Fäusten gegen Blech, aber es half nichts und verschreckte nur Falter.

Gewalt des Schmerzes ums Unwiederbringliche, wie ein Jude in Bezug auf einen anderen schrieb? Können wir, dachte ich, während die Kinder Haman aufknüpften, so tun, als wäre auf die Leinwand nebeneinandergemalt worden, wo in Wahrheit und Wirklichkeit das Bild mit Gewalt übermalt worden ist?

Nun näherte sich Mordechai dem König und sagte: Als euer neuer Großwesir habe ich einen Erlass angefertigt. Er zog einen Zettel aus der Hosentasche (das Erinnerungsvermögen von Kindern ist eben nicht unendlich groß) und las vor: Der Großkönig Ahasveros schreibt an den Polizeikommandanten von Susa, den Statthalter von Samerina und den Statthalter des Hellespontischen Phrygiens. Als Herrscher über viele Völker und Gebieter der hundertsiebenundzwanzig Provinzen von Indien bis Kusch habe ich beschlossen – nicht aus überheblicher Willkür, sondern in meinem allzeit bewiesenen Streben nach Milde und Güte –, meinen Untertanen ein ruhiges Leben zu sichern und das Reich bis an die Grenzen mit guten Straßen zu versehen. Derzeit befinden sich alle Straßen in einem vorbildlichen Zustand, kein einziges Schlagloch wurde von unseren Inspekteuren entdeckt. Als ich meine Ratgeber fragte, wie wir diesen wünschenswerten Zustand erhalten können, wies Mordechai, der bei uns durch seine Klugheit glänzt und im Reich den zweithöchsten Rang innehat, darauf hin, dass die Hofthraker die einzige Gefährdung darstellen. Tölpelhaft und boshaft verhalten sie sich gegen andere Menschen und leben nach einfachen Gesetzen. Nicht nur drohen dadurch viele Straßen zu verfallen, obwohl die Verwaltung der Straßen von uns ausgezeichnet geleitet wird. Sondern diese Hofthraker stellen sich gegen die Interessen unseres Hofes und stiften das ganze Gebiet Thrakien zur Auflehnung an. Schon in der Vergangenheit hat es mit den Griechen paktiert und wurde von uns nach Gebühr bestraft. Nichts hat dieses dumme und tölpelhafte Volk daraus gelernt und schmiedet weiterhin Aufstandspläne. Zwar wird es sich niemals maßlos überheben, wider allen Verstand gegen schiere weltliche Übermacht aufbegehren und dadurch in alle Himmelsrichtungen zerstreut werden und heimatlos in der weiten Welt hausen und überall in der Minderzahl

296

sein und schmerzlich fühlen, wie es ist, nicht unter des Groß-königs Schutz zu stehen, sondern als eine gefährdete Minderheit unter einer wogenden Mehrheit zu leben, Land für Land. Nein, das wird den Thrakern nicht zustoßen, weil sie nicht durch über-mäßigen Hochmut, Unduldsamkeit und verwickelte Gesetze ge-schlagen sind. Doch um des Erhalts der glatten Straßen willen verstärken wir zum einen unsere Garnison in Thrakien um sechshundert Mann. Dies ist dem Statthalter des Hellesponti-schen Phrygiens aufgetragen. Die Hälfte der sechshundert Män-ner stellt der Statthalter Samerinas zur Verfügung, er wird genau jene Männer entsenden, die wegen thrakischer Missgunst das friedliche Jehud hatten unterjochen sollen. Zum anderen wird unsere prächtige Hauptstadt Susa von den Agenten Thrakiens ge-reinigt. Sie erhalten die gerechte Strafe dafür, dass sie sich gegen Gottes eigenes Volk und seine Geschichte verschworen haben. Die Agenten aufzuhängen ist dem Polizeikommandanten von Susa aufgetragen. Er möge sich dabei von dem klugen Mordechai leiten lassen, auf dass die Landesstraßen auch künftig sämtlicher Schlaglöcher entraten.

Der König streckte seine Hand aus, Mordechai hielt den Zettel gegen dessen Ringfinger und erstarrte. Das Publikum klatschte wie verrückt. Ester verbeugte sich. Haman, der erzählende Diener, das Pferd, die kleinen Mädchen, die Wächter liefen auf die Bühne und der Applaus wollte und wollte nicht abebben.

Ich klatschte nicht, sondern erinnerte mich, vielleicht weil die kleinen Mädchen allesamt schöne Halstücher trugen, an das Hals-tuch meiner Großmutter. War es schneeweiß gewesen oder bunt? Hatte es ein geschwungenes Muster am Rand gehabt? Und ich fragte mich, wie wir die Errettung des jüdischen Volkes und die Vernichtung der jüdischen Feinde so frühlingshaft frohgemut fei-ern konnten. Die Geschichte hat die Überlieferung überholt. Die Ratschen müssten sich langsamer drehen, der Kantor nachdenk-licher deklamieren, die Herrschaften in den hinteren Reihen den

297

Klatsch mäßigen, dachte ich. Wenn alle Tage, an denen fatale Beschlüsse getroffen und durch großangelegte Aktionen umgesetzt wurden, wenn all diese Daten in einen Kalender eingetragen und mit Gedenkstunden versehen oder zu vollen Gedenktagen erklärt würden, wäre im Jahr kein einziger Tag unberührt, kein einziges Kästchen leer, bliebe kein Platz für gewöhnliche Tage, geschweige denn fröhliche Feste. Dann würde nach dem Kalender jeden Tag getrauert werden.

Aber da die Leute einfach nicht aufhörten zu klatschen, fragte ich mich weiter, ob die Geschichte die Überlieferung wirklich überholt hat. Am Israel chai heißt es ja noch immer: Das jüdische Volk lebt (wie die Sterne am Himmel? Oder wie der Sand am Ufer des Meeres?). Hat man als Jude nicht fast immer Verwandte in Amerika, Israel, Russland und Kanada? Gehört dieses Wunder nicht gewürdigt?

Also haben die Leute recht, wenn sie klatschen und nicht aufhören zu klatschen? In den Büchern der Gelehrten steht, dass Purim gefeiert werden soll. Und ein Jude wie ich wusste: Die Schrift ist unveränderlich.

Ein sogenannter Zug der Erinnerung rollt über Deutschland. In Nürnberg wurden, habe ich gelesen, in einer Ausstellung Gleise in Lichtschienen verwandelt und vor ehemalige Lagertore geführt, die in Polen gefilmt und im Museum auf riesigen Monitoren gezeigt wurden. Aber wenn alle Tore und alle Orte, da Züge anlangten, gefilmt und im Großformat gezeigt würden, welches Museum fasste das? In derselben Zeitung habe ich von einer alten Frau im Pflegeheim gelesen. Der schien das Gedächtnis völlig abhandengekommen zu sein. Sie war unzugänglich und äußerte sich zu nichts mehr. Das ganze bewusste Leben lang hatte sie als Schreibkraft gearbeitet. Nun stellte man ihr eine Schreibmaschine auf den Tisch und legte leere Blätter daneben. Die alte Frau zog die Blätter ein, tippte, tippte, tippte. Kein einziges verständliches Wort kam dabei heraus, nur eine zufällige Abfolge von Buchsta-

298

ben. Nachdem sie sämtliche Blätter vollgeschrieben hatte, lächelte sie und sagte: Da hast du aber was weggeschafft!

Wie sollte ich mich nicht an die Zeit erinnern, da ich jung war, neugeboren fast? Ich weiß nicht, ich weiß nicht, ob wir ausgelassen Purim feiern können. Ein Auge zudrücken, das Haupt, den Leib, alle Sinne?

Von Hasen, Wölfen und anderen Menschen

Anna hat uns ihren Freund Max vorgestellt. Wir sprachen nicht über Juden und Deutsche. Wir sprachen über die Wirtschaft, über Banken, Autos, Häuser. Er bewundere, sagte er, dass wir, mit nichts als den Kleidern auf dem Leibe hierhergekommen, so habe er es von Anna gehört, in kürzester Zeit so viel erreicht hätten. Wissen Sie, sagte er, dass ich an der UWF studiert habe und jetzt in Frankfurt bei einer großen Bank arbeite – das ist eigentlich nichts Besonderes. Meine Familie hat mir den Erfolg in die Wiege gelegt. Meinem Großvater gehört ein Großhandel, mein Vater ist Chefarzt. Ich hätte mich schon sehr dumm oder faul anstellen müssen, um keinen Erfolg zu haben. Aber Anna! Wenn sie so viel erreicht wie ich (aber ich glaube, sie kann viel mehr als ich), dann hat das doch weit mehr zu bedeuten, weil sie das ganz allein erreicht hat.

So sprach er, was konnte ich erwidern? Ich nickte nur.

Anna aber entgegnete: Du übertreibst. Ich habe vielleicht keinen Großvater im deutschen Großhandel, aber ich habe Eltern, die mir Ziele beigebracht haben. Als ich klein war, haben sie mir vorgelesen. Und sie haben beide studiert. Für mich gab es nie eine andere Option, als zu studieren. Alles andere ergibt sich von selbst.

Julia bot Max an, im Gästezimmer zu übernachten, er lehnte dankend ab, er müsse morgen früh zur Arbeit, es sei besser, wenn er noch am Abend den Zug nach Frankfurt nehme. Vielen Dank für das Essen, er habe schon von Anna gehört, dass Frau Segal gut koche, aber so ...

Ich brachte ihn zusammen mit Anna zum Bahnhof, sie beglei-

300

tete ihn zum Gleis, kam nach einigen Minuten zurück, wir fuhren nach Hause. Und, ist er schlimm?, fragte sie.

Nein, sagte ich. Aber du brauchst Oma nicht zu erzählen, dass er hier war.

Wer verkauft?, fragte Igor.

Ein Deutscher, antwortete ich guten Gewissens. Ilja kann das Fahrzeug abholen, wir haben hier genug zu tun.

Kennt er sich mit der Technik aus?

Nein. Aber seit wann ist das wichtig? Kennen wir uns denn mit Motoren aus?

Stimmt schon. Sag Ilja: Wichtig ist nur, wer verkauft und zu welchem Preis. Du machst die Motorhaube auf, stellst fest, dass da ein Motor ist, und schließt sie wieder. Was willst du auch sonst machen? Auf den Verkäufer musst du achtgeben, nicht auf die Ware. Ist er ein ordentlicher deutscher Bürger, drückst du den Preis, bezahlst, steigst ein und fährst davon.

Hängt davon ab, wen du zu den ordentlichen deutschen Bürgern rechnest, antwortete ich. Mit Autos aus deutschen Autohäusern haben wir auch schon Probleme gehabt.

Eben! Aber mit Kanakenautos ...

Mit Autos von Türken und Arabern hatten wir auch schon Probleme, unterbrach ich ihn.

Eben! Obwohl wir bei denen fast nie etwas kaufen. Hättest du im Auto übernachtet, würdest du auch keine Geschäfte mehr mit den Kanaken machen wollen.

Es ist schwer, Igor die richtige Wortwahl beizubringen, da er mich selbst zu belehren versucht. Ich will auch möglichst bei deutschen Autohändlern und Privatleuten kaufen. Deren Autos schaffen regelmäßig die vierhundert Kilometer zur Fähre. Igor will nicht mit sogenannten Kanaken handeln, weil deren Fahrzeuge gelegentlich schon nach dreihundert Kilometern ernsthafte Mängel offenbaren. Aber es ist eine Sache, wie ich die Ware aus deutschen

Autohäusern mit originalem Tachostand jener zweifelhaften aus türkischer, arabischer und auch russischer Hand vorzuziehen, und eine andere, wie Igor Geschäfte mit Kanaken grundsätzlich zu boykottieren (es sei denn, der Preis ist wirklich unverschämt niedrig), auch wenn es auf das Gleiche hinauszulaufen scheint. Denn ich handele vernunftbegabt, ohne jemanden zu beleidigen, Igor dagegen ressentimentbehaftet mit rassistischen Beleidigungen.

Wenn wir Fahrzeuge auf dem Automarkt und in der Zeitung anbieten, sagt er: Lass dich auf keinen Fall mit Deutschen ein! Das gibt nur Kopfschmerzen. Die Deutschen sind die schlimmsten Käufer überhaupt. Erst krabbeln sie stundenlang unter dem Auto herum, dann verlangen sie eine Garantie, dann neue Reifen, und sobald du die aufgezogen hast, verschwinden sie unter fadenscheinigen Gründen. Wir exportieren, je weiter weg, desto besser. Aus den Augen, aus dem Sinn, nicht?

Ich denke, wir werden bald getrennte Wege gehen. In einem Autohaus war's. Der Verkäufer sagte mürrisch: Ich habe wegen dieses Mazda 323 so viele Anrufe bekommen, ihr braucht gar nicht zu handeln. Der ist schon zu günstig.

Dennoch stachelte mich Igor zum Feilschen an. Das bringt nichts, entgegnete ich, lass uns lieber schnell bezahlen und wegfahren, sonst erhöht er noch den Preis.

Wetten wir um ein Bier, dass er einknicken wird?, fragte Igor. In einem günstigen Moment, da der Verkäufer sich entfernte (bei offenem Fahrzeug! Ein erfahrener Autohändler!), griff Igor in den Motorraum hinein. Sag dem Verkäufer, dass die Klimaanlage nicht funktioniert, meinte er dann.

Aber sie hat gerade funktioniert, ich habe es selbst kontrolliert, erwiderte ich.

Jetzt nicht mehr.

Ich sagte es dem Verkäufer. Die Klimaanlage hat noch gestern kalte Luft geblasen wie verrückt, wunderte er sich.

Sag ihm, dass es draußen heiß ist, stachelte Igor mich an. Sag

302

ihm, dass jemand diesen Mazda tausend Kilometer durch die Hitze fahren muss. Mit einer kaputten Klimaanlage!

So drückten wir durch eine Verstellung der Kabel den Preis um hundertfünfzig Mark.

Das war's, bald beende ich die Zusammenarbeit mit Igor, sagte ich zu Julia noch am selben Abend.

Warum? Deine Geschäfte laufen gut. Alle schummeln ein wenig, tröstete sie mich.

Ich will mich nicht deshalb von ihm trennen, erklärte ich. Aber wenn er andere so dreist betrügt, dann früher oder später auch mich. Vielleicht hat er längst damit begonnen.

Julia zuckte mit den Schultern und sagte: Ich weiß nicht. Ich bin doch auch mit Tanja befreundet.

Ich kann nicht auf Julias Freundschaften Rücksicht nehmen. Es ist doch eine Sache, am eigenen Fahrzeug zu fummeln, und eine ganz andere, ein fremdes Fahrzeug vor den Augen seines Besitzers zu manipulieren. Ich werde noch ein wenig mit Igor zusammenarbeiten, denke ich, nein, nicht um zu lernen, wie sich eine Klimaanlage mit einem einzigen Handgriff unter die Motorhaube abstellen lässt. Aber die russischen Kunden gehören fast alle ihm, ich muss eigene finden. Dann werde ich mir auch einen Anrufbeantworter besorgen. Wenn Interessenten morgens anrufen, wird ihnen auf Deutsch, dann auf Russisch mitgeteilt: Das Fahrzeug, für das Sie sich interessieren, ist in einem sehr guten Zustand und unfallfrei. Der Preis ist ein wenig verhandelbar. Rufen Sie bitte um vierzehn Uhr noch einmal an.

Die Geschichte soll die Morgen haben, die ihr gebühren.

Mutter ist wieder zu Hause. Wie oft habe ich gesagt: Mutter ist im Krankenhaus? Die beiden Sätze geraten durcheinander und ich weiß kaum mehr, wann sie im Krankenhaus war und wann zu Hause. Sie sagt: Endlich wieder zu Hause. Wie hat mich das Krankenhaus zermürbt.

Ja, die weißmetallenen Oberflächen, nicht die lästige Krankheit, haben Mutter ausgezehrt. Auch eine Wunde wird erst durch das quellende Blut sichtbar, nicht den Schuss. Endlich wieder zu Hause ... Julia, packst du bitte den Koffer aus?

Zu Hause, das bedeutet in unserer Wohnung. Wir können Mutter jetzt nicht alleine wohnen lassen. Einmal versuchte sie, mich, das Neugeborene, den Säugling, das Kleinkind zu umsorgen und sorglos sein zu lassen, und scheiterte. Ich bin in meinen ersten Lebensjahren nie sorglos gewesen. Mutter scheiterte ohne eigene Schuld. Auch ich tue, mit Julias Hilfe, alles, damit es ihr besser geht, und werde, ich weiß es jetzt schon, scheitern. Immer kommt so eine Zeit. Spät am Abend lausche ich. Ob sie ruhig atmet? Alle Türen stehen weit offen, ich höre trotzdem nichts. Ich betrete das Wohnzimmer – sie schläft und atmet kaum merklich –, gehe zurück, lege mich ins Bett und lausche weiter. Kein Vogel schreit. Autos fahren dann und wann vorüber, dann und wann Regen. Das ist der Spätfrühling.

Es waren einmal Hasen, die lebten in einem Garten vergnüglich unter anderen Kaninchen. Warum: Kaninchen und Hasen? Warum: unter anderen? Ich schwöre beim Streichelzoo unserer Stadt, anhand des Fellmusters und der Ohrenlänge hätte man sie kaum auseinanderhalten können. Gelegentlich paarten sie sich und bekamen Nachwuchs, mal Kaninchen, mal Hasen. Es handelte sich eben um Menschen.

Es war einmal ein Garten, der hieß Ungarn, darin verfassten federführende Kaninchen Hasengesetze. Das Hasengesetz von 1938 besagte: Wer qua Papier freitags und samstags statt sonntags betet, ist, unabhängig davon, ob er betet, Hase. Darüber hinaus, wer sich auf dem Papier vor weniger als zwanzig Jahren für den Sonntag entschieden hat. Darüber hinaus, wer in den letzten zwanzig Jahren als Hasensprössling (Definition für Hase siehe oben) zur Welt gekommen ist.

304

Nur ein Jahr später wurde das Hasengesetz modifiziert. Nun hieß es: Wer auf dem Papier freitags und samstags statt sonntags betet, ist, unabhängig davon, ob er betet, Hase. Darüber hinaus ist ein Hase, wer auf dem Papier erst nach seinem siebten Geburtstag angefangen hat, sonntags zu beten. Aber auch, wer auf dem Papier vor seinem siebten Geburtstag vom samstäglichen zum sonntäglichen Gebet übergegangen ist, ist Hase, wenn einer seiner Elternteile auf dem Papier nicht sonntags betet oder die ganze Hasensippe nicht seit wenigstens neunzig Jahren im ungarischen Garten lebt.

1941 wurde das Hasengesetz grundlegend geändert. Es stellte fest: Hase ist, wer drei oder mehr Hasen als Großeltern besitzt. Darüber hinaus, wer zwei Hasen als Großeltern besitzt und selbst als Hase geboren wurde. Darüber hinaus, wer zwei Hasen als Großeltern und einen Elternteil besitzt, der zum Zeitpunkt, da die Ehe zwischen den Elternteilen geschlossen wurde, nicht sonntags betete. Darüber hinaus, wer zwei Hasen als Großeltern besitzt und mit einem Tier verheiratet ist, das wenigstens einen Hasen unter seinen Großeltern besitzt. Darüber hinaus, wer das Kind einer Häsin und eines Unbekannten ist. Darüber hinaus das Kind einer Halbhäsin und eines Unbekannten, wenn bei der Geburt des Kindes entweder dieses oder die Mutter nicht sonntags betete. Darüber hinaus, wer einen Hasen unter seinen Großeltern hat, wenn der dazugehörige Elternteil Hase ist und der Betroffene nach der Verabschiedung dieses vielgliedrigen Gesetzes geboren wurde.

Demnach genügte bisweilen ein einziger Hase als Großelternteil neben drei Kaninchen, um als Hase zu gelten. Wo hat man das in der Tierwelt je erlebt? Das gibt es nur bei Menschen. Diese letzte Hasendefinition der Kaninchen übertrumpfte sogar die Mutter aller Gesetze betreffs der Hasen, die erste Verordnung zum Reichswolfsgesetz zu Nürnberg 1935. Im Großwölfischen Reich fanden sich im Frühling 1944, als ich zweieinhalb Jahre zählte, auf freier Flur aber nur noch äußerst vereinzelt Hasen, wenn sie etwa mit einem Wolf verheiratet waren (solche und solche Wölfe gab es ja; es waren längst nicht alle welche).

Es waren einmal wild gewordene Wölfe, die marschierten in den ungarischen Garten ein. Sie tackerten den gesetzlich festgestellten Hasen mit ihren geschärft-erfahrenen Zähnen gelbe Sterne an die Ohren. Da es sich um Menschen handelte, wurden die Sterne an Mäntel genäht.

Es waren einmal methodische Wölfe und bei ihnen in die Lehre gegangene Kaninchen, die begriffen allmählich, dass der totale Krieg gegen Bären und Welthasentum verloren gehen würde, und wollten die Hasen trotzdem (oder gerade deshalb?) vernichten. Im Sommer 1944 war's. Die Hasen wurden in Güterwagen verladen, weil Personenwagen Menschen vorbehalten sind. Ungarische Kaninchen brachten die Hasentransporte bis an die Gartengrenze, öffneten die Waggons und fragten auf sachliche Gendarmenweise, ob die Juden Wertgegenstände bei sich hätten. Besser sei es doch, in Ungarn Verdientes den Ungarn abzutreten als den Deutschen. Die Juden fragten zurück, ob sie dafür Wasser bekämen (im Sommer war's), ein Handel fand statt oder auch nicht, dann übernahmen Wölfe die Hasentransporte.

Nördlich vom ungarischen Garten war ein Schakalgarten. Nördlich davon war ein von Wölfen okkupierter Wald. Dort stand eine Fabrik, die Gleise aus allen Himmelsrichtungen sammelte. Ein brausendes Feuer zu Ehren des Wölfischen Führers und des Wölfischen Reiches war dort entfacht worden. Hasen verbrannten. Sortierte Koffer, Kleider und Goldzähne dagegen fanden den Weg ins Herz des Wölfischen Reiches.

Es waren einmal Bären, die führten Krieg gegen Wölfe und Schakale in Gartennähe und sympathisierten, so hieß es, mit verfolgten Hasen. Statt die mächtige Tatze auf die Gleise zu legen, Schienen zu zerstampfen, auf dass keine Züge mehr führen, schrieben die Bären zierliche Protestnoten. Und das Welthasentum schaute tatenlos zu, wie Gleise sich bis zum Horizont zogen, wie

306

die Gleise sich nicht umdrehten, wie sie nicht mit dem Gesicht nach unten kuschten. Auf langer Fahrt würde sich die Kohle im Tender nicht erschöpfen, nur stets zur Neige gehen. Wasser würde zuverlässig zur Verfügung gestellt, wenn auch nicht für die hinteren Waggons, nur für die Lokomotive. Zwecks Abfahrt und Ankunft musste nur die Lokomotive allseitig versorgt werden, nicht die gezogenen Wagen.

Da ich diese Blätter noch einmal lese (ich habe sie letzte Woche auf dem Tisch liegen lassen – da liegen sie noch immer) – was habe ich da hingeschrieben? Eine fabelhafte Geschichte? Hasen sind nicht koscher. Es ist auch keine ungarische Fabel, ich war selbst nicht dort, trank keinen Honig und Bier. Ums Gemüt wurde mir nicht satt und bunt. Und ich weiß auch nicht, welche Lehren man daraus ziehen könnte.

Ich stand damals im fortgeschrittenen dritten Lebensjahr. Was vermögen Kinder da nicht schon alles! Ein Puppenspiel schenkte mir Großmutter zwar nicht, ich besaß keine Bühne mit stummem Personal, das mein früh gereiftes Gemüt mit Gewalt an sich gezogen, dem ich hätte Leben einhauchen dürfen. Keine neue Welt entstand in dem engen Zimmer. Großmutter dachte vielmehr daran, durch allerlei nahrhafte Bissen des kindlichen Hungers Herr zu werden und das Wachstum meiner Glieder zu fördern. Äußerst selten und unter einem Anschlag auf unsere Finanzen wurde der sogenannte Kleiderschrank, der umfänglich nicht existierte, aufgefrischt, auf dass ich winters nicht fröre. Außerdem schenkte mir Großmutter ein Essbesteck, bestehend aus einem Löffel und einer Gabel.

Der Löffel ist wunderbar. Aber wozu haben Sie die Gabel gekauft?, fragte Mutter.

Von wegen gekauft, brummte Großmutter. Hältst du mich für dumm? Die gab es umsonst dazu, die kosten jetzt nichts. Wir essen nicht nur Suppe, Gott sei Dank, aber so oft kommen große Brocken

307

den Leuten nicht auf den Teller, dass sie sich nicht mit den Händen helfen könnten.

Und wäre mir selbst ein ganzes Puppentheater zuteilgeworden, ich hätte es nicht angerührt. Mir scheint, ich war müde wie ein alter Mann, der schon lange am Abgrund, am Grubenrand, entlangschlittert. Erschöpfung muss ich um die Herzgegend getragen haben, aber der Kopf mitsamt Gedächtnis, Ohren und Augen gebärdete sich munter wie eh und je. Nachrichten tropften, kullerten, schäumten aus dem Radio. Im Mai hieß es: Der Schwarzmeerhafen Sewastopol, die ganze Krim befreit! Dann: Achtung, Achtung. Endlich eröffnen die englischen und amerikanischen Verbündeten eine zweite Front im Westen. Sie landen in Frankreich an der Atlantikküste und setzen sich fest.

Euphorisch sprach das Radio von der Befreiung von Witebsk und Minsk. So und so viele gegnerische Divisionen, ganze faschistische Armeen werden in diesen Stunden aufgerieben! Die Okkupanten fliehen, wir rücken vor und vernichten sie. Von der Befreiung von Vilnius erzählte das Radio und glückselig weinenden Menschen, die die Straßen säumten und winkten, als die Rotarmisten einmarschierten. Dann wandte sich das Radio nach Moskau und berichtete vom Marsch deutscher Kriegsgefangener: Kolonne um Kolonne, Tausende und Abertausende einstmalige Okkupanten stolpern in Lumpen über die Gorki-Straße. Die Moskauer Bevölkerung steht auf den Bürgersteigen und wohnt diesem Triumph bei. Wie diesen abgerissenen Gefangenen wird es allen geschehen, die es wagen, sich an unserem sozialistischen Staat zu vergehen! Dann feierte das Radio die Befreiung Lembergs und Brest-Litowsks. In Brest-Litowsk, sprach es gerührt, überschritten die Faschisten heimtückisch in der Nacht des 22. Juni 1941 unsere Grenze. Nun ist Brest-Litowsk wieder unser. Kein einziger Faschist fühlt mehr sowjetischen Boden unter den Füßen, es sei denn, er hat schon kapituliert und befindet sich in Kriegsgefangenschaft, in Taschkent oder Charkow. Sämtliche sowjetischen Territorien

308

sind befreit, bald überqueren wir die Grenzen des faschistischen Staates. Bis nach Berlin werden wir marschieren!, rief das Radio.

Bald in Berlin, sagte unser Zimmernachbar Lev.

Hoffentlich kehren wir bald zurück nach Charkow, sagte Großmutter.

Die Stadt wird es so nicht mehr geben, meinte Lev. Ihr baut sie wieder auf! Wie wir die Faschisten besiegen, so werden wir ...

54. Geb

Antwort Nr. 54

Der 17. Oktober 1995 steht vor der Tür. Getrübtes Grau hinter gelegentlicher Regendecke. Man verliert sich selbst. Wo sind die Zeiger jetzt? Angenommen, das Leben hat vierundzwanzig Stunden, sodass es um die Geisterstunde anfängt und mit dem übernächsten Glockenschlage zwölf wieder aufhört. Vor drei Jahren, als ich weißes Papier überschwänglich auf dem Tisch platzierte, gingen die Zeiger auf siebzehn Uhr. Da geht die Sonne schon bald unter. Die blau-schwarzen Nachtstunden, die rauchgraue Morgendämmerung, der ganze wohltuend ereignisarme Vor- und Nachmittag – meine Lebensjahre in Charkow waren einigermaßen still, mit einem Auge für die kleinen Dinge – kehrten auf Papier wieder. Währenddessen rückte der kurze Zeiger um eine volle Einheit vor, auf sechs. Verschiebt sich dadurch, dass meine Zeiger vorwärtsschreiten, die Geisterstunde ein wenig? Die Wanduhr, die leise auf ihre eigene Weise tickt, meint: Nein. Noch eine halbe Umdrehung des kurzen Zeigers, dann schließt sich der doppelte Kreis der vierundzwanzig Stunden. Einmal schon hat der kurze Zeiger das Ziffernblatt umrundet; wohin ich auch schaue, überall ist Vergangenheit.

Währet unser Leben siebzig Jahr? Oder achtzig, wenn's hochkommt? Ist es köstlich gewesen? Oh, wenn nicht, der Mühe, der Arbeit sei's nicht angelastet.

Heiter erzählen? Oder nur mit zusammengebissenen Zähnen wird's wohlgefällig? Mit knirschenden jedenfalls nicht.

Anna, die extra für meinen Geburtstag zu uns gekommen ist, erzählte: Ich war bei Max zu Hause, ich habe seine Eltern kennengelernt.

Und?

Was und? Sie waren sehr nett. Sie haben ein wirklich großes Haus.

Das ist etwas anderes als unsere Wohnung, sagte Julia. Gefällt es dir dort besser?

Mama, darum geht es doch nicht. Mir gefällt es bei euch am besten. Aber sie haben mich gut aufgenommen, ja ... Papa, heute ist dein Geburtstag. Geh nicht krumm wie ein Fragezeichen. Du hast keinen Buckel.

Dein Vater hat schon immer zum Boden geschaut beim Gehen, antwortete Julia für mich.

Dafür habe ich eine Tochter, die mit beiden Füßen fest auf dem Boden steht. Ich habe mich heute, an meinem Geburtstag, in meinem Arbeitszimmer eingesperrt und werde hierbleiben, bis die Gäste kommen, um über Anna zu schreiben. Ein ganzer souveräner Mensch ist sie, der mir bis zur Nasenwurzel reicht. Beim eigenen Geburtstag steht man im Mittelpunkt und also das eigene Kind. Denn was man im Leben geleistet und erreicht hat, zeigt sich doch auch in den eigenen Kindern, so wie man einen Apfelbaum nicht nur nach seinem Wuchs, sondern auch nach seinen Früchten beurteilt.

Aber ein gewachsenes Selbst ist das Kind und gebärdet sich eigensinnig.

Vater werden, Vater sein? Körperlos wie der Schnee vorvergangener Jahre muten heute die Einwände an, die ich damals, vor mehr als zwanzig Jahren, in quälenden Gesprächen mit Julia gegen ein Kind vorbrachte. Natürlich hatte ich meine guten Gründe, das denn nun doch, wie immer.

Ich habe dich nicht geheiratet, um keine Kinder zu haben, teilte mir Julia im sechsten Ehemonat mit.

311

Wie erzählen wir dem Kind eine Familiengeschichte ohne Gesichter?

Nein, das sagte ich nicht, sagte stattdessen: Das ist eine schwierige Frage.

Nein, eine ganz einfache, komm her!, brauste sie auf. Hätte ich das gewusst, hätte ich dich nicht ... du bist tief im Unrecht, warum hast du mir bei unserem ersten Treffen nicht verraten, dass du keine Kinder willst.

Widersinniger Schnee vorvergangener Jahre. Das Kind steht auf weiter Flur und sagt, ich solle gerade gehen.

Bitte, versuchte ich mich bei Julia über die Zeit zu retten, bitte nicht jetzt. Erst das Buch, dann das Kind. Lass mich erst die Übersetzung des Elfenbeinklaviers vollenden. Dort steht: Komm an meine grüne Seite! Wie soll ich gleichzeitig in einem Doppelleben bestehen und ein Kind haben?

Arthur, entweder eine richtige Familie oder keine. Wenn du nicht, dann ich ... Ich will ein Kind. Wenn dir Kinder gleichgültig sind – aber das ist ja furchtbar! –, aber wenn das wirklich so ist, denk wenigstens daran, dass kinderlose Paare keine Wohnung und keine Beförderungen bekommen. Keine Kinder zu haben ist ein Missgeschick. Kinder, das ist Hoffnung. Aber du verhöhnst mich.

Werdende und gewordene Väter hatten keinen Zugang zur Geburtsstation. Über Beziehungen und mehrere knisternde Briefumschläge gelangte ich wenige Tage vor dem voraussichtlichen Geburtstermin dort hinein. Ich schlich in einen Kreißsaal nach dem anderen, glücklicherweise war keiner belegt. Eine Tasche trug ich an der Brust, darin lagen, durch Stofffetzen voneinander getrennt, äußerst helle und beständige Glühbirnen. Die waren nicht im Handel zu bekommen gewesen, sondern aus einem Zeichenbüro entwendet und mir gegen viel Geld abgetreten worden. Ich betätigte die Lichtschalter, ließ das Licht an- und wieder ausgehen. Keine Leuchte stellte mich zufrieden. Keine strahlte unbe-

312

schwert. Aber das Kind sollte bei der Geburt verbindliches Licht der Welt erblicken, das es gut mit ihm meinte.

Ich trug nicht genügend Glühbirnen bei mir, um sämtliche Lampen in vier Kreißsälen auszutauschen. Ob die Krankenschwester (gerade war ein gut gefüllter Briefumschlag in ihrem Busen verschwunden) sicherstellen könne, dass die Geburt in einem bestimmten Saal stattfinde? Nein, das hänge ganz von den Umständen ab. Erfolgten mehrere Geburten neben- und aufeinander, so käme meine Frau, wenn sie bereit wäre, in das zuerst frei gewordene und aufgeräumte Zimmer. Ich bräuchte mir keine Sorgen zu machen, ihr und dem Kind werde die allerbeste Behandlung zuteilwerden, ob nun in Kreißsaal eins, zwei, drei oder vier.

Was blieb mir übrig, als die kostbaren Glühbirnen gleichmäßig auf die vier Kreißsäle zu verteilen, damit dem Neugeborenen, in welchen Kreißsaal es von den widrigen Umständen auch verschlagen werde, in jedem Fall wenigstens ein Glanzlicht zur Orientierung diente. Damit Falter nach Gutdünken trommelten und sich an den Glühbirnen schadlos hielten, wenn sie, der Kälte dieses Herbstes trotzend, wegen der Geburt meines Kindes den Kreißsaal aufsuchten. Ganz besondere Glühbirnen schraubte ich ja ein; sie liefen, auch wenn sie lichterloh strahlten, nicht heiß an und würden Schmetterlingsflügel bloß ein wenig wärmen.

Ich betätigte die Lichtschalter. Es wurde hell. Mehr lag nicht in meinen Händen. Ich konnte nicht die Welt verändern. Immerhin sorgte ich für genugsame Beleuchtung bei der Geburt. Ich löschte das Licht, um die Glühbirnen zu schonen, und ging.

Im Herbst 1972 war's. Ich sah zum Fenster hoch, hinter dem Julia stand und ein verpacktes winziges Gesicht in Händen hielt. Ich winkte mit Händen und Blumen, rief Sinnloses herauf, sie schüttelte den Kopf, hörte nicht. Über eine Krankenschwester leitete ich die Blumen, winterlich-kaukasische Erdbeeren und Kirschen und Schokolade nach oben.

Auf Annas Geburtsurkunde prangte: Vater Jude, Mutter Jüdin.

313

Auch ihre vier Großeltern, acht Urgroßeltern, sechzehn Ururgroßeltern und zweiunddreißig Urururgroßeltern waren Juden. Weitere Juden hatten sich seit meiner Geburt in den Schacholymp gespielt, weitere Juden hatten die Welt durch Klavier- und Geigenklänge erfreut, weitere Juden hatten Nobelpreise bekommen. Was änderte das? Meine Tochter hatte nur eine Familiengeschichte.

Wir entschieden uns gegen die Tradition, nach der das Kind den Namen eines verstorbenen Verwandten erhalten soll. Arthur Segal heiße ich zu Ehren meines Großvaters väterlicherseits, der ein Jahr vor meiner Geburt am kranken Herz starb. Aber wir wollten das Kind nicht nach meiner Großmutter oder Julias Urgroßmutter benennen; Dora und Hannah, das klang uns zu jüdisch. Stattdessen gaben wir dem Kind einen unverfänglichen, internationalen, sowohl in der Sowjetunion als auch anderswo weitverbreiteten Vornamen. Der, immerhin, unmittelbar mit einem der Namen zusammenhing, den wir dem Kind eigentlich hätten geben sollen.

Vier Tage nach seiner Geburt bekam ich in der Eingangshalle des Krankenhauses das Kind zum ersten Mal aus der Nähe zu sehen. Julia hielt es mir hin. Es ist gesund, die Augen sind nicht von mir, alles ist gut, sagte ich. Blauäugig ist sie.

Meine Mutter, die glücklich danebenstand, entgegnete: Solche Augen hattest du auch.

Die meisten Säuglinge haben blaue Augen, sagte Julia. Sonst ist sie dir wie aus dem Gesicht geschnitten.

Jedermann bestätigte das. Julias Vater, möge er für uns beten, entzückte sich: Wie unschuldig sie dreinschaut.

Ilja, Julias Bruder, meinte: Wie ein Neugeborenes eben.

Falls es nichts weiß und nichts versteht, dachte ich und sah dem Kind in die Augen, versuchte zu verstehen, wie verständig es sei.

Ich hatte Angst, es zu halten. Julia wollte es mir noch im Krankenhaus geben. Ich konnte unbemerkt abwiegeln, weil viele willige Hände sich nach ihm streckten. Wir fuhren nach Hause. Was

314

sage ich über den damaligen Herbst? Heute früh war ich in unserem Wäldchen spazieren. Tranquillo - die Vögel denken ... Nur so viel: Die Kälte tat den bunten Bäumen keinen Abbruch ... Zwischen Auto und Haustür fanden sich wieder genug verwandte Stützen. Am Abend aber sagte Julia: Hilf mir! Du hast Anna nicht einmal berührt. Gefällt sie dir nicht? Sie ist dein Kind.

Sie gefällt mir mehr als alles andere, sagte ich. Aber sie ist wehrlos und hat einen weichen Kopf. Was, wenn ich krank werde, während ich sie halte? Wenn ich stürze? Würde ich sie, wenn ich falle, sicher betten?

Du bist verrückt, antwortete Julia entsetzt. Wirst du sie nie in die Arme nehmen?

Doch, sobald ihr Kopf nicht mehr so weich ist.

Arthur, alle trauen sich, alle greifen zu und streiten sich, wer als Nächstes darf. Deine Mutter, meine Mutter, Ilja, Mascha, selbst mein Vater! Entweder oder. Entweder du wirst oder.

Sie drückte mich auf das Sofa und sagte: Wenn du sitzt, wirst du sie nirgendwohin fallen lassen! Dann legte sie mir das Kind auf den Arm und verließ das Zimmer. Ich saß und schaute Anna an. Erwachsen wie die Arme, auf denen sie lag, war ich. Neugeboren war sie, tat nicht viel, sagte nichts. Sie sah mir in die Augen. Die Augen ganz anders als meine, gingen nicht über, die Blicke schweiften kurzsichtig, wie es sich gehört, umher. Was außerhalb des Zimmers tönte, verfehlte ihr Ohr, nicht?

Sie schwieg, ich schwieg mit, bemerkte nur: Man kann sagen, dass deine Mutter und ich uns fast von Anfang an ineinander verliebt haben. Ja, so kann man es sagen. Mehr erzähle ich dir nicht.

Anna schwieg. Das Kind kann ja nichts, versteht nichts, sagte ich mir. Sonst ist es mir wie aus dem Gesicht geschnitten. Was ist schon Blutsverwandtschaft ersten Grades gegen die Zustände der Welt.

Julia trat herein, sagte erfreut: Siehst du, es ist nichts passiert. Jetzt kannst du ruhig mit ihr aufstehen.

Wir mussten nirgendwohin fliehen. Der übliche Weg, den meine Tochter in ihren ersten drei Lebensmonaten zurücklegte, war der um die drei Tannen unseres Häuserblocks. Wenig merkte sie davon, weil in unzählige Pullover und Mäntel gewickelt und vor dem Wind durch einen Kinderwagen allseits geschützt. Weiter, etwa in den Park, trauten wir uns nicht, weil November, weil Januar, weil Februar, weil Eiseskälte und es zu Hause am sichersten ist. Keine Fahrten, nirgendwohin, nicht mal die allerkürzesten, unter keinen Umständen, hatte ich mir noch vor ihrer Geburt bei Julia ausbedungen.

Erst als mich Anna neun Jahre später fragte: Papa, wenn du die Wahl hättest, mit wessen Augen würdest du die Welt für einen Tag sehen wollen? – und, ohne eine Antwort abzuwarten, hinzufügte: Ich würde morgen gerne mit den Augen meiner Ukrainischlehrerin sehen. Dann weiß ich, was im Test übermorgen drankommt, und kriege eine gute Note. Erst als sie nach einer traurigen Indianergeschichte sagte: Wenn das so schlimm war ... dann wäre ich lieber vor tausend Jahren geboren worden.

Lieber als jetzt?

Nein, lieber als zur Zeit der Indianer. – Erst dann beruhigte ich mich. So reden ja wirklich nur ahnungslose Kinder.

Mein Geburtstag ist vergangen. Es war so: Verwandte, alte neue Freunde und Roth klingelten, traten ein. Die meisten von ihnen drückten mir mehr oder weniger gut gefüllte Briefumschläge in die Hände. Roth reichte mir etwas in Geschenkpapier gewickeltes viereckiges Hartes.

Ein Buch?, fragte ich.

Er zuckte nur mit den Schultern.

Liebe Gäste, was gibt es Neues? Erzählt! (Aber ich sagte nicht: Beeilt euch, es ist nicht ausgemacht, dass viele weitere Geburtstage solcherart Erwähnung finden werden. Sonst hätte sich noch jemand empört und gemeint, ich sei erst vierundfünfzig geworden.)

316

Was ich mache, weißt du, lachte der Gauner Igor, der einträglich die Zeit in Fahrzeugen zurückdreht. Aber wie lange noch, wie lange? Tanja schneidet Haare, meine mittlerweile umsonst, weil doch Igor und ich so eng zusammenarbeiten, wie sie sagt. Sergej hat die Arbeit als Elektriker aufgegeben. Es hat keinen Sinn, sagt er. Es bleibt mehr übrig, wenn ich Pizza ausfahre und Geld vom Sozialamt bekomme, als wenn ich acht Stunden am Tag Drähte zusammenschweiße. Ina arbeitet in einem russischen Reisebüro. Sie kann eigentlich nicht über Sergej klagen, sie fahren mindestens dreimal im Jahr mit den Kindern in Urlaub. Einmal hat Sergej an einem Geschichtsinstitut anheuern wollen – jetzt äußert er sich kaum mehr zur Geschichte, weil er wegen heißer italienischer Gerichte und sonstiger Nebenverdienste (Wohnungen tapezieren, bei Umzügen helfen) kaum freie Zeit hat.

Nach vier Jahren in Deutschland haben alle begriffen: Dies ist kein Land, wo Milch und Honig fließen, doch dieser wie jene sind, mit Hinzuverdienst, allenfalls auch ohne, im Supermarkt zu kaufen. Nie fehlen diese Produkte im Regal. Mehr als die Hälfte aller sogenannten Kontingentsflüchtlinge erhält Sozialhilfe; unsere Eltern, die mit uns herübergekommen sind, sind noch in der Sowjetunion in Rente gegangen. Hier bekommen sie Sozialhilfe und packen gelegentlich Koffer, um, wenn es gut geht, auf Busreise zu gehen.

Vermieter haben sich an die neue Klientel gewöhnt und schätzen die zuverlässige Überweisung der Miete durch das Sozialamt. Nach gerade einmal einem Monat im Wohnheim haben Mascha und Ilja eine Wohnung gefunden. Bloß liegt die in einem Viertel, in dem nicht notwendigerweise Deutsch gesprochen werden muss, um verstanden zu werden.

Das sogenannte Ausländersein tragen wir wie unter einem Hut. Bei erstbester Gelegenheit, also unter vier Augen mit anderen Halbfremden, lupfen wir ihn und eine landesfremde Sprache spru-

317

delt aus uns heraus. So wie bei meinem Geburtstag. Wenn Julias Gemeinschaftssinn nicht wäre, verbrachte ich ihn ausschließlich mit ihr, Mutter, Anna und Roth. Dann hörte ich nicht, wie Mascha, vor der ein voller Teller stand, zu Julia sagte: Ich bin seit einer Woche auf Diät. Merkst du das?

Ilja redete dazwischen: Das ist erst der Anfang, noch fünfmal so viel, dann ist es gut.

Sie, empört: Dann sehe ich aus, als käme ich aus einem Konzentrationslager.

Wie kann man so etwas sagen?

Die Toasts, halb ersehnt, halb befürchtet, machten mich rasch bis zum Haaransatz trunken. Gesundheit zuallererst, Glück, Erfolg ... bewährst dich auf unterschiedlichen Feldern ... deine Tochter ... auf deine Mutter zuallererst! Noch viele Jahre, Rosa Israilewna ... noch besser als ... noch besser als früher ... deine Gesundheit. Alles richtig und wie bei den letzten Malen.

Die Sprache ist eine Sache, die Aussprache eine andere, erläuterte ich ungefragt. Ich habe einen starken Akzent, weil ich am Anfang kein Deutsch gesprochen habe. Woher ich komme, werde ich manchmal gefragt. Oder: Was für ein Landsmann sind Sie? Oder: Wo sind Sie geboren worden? Segal – hört sich baltisch an. Die Deutschen scheinen das Gehör für jüdische Namen verloren zu haben. Ich komme aus der Ukraine, antworte ich. Stimmt das etwa nicht? Wenn einer fragt: Wo sind Sie geboren worden?, ist: Ich bin Jude! doch keine passende Antwort. Oder antworte ich: In einem Zug nach Osten, aber das war die richtige Richtung, weil im Westen ... Je mehr ich sagte, desto mehr müsste ich ergänzen: in Sicherheit. Auf der Strecke zwischen Charkow und Stalingrad. Im Oktober 1941, als Charkow fiel und Stalingrad noch stand. Da antworte ich lieber, ich komme aus der Ukraine. Sie sprechen gut Deutsch, wundern sich die Leute dann. Ich bin Übersetzer, erkläre ich. Stellt euch vor, wie kompliziert es erst wird, wenn Julia und ich im Ausland sind und von jemandem gefragt werden, wo wir

318

herkommen, und dieser jemand, Franzose oder was, wenn er von Deutschland hört, gleich einen bösen Blick aufsetzt. Was sagt man? Etwa: Was haben Sie denn gegen Deutschland? Oder lieber: Ich bin kein Deutscher! Oder: Aber ich bin doch Jude!

Wir müssen lernen loszulassen, sagt man. Das Leben? Oder alles andere? Ob mir irgendjemand zuhörte? Immerhin fragte Ina höflich: In welcher Sprache denkst du?

Immer in der, die dem Gedanken am nächsten liegt. Über dich denke ich auf Russisch. Über Geschichte und mein Seelenleben denke ich zweisprachig.

Jemand bat, den Fernseher einzuschalten. Ein wichtiges Fußballspiel. Noch drei Minuten durchhalten!, sprudelte es aus dem Kasten. Passt zu, Flanke, klärt, Ecke, ins Nichts ... was macht ... erkämpft sich den Ball ... eine Minute ... Schlusspfiff. Sieg! Sieg!, schrie es. Sehr gute Voraussetzungen für ... Sieg! Macht den Fernseher aus!, rief ich. Sieg was? Fußballspieler feiern. Sieg was? Lasst uns sprechen, spielen meinetwegen, bloß macht den Kasten schwarz und stumm.

Genau, lasst uns spielen. Stadt-Land-Fluss, schlug Tanja vor. Flora-Fauna-Automobilmarken-oder-modelle. Wir rasselten ein paar Buchstaben herunter. Roth spielte auf Deutsch mit und gewann, weil er mit denselben Anfangsbuchstaben zu anderen Worten gelangte als wir. Lasst uns Gauner spielen, schlug Igor vor. Jeder zieht verdeckt eine Karte. Zwei Buben sind dabei, das sind die Gauner, alle anderen Karten stehen für friedliche Bürger. Jeder kennt nur seine eigene Karte. Zuerst machen alle die Augen zu, die Gauner öffnen die Augen, einigen sich auf einen friedlich schlafenden Bürger, den sie umbringen wollen, und zeigen auf ihn. Dann machen alle wieder die Augen auf und der Moderator (die Rolle übernehme ich beim ersten Mal) verkündet, wer von den Gaunern ermordet worden ist. Nun entscheiden alle gemeinsam, wer die beiden Gauner sind.

Die Karten sind doch verdeckt, wandte Ina ein.

319

Eben. Man diskutiert, dann wird abgestimmt. Gegen wen sich die Mehrheit entscheidet, der zeigt seine Karte. Wenn's ein Gauner ist – gut. Wenn nicht – schade drum, aber die Bürger sind noch in der Mehrzahl. Dann schließen alle wieder die Augen, die Gauner bringen einen weiteren Bürger um, dann wird wieder aufgewacht, diskutiert, abgestimmt, aus dem Spiel geworfen, geschlafen, gemordet und so weiter, bis die Gauner alle Bürger ermordet haben oder bis die beiden entlarvt worden sind.

Wir mühten uns redlich und beschuldigten einander ratlos. Ilja, du guckst gaunerhaft.

Nein, ich gucke unschuldig. Ina, du redest zu viel, dich werfen wir hinaus.

Warum dann nicht Arthur? Der redet immer am meisten.

Was ist mit Herrn Roth? Der schweigt auffällig.

Vielleicht weil er kein Russisch spricht?

Herr Roth, jemand will gegen Sie stimmen.

Ich habe keinen Buben auf der Hand, versicherte er in die Runde. Das verstand jeder. Ahnungslose, haltlose Demokratie, lauthalse Abstimmung. Alle hatten ihren Spaß, die nicht hinausflogen und – je nach Charakter – weiter mitschreien und mitschweigen durften. Einen nach dem anderen traf es denn doch.

Als Sergej ins Kreuzfeuer des Verdachts geriet (warum er? Einer musste aus dem Spiel geworfen, also wenigstens einer verdächtigt werden), erbat er sich eine Verteidigungsrede. Seid vernünftig, sagte er. Ich bin nicht der Gauner. Ina ist gerade von den Räubern aus dem Spiel geworfen worden. Würde ich mich gegen meine eigene Frau wenden?

Da schloss sich die Front gegen ihn endgültig. Er hätte schweigen sollen und hoffen, dass die dunklen Wolken, so wie sie grundlos über ihm aufgezogen waren, genauso grundlos, vielleicht abgelenkt durch das unvorsichtige Wort eines Mitspielers, abziehen würden. Nun wurde ausnahmslos gegen ihn gestimmt. Einen Buben hatte allerdings auch er nicht.

320

Das erste Spiel ging zugunsten der Gauner aus (Julia, Ilja). Jeder wollte noch einmal, jeder wollte den Buben.

Ich bot mich als Moderator an, um Roth im Verlauf der ausgedehnten russischen Debatten auf Deutsch zu unterhalten. Wenn's am schönsten ist, kommt das Laub den Bäumen abhanden, so ist das im Oktober, sagte ich, und dann: Schauen Sie mal zum Bücherregal. Fällt Ihnen etwas auf?

Sie haben viele Bücher, antwortete er.

Als wir vor vier Jahren nach Deutschland auswanderten, musste ich viele zurücklassen. Endlich habe ich sie wieder, der Bruder meiner Frau hat sie mitgebracht. Sonst fällt Ihnen nichts auf?

Ich sehe Ihre Übersetzungen nicht. Haben die keinen Ehrenplatz?

Und ob, hinter den Originalen in der zweiten Reihe. Ich will sie nicht sehen. Mögen die Übersetzungen abgeschlossen sein, vollendet sind sie noch lange nicht. Als sie in Druck gingen, gehörten sie mir nicht mehr. Wenigstens hier genießen sie Schutz hinter anderen Buchdeckeln. Sonst fällt Ihnen nichts auf? Herr Roth, in meinem Bücherregal herrscht kein Zufall. Achten Sie auf die *Gesammelten Werke* Goethes in Schwarz. Rechts neben der *Italienischen Reise* steht das Buch von Tadeusz Borowski. Rechts davon der *Roman eines Schicksallosen*. Rechts davon Kafka und Rilkes Gedichte. Aus literarischer Sicht braucht sich niemand für seine Nachbarschaft zu schämen. Mein Zuhause ist, wo mein Bücherregal steht und wo ich nütze, mir selbst vornehmlich und anderen hoffentlich.

Sie müssen es wissen, Arthur. Sie kennen sich aus mit den Klassikern.

Manchmal scheint mir, dass jeder, der den Kopf in den Nacken legen kann, sich an den Sternen versucht.

Die überwältigende Mehrheit der Menschen schaut geradeaus oder zu Boden, erwiderte er.

Lieber Freund, verzeihen Sie, dass ich Sie kaum zu Wort kommen lasse, ja Ihnen die Worte schier in den Mund lege. Bei meiner Geburt fragte ich mich, ob ich diese als Hohn, Hoffnung oder Missgeschick zu deuten habe. Der Strom der Zeit spült mir manche Antwort zu, heute die vierundfünfzigste offizielle vom Kalender, von Ihnen, von allen Gästen ... wie nicht auch von meiner Tochter. Sie ist extra für meinen Geburtstag aus Wehnau gekommen, obwohl heute Dienstag ist. Was sie mir erzählt hat, werde ich jetzt Ihnen erzählen. Dass ihre Hochschule den Namen des wichtigsten Mäzens trägt, wissen Sie. Nun hat – der Zeitungsausschnitt ging von Studentenhand zu Studentenhand und landete endlich bei mir, Anna hat ihn extra aus Wehnau mitgebracht –, nun hat eine Schule, ein gewöhnliches Gymnasium, zugegebenermaßen auf geschichtsträchtigem klösterlichen Boden, sich an diesem Mäzen abgerieben. Eine große Spende sollte die Schule von ihm erhalten, zum reichsten Gymnasium Deutschlands werden und seinen Namen annehmen. Das mit dem Namen wundert Sie nicht? Nun ja. Zuerst lief alles wie am Schnürchen. Die Stadtpolitiker schlugen Purzelbäume. Der Schulleiter – angetan. Die Lehrer – geneigt. Einigen Eltern und Schülern fiel der Ankauf neuer Computer als erste mögliche Ausgabe ein. Schon hatte ein Festakt zwecks Unterzeichnung der Stiftungsurkunde stattgefunden. Schon stand die Stiftung. Doch je näher die Umbenennung der Schule rückte, desto lauter wurden Fragen gestellt, von anderen Schülern, anderen Eltern, anderen Lehrern, anderen Politikern. Die schrieben Briefe und fragten, welcher Leistungen der designierte Geld- und Namensstifter sich rühme, abgesehen davon, dass er in seinem Leben sehr viel Geld verdient habe? Wie eigentlich habe er es verdient? Ob er durch wissenschaftliche Studien, künstlerisches Schaffen oder politisches Wirken der Gesellschaft genützt habe? Und überhaupt – liege in seiner Vergangenheit nicht etwas im Dunkeln? Um nicht zu sagen – im Argen? Dann der Paukenschlag: Zwar finden die Umbenennung und das Geld eine Mehrheit im Lehrerkolle-

322

gium, doch 29 von 60 Lehrern sind dagegen. Und selbst die Zustimmung der 31 Lehrer ist an Bedingungen geknüpft. Eine Unbedenklichkeitserklärung des Kultusministeriums und der Stiftung, also des Mäzens selbst, wird erbeten, um die Bedenken der Lehrer auszuräumen, dass ihre Schule künftig nicht bloß nach einem Mann heißen würde, der sich freiwillig zu einer Kampfeinheit gemeldet, sondern einem, der sich an Kriegsverbrechen in Charkow, Italien oder anderswo beteiligt hat. Widersprüchlich handelten die Lehrer ja einerseits, indem sie vom Betroffenen selbst eine Erklärung forderten. Wenn er, der wolle, dass die Schule nach ihm heiße, versichere, dessen würdig zu sein, dann sei es gut. Doch leistete andererseits das 60-köpfige Lehrerkollegium nicht bemerkenswerten, ja in Anbetracht der Verlockung, alsbald an der reichsten Schule Deutschlands zu lehren, schriftlich erwähnenswerten Widerstand? Das Ganze fand ja auf dem Lande statt! Gestern noch hatten Politiker den Mäzen mit Ehrentiteln überhäuft. Groß war nun der Zorn von Eltern und Schülern, die sich in ihren Computerhoffnungen enttäuscht sahen. Auf dem Fuße folgte nämlich der zweite Paukenschlag: Der Mäzen tritt von seinem Vorhaben zurück. Geld wird keines fließen. Zu knapp die Mehrheit für die Umbenennung, zu unverschämt die Forderung nach Unbedenklichkeit. Ein Politiker empörte sich: Das Schlimme ist, dass man ihm völlig Unrecht tut. Zu Beginn des Zweiten Weltkriegs war er gerade 15 Jahre alt. Und später, als 18-jähriger Soldat, bekleidete er nur den untersten Dienstgrad. Eine andere Stellungnahme lautete: Der Einzige, der seine Rolle zur NS-Zeit eindeutig klären könnte, ist er selbst. Doch er schweigt.

Ein klarer Fall, sagte Roth. Ihrem Mäzen wurde schließlich nicht verwehrt, seine Kinder zu dieser Schule zu schicken oder Milch im Ort zu kaufen. Die Lehrer hatten völlig recht, einem zweifelhaften Namen nicht zuzustimmen.

Die Lehrer, die schuld waren, dass kein Geld floss, wären beinahe gelyncht worden, sagte ich. Jedenfalls in ihrer Stellung als

323

Lehrkräfte. Um Versetzung sollten sie bitten, möglichst weit weg, wurde ihnen von den Bürgermeistern der betroffenen Gemeinden angetragen. Dann demonstrierten einige Schüler, Eltern und Lehrer zugunsten des Geldes, des Mäzens und seines Namens. Als richtete ein Nachbeben Häuser wieder auf. Sein Entschluss war allerdings unerschütterlich.

Natürlich, wer Geld will, fragt nicht, wer fragt, geht leer aus. Vielleicht hat für Ihren Mäzen der Reiz gerade darin bestanden, schweigend zur Namensgebung zu gelangen. Was sagt Ihre Tochter dazu?

Sie sagt, sie beneidet dieses Gymnasium. Aber ihre Universität befindet sich in großer Gesellschaft. Hochhäuser werden in seinem Namen hochgezogen. An einer anderen Hochschule gibt es einen Saal, der seinen Namen trägt. Gut, einige Studenten protestierten und verlangten die Entfernung des Namensschildes an der Tür. Aber dort ging es bloß um einen von vielen Sälen an einer öffentlichen Universität. Bei meiner Tochter geht es gleich ums Ganze, um die ganze private Universität, von ihrem eigenen Freiplatz und Stipendium zu schweigen. Ich weiß nicht, ob es die UWF ohne diesen Mäzen gäbe. Aber einen Freiplatz für Anna gäbe es bestimmt nicht, wir würden dann dreitausend Mark pro Semester zahlen ... Lieber Herr Roth, ich weiß, ich lasse Sie kaum zu Wort kommen. Ich habe vielleicht ein bisschen viel Wein getrunken. Aber der Baal Schem Tow hatte nichts gegen Wein. Vom Anteil an der kommenden Welt sprach der Baal Schem Tow, wissen Sie. Und von der Liebe zu Gott. Wer Gott liebt, der braucht in der kommenden Welt nicht fürs Diesseits entschädigt zu werden, meinte der Baal Schem Tow. Der Gesegnete ist auf Erden gesegnet, so verstehe ich das. Wer Gottes Gnade findet, ist auf Erden begnadet. Im Reichtum, solcher und solcher Art, liegt der Segen, nicht in der Not, nicht im Elend, nicht in Armut. Eher geht ein Kamel durch ein Nadelöhr, als dass ein Armer, Elender und Verfolgter unter Gottes Gnade wäre, nicht?

Ich weiß, ich rede viel. Aber der Baal Schem hatte nichts gegen Tänze und Wein. Vielleicht war er in Wahrheit heiter, als er sagte: Was brauche ich eine kommende Welt, wenn ich Gott liebe? Vielleicht meinte er: Was fange ich mit allem Gold und Silber dieser Welt an, wenn ich in der Liebe zu Gott schon überglücklich bin? Vielleicht war seine Seele im inneren Gleichgewicht, als er so sprach. Ich verstehe das. Aber die Juden von Kamenez-Podolsk wurden zu einem großen Teil im August 1941 erschossen. Die Verbliebenen wurden in ein Ghetto gesperrt und 1943 erschossen. Keine Sterne mehr in Kamenez-Podolsk, in dessen Nähe doch der Baal Schem Tow in einem vergangenen Jahrhundert geboren worden war. Einmal war sein Sinn so gesunken, dass ihm schien … aber das habe ich schon gesagt. Reden wir über Gott und die Welt. Aber mehr über die Welt, heute, bitte ich. So stelle ich mir das vor: Ein schlichter, unheimlich zarter, dem zweiten eisigen Kriegsfebruar entrissener Falter flatterte um den dichten Bart des Bescht, ein Lufthauch riss ihn zu den herrlichen, weil die Nähe gänzlich durchdringenden Augen empor, ermattet nahm er auf des Meisters Schulter Platz, dem Ohr so nah, dass Fühler gegen weißes Haar sich lehnten, schmiegsame schwarze Strähnen auf keuschem Schnee, und der Falter lispelte, schrie: Baal Schem Tow, seliger, glücklicher, siehst du nicht, was in Kamenez-Podolsk geschehen ist? Hast du nicht dort mit heiligen Augen das Licht der Welt erblickt? Ich sage dir, wie es geworden ist: Düster das Land, auf meinen nächtlichen Zügen leuchten mir dort keine Sterne mehr. Ich habe sie nicht vermisst zu deiner Zeit, aber man gewöhnt sich in Windeseile ans Genehme besonders. Ich will nicht klagen, begünstigter Bescht, nur fühle die Stadt, die Finsternis meiner Nächte. Selbst in den umliegenden Dörfern von gefallenen Sternen keine Spur, nachts im Mondschein manchmal entdecke ich Gestalten, die, wie ich überzeugt bin, ihre Sterne freventlich abgestreift haben und sich in Ställen verstecken. Aber alle anderen – es sind Myriaden gewesen vor sechs Jahreszeiten, mehr als ich am Himmel je gezählt habe in wolken- und mondlosen Nächten – sind unwiederbringlich verschwunden. Von großer Sorge bin ich erfüllt, dass die oberen Sterne, deren Zahl sich bisher gleich geblieben ist, nun, aller niederen Gespielen beraubt, verbittert das Antlitz von der Erde abwenden und sich auf die Suche nach jenen begeben, sodass unsere Welt völlig sternlos wird. Ich fürchte, der verbeulte Mond von täglich wechselnder Gestalt füllt die hinterlassene Leere nicht aus. Die empfindlich erhöhten Sterne müssen besänftigt werden, lieber, gesegneter Baal Schem Tow. Deshalb brauchen jene vielen Verschwundenen eine große weite kommende Welt, auf dass sie wenigstens dort ein langes und würdiges Leben finden. Wie soll man Gott sonst lieben?

Ja. Von einer großen weiten kommenden Welt sprach der Falter. Nur, *дорогой мохнатый мотылёк*!, wenn wir Menschen von Gott und der Welt reden, reden wir zumeist von der Welt. Wir brauchen eine erträgliche seiende Welt.

So ist der Falter. So war der Baal Schem Tow. Und ich, Sie wissen, ich bin nur ein kleiner jüdischer Sowjetbürger, der im fortgeschrittenen Alter nach Deutschland ausgewandert und hier, ja, zum Autohändler geworden ist.

Weil Roth in ein Gespräch mit mir verwickelt war, vergaß ihn jedermann. Niemand argwöhnte, er halte den Buben in der Hinterhand. Als nur noch Sergej, Ina und er im Spiel verblieben, beäugte Ina misstrauisch Sergej, er sie, Roth hatte die freie Wahl, stimmte als Kavalier mit Ina gegen Sergej und drehte dann triumphierend seine Karte um. Ach!, rief sie. Der Gauner, der! Nie hätte ich das gedacht. Ausgerechnet er. Unbeteiligt saß er da und hatte doch den Buben!

326

Zweimal Auschwitz, bitte

Verbinden wir das Angenehme mit dem Nützlichen, schlägt Julia vor.

Jede Arbeit hat etwas Anrüchiges. Überall lauert Gemeinheit. Ich übersetzte DDR-Artikel – jahrelang vernahmen sowjetische Leser auch durch mich von den Erfolgen des kleinen Bruderlandes und seiner Liebe zum großen Bruderland. Ich übersetzte gute Bücher – jahrelang wusste kein russischer Leser, welche Leiberlast und welche Bewegungen zwischen den Geschlechtern Tumpels Klaviere zu tragen imstande sind und dass Messingsaxophone nicht nur zu musikalischen Tieflagen neigen. Als Sozialberater für schwierige Fälle verdiente ich ein paar Mark hinzu. Wenn das Gesundheitsamt einen Vertreter schickte, um die Pflegebedürftigkeit neu eingewanderter alter Menschen festzustellen, war ich dabei, um zu übersetzen. Die munteren Alten taten so, als seien ihre Tage gezählt, als fristeten sie letzte bewegungslose Monate auf Erden; wer dagegen schwach war und nicht mehr alles verstand, also Hilfe wirklich nötig hatte, bemühte sich mit allerletzter Kraft, den Besucher zu beeindrucken, lief angestrengt durchs Zimmer, freute sich, einen guten Tag erwischt zu haben, und gab offenkundige Gebrechen nicht zu, während sein Ehegatte zerknirscht dabeistand und böse auf Russisch flüsterte: Hör auf zu rennen, du bist krank! Ich übersetzte Diplome und Arbeitsbücher. Einmal verwechselte ich Namen (allen anderen Stichpunkten wurde ich gerecht). Ich verkaufte Autos und drehte die Zeit zurück. Ein ahnungsloses Mädchen nahm ein altes Auto mit, das ihr neu erschien.

327

Julia meint, wir sollten ein Haus kaufen. Wozu Geld an den Vermieter verschenken, wenn meine Geschäfte gut laufen und wir ein eigenes Haus haben können?

Das Angenehme mit dem Nützlichen verbinden. Julia reist gerne. Überall will sie hin, was halb so schlimm wäre, wenn sie nicht verlangte, dass ich sie begleite. Weil ich ihr Mann sei, mich gut auskenne und keine Hemmungen habe, notfalls nach dem Weg zu fragen, sagt sie. Wohingegen sie selbst, der fehlenden Sprachkenntnisse wegen, sich nicht traue, Leute auf der Straße anzusprechen.

Im November organisierte die jüdische Gemeinde eine einwöchige Busreise in die Alpenländer. Julia drängte mich mitzufahren, doch als ich hörte, dass Salzburg, Linz, Wien, Graz, Klagenfurt, Genf, Bern und Zürich auf dem Programm standen, wehrte ich mich. Wien, gut, auch diese Hauptstadt bringe ich hinter mich. Aber Linz, Graz, Klagenfurt! So viele Vernichtungslager-Mörder stammten von dort, so wenige wurden je verurteilt. Vor Gericht hieß es fast immer: Unter Befehlszwang gehandelt! Nichtwissen! Dann kehrten sie nach Linz, Graz und Klagenfurt zurück, Auslieferungsgesuche aus Deutschland, Frankreich und der Sowjetunion wurden abgewiesen.

Auf Wiederschauen, sagen sie in diesem Land, diesem Österreich, wenn sie sich nett verabschieden. Nein, dort will ich nicht hin. Auch nicht in die Schweiz, wo auf Bildern schwarze Schafe von weißen einen Tritt in den Hintern bekommen. Schwarze Schafe mochten die Schweizer noch nie. Die Friedensinsel umgab sich mit scharfen Felsen. Wer im Krieg von Norden her kam, wurde nach Baden abgewiesen, wer von Osten kam, nach Tirol, wer von Westen kam, ins besetzte Frankreich. Überall war das Reich, mittendrin die Hoffnung, aber es war keine, weil die Reinheit des schweizerischen ... der schweizerischen ... das schwarze Schaf unter weißen und ein dickes gestempeltes J.

Aber das sagte ich alles nicht, weil Julia vielleicht geantwortet

328

hätte: Wir leben in Deutschland! Wie kannst du österreichische und schweizerische Städte boykottieren? Oder sie hätte entgegnet: Wir wollen uns in der Schweiz nicht Schafe anschauen, sondern Berge.

Ich schwieg auch deshalb, weil, wie ich aus einem Personenlexikon weiß, ganz in unserer Nähe, in Wuppertal, eine alte Puppe lebt, die in Treblinka schöne Zeiten in Uniform verbracht hat und die rechte Hand des Lagerkommandanten und dann selbst Lagerkommandant gewesen ist. Vielmehr berief ich mich vor Julia auf unaufschiebbare Arbeiten. Weil Mascha mitkam, fühlte Julia sich nicht alleine und zwang mich nicht mitzukommen.

Nun aber schlägt sie vor, das Angenehme mit dem Nützlichen, Urlaub mit Arbeit, zu verbinden. Ein teures Auto muss persönlich an einen ukrainischen Kunden übergeben werden. Weil der kein deutsches Einreisevisum erhalten hat, werden wir uns in Polen treffen, in Krakau, weil es in der Mitte zwischen Osten und Westen, Norden und Süden liegt. Oder weil Geschichte solchen Orten nie den Rücken kehrt, weil genau sie zu scheuen sind? Soll ich ihm vorschlagen, in Warschau Geld gegen Ware zu tauschen? Nein, lieber in Łódź. Nein, ich sollte gar nicht erst losfahren.

Krakau ist eine schöne Stadt, habe ich gehört, sagt Julia. Ich komme mit.

Der Kunde will das Auto unbedingt vor Neujahr haben. Danach kommt man zwei Wochen lang zu gar nichts, sagt er.

Umso besser, dann feiern wir Neujahr dort!, sagt Julia.

Am 28. Dezember machten wir uns auf den Weg. Schneebedeckte Felder, durchschnitten von dünnen schwarzen Linien. Gleise, dachte ich. Nein, es waren Bäume und Zweige, die die polnischen Landstraßen bewachten. Die hatten es nötig, besonders nachts. Man munkelte von blockierten Ausfallstraßen, Raubüberfällen. Am 29. Dezember waren wir in Krakau und ich das teure Auto los. Erst schlief ich. Dann erkundeten wir die Stadt.

Polnische Hausfronten, Straßen und Menschen im Schnee – ärmlich erschien uns doch einiges nach vier Jahren Deutschland; meinen ukrainischen Kunden, der uns beim ersten Spaziergang begleitete, bedrückte dagegen, wie er sagte, der Schick. Die Fassaden bröckeln nicht einmal ab! Wie reich die Polen sind!, rief er ein ums andere Mal aus. Eine katholische Kirche nach der anderen gebärdete sich prächtig. Zwar verkürzte das Blattgold die Entfernung zum Himmel um keinen Deut, doch bisweilen hoben der Plan eines Architekten, die Ausführung eines Künstlers den Betrachter empor. Wir traten auf den weitläufigen Marktplatz, der zu dieser großen alten Stadt gehörte wie der maskierte Kopf des Unterhaltungskünstlers vor einem der Restaurants. Seine Hände gehörten auch dazu. Die hatte er zu vertuschen versäumt. Während das farbige Gesicht spielte, lasen steife Finger mit abgenutzten Adern die Münzen auf.

Könntest du ihm einen Geldschein reichen?, bat ich Julia.

Reicht eine Münze nicht? Warum machst du es nicht selbst?

Eine Münze reicht auch. Aber ich mag nicht näher treten, ich komme von seinen Händen schon jetzt kaum los ...

Im Kreis liefen wir auf dem quadratischen Marktplatz und spazierten zur Universität, einer der ältesten nördlich der Alpen und östlich des Rheins. Dann suchten wir die auf der Touristenkarte verzeichneten Synagogen auf. Eine Synagoge war geschlossen, doch der dazugehörige Friedhof durfte gegen ein geringes Entgelt betreten werden. Eine Tafel am Eingang ließ uns wissen, dass es sich um einen der ältesten jüdischen Friedhöfe in Polen handelte. Im Krieg hatten viele Grabsteine ihre angestammten Plätze verloren, als Straßenbelag hergehalten und waren im Zuge der Restaurierungsarbeiten nicht wieder an die ursprünglichen Orte gesetzt worden. Eines der wenigen heil gebliebenen Grabmale, das nach wie vor am rechten Flecken stand, gehörte dem berühmten Rabbi Moses Isserles, nach dem diese Synagoge samt Friedhof auch benannt war. Seine Werke und deren Bedeutung für aschkenasische

330

Juden waren aufgelistet. Auch mit dem Buch Ester hatte er sich, wie ich las, beschäftigt. Julia zog mich zwischen den Grabsteinen hinter sich her. Viele waren es und standen fast alle am falschen Platz. Zusammen mit anderen Besuchern blieben wir vor dem Grabstein des Rabbis stehen. Gefaltete Zettel lagen dort, beschwert von vielen kleinen Steinen. Vor mehr als vierhundert Jahren war er gestorben und noch immer schrieben ihm Menschen. Weil er ein großer Gelehrter gewesen, weil sein Grab unangetastet geblieben war?

Den Kartenanweisungen folgend, taten wir ein paar Schritte über einen Platz, auf dem sich, taktisch klug, ein paar angeblich jüdische Restaurants befanden, und gelangten zur Alten Synagoge. Kurz standen wir davor. Groß war sie und imposant. Im Innern, so der Reiseführer, war keine Synagoge mehr. Dann gingen wir ins nahe gelegene Hotel, um uns fürs Abendessen auszuruhen.

Den zweiten Krakauer Tag widmeten wir dem erhobenen Wawel. Vom Stadtteil Kazimierz aus, wo unser Hotelzimmer lag, stiegen wir hinauf und gelangten auf einen Platz, dessen eine Seite der Weichsel zugewandt war, während auf der anderen das Burgtor äugte. Eine gürtelhohe Mauer trennte uns vom Abhang, der zum Fluss hinabführte. Die Weichsel machte hier einen Bogen. Im polnischen Winter war's. Am anderen Ufer stand eine kleine Menschengestalt neben einer größeren, Mutter und Kind, ungleiche Geschwister, disparate Freunde, was wusste ich. Im Wasser vor ihnen regten sich weiße Schemen. Schwäne, von Geschwistern, von einem Kind unter Aufsicht eines Erwachsenen oder von Freunden gepäppelt. Oder bewarfen Schneemänner Eisschollen mit Schnee? Wie viel Fett und Federn brauchen Weichselvögel, um nicht zu erfrieren?, fragte ich mich, während der Wind mir unter den Mantel griff.

Wir rückten ab vom Abhang und ergingen uns zwischen Schloss, Kathedrale und allerlei selbstständigen Türmen und Toren. Was gab es da nicht alles zu bestaunen, ein Sammelsurium farbenfreudiger Stile, angehäufte Schätze polnischer Geschichte, von Kapelle zu Kapelle, von Saal zu Saal, von einem königlichen Grabmal zum nächsten. Über der Stadt und dem brachliegenden Weichselufer mit den schneeweißen Wasservögel-Eisschollen und der verschwommenen Kind-Eltern-Geschwister-Freundes-Schneemänner-Figur; zwischen den Schlosstürmchen wurde ich unruhig. Plötzlich stellte ich mir das weite Weichselufer uniformiert vor, mit gereckten Köpfen und Gewehren, die in die Luft stachen. Plötzlich bemitleidete ich das polnische Ufer unter meinen Füßen, als gehörte es nicht zu seinem eigenen Land. Plötzlich erinnerte ich mich. Hier hatten nicht nur polnische Könige Hof gehalten. In Krakau, auf der Anhöhe, im Schloss, hatte auch der Generalgouverneur residiert. Von hier aus wurde von 1939 bis 1945 das Generalgouvernement verwaltet, Warschau, Krakau, Lublin ...

Krakau ist nicht nur Krakau. Als wir vom Wawel ins Zentrum hinabstiegen, sahen wir ein mehrsprachiges Reklameschild. Busreise nach Auschwitz und Auschwitz-Birkenau. Treffpunkt: Busbahnhof. Abfahrt: täglich um 08.30 Uhr. Krakau ist nicht nur eine alte polnische Stadt mit erhabenen Kirchen, einem schönen Marktplatz, einer traditionsreichen Universität und einer bunten Burganlage. Krakau ist der Ort, an dem Lagerreisende ein Hotelzimmer beziehen und einen Bus besteigen.

Wer im Restaurant neben uns sitzt, dachte ich, und in einer anderen Sprache als Polnisch redet, der wird ins Lager fahren. Oder war schon dort. Wer in Marktbuden Souvenirs aussucht, ist auf dem Sprung dorthin. Oder war schon dort.

Wenn ein Restaurant offen ist, setzt man sich hinein und isst. Wenn ein Laden Souvenirs anbietet, geht man hinein und gibt Geld aus. Wenn eine Kirche von außen prächtig erscheint, schaut man sie sich auch von innen an. Natürlich, auch in Krakau wird lustgewandelt. Vielleicht treten nicht alle Krakaureisenden den Weg ins Lager an. Aber die meisten. So wie jene, die das Lager be-

332

treten, vorher in Krakau gewesen sind. Oder dorthin fahren werden, weil Krakau eine der schönsten osteuropäischen Städte ist. Mögen die Mädchen – winters! – in kurzen Röcken durchs Zentrum stolzieren. Krakau ist doch eine Durchgangsstation ins Lager. Wäre dem nicht so, kämen weniger Touristen, Einnahmen fehlten, notwendige Renovierungen würden nicht durchgeführt ... Neujahr feierten wir zuerst in einem lauten Lokal und dann auf dem Marktplatz, wo eine polnische Band nach der anderen aufspielte. Wir tranken, traten in der Kälte von einem Fuß auf den anderen, wärmten uns in einem weiteren Lokal und ließen uns, angetrunken, von einem Taxi einige hundert Meter zum Hotel fahren. Am späten 1. Januar, ausgeschlafen, ausgenüchtert, schritten wir die müde Stadt ab. Für den dritten Januar hatte ich Tickets nach Hause gekauft. Schon hatten wir das Stadtzentrum kreuz und quer durchlaufen, schon gelangten wir an bereits bekannte Gebäude. Ein Schild nach dem anderen wies auf Busfahrten nach Auschwitz hin, Abfahrt 08.30 oder 09.30 oder später.

Lass uns morgen dorthin fahren, sagte Julia.

Ich will nicht. Ich habe gerade erst von Hasen geschrieben, die hierhin ... ich wurde nicht als Blindfisch geboren ... lass mich in Ruhe mit dem Alter abstumpfen ... die Abwesenheit von Schmerz, ein Auge für die kleinen Dinge wünsche ich mir. Dort, wo du hinwillst, ist alles groß, erstreckt sich über viele tausend Körperlängen eine Fabrik.

Nein, das sagte ich nicht, ich sagte: Lieber nicht. Ich schlage vor, wir gehen wieder auf den Wawel.

Warum? Das ist wichtig. Du interessierst dich doch immer so für Geschichte. Wenn du nicht willst, bleib hier, ich fahre alleine.

Am Abend zog sie die Gardinen zu. Die waren mir ein Dorn im Auge. Julia, wozu? Es ist Winter, die Sonne geht spät auf, wir stehen ohnehin früh auf.

Mich stört die Straßenbeleuchtung, erklärte sie.

Trotzdem ging ich hin und zog die Gardinen ein wenig auseinander. Wir sollten nichts in völliger Dunkelheit tun, sagte ich. Ein schmaler und farbenfroher Lichtstrahl (der Ampel wegen) drang ins Zimmer.

Wirre Gedanken, im Ursprung klare ... aufgelöst. Scheinbarer Stockdunkelheit ein Schnippchen geschlagen. Das Herz in der Brust, der zärtlich berührten. In Krakau bist du auf Arbeit im Urlaub ...

Ich denke, ich habe das gemacht. Also geträumt habe ich. Im Traum verliert man sich darin, wer lebt, wer gestorben ist. Großmutter, die vor dreißig Jahren gestorben ist, lebte wieder in meinem Traum. Aber es war nicht gut. Dreißig Jahre lang habe ich sie in meinem Traum sträflich vernachlässigt und einsam zwischen vier Wänden allein gelassen, nie besucht, nie angerufen. Ich habe sie schlichtweg vergessen. Wie schrecklich verloren, dachte ich in dem Traum, muss sie sich in dieser langen Zeit gefühlt haben. Wie schuldig bin ich vor ihr! Ich fange an, mich zu trösten, nun habe ich mich ihrer ja endlich erinnert, nun wird sich alles zum Besseren wenden, ich werde sie täglich besuchen kommen, da bricht der Traum ab. Im Erwachen werde ich mir sogleich bewusst, dass Großmutter schon lange nicht mehr lebt, dass ich sie nicht dreißig Jahre lang vernachlässigt habe, und ich beruhige mich.

Wir zogen die Gardinen auseinander und sahen einen schneetreibenden, glänzenden Morgen. Natürlich begleitete ich Julia zum Bahnhof. Hier die Busse, dort die Gleise, hier der Wurst-, dort der Zeitungsstand, hier Fisch, dort Gemüse, hier Bier, dort Limonade. Ein gewöhnlicher Bahnhof einer großen Touristenstadt, außerdem Dreh- und Angelpunkt für Reisende nach und Rückkehrer aus Auschwitz. Zweimal Auschwitz, bitte!, sagte ich am Schalter auf Deutsch. Und wiederholte auf Russisch, um sicherzugehen, dass ich verstanden wurde. Wir bekamen zwei Tickets, gingen zum Busbahnhof, warteten. Wer mit uns wartete und nicht auf Polnisch redete, wollte gewiss auch dorthin fahren. Und wartete

334

mit welchem Gesichtsausdruck? Mit einem ungeduldigen, schien mir. So wie die meisten Reisenden.

Der Bus hielt, wir stiegen ein. Mehr als eine Stunde dauerte die Fahrt. Manche Passagiere, Polen offenbar, stiegen an diversen Haltestellen ein und aus, als handelte es sich um einen gewöhnlichen Bus. Zwei Frauen waren im Bus, die Englisch sprachen. Jüdische Amerikanerinnen bestimmt. Endlich gab uns der Busfahrer zu verstehen, dass die Endstation erreicht sei. Zusammen mit den beiden Amerikanerinnen stiegen wir aus und liefen ihnen hinterher, an zwei- und dreistöckigen Wohnhäusern und Feldern vorüber. Eine Frau mit einer Einkaufstüte begegnete uns. Wir gelangten auf eine weiße Allee (weiß des Schnees wegen) und zum Stammlager. Viele Menschen, noch mehr Reisegruppen standen vor dem Eingangstor. Die Reiseführer gaben mit Regenschirmen und Flaggen, israelischen, italienischen, amerikanischen, die Richtung vor. Einige Leute ließen sich lächelnd im Tor fotografieren, wie vor dem Eiffelturm oder dem Brandenburger Tor. Eine russische Gruppe stand neben uns. Wollen wir uns denen anschließen?, fragte Julia.

Aber die Reiseführerin erzählte in einem Ton, als machte sie den Leuten ein Geschenk, als bewunderte sie mit ihnen einen Festsaal im Hermitage. Wir schauen uns gleich den Ort an, wo Menschen gelebt haben und erschossen wurden, sagte sie. Wir werden uns Gegenstände anschauen, die den Häftlingen weggenommen wurden. Am Vortag in Krakau wird sie derselben Gruppe genauso erzählt haben: Wir werden gleich einen der schönsten Marktplätze in Europa betreten. Wir werden gleich auf den berühmten Wawel steigen.

Lass uns zu zweit bleiben, sagte ich. Ich werde dir über dieses Lager alles erzählen, was du wissen willst.

Wir betraten das Stammlager, Auschwitz I. Es war nicht groß. Ein festes Haus stand neben dem anderen. In einigen davon waren Dinge ausgestellt. Zum Beispiel die auf der Häftlingskleidung einstmals befestigten Symbole: Dreiecke in allerlei Farben, Balken, Kreise, Sterne, Nummern, Buchstaben. Die Träger der Dreiecke hatten die Aussicht, die Fabrik Auschwitz vielleicht einmal durch das geöffnete Tor zu verlassen, weil drei Dreiecksspitzen auch stumpf werden können. Gestirne dagegen verblassen nicht in einem Menschenalter. Wer einen Stern trug, der konnte eigentlich nicht darauf hoffen, lebend wieder aus dem Lager zu gelangen, erklärte ich Julia.

Während wir von Haus zu Haus gingen, fiel uns auf, dass auf den Tafeln fast nur von Polen die Rede war. Sowjetische Kriegsgefangene und Juden wurden, wenn überhaupt, nur beiläufig erwähnt.

Warum steht hier nichts von Juden?, fragte Julia. Die Polen sind wirklich Antisemiten.

Wenn du auf die Polen schimpfst, darf ich die Schweiz boykottieren, sagte ich. Warum sollte in diesen Häusern viel von Juden die Rede sein, wenn sie kaum von Juden betreten worden sind?

Wo waren die Juden denn?

Wir werden es gleich sehen.

Vor dem Haupteingang war eine Bushaltestelle, von dort fuhr ein Bus nach Auschwitz-Birkenau. Den nahmen wir. Die Fahrt dauerte vielleicht drei Minuten. Wir stiegen aus, hier war keine Menschenmenge mehr, keine Reisegruppen. Aber vielleicht irre ich mich und sie waren da, die Menschenmenge und die Reisegruppen, bloß dass sie sich zerstreuten, sobald sie hier ankamen. Denn ein weites Feld war es ja, ein weites weißes Feld, weiß des Schnees wegen.

Wir schritten die Gleise vom Lagertor bis zu deren Ende ab. Hier fanden die Selektionen statt, erklärte ich Julia, gleich neben den Zügen. Die einen hier-, die anderen dorthin, hieß es. Die einen, stets in der Minderheit, gingen, nachdem sie aus den Zügen gefallen und wieder auf die Beine gekommen waren, in die eine Richtung, die anderen, stets in der Mehrheit, in die falsche. Die einen

336

zu diesen Gebäuden, die anderen zu jenen. Die einen in Bücher eingetragen, die anderen des schriftlichen Vermerks nicht für wert befunden. Die einen unter Wasser aus Duschen und dann in gestreifter Sträflingskleidung (weil verbrecherischer Sternträgerschaft überführt), die anderen zu jenen Gebäuden. Nicht arbeitsfähig – das heißt doch entweder nicht mehr, weil das ganze Leben lang gearbeitet, oder noch nicht, weil ein ausgedehntes Arbeitsleben vor einem liegt. Aber diese Fabrik produzierte nur Rauch und Asche.

Julia antwortete nicht. Wir gelangten ans Ende der Gleise. Eine flache verschneite Ausgedehntheit, flache Baracken, Stümpfe im Boden und Wachtürme aus Holz. Zwischen dünnen Bäumen lagen verfallene Bauten. Wir gingen weiter. Unberührt der ganze Schnee. Doch lag in der schneeigen Weite alles nah beieinander. Eingefallene Baracken neben Wachstuben, Wachtürme neben verfallenen Häusern aus Stein, Zäune neben Gleisen, Kanada neben Mexiko, eine Sauna neben einem Teich.

Auf einer Tafel sahen wir schwarz-weiße Fotografien. Sie zeigten ungarische Juden, die zwischen belaubten Bäumen warteten, warteten ... Die Gesichter waren klar zu erkennen. Namenlos alle, weil die, die auf diese Weise warteten, nicht namentlich erfasst wurden.

Wir gingen, wohin die Augen schauten, schritten den Schnee ab. Je weiter wir stampften, desto mehr Schnee drang in mein Schuhwerk. Hast du auch kalte Füße?, fragte Julia. Hoffentlich holen wir uns keine Lungenentzündung.

Vielleicht bedeutet Kälte, dass die Wärme einen Landstrich im Stich gelassen hat, sagte ich.

Nein, sagte Julia, die Kälte ist etwas Eigenes, jedenfalls fühle ich das so, wenn ich sie in den Stiefeln habe.

Obwohl alles nah beieinanderlag, war das Lager groß, wenn man es abschritt. Einmal begegneten uns zwei junge Leute. Ich vergaß mich und nahm an, dass sie sich gleich bücken, zwei Handvoll unberührten Schnee aufheben, einen Schneeball formen und ihn, weil gerade eine Baracke in der Nähe stand, mit aller Wucht gegen die Holzwand werfen würden, um sich aufzuwärmen und weil junge Leute an solchen Dingen für gewöhnlich Spaß haben. Aber sie gingen bloß an uns vorüber.

Wir kehrten um, gingen die Gleise entlang, dann um die Baracken. Als wir die Gleise im Rücken ließen und durch das Lagertor hinaustraten, dunkelte es schon. Kein einziger Bus stand vor dem Tor. Ich überlegte, wie wir zum Bahnhof gelangen könnten, da hörte ich eine erregte Stimme. Neben uns stand eine junge Frau mit einer Kapuze auf dem Kopf und redete auf ihre Begleiterin ein. Die junge Frau sagte: Das ist schrecklich. Aber wer wusste ... Die Obersten ... Die kleinen Leute dankbar, weil in Deutschland selbst alles anders ... Wer schlecht über die Oberen sprach, wurde erschossen. Trotzdem gab es Widerstand, ein Attentat ... Sie wurden auch erschossen. Die kleinen Leute, was konnten sie ... Die Begleiterin schaute hilflos drein und sagte nichts. Vielleicht war es eine Polin, die nicht besonders gut Deutsch sprach.

Ich war bestürzt, dass die Frau auf zwei Armlängen vor dem Lagertor so laut redete. Stundenlang hatte dort drinnen ja Stille geherrscht. Keine tuschelnden Touristengruppen, bloß ein paar Menschen im Schnee und das Knirschen der eigenen nassen Stiefel. Auf einmal sie, lauthals.

Kein Bus kam mehr. Wir waren durchgefroren. Angeblich waren unsere Stiefel wasserfest. In Wirklichkeit ist es eine Frage der Schneemenge. Sogar die zwei Paar dicke Socken halfen nichts. Glücklicherweise hielt ein leeres Taxi vor dem Lagertor. Es brachte uns zum Bahnhof. Ob und wann ein Bus nach Krakau fahren würde, konnte ich nicht erfahren. Der Zug nach Krakau würde in einer Dreiviertelstunde losfahren. Wir aßen in einer Imbissstube, die überhaupt nicht geheizt wurde. Im Zug endlich zogen wir uns die Schuhe aus und wärmten die Füße in den nassen Socken an der Heizung, zwei Stunden lang.

338

Wer mit uns am Krakauer Bahnhof ausstieg und kein Polnisch sprach, kam gewiss aus Auschwitz. Mit welchem Gesichtsausdruck stiegen die Leute aus? Einem erleichtert-müden, schien mir. Aber so ist es ja an fast jedem Bahnhof der Welt, die Leute steigen mit einem erleichtert-müden Gesichtsausdruck aus. Wir nahmen ein Taxi ins Hotel. Ein warmes Bad wollten wir nehmen, sonst wollten wir nichts. Lange, lange Zeit im Badezimmer verbrachten wir, um unsere Füße und uns selbst wieder zur Besinnung zu bringen.

An diesem Abend gingen wir früh und wortlos zu Bett. Am Morgen traten wir die Heimfahrt an. Es gab in Krakau nichts mehr zu tun. Die wichtigsten Sehenswürdigkeiten hatten wir gesehen, polnischen Bands am letzten Jahresabend beim trunkenen Aufspielen zugehört, waren in einer ausgelassenen Menge auf dem Marktplatz feuchtfröhlich ins neue Jahr geglitten. Am 1. Januar hatten wir Kräfte gesammelt. Am 2. Januar waren wir in Auschwitz gewesen.

Im Zug fragte mich Julia, ob wir wirklich in Auschwitz gewesen waren.

Ja, antwortete ich.

Wie wird man damit fertig?, fragte sie.

Wie willst du mit der Weite von Birkenau fertig werden?, fragte ich zurück. Willst du den ganzen Schnee schlucken? Der Teich ist zugefroren ... Auch Treblinka ist jetzt zugeschneit, vielleicht auch Kamenez-Podolsk, Riga, Charkow, Chełmno. Der Ner ist vielleicht vereist.

Hoffentlich bekommen wir keine Lungenentzündung, sagte Julia und seufzte. Da hatte der Zug schon längst die polnisch-deutsche Grenze überschritten.

Gleichgewichte

Mutter und Julia haben recht. Ich sitze noch immer viel am Schreibtisch, aber ich widme meine Zeit hauptsächlich Autos, nebenbei Diplomübersetzungen, und nur mehr selten lege ich ein weißes Blatt Papier auf den Tisch und fülle es mit dem, was war oder gewesen sein könnte. Doch in der Schublade, in der auch die Geburts-, Heirats- und Sterbeurkunden liegen, stapeln sich mittlerweile Hunderte beschriebene Blätter. Was wird aus ihnen? Wird ihnen das Gleiche geschehen wie den (biographischen? Fiktiven? Keiner weiß es, weil niemand sie gelesen hat) Aufzeichnungen meines Großonkels Naum Segal, unseres Retters, nach dessen Ableben sämtliche Papiere, selbst jene, die er für Geld hatte abtippen lassen (so wichtig waren sie ihm erschienen, dass er Geld bezahlt hatte, um sie leserlich zu machen!), von meiner Großmutter weggeworfen worden sind?

Ich habe schon viel erzählt, glaube ich. Aber nicht alles.

Die russischen Feiertage sind verstrichen, die russischen Kunden aus wochenlanger Untätigkeit aufgewacht, die ersten Aufträge für Gebrauchtwagen trudeln ein (ein möglichst billiger grüner ... ein voll ausgestatteter schwarzer ...) und ich lese in der Zeitung, weil ich es für nötig halte, auf dem neuesten Stand zu sein, sehe und höre im Fernsehen, weil Julia darauf bestanden hat, dass wir uns ein TV-Gerät anschaffen: In Lübeck ist ein Asylbewerberheim ausgebrannt. Weil darin mehrere Asylbewerberfamilien wohnten, weil tiefe Nacht war, weil jemand zündelte, weil das Feuer sich nicht zweimal bitten ließ, kamen zehn Asylbewerber um.

340

Wer hat gezündelt?, zerbrechen sich Zeitung und Fernsehen den Kopf. Erst fiel der Verdacht auf vier junge Deutsche. Es wäre nicht das erste Mal. Irgendeine Saat geht ja aus politischen Reden und Tiraden gegen Asylanten auf. Tatkräftige Zuhörer finden sich immer. Diese vier Festgenommenen hatten angesengte Haare. Sie hassten offenbar fremdländische Schmarotzer und Diebe deutscher Arbeit (Schmarotzer und Diebe deutscher Arbeit zugleich?). Doch wie sie beteuerten, hätten sie in dieser Nacht bloß ein Auto geknackt. Keine schöne Sache. Aber man begeht nicht gleichzeitig Autodiebstahl und legt einen Brand, nicht? Deshalb wurden sie auf freien Fuß gesetzt. Dagegen geriet einer der Asylbewerber, der mit einem versengten Ohr davonkam, ins Visier der Fahnder. Dem Krankenpfleger, der sein Ohr versorgte, soll er die ungeheuerliche Tat gestanden haben. Nun wird ermittelt, ermittelt ... Wer ist schuld? Wer hat gezündelt? Hat sich das Feuer von außen ins Haus gefressen, weil im Vorbau von einem Eindringling entfacht, oder hat es von innen heraus gewütet, weil im ersten Stock durch einen Heimbewohner entzündet?

Ich weiß es nicht. Gewiss ist nur, dass wir in einem rundherum deutschen Haus in dem deutschesten Stadtviertel überhaupt wohnen. Weit und breit kein einziger Ausländer (bis auf die Italiener, die drei Straßen weiter ein Restaurant betreiben). Zwei-, höchstens dreigeschossige Bauweise. In einem Mehrfamilienhaus mit nichtdeutschen Mietern, kurzum, einem Ausländerhaus würde ich niemals wohnen, selbst wenn mir die Miete erstattet würde.

Nach dem Brand im Asylbewerberheim hat der Lübecker Bürgermeister den von Feuer und Rauch heimgesuchten Bewerbern vollwertige Papiere verliehen, die sie zum langfristigen Aufenthalt in Deutschland berechtigen. Harsche Kritik an diesem unbefugten Vorgehen wird laut, lese ich. Vielleicht wird es den Bürgermeister sein Amt kosten.

Aber wo ist Lübeck und wo sind wir? Solingen liegt viel näher. Hat sich die Stadt nach dem Türkenhausbrand vor drei Jahren beruhigt? Eigentlich eine freundliche Stadt, kein heißes Pflaster für sogenannte Ausländer, soweit ich weiß. Keine Springerstiefel und Glatzen, die Straßenzug um Straßenzug säubern. Um junge Leute, die nach rechts abgedriftet sind, kümmert man sich, habe ich gelesen. Es war vielleicht nicht immer alles gut gewesen in Solingen, doch längst nicht alles schlecht, bevor das Türkenhaus brannte. Vier der fünf beim Brand Umgekommenen waren kindergeldberechtigt gewesen. Im Strafprozess hat einer der Angeklagten erklärt, der Staat habe sich zu bedanken, weil er nun weniger Kindergeld an Türken zu zahlen habe. Trotzdem sind dreimal das höchste Strafmaß für Jugendliche und einmal fünfzehn Jahre Gefängnis verhängt worden. Ein eindrückliches Mahnmal aus Metall ist errichtet, ein Gedenkstein für die toten Türken aufgestellt worden. Stadteinwärts sprossen Initiativen gegen Rechts und für Integration aus dem Boden. Jedoch werden das Mahnmal und der Gedenkstein öfter beschmiert. Ist Solingen schuld? Das Mahnmal und der Gedenkstein werden ebenso oft gesäubert ...

Es geht mir gar nicht um das Honorar, sagte Julia, meine Güte, du verdienst an einem Auto mehr als ich in zwei Monaten. Aber ... Sie fing an zu weinen.

Unter Tränen erzählte sie, ihre Arbeit als Russischlehrerin in der jüdischen Gemeinde – es kommen aber nicht nur jüdische Kinder zum Unterricht, sondern auch russlanddeutsche, es kommen eigentlich Kinder all jener Eltern, die wollen, dass ihr Kind die eigene Muttersprache richtig spricht und sich darin auch auf dem Papier ausdrücken kann; etwa zwei Dutzend Kinder unterschiedlichen Alters kommen zu Julia dreimal die Woche – ihre Arbeit werde von höheren geldgebenden Instanzen auf den Prüfstand gestellt. Zur Begründung heiße es, die Kinder müssten Deutsch und nicht Russisch lernen. Warum solle der deutsche

342

Staat Geld dafür ausgeben, dass Kinder sich von Deutschland und vom Deutschen ablenken? In Zukunft werde wahrscheinlich weder ein Raum zur Verfügung gestellt noch ein Honorar ausgezahlt werden.

Es geht mir nicht ums Geld, sagte Julia, aber ... und weinte.

Entschuldige, ich kann dich jetzt nicht trösten. Ich bin zu wütend, sagte ich.

Nicht nur, dass sie meiner Frau ihren Seelenfrieden nehmen. Der Nutzen, den sie für ein paar Groschen durch diese Russischstunden stiftet, ist doch wohl viel höher als jener, den ich durch meinen Autohandel schaffe. Ist es, um eine zweite Sprache zu erlernen, nicht hilfreich, die eigene Muttersprache richtig zu sprechen? Stört das Erlernen einer Sprache das Erlernen der anderen? Bei Kindern?! Und wird einem, der sich anstrengen und denken muss, über Grammatik, Rechtschreibung und so weiter, wird ihm dies nicht auch bei allem anderen helfen, sei es bei der Grammatik einer anderen Sprache oder beim Denken überhaupt?

Diese Dummköpfe, sagte ich. Was willst du machen? Vielleicht kannst du die Stunden irgendwie anders weiterführen.

Aber es war so schön, sagte Julia und weinte.

Dann sah und hörte ich auch noch am Abend im Fernsehen, dass sich eigentlich zweitrangige politische Akteure durch abwegige Aussagen zu zweifelhaftem Ruhm und eindeutigem Reichtum mausern. Sie kritisieren etwa, Türken und Araber trieben sich, wenn sie es denn überhaupt zu etwas brächten, im Obst- und Gemüsehandel herum. Nun ist dieses sogenannte Herumtreiben, streng wirtschaftlich betrachtet, weder gut noch schlecht. Gesundheitspolitisch ist es sogar vorteilhaft. Obst ist gesund! Gemüse auch! Zweifellos gesünder als Sauerbraten und Schweinshaxen. Die einzige, sagen wir einmal, menschlich, wenn auch nicht wirtschaftlich berechtigte Frage wäre jene nach der Frische und dem Preis der Äpfel, Wassermelonen, Tomaten und Gurken. Sind diese noch fest? Jene schon reif?

343

Seinerzeit haben Juden den Viehhandel in Teilen Deutschlands dominiert. Na und, solange Hühnerkrallen nicht für Brustfilets und Klauen für Rinderwürste ausgegeben wurden? Äpfel, Gurken, Hühner, Kühe – alle Zweifel zerstreuen sich spätestens beim Blick in den Geldbeutel und auf den Teller.

Sie kennen die Deutschen, Sie haben das ganze Leben unter ihnen verbracht, sagte ich zu Roth nach dem Freitagsgebet.

Es war nicht das schlechteste Leben, seit ich aus den Tiefen meines Dachbodens aufgetaucht bin, sagte er. Studiert und geliebt und gearbeitet wie die Deutschen auch, nur dabei manche Speisen nicht berührt und freitags und samstags hierhin gegangen, das ist alles.

Müssen die Deutschen irgendetwas Besonderes tun?, fragte ich.

Auf keinen Fall, sagte Roth. In Wirklichkeit muss ausschließlich pünktlich zur Arbeit gegangen und Diebstahl, Raub und Mord vermieden werden. Es heißt, die Nachgeborenen trügen eine Verantwortung oder etwas in der Art. Aber ich glaube, als nachgeborener Deutscher fühlte ich mich viel verantwortlicher, nicht die Schule zu schwänzen oder zu spät auf der Arbeit zu erscheinen.

Es gibt sogar Intellektuelle, die fordern, dass die Deutschen aufhören, sich wegen der eigenen Geschichte aufzureiben, sagte ich.

Ach was, sagte Roth. Ich habe bislang keinen einzigen aufgeriebenen Deutschen kennengelernt. Ein unkomplizierter Zugang zur eigenen Geschichte – das ist ja, als forderte man, sich nicht mehr zu erinnern. Natürlich gibt es ein Recht aufs Nichterinnern. Aber dadurch wird nicht gleich alles gut. Und es gibt Menschen, die können nicht anders, als sich zu erinnern und hinzusehen.

Also hat man keine Wahl?

Nicht anders zu können, als sich zu erinnern und hinzusehen – das ist auch wieder nicht wahr. Kann einer nicht anders als – wie oft und wie viel? Eine Viertelstunde am Tag oder ein Wochenende

344

im Monat oder ein Monat in einem Jahr? Zuallererst muss, davon bin ich fest überzeugt, pünktlich bei der Arbeit erschienen werden. Wenn dann noch Zeit bleibt, ist nicht anders zu können eine Möglichkeit unter vielen.

Sagen Sie, Hirsch – nein, Roth ist nicht mein Stichwortgeber noch ich seiner. Wir unterhalten uns. Entschuldigen Sie, Herr Roth. Haben Sie von dem Völkermord in Ruanda gehört? Als dort die größten Verbrechen geschahen, wurde nebenbei, klammheimlich möchte ich sagen, darüber berichtet. Wir haben keine eigenen Augen in dem Land, sondern werden nachträglich abgespeist, natürlich. Aber auf einmal, als die größten Verbrechen aufhörten, schaute die ganze Welt hin.

Im Dunkeln gingen wir zu meinem Auto. Zwei Männer, einer älter als der andere (ich darf das sagen, weil ich der Ältere bin), und der eine bringt den anderen nach Hause, sagte er. Wäre es nicht viel interessanter, den Bus zu nehmen?

Busse und Bushaltestellen sind wichtig, ich weiß, sagte ich. Man kommt an einer Haltestelle zusammen, man geht an einer anderen wieder auseinander oder auch nicht. Aber jetzt bringe ich Sie nach Hause.

Lange währen letzte Fahrten. Im Frühling 1945 war's. Ein Zug in die umgekehrte Richtung nahm uns auf. So anstandslos uns zwei Züge vor dreieinhalb Jahren von Charkow nach Stalingrad und dann nach Taschkent gebracht hatten, so wohlbehalten versprach uns einer zurück nach Charkow zu bringen. Eine Rückkehr auch für mich. Obwohl ich noch nie einen Fuß auf Charkower Boden gesetzt hatte.

Ein fröhlicher Trauerzug gen Westen. Vorüber der Krieg auf dem Gebiet der Sowjetunion. Derselben Strecke, die sich der Flucht dargeboten hatte, bediente sich der angeblich dritte, in Wirklichkeit ich weiß nicht wievielte Zug meines Lebens unter umgekehrten Vorzeichen. Zuerst von Taschkent nach Orenburg, dann von Ilezk

345

über Uralsk nach ... nach Stalingrad etwa? Erst wollte das breite Mütterchen Wolga überquert werden. Ich erinnerte mich an ein friedliches Schiff. Sinnlich hatte der Fluss mich vom Rest der Welt abgeschieden und geschaukelt. Winter war damals gewesen, nun, vom Eise befreit, grünte der letzte Kriegsfrühling. Der Winterschlaf der Tiere war vorüber. Vielleicht wachten sie mit Gedächtnislücken auf. Ich hatte nie Winterschlaf genossen, hatte nicht ein bisschen Erinnerung eingebüßt. Hoben, senkten Wellen zum Glück uns empor und hernieder?

Dann in Stalingrad? Die einstige Stadt wurde aus Ruinen wiederaufgebaut. Ein Bahnhof? Wiederhergestellte Gleise boten sich dar. Wir fuhren durch eine zerstörte Gegend nach der anderen. Mochte die Strecke die gleiche sein wie dazumal; kaum ein Gleis, kaum eine Schwelle waren dieselben geblieben.

Die Passagiere breiteten Kartoffeln, Brot und Grünzeug vor sich aus. Beiläufig fand sich Salz. Ein Essen zwischen Morgen und Mittag, ein weiteres zwischen Mittag und Abend. Wie viele Verluste seit der letzten Zugfahrt vor dreieinhalb Jahren! Nun Personenwagen mit blanken Fenstern. Von Verdunkelung keine Spur. Das Abteil verblasste vor der abtauenden und frühlingshaft sinnenden Märzlandschaft. Keinen einzigen Blick zurück erzwang Taschkent mit Sturm und Rauch, die keines ortsansässigen Anlasses bedurft hatten. Äußerlich betrachtet, hatten wir dort das beste Leben von der Welt geführt, ohne nennenswerten Hunger, mit einem stabilen Dach über dem Kopf und Heizmaterialvorräten. Alles dank Onkel Naums langer Hand, der nach wie vor bei den Sicherheitsorganen diente.

Aber die armen Falter! Ausgelaugte, verkümmerte, im Stich gelassene Geschöpfe, wie hatten sie vier Kriegswinter überstanden? Zugute wird ihnen gekommen sein, dass jeder Einzelne von ihnen selten mehr als ein Jahr lebte. Jeder konnte für sich sagen: Vielleicht ist es Zufall, dass ausgerechnet in meinem Lebensjahr so etwas passiert, dass Sterne hier, nicht dort funkeln, dass Feuer-

346

stürme über weiten Feldern wüten, dass keine ausgezeichnete Glühbirne leuchtet, dass falsche Züge erst in die eine, dann in die andere Richtung fahren, dass Sternträger bis zum Tod marschieren, dass ... Ihr flüchtiges Glück war, dass sie nicht dreieinhalb Jahre überschauen mussten.

Ich sah nach vorne, gen Westen, so scheint es mir heute. Denn lange währen letzte Fahrten. Auch die letzten Züge dieses Krieges gehörten der Vernichtung, nicht dem Leben an. Roulettespiel der Himmelsrichtungen? Von wegen. Ich war mitgemeint, noch immer, als ich im richtigen Zug nach Westen fuhr. Die Konzentrationslager wurden wegen der anrückenden Roten Armee geräumt. Sternträger, die einstmals nach dem Osten deportiert worden und in den Fabriken des Sterbens nicht gestorben waren, wurden in Todeszügen oder auf Todesmärschen westwärts geschickt. In den Güterwagen drängten sich mehr Sternträger als je zuvor, weil nur Knochen und Köpfe und große Augen Platz beanspruchten. Langsam rollten die Waggons heim ins Reich und verrichteten, natürlich und zuverlässig wie immer, auf dem Weg ihre Arbeit.

Selten geschah es, dass Brot durch Ritzen in die Waggons geschoben wurde oder von Brücken in die offenen Güterwagen fiel. Es wurde gefahren, marschiert und gestorben. Begleitet von Uniformierten mit erhobenen Gewehren, stolperten Kolonnen gestreifter Sternträger westwärts über Wege, stolperten durch deutsche Städte und Dörfer. Auf offener Straße, unter den Augen der Öffentlichkeit – ich muss das doch auf unserer Zugfahrt gen Westen gesehen haben, da sich die Hausbewohner, die sogenannten Augenzeugen, verweigerten und abwandten und nicht halfen.

In Taschkent hatte es im Radio geheißen: Ganz Polen von uns befreit. Budapest befreit. Wir stehen vor Berlin. Wir stehen in Österreich. Die Amerikaner in Italien ... nähern sich zusammen mit den Briten dem Ruhrgebiet. Trotzdem mussten die Sternträger im Frühling 1945 marschieren. Wohin? An welche Orte würden sie gelangen, wenn ein Ort nach dem anderen von sowjetischen, amerikanischen und britischen Soldaten eingenommen wurde? Obwohl das Radio versicherte, der faschistische Aggressor liege in zerstückelten, allseits eingekesselten Landstrichen am Boden, wurden Gestreifte mit Sternen und Dreiecken aus den Todesfabriken und zwischen erhobenen Gewehren von einem Ort zum nächsten getrieben.

Die Agonie des Großdeutschen Reiches ließ die Gewehrkolben der Uniformierten nicht zittern. Unentbehrlich schienen ihnen die Sterne zu sein, unmöglich, die Sterne zurück- und in Frieden und der Roten Armee, den Amerikanern und Briten zu überlassen. Aber was hätten die Waffenträger sonst tun sollen, als ausgemergelte, geschlagene, erschöpfte und hungernde Gestalten zu erschießen, wenn diese sich dem Marsch verweigerten? Geschlagene Gestalten gehörten geschlagen, halbtote getötet. Köpfe, die nichts zählten, Körper, die fielen und am Straßenrand, wenn keine Gruben griffbereit klafften, liegen blieben.

Die Uniformierten sahen den Schmerz und das Blut, aber wie hätten sie sich betroffen abwenden sollen, da ihre eigenen Gewehre feuerten? Sie nahmen teil. Dem Werk der eigenen Hände, den Wirkungen der eigenen Taten wird ein gewisses Wohlwollen niemals versagt. Fremde Wunden, durch eigene Handlung und Vorsatz entstanden, sind niemals so tief, dass sie abstoßen würden. Die volle Grube, die gleiche und immer andere, weil neu und anderswo gegraben und mit anderen Toten gefüllt, das Werk der eigenen Hände, schmerzt nie. Das hier habe ich abgefertigt, ist es anders oder schlechter als der Abschnitt rechts oder links?

In so einer großen Geschichte muss es doch auch Helden geben. Ich weiß, dass es sie gegeben hat, diese Retter oder, wie man sie heute nennt, Gerechten, die Juden auf eigene Gefahr retteten. Einer, der, ohne politisch zu sein, Hunderten das Leben rettete, schrieb kurz vor seiner Hinrichtung (einer der ganz wenigen, die von den Nationalsozialisten an einem Deutschen oder Österrei-

348

cher für die Rettung von Juden vollzogen wurde) an seine Familie: Ich habe nur als Mensch gehandelt und wollte ja niemandem wehtun.

Gerechte werden solche Leute genannt. Aber wer das eigene Leben in die Waagschale für fremdes Leben wirft, der handelt nicht gerecht, sondern aufsehenerregend. Unnatürlicher und erklärungsbedürftiger sind ja die Taten dieser sogenannten Gerechten als die Taten jener, die schlugen und schossen.

Wär nicht das Auge sternenhaft, die Sterne könnt es nie erblicken. So oder so ähnlich heißt es. Als in Charkow Balkone und Hausvorsprünge durch Stricke beschwert wurden, die ... als solche und solche lange Fahrten ... als solche und solche kurze Strecken, Licht am Ende des Tunnels, Trommelkonzerte gegen Blech ... als im Charkower Traktorenwerk, als in der Schlucht von Drobizki Jar ... als Taschkent, von Rauch umhüllt, weil in Treblinka ... als ungarische Hasen von Kaninchen in Züge gesteckt und an die Wölfe übergeben ... Unser Flüchtlingszug fuhr nach Osten und andere Züge auch. Nur in einen anderen Osten. Als wir lange fuhren, fuhren andere lange. Nur anders. Als wir ausstiegen, stiegen auch andere aus. Nur anders. Als wir in Lastwagen fuhren, fielen andere aus einem Tunnel in Lastwagen. Nur in andere. Als wir in Taschkent lebten, starben andere in Treblinka. Als wir wieder nach Westen fuhren, fuhren auch andere westwärts. Nur anders, nur in einen anderen Westen. Ich muss auch etwas von diesen anderen, von diesem anderen gesehen haben, weil ich Jude war. Ich war Jude, weil ich diese anderen und dieses andere gesehen haben muss. Denn es war nur ein Zufall, dass unter diesen anderen nicht auch Mutter und ich waren, dass dieses andere nicht auch uns zustieß. Wir waren mitgemeint. Jude sein, das bedeutet mir eigentlich nichts anderes als Gesehen-haben-Müssen.

Jeder hat seine eigene Deutung. Gute und schlechte gibt es. Manchmal halten sich gegensätzliche die Waage. Jede Lebenserfahrung bedingt einen eigenen Blickwinkel. Und andere Augen.

Vielleicht wird ein Mensch, der im Winter vor meiner Geburt geboren worden ist, anderes gesehen haben müssen. Etwa, wie polnische Offiziere von NKWD-Leuten erschossen wurden. Oder wie sowjetische Deportationszüge aus Ostpolen und dem Baltikum nach Sibirien und Kasachstan rollten. Dieser Jemand hörte, wie Uniformierte auf Russisch brüllten. Dieser Jemand entdeckte, dass unter den NKWD-Leuten viele jüdische Namen trugen. Doch davon schweige ich, nicht etwa, weil ich es lieber vertuschte oder Juden deckte, weil sie Juden sind. Im Gegenteil, es würde mir eine dunkle Erleichterung verschaffen, von Juden zu reden, die statt sechszackiger gelber rote fünfeckige Sterne am Revers und Gummiknüppel in den Händen trugen. Doch will ich mich nicht verstellen. Mein Judesein hängt mit meiner eigenen Geschichte zusammen, nicht mit einer, die ich vom Hörensagen kenne.

Was weiß ich wirklich? Nur, was ich sah? Auf der Rückfahrt, während der Rückkehr, so genannt von Mutter und Großmutter, quer durch unser riesiges Land, hatte ich Gelegenheit genug, mich mit sowjetischen Verhältnissen vertraut zu machen. Ein äußerlich behüteter Nesthocker war ich bis dahin gewesen, mit einem festen Dach über dem Kopf, einer Kinderkrippe nahebei und angestrengtem Abseitsstehen, wenn Kinder ausgelassen im Taschkenter Haushof spielten. Nun breiteten sich auf Bahnhöfen zwischen Stalingrad und Charkow Dreck, Unordnung, klägliche Armut aus. Invaliden bettelten und wurden aus überfüllten Waggons gestoßen. Unermüdlich schwärmten Radios von Siegern, Triumphen, unter Führung des Anführers, die Stärksten der Welt, unter Führung des Genossen, den Faschismus niedergerungen. Kärgliche, mittellose Wirklichkeit am Bahnsteig, im Zug, in den stinkenden Abteilen. Stinkend warum? Einfach weil darin viele Leute lagen, in unserem noch sieben Fremde, unter ihnen vier junge Mädchen von nicht mehr als zwei Dutzend Jahren, die ihr Leben lang nicht einmal satt gewesen sein mochten. Mit dem zweifach und dreifach umwickelten Brot gingen sie zärtlicher um als der junge

350

Mann dazumal mit dem Hals meiner Kindergärtnerin. Die hungrigen, elenden Sieger des Großen Vaterländischen Krieges saßen vor mir.

Einmal, an einem Bahnhof zwischen Stalingrad und Charkow – war es in Lihaja oder Rodakowo? Jedenfalls nicht in Lissitschansk –, hielt gegenüber unseren Personenwagen ein Güterzug mit, wie um mich herum geflüstert wurde, deutschen Kriegsgefangenen. Vor den Waggons sah ich schwarze Mütterchen entlanghuschen. Sie zwängten Brotstücke zwischen die Latten. Vielleicht trieb sie Mitleid an, vielleicht die leise Hoffnung, dass ihren Söhnen im Westen das Gleiche widerfahre. Ach, wie sie sich täuschten! Weiß ich jetzt, weiß ich jetzt.

Auch Züge mit unseren eigenen gefangenen Siegern sah ich. Sie fuhren direkt an unseren Fenstern vorüber. Je näher Charkow rückte, desto häufiger genau neben uns: Züge mit unseren eigenen Leuten, unseren eigenen Soldaten, die, wie in den Abteilen rings um mich her getuschelt wurde, in deutsche Kriegsgefangenschaft geraten waren und nun in Lager gebracht wurden, wo geprüft würde, ob sie mit den Faschisten zusammengearbeitet hatten.

Aber dass sie überhaupt noch lebten! Dass man ihnen dafür keinen Orden verlieh! Stattdessen machten wir zum Ende des Großen Vaterländischen Krieges hin Unmengen russischer, ukrainischer, weißrussischer Gefangener. Viele Feinde hatten wir vernichtet. Doch unsere unaufhörlich wache Führung fand immer neue. Schuld war natürlich der auf verlorenem Posten die Waffen streckende sowjetische Soldat gewesen, nicht der Anführer, der ihn dorthin getrieben hatte. Nein, unsere Anführer ließen nie die Zügel baumeln, sondern verprügelten, droschen ein, peitschten aus, ganz egal, ob der Gaul stand, lief, fiel, lag, starb ... Ach, der war zäh, der war's gewohnt, der würde auch noch für neue Gäule sorgen.

Kann ich das nicht in einem anderen Licht darstellen? Vielleicht in einem besseren? Immerhin gewannen wir den Krieg gegen die Faschisten.

Ich kann nicht. Rauchgetränkt war das Licht, das ich jahrelang durch unser Taschkenter Fenster dringen sah. So etwas prägt einen fürs Leben.

Lissitschansk mag ich verschlafen haben. Ich weiß nicht, ob meine Nächsten an diesem Streckenabschnitt in Erinnerungen versanken. An eine Zugführerin, Blau-Schwärze, mich, neugeboren ... Das von mir nie vorher betretene, doch im Grunde wie keine andere Stadt vertraute Charkow begrüßte uns mit einem streckenweise eingefallenen Bahnhof – und einem überlebensgroßen Porträt ebenjenes aufgeräumten schnurrbärtigen Mannes, der mir bereits aus Stalingrad und Taschkent wohl vertraut war. Ein wenig gealtert schien mir sein Abbild zu sein – es war vom Krieg wohl auch mitgenommen worden.

Hatte vor dreieinhalb Jahren hier meine Fahrt angefangen? Oder bei Lissitschansk? Ansichtssache, reine Ansichtssache. Nachdem wir ausgestiegen waren, sagte Mutter tränenlos: Wo ist Charkow? Wo ist die Stadt hin? Ich erkenne nichts wieder.

Was hast du erwartet?, entgegnete Großmutter. Die Deutschen haben sie dreimal erobert. Ein Wunder, dass es sie überhaupt noch gibt. Ein Wunder, dass wir wieder hier sind.

Im fortgeschrittenen vierten Lebensjahr stand ich nun. Eine halbe Welt abgetragen, gab es nichts wiederzuerkennen, nichts, woran festzuklammern sich lohnte, weil die meisten Gegenstände lose hingen oder auf und in der Erde lagen. Im fortgeschrittenen vierten Lebensjahr. Der eine oder andere Erwachsene rettet vielleicht ausnahmsweise sein Leben ganz; Säuglinge, Kinder geraten immer unters Rad.

Jedes große Geschehen erzeugt eigene unverkennbare Geschöpfe. In ausgebrannten Ruinenwinkeln trieben Waisen ihr Wesen. Bettelten. Was hatten sie gesehen? Was würden sie noch zu sehen bekommen? Ich war nicht einmal eine richtige halbe

352

Waise, Großmutters wegen, und empfand mich doch als unvollständig. Kinder gab es ja, denen zwei Elternteile zu eigen waren, die zusammengehörten wie zwei Arme, die sich einem liebevoll um den Hals legten. Jene Waisen wurden von niemandem umarmt. Dafür wurde in Charkow eine Kindereisenbahn wiedereröffnet, wie ich Mutter, Großmutter zugewandt, aus der Zeitung vorlesen hörte. Ende 1940 hatte die Kindereisenbahn im Gorki-Park den Betrieb aufgenommen und schon ein halbes Jahr später wieder aufgegeben. Großmutter sagte: Das braucht Arthur nicht. Er hat jetzt für sein ganzes Leben genug in Zügen gesessen.

Willst du, Arthur?, fragte Mutter mich trotzdem, weil sie sich dagegen wehrte, dass Großmutter über jede Kopeke gebot.

Nein, sagte ich und sprang davon. Dreieinhalb Jahre war ich alt. Was können Kinder da nicht schon alles! Was durfte ich nicht schon alles! Vernehmlich sprechen, Wünsche äußern, die über das Verlangen nach Speise, Trank, Schlaf und Abwesenheit von Bauch-, Zahn- und Augenschmerz hinausgingen!

Einmal, als Großmutter mich spazieren führte, um Einkäufe zu tätigen, mithin zu ermitteln, ob an irgendeinem Ort etwas Essbares zu bekommen wäre, lag, an eine Mauer gelehnt, die zu einem eingestürzten Haus gehörte, ein Kind, schlief nicht, denn seine Augen waren geöffnet, und harrte doch bewegungslos. Großmutter drehte meinen Kopf in die andere Richtung und flüsterte (für sich? Für mich?): Es ist nicht gut, wenn Kinder das sehen.

Wenn ich Großmutter später, mit zwölf oder dreizehn, altklug Reizworte anbot, von wegen wann, wie und warum, sagte sie: Wir kehrten an den antisemitischsten Ort zurück. Schlimmer als in der Ukraine ist es nirgendwo. Die Ukrainer haben ...

Großmutter, es waren die Deutschen und Österreicher ...

Die Ukrainer haben auf die Deutschen gewartet. Und was sie Naum angetan haben! Kurz vor der Rente aus dem Dienst geworfen! Die Ukrainer sind die Schlimmsten ... Die Russen sind auch schlimm, aber nicht so.

353

Großmutter, wenn die Ukrainer die Schlimmsten sind, warum ist es ihnen dann schlimm ergangen? Du hast mir selbst vom Hunger vor dem Krieg erzählt und wie Kinder Jagd auf Ratten machten.

Arthur, du bist jung, was du noch nicht weißt, habe ich längst vergessen. Wir hätten in Taschkent bleiben sollen. Dort wäre ich nicht aus der Straßenbahn geworfen worden. Deine Mutter wollte auf keinen Fall in Taschkent bleiben. Ihretwegen sind wir zu den Ukrainern zurückgekehrt. Zu den Ukrainern, obwohl uns niemand dazu gezwungen hat. So eine kleine Wohnung wie hier hätten wir auch in Taschkent bekommen.

Ich lief dann in die andere Ecke unseres einzigen Zimmers und fragte Mutter: Warum wolltest du zurück nach Charkow?

Ich hielt es in Taschkent nicht mehr aus.

Warum Charkow?

Warum nicht? Von hier aus sind wir nach Taschkent geflohen, nicht von anderswo.

Und die Ukrainer?

Was deine Großmutter sagt, ist ihre Sache. Aber wehe, du redest ihr nach dem Mund vor anderen Leuten! Was sie denkt, ist ein Geheimnis zwischen dir und ihr.

Als ich gestern bei Mutter zu Hause war, habe ich sie nicht noch einmal dazu befragt. Sie bewegt sich kaum noch aus dem Haus. Sie ist zu schwach und zu müde, als dass ich sie mit Entscheidungen konfrontieren würde, die sie und Großmutter vor einundfünfzig Jahren getroffen haben. Wozu denn auch? Es war doch wohl richtig, nach Charkow zurückzukehren. Sonst hätte ich Julia nicht kennengelernt, die mir ein Kompliment machte, sonst wäre Anna nicht geboren worden.

Im Nachhinein ... in der Rückschau tritt das Geschehen zurück hinter die Geschichte. Die ist beladen durch ihre eigene Zukunft und sucht nach Gründen. Vor Freude wurde geweint am 9. Mai

1945. Bedingungslose Kapitulation, der Krieg vorbei. Geweint wurde, herzzerreißend vor lauter Freude. Obzwar nicht mehr und noch nicht wieder von schmucken Gebäuden umrahmt, mochte der zentrale Charkower Platz eine Feier des Sieges erleben. Wir blieben zu Hause.

Nach dem Krieg wird alles anders

Bitte entschuldigen Sie die Verzögerung. Einen Antrag darf auch stellen, wer zum Zeitpunkt der Verfolgung der Mutter ein Fötus war. Bitte reichen Sie Unterlagen ein, die Ihre verminderte Erwerbsfähigkeit belegen.

Das schreibt mir die Claims Conference. Anderthalb Jahre! So viel Zeit ist verstrichen zwischen der Bestätigung, dass unsere Anträge angenommen worden seien, und den drei Bescheiden, die Mutter, Julias Mutter und ich nun erhalten. Meine Güte, hätten sie außer den Geburtsurkunden auch noch meine beschriebenen Blätter zur Verfügung gehabt, es wäre bestimmt schneller gegangen.

Aber ich bin zufrieden, auch wenn ich nichts bekommen werde, da ich keine verminderte Erwerbsfähigkeit wegen der Flucht nach Taschkent nachweisen kann, höchstens eine erhöhte, meiner Deutschkenntnisse wegen. Hätte ich denn, wären meine Großeltern in Kamenez-Podolsk nicht ... wären wir nicht im Zug ... wäre ein anderer Zug aus Berlin-Grunewald nicht ... hätte ich sonst etwa Deutsch studiert?

Den Schreiben, die Mutter und Julias Mutter erhielten, lagen Schecks über je fünftausend Mark bei. Hinzu kämen zweitausend Mark vom Härtefonds Nordrhein-Westfalen, hieß es. Um dieses Geld zu erhalten, seien noch Lebensbescheinigungen nachzureichen.

Ich übersetzte das für Mutter. Sie freute sich, soweit ihre Kräfte es zuließen. Ich sagte: Ist es nicht eigenartig, dass du dieses Geld jetzt erhältst, nachdem wir nach Deutschland gekommen sind?

356

Wärest du in Charkow geblieben, hättest du keinen Anspruch darauf. Wer in der Ukraine wohnt, bekommt nichts. Dabei haben die Leute dort es viel nötiger als wir ... ich meine, du wirst wissen, was du mit dem Geld machst. Aber wer von einer winzigen Rente in Charkow oder Kamenez-Podolsk lebt, braucht das Geld doch viel mehr.

Mutter schwieg.

Dass wir ausgerechnet hier sind!, sprach ich weiter. Mutter, was denkst du darüber, dass wir hier sind?

Sie antwortete: Hier ist alles anders. Die Deutschen haben uns viel Leid angetan. Aber die Wohnung, die Ärzte, das Geld von dieser Klaus-Konferenz, ich bin dankbar. Ich lebe in Ruhe. Ich habe mein ganzes Leben in der Sowjetunion gearbeitet, aber ich hätte dort nie die Medikamente bekommen, die ich hier bekomme.

Sie schwieg, ich schwieg. Dann sagte sie: Arthur, ich werde dir das Geld geben. Mir reicht, was ich jeden Monat vom Sozialamt bekomme. Ich gebe ja nicht einmal alles davon aus. Hast du nicht gesagt, du brauchst mehr Geld für dein Autogeschäft?

Ich habe fast vier Jahre gebraucht, um über den Krieg zu schreiben. Was ist danach? Stille und makellos weißes Papier?

Deutsche und Österreicher sagten nach dem Krieg nicht: Wehe! Ihr Juden, was haben wir euch angetan! Wie schwer lastet euer Leid auf unseren Schultern. Wir vernichteten euch, wo immer wir konnten.

Rumänen und Kroaten sagten nicht: Wehe! Ihr Juden, was haben wir euch angetan! Wir eiferten den Deutschen nach. Wir hatten eine Wahl. Wir händigten euch nicht nur den Deutschen aus, nein, wir legten selbst Hand an euch.

Letten, Litauer, Esten und Ukrainer sagten nicht: Wehe! Ihr Juden, was haben wir euch angetan! In eurer schwersten Stunde willfahrten wir den Deutschen und halfen ihnen, euch zu vernichten.

357

Slowaken, Franzosen und Bulgaren sagten nicht: Wehe! Ihr Juden, was haben wir euch angetan! Wir hatten eine Wahl. Manchmal unterschieden wir zwischen solchen und solchen Juden und lieferten dann die einen an die Deutschen aus und die anderen nicht. Die Deutschen aber behandelten am Ende alle Juden gleich.

Ungarn sagten nicht: Wehe! Ihr Juden, was haben wir euch angetan! Wie schwer lastet euer Leid auf unseren Schultern. Zuerst verabschiedeten wir Hasengesetze. Dann schoben wir einige von euch ab, die wurden nach Kamenez-Podolsk getrieben, wo sie erschossen wurden. Gezwungen von den Deutschen, ja, doch auch willfährig sperrten wir euch in Züge und geleiteten diese bis zur Grenze. Aber die Züge fuhren ins Vernichtungslager.

Norweger sagten nicht: Wehe! Ihr Juden, was haben wir euch angetan! Wir luden euch auf falsche Schiffe. Die Schiffsladung verfrachteten die Deutschen in Züge, die Züge aber fuhren ins Vernichtungslager.

Italiener sagten nicht: Wehe! Ihr Juden, was haben wir euch angetan! Zwar nahmen wir euch vor den Deutschen in Schutz, solange wir selbst stark waren, das ist unser Verdienst in dieser Geschichte. Doch bedrängten wir euch selbst aufs Gemeinste.

Polen sagten nicht: Wehe! Ihr Juden, schwer lastet euer Leid neben unserem. Viele von uns zeigten mit den Fingern auf euch und sagten den Deutschen: Er ist Jude.

Niederländer sagten nicht: Wehe! Ihr Juden, wir haben die meisten von euch, die ihr in Frieden unter uns lebtet, nicht vor den Deutschen errettet. Wir streikten einmal. Dann gaben wir auf. Und einige von uns halfen den Deutschen.

Russen, Engländer und Amerikaner sagten nicht: Wehe! Ihr Juden, wir haben euch nicht vor den Deutschen errettet, obwohl wir vielleicht gekonnt hätten! Wir wiesen euch an unseren Grenzen ab. Wir bombardierten Eisenbahnlinien nicht, obwohl wir wussten, dass sich darauf Züge in die Vernichtungslager bewegten.

Die Welt und die Völker der Erde sagten nicht: Wehe! In was für einer Welt geschah das? Unter welchen Völkern?

Die wenigsten sagten etwas. Das Schweigen aber nicht etwa deshalb, weil es solche und solche Deutsche und Österreicher gab oder weil die meisten Rumänen und Kroaten, ja selbst die meisten Deutschen nicht gegen Juden gewalttätig geworden waren, weder im Felde noch am Schreibtisch. Das ist wohl wahr und genauso belanglos. Es gibt immer solche und solche Menschen, immer solche und solche Umstände. Entscheidend aber ist, wer den Ton angibt und die Musik macht; was im Ohr haften bleibt; wessen Taten das Land in die Geschichte eingehen lassen.

Engländer versperrten Juden den Zugang nach Palästina.

Rumänen ließen Juden erst gegen ein hübsches Lösegeld nach Israel gehen.

Auf dem Boden des ehemaligen Vernichtungslagers Treblinka gruben Polen nach Gold. Treblinka war eine Sache zwischen Deutschen (und deren Ukrainern) und Juden gewesen. Doch jene wie diese waren nicht mehr da. Irgendjemand musste noch einmal nachschauen. Bauern aus den Nachbardörfern gruben die Erde auf der zwei Zuglängen breiten und weiten Fläche um. Natürlich fand sich etwas, verwesende Leichen vornehmlich, die der Bagger nicht ausgegraben hatte.

In manchen Orten brachten Polen und Ungarn die wenigen zurückgekehrten Juden um. Sie ertrugen es nicht, dass Hasengesetze nicht mehr gelten und Wohnungen, die sie selbst vielleicht als Flüchtlinge gerade erst bezogen hatten, an gestrige Sternträger zurückgegeben werden sollten. Sternträger! Gerade noch hatten denen selbst die gestreiften Kleidungsfetzen auf dem Leib nicht gehört – und jetzt wollten sie ihre Wohnungen wiederhaben.

Die Deutschen dagegen gebärdeten sich still und friedfertig, vielleicht weil Deutschland ihnen zunächst einmal nicht mehr gehörte. Die Deutschen hatten anderes zu tun, als sich mit Juden zu beschäftigen.

Damit will ich nicht über die angeblich schlechte Behandlung von Juden nach dem Krieg geklagt haben. Was verstehe ich schon davon? Sterne, ja, mit denen kenne ich mich seit meiner Geburt aus. Von Juden ohne klar konturierte sechszackige Sterne weiß ich wenig zu sagen. Und fülle trotzdem weiterhin die Schublade mit selbstbeschriebenen Blättern?

Nach dem Krieg wird alles anders, denkt man sich. Nach dem Krieg wird alles anders, das ist wahr. Nach einem solchen Krieg musste alles besser werden. Aber es wurde längst nicht alles gut. Ich schweige vom Hunger, der Charkow, die ganze Sowjetunion nach dem Krieg überrollte. Wir überstanden ihn. Großmutter hatte ja zwischen dem Ersten und Zweiten Weltkrieg im Hungern Erfahrung gesammelt. Schwer war das Leben und traurig, wie sie sagte.

Ich schweige auch von den allerorts abgehaltenen Kriegsverbrecherprozessen, denen das Radio sich bisweilen widmete. Der Höhere SS- und Polizeiführer Jeckeln etwa wurde in Riga gehängt.

Von meinen ersten Schuljahren dagegen will ich erzählen, weil sich bestätigte, dass irgendwer Sterne zu tragen hat, auf der Kleidung oder wenigstens auf dem Papier. In unserem Land wurden die Sterne immer mal wieder im Verlauf einer feierlichen Zeremonie einer anderen Gruppe zugeschoben, zum Beispiel bei einem mehr oder weniger gut aufgeführten Schauprozess. Auf den Wink des obersten Anführers hin zeterten und wetterten Funktionäre und Zeitungen gegen eine neue Gruppe, die Sicherheitsorgane rückten aus und pressten genehme Geständnisse aus den Unglücklichen – angebliche Trotzkisten, Links-rechts-Abweichler, Kulaken, Polen, Tschetschenen, ehemalige Kriegsgefangene. Seit der Revolution vor dreißig Jahren wimmelte es in der Sowjetunion nur so von Volksfeinden, Spionen, Saboteuren. Nun, nach dem Krieg, ausgerechnet Juden. Furcht und Not stellten sich bei den neuen Volksfeinden zuverlässig ein.

Mutter sagte: Erzähle bloß niemandem, dass du Jude bist.

360

Großmutter fügte hinzu: Verrate niemandem deinen Nachnamen. Du heißt einfach Arthur.

Doch zu Mutter sagte sie leise (ich hörte es trotzdem): Das ist aussichtslos. Die brauchen keine Namen, um uns zu erkennen.

Mutter seufzte und sagte: Im Klassenbuch stehen die Nationalitäten der Kinder.

In der vierten Klasse war's. Die Mathematiklehrerin streifte in erzieherischer Rede gelegentlich den Großen Vaterländischen Krieg; wie viel erst sprach die Geschichtslehrerin davon! Sie sprach von großen Triumphen, von Millionen Soldaten, die ihr Leben für die Heimat und den Sozialismus gegeben hätten. Auch andere Opfer erwähnte sie und erzählte einmal bedrückt: Hinter dem Traktorenwerk gibt es einen Ort, der heißt Drobizki Jar. Das ist eine Schlucht. Dort erschossen die Faschisten viele Tausend unschuldige sowjetische Bürger.

Ein Junge fragte: Warum taten die Faschisten das?

Weil sie Faschisten waren, erklärte die Lehrerin.

Ein Mädchen, das es stets genau wissen wollte, fragte nach: Wen haben die Faschisten verhaftet? Wie haben sie entschieden, wer erschossen wird und wer nicht?

Die Lehrerin erklärte: Die Faschisten brachten um, wen sie wollten. Wie sonst?

Natürlich, wie sonst? Im Umgang mit dem Klassenbuch und den Schülern waren die Lehrer dagegen nicht immer so vage. Nicht immer war da von sowjetischen Bürgern die Rede, nicht immer hieß es: Wie sonst? Sondern streng und akkurat wurde unterschieden, wenn etwa die Ukrainischlehrerin mit einem jüdischen Kind schimpfte: Dass du das so grässlich aussprichst – man merkt, dass du von weit her kommst. Oder der Geografielehrer mit dem jüdischen Mädchen, das an der Aufzählung der zehn größten Flüsse der Ukraine scheiterte: Wozu braucht eine Heimatlose das schon? Oder besagte Lehrmeisterin der Geschichte, wenn der Judenjunge historische Daten nicht auswendig gelernt hatte:

361

Warum solltest du dir auch die Mühe machen? Es ist ja nicht deine Geschichte.

Jetzt habe ich drei rücksichtslose Lehrer aufgezählt. Alle anderen waren nicht so, dabei hatte ich viele unterschiedliche Fächer. Es wurde alles besser nach dem Krieg. Aber es war nicht alles gut und barg in sich den Keim neuerlichen Unheils.

Selbst der Bibliotheksausweis enthielt einen Hinweis auf die Nationalität. Wie? Ja, so. Wurden mir dadurch andere Bücher zuteil? Sodass etwa, wenn ich eintrat und den Ausweis vorzeigte, es hieß: Liebes Kind, hier, ein neues Buch für kleine Juden ist eingetroffen, nimm es. Behüte, dass es deinen russischen Spielkameraden in die Hände falle! Oder: Wehe, lass die Finger von diesem Buch, es ist russischen Schülern vorbehalten! Aber nein, wie jedermann streifte ich auf eigene Faust zwischen den Regalen umher. Nach eigenem Gutdünken und, wie der Ausweis anzeigte, stets als Jude griff ich nach solchen und solchen Büchern.

Denkmäler säumten das weite Land. Doch durch die Schlucht, wo sowjetische Bürger ermordet worden waren, sollte eine Straße verlegt werden. War der Staat schuld? Für den Straßenbau ist er zuständig. Ist der Staat schuld, wenn Türkenhäuser angezündet und schwarze Teufel verfolgt werden? Oder bloß die Brandstifter und Jäger? Verantwortet der Staat nur, ob er, wenn das Türkenhaus brennt, in Gestalt der Feuerwehr an Ort und Stelle eilt?

Ich weiß nicht, ob der Bürger dem Staat oder der Staat dem Landeskind etwas schuldet. Aber ich weiß, dass der Staat nie unüberlegt oder grundlos handelt. Denn er ist der Staat und besteht aus vielen Gliedern. Laut spielt die Staatsmusik und macht Geschichte. Wenn Lehrer, Staatsdiener ersten Ranges, Schüler als Heimatlose schimpften, dann hatten sie ihre guten staatlichen Gründe dafür. Die Lehrer spielten auf den Saiten, die der Staat aufgezogen hatte.

Nach dem Krieg ... Wird nach dem Krieg alles anders? Das hört sich an, als ließe sich aus der Geschichte etwas lernen. Dass man

362

nur tief zu graben und zu wühlen braucht und sich schon Lehrreiches, Glänzendes findet. So wie im weiten Feld von Treblinka?

Allerlei Nützliches lernte ich in der Schule, während sowjetische Juden plötzlich wurzellose Kosmopoliten waren. Die erste Welle allgemeiner Beschimpfungen und spezifischer Festnahmen rollte über bekannte jüdische Ärzte, Literaturkritiker und Dichter hinweg. Glücklicherweise hatte sich in unserer Familie bislang niemand in dieser Weise hervorgetan. Onkel Naums Aufzeichnungen wurden ja nicht veröffentlicht, sondern lagerten bloß in der Wohnung. Doch selbst er wurde, wenige Monate vor dem Ende seiner 25-jährigen Dienstzeit, die mit einem ehrenvollen Abschied und einer stattlichen Rente verbunden gewesen wäre, entlassen und büßte seine Pensionsansprüche ein. Ich will nicht ausschließen, dass diese Entlassung andere Gründe hatte als den ausgewiesenen wurzellosen Kosmopolitismus, der aus seinem Namen und der fünften Zeile seines Ausweises (Nationalität: Jude) sprach. Man darf es nicht ausschließen, weil sonst für jede berufliche und persönliche Talsohle nicht man selbst, sondern der Staat verantwortlich ist. Unzureichende Fachkenntnisse, scheußliche Charaktereigenschaften, begangene Fehler könnten eine Rolle gespielt haben. Obwohl diese scheußlichen Charaktereigenschaften und Fehler ja auch in den vorangegangenen fast 25 Jahren hätten festgestellt werden können.

Großmutter erzählte mir: Ich war auf der Suche nach einer Stelle. Ich führte ein Gespräch mit dem Leiter der Personalabteilung. Er schien mit mir zufrieden zu sein. Ich sollte am nächsten Tag meine Papiere mitbringen und bald mit der Arbeit beginnen. Nachdem ich alles eingereicht hatte, war die Stelle nicht mehr verfügbar. Die verfluchte fünfte Zeile! Der verfluchte Antisemit!

Vielleicht die fünfte Zeile, vielleicht Antisemitismus, vielleicht ein garstiger Mensch, vielleicht unfreiwillig, weil er nationalen Quoten gerecht werden musste, vielleicht überzeugten ihn einfach Großmutters Qualifikationen auf Papier nicht. Doch wären die Landesgrenzen offen gewesen, ich glaube, wir hätten die staatliche These von der jüdischen Wurzellosigkeit bestätigt und wären ausgewandert, nach Israel oder sonst wohin.

Dann aber – wahrlich, selten in der Menschheitsgeschichte wird ein Schlaganfall von so vielen Menschen so ausgelassen gefeiert worden sein wie dieses eine Mal – verstarb Stalin, der große Anführer, dem alle alles verdankten. Auf einmal wuchsen den Kosmopoliten in den Augen der Öffentlichkeit Wurzeln zu, woraufhin bekannte jüdische Ärzte keine Verschwörer mehr waren. Auf einmal wurde, obwohl die faule jüdische Schülerin noch immer nicht die zehn größten ukrainischen Flüsse beisammenhatte, vom Geografielehrer einfach nur ein Mangelhaft ins Klassenbuch eingetragen, ohne dass die Schülerin gleich als Verräterin an der Ukrainischen SSR galt.

Zwar beharrten die neuen alten Herren darauf, dass – wie sonst? – sowjetische Bürger in der Schlucht ermordet worden waren. Doch in der Schule wurde alles einfacher. Und der Mann einer Nachbarin kehrte plötzlich heim. Er stand vor der Haustür und sie ließ ihn weinend hinein, so erzählte man's sich. 1944 war er als Rotarmist verschollen. Erst war er in einem deutschen Kriegsgefangenenlager, dann in mehreren sowjetischen gewesen. Nach Stalins Tod stand er vor der eigenen Haustür, betrat die eigene Wohnung und seine eigene Frau nahm ihn in Empfang.

Vielleicht wird nach dem Krieg alles anders. Aber vor unserer Haustür würde niemals plötzlich ein Mann, meinetwegen vorzeitig gealtert, stehen.

Schwer ist das Leben und traurig, hatten Großmutter und Mutter gesagt oder so nur Großmutter und Mutter in anderen Worten, oder die eine hatte gesprochen und die andere genickt, obwohl sie nicht dabei gewesen war, oder andersherum und ganz ähnlich, als hätten sie sich abgesprochen – dabei hatte es genügt, in einer Zeit und als eine Familie zu leben.

Mutter liegt und atmet, schlägt selten die Augen auf, versteht nicht immer alles und nicht immer so, wie es richtig wäre. Aber ich weiß selbst nicht, wie es richtig ist.

Man hat uns ein weit entferntes Krankenhaus empfohlen, weil es eine sehr gute kardiologische Abteilung habe. Aber am wichtigsten ist, dass wir Mutter täglich sehen. Ich vertraue den Ärzten, wenn ich Mutter jeden Tag besuche. Außerdem muss ich übersetzen, damit sie versteht.

Jedes Mal, wenn ich mich auf den Weg ins Krankenhaus mache, fahre, parke, durch die Drehtür gehe – jedes Mal will ich Mutter sagen, dass ich ... dass ohne sie ... dass sie wieder gesund werden muss. Ich will sagen, dass ich immer an ihr gehangen habe, dass ohne sie ich damals nicht auf dieser Welt geblieben wäre. Mutter, so viele Jahre sind wir schon zusammen. Erinnerst du dich, wie es bei meiner Geburt gewesen ist? Wer wäre mir näher als du? Deinetwegen bin ich geblieben. Weil ich dich aus dem äußersten Blickwinkel bemerkt, nein, gefühlt habe, habe ich zu atmen begonnen, wie es sich für Neugeborene gehört. Du hast nicht gewusst, dass man in solchen Zeiten als Allerletztes an Geburten denkt, dass diese Welt nicht für uns, dass diese Welt für jemand anderes war. Trotzdem habe ich versucht, mich deiner körperwarmen Milch zuzuwenden, weil du auf deine Weise recht gehabt hast ... Nun sagen die Ärzte ... Jetzt öffnest du kaum die Augen. Vielleicht machtest du sie selbst dann nicht auf, wenn ich so laut schriee wie damals. Aber ich bleibe stumm. Denn sieh, Mutter, du liegst in einem weißen, weichen Krankenhausbett, an sauberen Bettlaken mangelt es nicht, das Licht geht nie aus und auf Monitoren blinken Leuchten.

Sobald ich die Treppen hochsteige oder im Aufzug fahre, beginnen die Worte zu fliehen, wenn ich anklopfe und die Klinke hinunterdrücke, die Türschwelle überschreite, gleich nach ihrem Bette sehe, die Klinke loslasse, auf der anderen Seite wieder ergreife und die Tür schließe und nicht mehr auf dem Weg bin, sondern im

Zimmer und an ihrem Bett stehe, kommt kein wahres Wort über meine Lippen. Ich sehe ihr Gesicht. Ich sehe die Apparatur. Ich sehe Schläuche, die in ihre Arme laufen und auch unter der Bettdecke verschwinden. Ich setze mich und jene Worte fehlen mir. Es ist nicht wegen ihres augenscheinlichen Nichtverstehens. Wer bin ich, um zu erkennen, ob sie begreift? Allerlei rede ich ja daher, plaudere von zu Hause, um sie angeblich mit meiner Stimme zu zerstreuen, in Wirklichkeit nur mich selbst. Aber jene Worte, die ich ihr gerade noch habe sagen wollen, fehlen mir jetzt.

Vielleicht weil ich mir die Worte in Wahrheit für meine gesunde, nicht für meine kranke Mutter zurechtgelegt habe. Oder weil ich am Ende stets verschweige, was ich sagen will, weil ich mein Leben lang verschwiegen habe, was ich habe sagen wollen.

Die Krankenschwestern beschweren sich, weil Mutter zu viel Besuch erhält. Frau Segal braucht Ruhe!, sagen sie. Und Frau Segals Zimmernachbarin auch.

Oma ist nie bei mir in Wehnau gewesen, sagt Anna. Ich habe es ihr ständig versprochen, aber es hat sich nie ergeben.

Dann weint sie.

Julia umarmt sie und sagt: Das ist nicht schlimm. Du hast immer Zeit mit deiner Oma verbracht, wenn du hier gewesen bist.

Aber Anna sagt: Ich habe den Ausflug immer angekündigt und Oma erzählt, wie schön es in Wehnau ist, mit dem Fluss und den Schlössern. Ich weiß, sie wollte unbedingt die Universität und meine Wohnung sehen. Aber sie hat mich nie daran erinnert. Nach dem Praktikum, habe ich gedacht. Dann: Nach dem Auslandssemester. Und vor ein paar Wochen hat sie mir noch selbst im Scherz gesagt: Spätestens bei der Diplomvergabe werde ich Wehnau ja sehen. Dabei hätte ich diesen Ausflug mit ihr jederzeit machen können. Jederzeit. Nur nicht jetzt.

Dann weint Anna wieder.

Wir bleiben unseren Nächsten immer etwas schuldig im Leben.

Nicht zu viele Versprechen geben. Ein einziges höchstens und es am selben Tag erfüllen. Dann das nächste Versprechen, es gleich darauf einlösen.

Anna sagt: Dabei hat Oma immer gemeint, ich dürfe die Dinge nicht vor mir herschieben. Heute tun, nicht morgen, hat sie immer gesagt. Glaubt ihr, Oma wird wieder gesund und mit mir nach Wehnau fahren? Einmal im Auto hin und zurück? Auch wenn ich dann nicht mehr dort wohne, das ist egal.

Nicht zu viele Versprechen geben. Obwohl das nur für Fremde gilt. Gegen Nächste entstehen sie ganz von selbst, so wie Bäume beieinander wachsen. Man ist seinen Nächsten immer etwas schuldig. Ich bin Mutter schuldig, dass sie versteht, wenn sie die Augen aufmacht. Ich muss bereit sein zu übersetzen, wenn es darauf ankommt.

Nicht so! Aber es fragt ja niemand: Wie denn? Und ich sage nichts, wenn ich bei Mutter bin. Wie auf einmal, da ich stets geschwiegen habe? Falsche Worte fallen, weil sie hier im Krankenhaus die richtigen sind. Wenn Mutter einmal aufwacht, sich leise verständnislos über ihre Schwäche beschwert, freue ich mich, und ich antworte genauso leise.

Arthur, in meinem Kleiderschrank ist ein Karton, sagte Mutter in einem solchen Moment. Da sind Papiere, die ... ich möchte nicht, dass sie ...

Dass sie was?

Sie winkte nur erschöpft ab und sagte: Mach damit, was du willst.

Ach, Mutter, du tust damit selbst, was du willst, wenn du wieder zu Hause bist. Ich weiß ja gar nicht, wovon du redest.

Zwei schwache Menschen: Ein Mann in noch mittleren Jahren tröstet seine Mutter, redet ihr gut zu und spricht Dinge aus, die wahr sind und nicht stimmen. Letzte, wie der Arzt andeutete, Gespräche. Letzte Gespräche, die nicht geführt werden.

Heute war das Begräbnis meiner Mutter. Auf dem jüdischen Friedhof. Vielleicht zwanzig Schritte vom Eingang entfernt, lag das Grab. Leute aus der jüdischen Gemeinde waren da, vornehmlich Mutters Freundinnen. Auch Igor und Tanja, Sergej und Ina.

Es regnete so, dass das Wasser von den Regenschirmen floss. Ein gutes Zeichen, der Himmel weint um Rosa Israilewna, sagte Julia.

Es ist Brauch, hat man uns erklärt, nicht in Schwarz zu erscheinen, sondern in Alltagskleidung, einer Jeans, einem gewöhnlichen Hemd. Das Leben geht weiter, hat man uns erklärt, deshalb ist es so. Gott hat dem Menschen das Erdenleben auf Zeit geschenkt, nun ist die Zeit abgelaufen. Was gibt es da zu betrauern?

Verleihung der Diplome

Das eigene Kind bringt einem die Kindheit wieder nahe. Vielleicht lässt sie sich diesmal besser leben. Man passt bei der Geburt des Kindes auf, indem man tüchtige Glühbirnen im Kreissaal einschraubt. Man schickt es vielleicht nicht in den Kindergarten. Wie auf einem Jahrmarkt ist das, wenn man ein falsches Los gezogen und kein Geld mehr hat und der Budenbesitzer auf einmal sagt: Sie haben noch einen Versuch. Einfach so.

Anna rief aus London an und beklagte sich. Es sei nicht ihre Schuld gewesen. Was hätte sie anders machen sollen? So ein gutes Unternehmen, so eine gut bezahlte Stelle! Und jetzt wegen vier Dummköpfen, die in ihrer Sechsergruppe gewesen seien, einfach weg. Der fünfte Bewerber habe sich clever angestellt. Sie sei die Unglückliche gewesen. Nein, sich gegenseitig bespuckt und ins Gesicht geschlagen hätte niemand. Die Unternehmensvertreter hätten ja mit Notizblöcken dabeigesessen. Als Gruppe sollten die sechs Bewerber eine Aufgabe lösen und das Ergebnis vorstellen. Die Aufgabe sei eigentlich einfach gewesen, aber die vier Dummköpfe hätten gleich begonnen, dumme Vorschläge zu machen. Der fünfte Bewerber habe sich darauf verlegt, den Streit zu moderieren. Sie selbst habe gleich die richtige Lösung genannt. Bloß habe niemand auf sie gehört. Sie hätten sich so über ihre eigenen Dummheiten gefreut, dass sie nur sich selbst zugehört hätten. Als die Ergebnisse präsentiert wurden – was mit allgemeiner Zustimmung der geschickte fünfte Bewerber übernommen habe –, sei von ihren eigenen Vorschlägen nichts, aber auch gar nichts übrig

369

geblieben. Nur die dummen Vorschläge der Dummköpfe seien zur Sprache gekommen. Das sei bei den Assessoren gewiss nicht gut angekommen. Die hätten diese Gruppenarbeit ja veranstaltet, um zu verstehen, ob man mit anderen Leuten zusammenarbeiten und sie von den eigenen Ideen überzeugen könne. Sie könne ja gut mit anderen Leuten zusammenarbeiten. Mit anderen vernünftigen Leuten! Nicht mit selbstbewussten Dummköpfen! Was ich ihr rate? Ob sie gleich abreisen solle? Zwei Interviews stünden morgen an. Und eine weitere Gruppenarbeit! Wozu, wenn sie ohnehin keine Chancen mehr habe?

Anna hatte bei dieser Firma schon zwei Vorinterviews gehabt und einen schriftlichen Test bestanden. Europäischer Marktführer! Rekordgehälter!, hatte sie uns erklärt und auf die Frage, was das Unternehmen produziere, geantwortet: Geld! Warum sonst hätten sich anderthalbtausend Leute um drei Stellen beworben? Von diesen anderthalbtausend war nach der Vorauswahl ein Dutzend übrig geblieben. Dieses Dutzend (darunter laut Anna mindestens vier Dummköpfe) kämpfte nun in einem Londoner Fünfsternehotel um drei Stellen.

Bleib in London, sagte ich. Es ist eine gute Übung. Hast du in zwei Wochen nicht ein Interview mit einem anderen Marktführer, der auch Geld produziert?

Am ersten Tag nach ihrer Rückkehr aus London (sie wollte ein paar Tage bei uns verbringen und dann nach Frankfurt fahren) erzählte Anna: Die zweite Gruppenarbeit war in Ordnung. Der fünfte Bewerber war wieder dabei und hat den Chef gespielt. Aber diesmal hat er immer wieder die anderen ignoriert und mich gefragt, ob ich etwas ergänzen wolle. Wenn er und ich ein Angebot bekommen, dann ich, weil ich die guten Ideen gehabt habe, und er, weil er es erkannt und mir geholfen hat, sie durchzusetzen. Die beiden Interviews waren auch gut. Ich wurde gefragt, wo und wie ich Geld für die Firmen, bei denen ich bislang gearbeitet habe, verdient oder gespart habe. Oder: Geben Sie uns ein Beispiel, wie Sie

370

andere von einer schwierigen Veränderung überzeugt haben. Solche Sachen. Ich habe ja noch nie wirklich Geld für eine Firma verdient. Wie denn, ich habe nur ein paar Praktika gemacht. Und da habe ich mehr falsch als richtig gemacht. Ich habe auch Leute nicht besonders oft für schwierige Veränderungen begeistert. Aber dafür habe ich wochenlang mit Kommilitonen Antworten auf solche Fragen eingeübt. Also habe ich nicht erzählt, was ich hätte besser machen können, sondern so getan, als hätte ich es schon gut gemacht.

Julia sagte plötzlich: Ich glaube, es klappt nicht!

Warum denn?, fragte Anna empört. Das machen alle so. Die Firmen wissen das. Es ist ein Spiel, wer sich besser verkauft, gewinnt. Entweder ich bekomme übermorgen einen Anruf mit einer Zusage oder nächste Woche einen Brief mit einer Absage. Ich habe eure Telefonnummer angegeben. Wenn das Telefon übermorgen klingelt ...

Die brauchen bestimmt jemanden, der Russisch spricht, sagte ich. Julia, sag unseren Verwandten und deinen Freundinnen, dass sie übermorgen auf keinen Fall anrufen sollen. Ich will nicht, dass das Telefon besetzt ist.

Am dritten Tag nach London klingelte das Telefon.

Jetzt mache ich mir über das Studium keine Sorgen mehr, sagte Anna.

Sie wusste schon, wie viel sie verdienen würde. Ich hätte nie gedacht, dass eine Studentin, die noch nicht einmal ihr Diplom in Händen hält, mit so hohen Zahlen hantieren muss, um das eigene zukünftige Nettogehalt zu errechnen, und möge sie sich auch unter anderthalbtausend Bewerbern durchgesetzt und unter den zwölf letzten Bewerbern in London die höchste Punktzahl erreicht haben.

Wir waren in Wehnau, zum letzten absehbaren Mal. Zwar wohnt jedem Abschluss die Tücke inne, dass, wenn aus ihm kein Anfang

371

folgt, er besser auf sich warten ließe. Aber Anna hat einen Arbeitsvertrag unterschrieben und wird im Oktober in Frankfurt zu arbeiten beginnen.

Der allerletzte Studienakt, die Entgegennahme der Diplome, stand unmittelbar bevor. So schnell? Ja, wer fleißig und klug ist, der zögert nicht lange, der fertigt sein Studium in Windeseile ab.

Aber vier Jahre braucht man schon, um Diplomkaufmann zu werden. Ein stummes Jahr ist vergangen. Ein Trauerjahr? Ein Jahr, da weiße Blätter ungestört gelegen haben, ein Jahr, da Blätter unbeschrieben grün gewachsen und unbeschrieben bunt zur Erde gefallen sind, ein Jahr, da ich einen Stift – nicht diesen hier, der hat auf den beschriebenen Blättern in der Schublade gelegen – nur ergriffen habe, um Kaufverträge für gebrauchte Kraftfahrzeuge auf- und meine Unterschrift darunterzusetzen. Die beschriebenen Blätter ruhten in der Schublade, ich wollte nichts mehr dazulegen, nachdem ich Mutters Sterbeurkunde hineingelegt hatte.

Ob die Papiere, die ich in einem Karton in Mutters Kleiderschrank fand, als wir ihre Wohnung auflösten, auch in die Schublade gehören, weiß ich nicht. Sie sind mit einem blauen Band zusammengeschnürt. Das erste Blatt ist eine schwarz-weiße Gruppenaufnahme von Offizieren der Roten Armee, aus den fünfziger oder sechziger Jahren, schätze ich. Meinen Vater Jakov kann ich darauf jedenfalls nicht finden.

Das blaue Band zu lösen, die Papiere durchzugehen und zu erfahren, was es mit dieser Fotografie auf sich hat, habe ich mich noch nicht getraut. Mach damit, was du willst, hatte Mutter gesagt. Ich weiß aber nicht, was ich damit machen will. Ich legte den ganzen Stapel bloß, so wie ich ihn in dem Karton im Kleiderschrank vorfand, in eine andere Schublade. Dort liegt er noch immer.

Ja, ich wollte überhaupt nichts mehr mit Schubladen und von mir in eigener Sache beschriebenen Blättern zu tun haben. Bloß

372

Herr Roth hat, was die UWF in Wehnau und ihren Mäzen betrifft, recht behalten. Das muss ich schriftlich anerkennen.

Wir fuhren zu fünft nach Wehnau. Anna hatte natürlich auch ihre Oma und ihren Onkel und ihre Tante zur Diplomvergabe und zum Diplomball eingeladen. Ich komme mit Max hin, hatte sie gesagt, wir treffen uns dort.

Zum ersten Mal war ich am Tag der offenen Tür in Wehnau gewesen, nun war ich, viereinhalb Jahre später, wieder hier. Dieselben Hügel, Bäume, Wiesen, nehme ich an, derselbe Fluss verleibt sich friedlich ein Stück des großzügigen Tals ein. Dieselbe Brücke wie vor vier Jahren spannt sich darüber und ist Spaziergängern und Fahrradfahrern vorbehalten, die glücklich sein wollen. Dieselbe Innenstadt mit genau einer Einkaufsstraße (Bäckereien, Schreibwaren, Konditorei). Derselbe Campus auf derselben Anhöhe, dieselben geradlinigen weißen Formen im Verbund mit holz-eisernen Türen. Sonnenlicht prallte von blitzblanken großen Fenstern ab. Dieselbe Bronzestatuengruppe mitten auf dem Platz zwischen den Universitätsgebäuden. Und doch schien alles anders. Es war ja seine Statue. Ich warf einen Blick auf die andere Bronze, den fleißigen jungen Menschen. Es war ja seine Statue, deshalb konnte ich den Blick nicht abwenden. Ob der Fluss und die Hügel und die holz-eisernen Türen nach wie vor so und nicht anders, ob die Brücke, ich weiß es nicht, nehme es nur an, weil ich darauf nicht achtgab.

Wir trafen Anna und Max vor dem Eingang. Meine Schwiegermutter und Ilja und Mascha sahen ihn zum ersten Mal. Wir plauderten. Wie die Zeit vergeht!, sagte er. Es ist ja gerade einmal drei Jahre her, dass ich hier mein Diplom bekommen habe. Ich arbeite schon seit fast drei Jahren.

Und? Wie läuft es?

Ich will mich nicht beschweren. Anna wird endlich nach Frankfurt kommen. Wir können zusammenziehen. So ein Häuschen im Grünen ... Er lachte.

Die Pforten des Festsaals wurden geöffnet, wir traten ein. Die Sitzplätze der Absolventen waren vorne, wir setzten uns nach hinten zu anderen Verwandten und Freunden. Zuerst hielt der Rektor eine Rede. Er sprach von den Leistungen der Studenten (die seien stark gewesen, sonst säßen die jungen Leute jetzt nicht hier), den Leistungen der Hochschule (ersichtlich an allen Ranglisten und Vergleichen mit anderen Universitäten) und den Leistungen der Sponsoren (die erst die Grundlage für jene anderen beiden bildeten). Dann spielte ein Student Klavier. Ich wüsste nicht zu sagen, ob es gut war. Mit der Musik habe ich mich nie viel beschäftigt. Nur ein Lied kenne ich auswendig, vom festen Schritt, geraden Blick und kleinen Glück.

Den Klavierspieler löste der Jahrgangssprecher ab, ein gefälliger junger Mann, um nicht zu sagen: ein ausnehmender Schönling. Er sprach über das starke Zusammengehörigkeitsgefühl im Jahrgang. Häufig sei man auseinandergegangen, für Auslandssemester und Praktika, und habe doch stets die Verbindung gehalten und zurückgefunden. Er hoffe, das bleibe auch nach dem Ende des Studiums so. Diesem Jahrgang verdanke die Universität die Gründung mehrerer studentischer Initiativen. Der Rhetorikklub! Der Geschichtsklub! Die legendären Partys. Ich war ganz überrascht. Von Klubs und Partys hatte Anna nie erzählt, immer nur von auswendig zu lernenden Skripten, Klausuren und Noten.

Dann wurden die Absolventen in Gruppen nach vorne gebeten. Dort erhielten sie einen Händedruck vom Rektor und das Diplom. Julia fotografierte mit, wozu sie wenig später eine weitere Gelegenheit bekam, weil alle zusammen auf das Podium traten, damit Bilder vom zusammengehörigen Jahrgang entstünden. Ganz bestimmt werden die Fotografien entwickelt. Ganz bestimmt werden sie von Julia abgeholt. Und dann? Und weiter? Was steckt nicht alles hinter einem flachen Bild! Die Leinwand, der Karton. Ein Bild sagt mehr als tausend Worte? Es ist stumm. Gleichwie einem Gummifetzen Luft eingehaucht werden muss, damit er als Luft-

374

ballon aufsteigt, wird das Bild erst durch die Erzählung brauchbar. Aber wer hat die Zeit und die Lunge dazu?

Gelangt ein Tourist zu einer schönen Aussicht, sei es von einem Berg aus, auf einen Berg, aufs Meer, vom Meer aus, ist seine erste Tat - nicht zu genießen, nicht zu staunen. Stattdessen zückt er seine Kamera und macht ein Bild, noch eines, dann will er selbst mit aufs Bild ... Warum genießt, warum staunt er denn nicht? Weil der erste Gedanke beim Anblick der Schönheit ist - sie festzuhalten, zu vereinnahmen. Und Schönheit will festgehalten werden. Dies zu tun ist am einfachsten - durch den Druck auf den Kameraknopf. Jedoch im Anblick des Schönen Haltung zu wahren, das wäre - hinzuschauen.

Ich vertändelte keine Zeit damit, am Fotoapparat zu nesteln, ich schaute nicht durch die Linse, sondern genau hin. Der Prorektor nutzte die feierliche Stunde, um zwei Ehrentitel an altgediente Freunde der Universität zu verleihen, einen emeritierten Professor und einen Unternehmensvorstand. Dann trat der Rektor wieder auf die Bühne. Ein Überraschungsgast, man habe die Ehre ... die Freude ... ein einmaliges Ereignis. Noch nie habe der Ehrengast einer Diplomverleihung beigewohnt. Es erfülle ihn, den Rektor, mit Stolz, dass endlich ...

Roth behält recht. Ihr Problem mit dem Universitätsmäzen wird sein, dass er lebt, hatte er gesagt. Eines Toten Taten haben sich einigermaßen erschöpft. Ein Lebender aber, der viel Geld dafür ausgegeben hat, dass die Universität nach ihm benannt wird, könnte Lust bekommen, sich einladen zu lassen. Küss die Hand, sagte der Rektor, nein, hatte Roth gesagt. Was tun Sie?

Ich werde es nicht mitbekommen, hatte ich geantwortet.

Das denn nun doch. Der Rektor sprach lange. Er sprach von Verdiensten um die Wirtschaft, aber auch um die Wissenschaft. Er sprach von einer innovativen Herangehensweise an Herausforderungen. Er sprach von außergewöhnlichen Erfolgen. Er sprach von Dankbarkeit, auch für den heutigen Besuch. Erst dieser Mann habe die Hochschule auf sichere und vielversprechende Fundamente gestellt. Auch diesem Mann verdankten unsere Kinder die Arbeitsverträge, die auf unseren Schreibtischen zu Hause lägen. Die Ehrendoktorwürde der UWF, verkündete der Rektor, für Verdienste um die Wissenschaft und das selbstlose Engagement für die Universität.

Ein wenig Dankbarkeit, ist das zu viel verlangt? Was kann die Hochschule sonst tun, als sich nach ihm zu benennen und ihm die Ehrendoktorwürde anzubieten, obwohl er vielleicht gar keinen Hochschulabschluss hat? Und warum die Umstände, unter denen diese Ehrbezeugungen erfolgen, nicht feierlich gestalten, indem die Verleihung der Ehrendoktorwürde mit der Verleihung der Diplome verbunden wird?

Ein wenig Dankbarkeit für selbstloses Engagement. Der Rektor trat vom Rednerpult weg und klatschte. Schon sah ich, wie sich ein alter Mann in der ersten Reihe erhob und die Stufen zum Podium erklomm. Julia klatschte, meine Schwiegermutter, mein Schwager und meine Schwippschwägerin klatschten, Max, der rechts von mir saß, klatschte, der ganze Saal klatschte. Ein alter Herr, recht eigenwillig gekleidet. Statt eines herkömmlichen Anzugs und einer dezent-langweiligen Krawatte trug er eine Art feierlicher dunkelgrüner Tracht, so kam es mir vor. Das und wie er sich in kleinen Schritten dem Mikrofon näherte, wirkte sympathisch. Tausend Hände hämmerten mir ins Bewusstsein, wer er war.

Ich wäre vielleicht stolz, diese Geschichte erfunden zu haben. Aber das hier dachte sich niemand aus, sondern es fiel mir wie ein Bleigewicht vor die Füße, auf die Hände.

Über dem Getöse von tausend Händen sah ich den Mäzen ans erhöhte Rednerpult treten. Dann verschwand er, ohne den Mund aufgemacht zu haben, aus meinem Gesichtskreis, weil sich die Honoratioren in der ersten Reihe erhoben, dann die Studenten dahinter und weil auf einmal lauter Gürtellinien und Rücken eine

376

undurchdringliche Wand vor mir bildeten. Julia erhob sich und klatschte, ihre Mutter, Ilja und Mascha erhoben sich und klatschten, Max ebenso rechts von mir, weil der ganze Saal von den Stühlen gerissen, von einem Sturm mitgerissen wurde, der die Ellbogen zittern, die Oberarme wackeln und die Hände ein Konzert vollführen ließ.

Wie leicht wird einen, der viel Geld dafür ausgegeben hat, dass eine ehrwürdige Einrichtung nach ihm benannt wird, die Lust ankommen, auf der Bühne zu erscheinen. Küss die Hand, wird es heißen. Was tun Sie?, hatte Roth gefragt. Ich werde es nicht mitbekommen, hatte ich geantwortet. Das denn nun doch. Der Applaus wollte gar nicht enden, vor mir nicht, neben mir nicht, hinter mir nicht. Zu beständig arbeiteten sich tausend Hände aneinander ab, zu geduldig bäumten sich Gürtellinien und Rücken vor mir auf. Die Frage ist nur, hatte Roth gesagt, was Sie tun.

Ich bin nicht in dem Alter, da man sich gegen Obrigkeiten auflehnt und aufsteht, wenn alle anderen sitzen bleiben. Ich habe nie Widerstand geleistet, bin nie aufrührerisch gewesen. Aber hier erhoben sich alle.

Die Hand zu heben, wenn alle anderen die ihren unten halten, ist mutig. Aber die Hände nicht gegeneinanderzuführen, wenn alle anderen klatschen, ist fast unmöglich. Weil ich nicht auf den fahrenden Zug aufspringen wollte, weil der Applaus gar zu sehr stürmte, blieb ich zwischen Gürtellinien, erhobenen Rücken und zitternden Ellbogen sitzen und versteckte die Hände im Schoß. Das Nichtaufstehen der äußerste Widerstand, zu dem ich fähig war. Gut, dass nie jemand mehr von mir verlangt hat. Denn es war schwer genug. Ich zwang die Knie, angewinkelt zu bleiben, zwang die Hände, einander nicht zu berühren, und fühlte mich von allen Seiten beäugt, fühlte mich ausgestoßen. Büßte ich? Ereilte mich die gerechte Strafe dafür, dass meine Tochter mit dem Geld dieses Mannes in Berührung gekommen war?

Oder machten einfach meine Knie nicht mit? Waren sie noch

schwächer und älter und kaputter als jene von Mordechai, als er vor Haman nicht kniete?

In Wirklichkeit blieb meine Heldentat weitgehend unbemerkt. Ich meine, ein respektvolles Nicken von rechts bemerkt zu haben. Aber auch da bin ich mir nicht sicher. Niemand starrte mich verwundert an, geschweige denn, dass mich jemand zum Aufstehen aufgefordert hätte. Vielleicht bleibt einer sitzen, weil er Knieschmerzen hat. Vielleicht klatscht einer nicht, weil er sich einen Finger gebrochen hat. Und wer schaut überhaupt hin, wer interessiert sich für einen von tausend Verwandten in der vorletzten Reihe, wenn vorne der Mäzen steht?

Weil ich saß und die anderen standen, übersahen sie mich. Wenn die Lokalzeitung von der Verleihung der Diplome berichtet, wird sie nicht titeln: Widerstand mit Händen im Schoß! Sie wird den Artikel nicht mit den Worten beginnen lassen: Durch ein paar untätige Hände wurde Protest laut. Sie wird nicht einmal beiläufig erwähnen: Ein kaputtes Knie und ein gebrochener Finger hinderten einen Mann mittleren Alters in Reihe siebzehn daran, es allen anderen Gästen gleichzutun und den Mäzen hochleben zu lassen. Die Lokalzeitung wird meine Tat ganz und gar übergehen, schon allein deshalb, weil ihr Reporter mich unmöglich zwischen gestreckten Beinen, wogenden Rücken und euphorischen Händen bemerkt haben wird.

Einmal müssen Handinnenflächen und Beine ermüden. So kam der Mäzen, nunmehr Dr. h. c., wieder zum Vorschein. Stand er stramm, schwarz gegürtet, mit Hosenbeinen, die an den Oberschenkeln unnatürlich weit gerieten und sich erst am Knie verengten? Trug er hohe, gewaltbereite Stiefel?

Ach was, ein sonnengebräunter alter Herr in einem länglichen dunkelgrünen Anzug. Halb schien es eine rustikale Tracht zu sein, halb das Werk eines gewieften Schneiders. Ein agiler alter Herr, selbstbewusst, distanziert liebenswürdig, eitel, meine Güte, wer ist es nicht? Und rücke ich ihn denn in ein schlechtes Licht?

378

Die Leute blickten atemlos zur Bühne hinauf. Dieser Mann war ein Milliardär, dem ein riesiges Unternehmen gehörte. Und nach ihm hatte sich diese Hochschule benannt.

Bei der Waffen-SS war er gewesen. Auch andere waren dort gewesen. Er und noch ein anderer, in eine dunkle Uniform gehüllt, spielen in meinem Leben eine wichtige Rolle. Ich weiß, wie sie meinen Weg kreuzten, ich weiß, was ich ihnen schuldig bin. Nur was sie in der dunklen Uniform getan hatten, weiß ich nicht, weiß ich nicht ...

Wer war an dieser Konstellation im Festsaal schuld? Der Mäzen? Anna? Ich?

Aber wenn es keine Leidtragenden gab? Meine Tochter mit dem Arbeitsvertrag in der Tasche hatte keinen Grund zur Klage. Wie dann ich als ihr Vater? Auch der Mäzen war, als frisch gekürter Dr. h. c., guter Stimmung. Er sprach knapp, doch auf einnehmende Weise, darüber, dass es ihn mit Freude erfülle, die Fortschritte und das Wachstum der Universität zu verfolgen; dass er ihr stets verbunden sein werde; dass sie sich auf ihn verlassen könne.

Wieder Applaus, glücklicherweise erhob sich aber niemand, als er vom Podest trat.

Nach der Zeremonie kam Anna zu uns. Als die anderen aufstanden und klatschten, blieb ich sitzen, sagte sie.

Verließen sie und ich daraufhin rasch den von Schuld und Schmach erfüllten Saal? Der Mäzen war gleich nach seiner kurzen Rede verschwunden, wir blieben, weil Sekt gereicht wurde.

Wir aßen zu Mittag in einer Gaststätte. Zusammen mit Max. Als wir am Flussufer in der Sonne saßen, fragte Anna plötzlich: Was denkt ihr, sollte eine Frau abtreiben, wenn es schwierig ist, ein Kind zu bekommen?

Ich glaube ...

Aber Julia unterbrach mich und sagte: Was sind das für Fragen! Du weißt, wie sehr wir uns Enkelkinder wünschen. Und deine

Oma Urenkelkinder. Du bist schon lange erwachsen. Lass uns von Heirat und Kindern reden, nicht von Abtreibungen.

Es geht doch nicht um mich! Eine Freundin von mir weiß nicht, was sie tun soll. Schwierige Umstände ...

Da ihre Frage also im Allgemeinen schwebte, fühlte ich mich zu einer entsprechenden Antwort berechtigt und sagte: Schwierig ist es, wenn die Geburt auf einem bewegten Untergrund vonstattengeht, wenn das Neugeborene über den Bettrand schaut und nur der Mutter wegen zu atmen beginnt. Hohn, Hoffnung oder Missgeschick, ich verstehe schon, das kann jeder von sich und seiner Geburt behaupten. Doch wenn auch jeder dieselben Worte benutzt, läuft es nicht auf dasselbe hinaus.

Nein, das sagte ich nicht. Ich sagte: Ich glaube, das ist eine Frage der Selbstliebe. Wer sich selbst nicht liebt, der schneidet sich auch ins eigene Fleisch. Wer sich selbst gering achtet, der schafft sein eigen Fleisch und Blut ohne Weiteres aus der Welt. Wann sind schon die Umstände günstig, um ein Kind zu bekommen? Eine Schwierigkeit findet sich immer, schwierige Umstände treten immer auf. Aber die eigene Frucht – und den eigenen Körper – verletzen, wenn es schwierig ist, ein Kind zu bekommen? Vernichten, was aus einem wächst? Vernichten, was man gezeugt hat? Weiß man denn, was aus der Frucht wird? Vielleicht ist sie das Einzige, was von einem auf der Welt bleiben wird. Nur wer sich und das eigene Leben nicht liebt, sondern nur leichte Lebensumstände, vernichtet sich. Eine Abtreibung, das ist Lieblosigkeit gegen sich selbst.

Das sagt sich so leicht als Mann, entgegnete Julia. Aber die Frau bleibt allein mit dem Kind zurück. Trotzdem, Anna, dein Vater hat auch recht.

So sprachen wir, einfach so, und weil wir in Gegenwart unserer Tochter gerne moralische Reden halten. Selbst in der Nähe der Universität für wirtschaftliche Finanzen.

Anna fasste das Gespräch für Max auf Deutsch zusammen. Er schüttelte den Kopf, zog plötzlich eine Mundharmonika aus Annas

Handtasche und sagte: Zur Feier des Tages, weil Anna heute ihr Diplom bekommt. Selbst komponiert.

Und fing an, auf dem kleinen Musikinstrument zu spielen, am Restauranttisch am Flussufer.

Die Melodie rührte mich. Sie war ganz anders als jene aus dem Treblinka-Lied vom festen Schritt, geraden Blick und kleinen Glück. Viel schöner.

Als Max fertig war, küsste er Anna auf die Wange. Wir klatschten. Und auch die Leute an den umliegenden Tischen klatschten.

Warum hast du uns nie erzählt, dass Max Musik macht?, fragte Julia.

Weil ihr mich nie viel über ihn gefragt habt, antwortete Anna.

Nach dem Essen führte sie uns zu einem Aussichtspunkt, von dem aus sich der Fluss noch malerischer wand, die Hügel und Felsen ihn noch beeindruckender umstanden, die Brücke noch freundlicher wirkte. Dann fuhren wir in eine Nachbarstadt, wo der Diplomball stattfinden sollte. Wehnau selbst ist zu klein für einen großen Saal.

Es gab einen Sektempfang, dann nahmen wir an einem Tisch mit einer anderen russischsprachigen Familie Platz. Sie waren, erzählten sie uns, vor einigen Jahren aus Kasachstan nach Deutschland gekommen und hatten, wie wir, all das Ihre mit Leichtigkeit bei sich getragen. Nun staunten sie, wie wir, über das eigene Kind, das so viel verdienen würde wie sie, wie wir, wie die meisten anderen Menschen niemals.

Ich weiß nicht, was auf mich toxischer wirkte: dass der Mäzen bei der Diplomvergabe dabei gewesen war, dass die Leute aufgestanden und euphorisch in die Hände geklatscht hatten, oder die abendliche Feier mit dem Wein. Ich betrachtete alteingesessene Ärzte, Anwälte, Geschäftsführer, Firmeninhaber an den Nachbartischen. Wie ich sie als solche erkannte? Es stand ihnen auf der Stirn geschrieben. Einige schlichtere Leute waren auch da, ein türkisches Elternpaar, dann ein iranisches, wie Anna sagte, und ein vietnamesisches. Wir saßen dabei. Vor sechs Jahren waren uns Hosen, die fünfzig Mark kosteten, unerschwinglich vorgekommen, nun ein Diplomball der besten deutschen Universität. Wir begossen das Diplom und den Arbeitsvertrag unserer Tochter mit ordentlichem Wein.

Meine Schwiegermutter hob ein volles Glas und sprach so: Anna, wir sind stolz auf dich. Was du bis jetzt erreichen wolltest, hast du erreicht. Aber nicht alles hängt von dir ab. Deshalb wünsche ich dir Gesundheit und Glück, im Beruf... im Familienleben besonders.

Zwischen zwei musikalischen Darbietungen sprach der Rektor. Einen erheblichen Teil seiner Rede widmete er Stühlen. Die Absolventen hätten die Möglichkeit, für einen neu einzurichtenden Vorlesungssaal Stühle zu spenden. Freilich bitte er nicht darum, dass jeder einen Stuhl heranschleppe und montiere, noch würde er den Studenten und ihren Verwandten und Freunden nun Tipps geben, der und der Möbelhändler in der näheren Umgebung biete Sitzgelegenheiten besonders günstig an. Keine Unannehmlichkeiten, bitte! Stattdessen sei eine bestimmte Summe pro Stuhl zu spenden. Die betrage... auf dem Stuhl würde der Name des Spenders angebracht, natürlich nur, wenn er es wünsche. Stellen Sie sich vor, der Platz, auf dem Sie vier Jahre lang gesessen haben, trägt Ihren Namen! Die Spende... Es sei gar nicht unpassend, auch den dazugehörigen Tisch zu erwerben, Stuhl und Tisch gehörten schließlich zusammen. Vierhundert Mark für einen Stuhl, achthundert für einen Tisch.

Er will uns anfüttern, flüsterte mir Anna zu. Zuerst sollen wir überhaupt etwas geben. Dafür sind kleine Summen besser geeignet, ein Stuhl ist nicht billig, aber wir sind ja jetzt alle glücklich und großzügig. Wenn man erst einmal einen Stuhl gespendet hat, wird man in Zukunft vielleicht auch den Umbau eines Vorlesungssaals unterstützen, einen neuen Lehrstuhl mitfinanzieren, ein neues Gebäude miterrichten...

Vierhundert Mark! Oder gar tausendzweihundert, weil Stuhl und Tisch zweifellos zusammengehören. Das kann sich Anna bald leisten. Vor sechs Jahren sind uns im Sozialamt achthundert Mark als Vorschuss für die ersten zwei Wochen in Deutschland gegeben worden. Uns war das als ein unermessliches Vermögen erschienen. Jetzt kauft Anna, wenn sie will, für vierhundert Mark einen Stuhl, auf dem sie nie sitzen, und für achthundert Mark einen Tisch, auf den sie nie den Kopf legen wird.

Wohin?

Den Mörder treibt es zurück an den Ort seiner Tat, heißt es. Wohin treibt es die anderen, die keinen Mord begangen haben? Die sind ja zumeist in der Mehrzahl. Mich drängte es, zum Wohnheim zu spazieren, unserer ersten Niederlassung in dieser Stadt, die unser Zuhause geworden ist. Mochte der Weg auch weit sein; es herrschte das schönste Wetter.

Im verhaltenen Regen brach der Abend an. Im Straßenbelag glänzten die Laternen. Frisch-warmer Regenduft. Ich ging und hatte Zeit. Unter dieser Tanne, die gewiss mit der Zeit gewachsen ist, habe ich lange nicht gestanden, unter dieser und dieser, mit diesen dreien habe ich mich einig und vertraut gefühlt, zwischen ihnen habe ich mich einmal verirrt, vor lauter Tannen den Wald nicht mehr gesehen (aber hier ist ja überhaupt keiner) und einen Polizisten nach dem Weg gefragt.

Schöne Tage in zauberischer Luft kommen wieder, wenn man den Fuß vor die Tür setzt. Und warum nicht? Ich habe Zeit.

Nach anderthalb Stunden, mit so viel Zeit in den Hosentaschen wie nötig, gelangte ich zum Wohnheim. Aber es war keines mehr. Aus den sechs Wohnheimgebäuden hatte man zwölf Doppelhaushälften gemacht. Auch die breite und weite Rasenfläche, wo Kinder Fußball gespielt hatten, war nicht mehr. Sondern zwölf durch Hecken und Holzzäune voneinander abgegrenzte Grünstreifen, von Bäumchen und Blümchen durchwirkt. Offensichtlich wohnten hier keine Ausländer mehr. Jedenfalls keine richtigen. Keine Gemeinschaftsküchen, keine geteilten Bäder, sondern zwei Bade-

384

zimmer pro Familie. Befanden sich die Küchen noch immer im Keller?

Ich hätte mich gerne drinnen umgeschaut. Aber ich war weder mit den Grossmüllers noch Nowaks, noch Böhmers, deren Namen auf den Klingelschildern standen, auf Du und Du. Obwohl man manchmal meint, sie alle zu kennen – man kennt keinen von ihnen so gut, dass man klingeln und sich in aller Ruhe ein Bild von ihrer Inneneinrichtung machen könnte.

Allzu schlimm zugerichtet hatten die vielen Ausländer das Wohnheim also nicht, obwohl jeder von ihnen nur kurze Zeit darin gelebt hatte, was schon an sich, ohne jedes Ausländersein, zum rücksichtslosen Umgang mit Türen und Wänden, Fenstern und Bädern verleitet. Immerhin ließen die Nowaks und Böhmers sich nicht von der Historie dieser Häuser abschrecken. Oder sind die sechs Häuschen vor dem Verkauf von Grund auf saniert worden? Gewiss hat es sich gelohnt, die Lage ist gut, das Stadtzentrum nah.

Aber wo finden die neu eingewanderten Ausländer jetzt eine Unterkunft? Oder kommen von ihnen nicht mehr viele in unsere Stadt?

Gar nichts hatten wir von der Privatisierung des Wohnheims mitbekommen. Kehrte man gerne, bemittelt, wie einen die Zeit und die Umstände gemacht haben, an den Ort zurück, an dem man das Bad mit anderen geteilt hat? Julia sucht seit geraumer Zeit nach einem Haus für uns. Jawohl, sie verlangt, dass wir ein Haus kaufen. Wenigstens eine Doppelhaushälfte. Ich verdiente gut, redet sie mir ein, mit den Autos und den Übersetzungen. Besonders mit den Autos. Autos und Übersetzungen würden immer gebraucht. Sie habe es satt, dass wir Jahr für Jahr Miete zahlten. Dumm sei das!

Aber wir haben eine schöne Wohnung. Hier ist gar nichts dumm, sondern alles zum Besten bestellt. Verhalten sich die deutschen Nachbarn uns gegenüber nicht höflich, wenn wir ihnen im

Hausflur begegnen? Leben wir nicht im sichersten Viertel, im einträchtigsten überhaupt, mit deutschen Häusern rundherum? Auch wird man von einem Hauskauf in unserer Stadt nicht reich. Ob die Bank oder der Vermieter den Gewinn einstreicht, ist doch egal. Besonders in unserem Alter ist ein Hauskauf so eine Sache. Hat sie, frage ich Julia, überhaupt daran gedacht, dass ich, nach sowjetischen Maßstäben jedenfalls, beinahe im Rentenalter bin? Vielleicht ist es uns nicht vergönnt, Land zu besitzen. Schon so lange haben wir keines besessen. Sollen wir jetzt, auf unsere alten Tage, alles auf den Kopf stellen?

Doch Julia bleibt stur, weil Igor und Tanja ein freistehendes Haus gekauft haben. Und vielleicht weil beständige Wünsche stützen und helfen, halbwegs unbeschadet die Zeit zu überstehen. Oder auch nicht. Ob ausgewachsener Gemeiner Efeu, dessen Wurzeln sich mit denen des Trägerbaums vermischen und fast genauso mächtig anmuten, dem Baum zusätzlichen Halt verleiht oder ihn, im Gegenteil, früher oder später ins Verderben stürzt, ist mit bloßem Auge nicht zu erkennen.

Jeden Sonnabend studiert Julia die Immobilienbeilage und streicht dieses und jenes Inserat rot an. Bislang haben sich, spätestens bei der Besichtigung, immer gute Gründe gefunden, warum gerade dieses und jenes Haus nichts für uns ist. Gehen uns die Gründe einmal aus, wird mir die Bank hoffentlich keinen Kredit gewähren, weil ich nicht mehr jung, dafür aber selbstständig bin. Julia wird versuchen, mich zu zwingen, unsere ganzen Barreserven als Eigenkapital beizusteuern, um es der Bank leichter zu machen. Ich werde mich dagegen wehren. Man soll immer Bargeld haben. Auch dann hilft es nicht immer. Aber wenn es in Grund und Boden steckt, hilft es gar nicht.

Dann wird Julia Anna aufstacheln und Anna wird uns anbieten: Lasst mich das Haus kaufen und an euch vermieten. Ich bekomme den Kredit günstig. Außerdem kann ich die Zinsen von der Steuer absetzen.

386

Aber ich werde sagen: Nein, das können wir dir nicht aufbürden.

Obwohl ich ihr, wenn's nötig würde, allerlei aufbürdete. Doch ich will keinen Grund und Boden besitzen. Kauften wir ein freistehendes Haus und bezögen es, hätten wir keine deutschen Nachbarn mehr neben und unter uns. Dann wäre der Windfang, wenn es einen gäbe, ausschließlich unser Windfang. Dann wäre die Haustür unsere Tür. Dann gelangte man, wenn man sie öffnete, gleich in unseren Flur. Dann wäre das Wohnzimmer dahinter unser Wohnzimmer. Dann wären alle Fenster dieses Hauses unsere Fenster, aus denen nur wir hinausguckten. Dann wären alle Wände unsere Wände. Dann wäre das Haus ein Judenhaus. In einem solchen aber will ich nicht leben.

In deutscher Erde Wurzeln schlagen, mehr als eine Körperlänge tief, weil Julia nur unterkellerte Häuser in Betracht zieht?

Judenwurzeln. Daran muss ich denken. Sonst werde ich, wenn ich ihr zustimme, vom Strudel der Notwendigkeiten mitgerissen, feilsche schon, unter Julias begeisterter Anleitung, mit dem Hausbesitzer, lasse mich auf einen klebrigen Handel ein, laufe zur Bank, weil es doch dazugehört, wie Julia behaupten wird, und gerate auch dort in gefällige Verhandlungen. Schon bittet Julia, der Sicherheit halber, selbst ernannte Immobilienexperten (Bekannte, die bereits ein Haus gekauft haben) um weiteren Rat, redet beiläufig von der Farbe der Tapeten im Wohnzimmer, schon hetzen wir vom Notar ins Möbelgeschäft und bestellen eine moderne Küche fürs Judenhaus und kaufen einen Rasenmäher für den grundeigenen Rasen mit nunmehr jüdischen Wurzeln.

Woraufhin der Umzugsstress losginge, die Umzugslast mich niederdrückte. Fieberhaft packte man ein, als ob die Wohnung, die doch jahrelang ein sicherer Unterschlupf gewesen ist, alles, was man ihr nur für einen Atemzug länger anvertraute, verschlucken und vernichten würde. Vollbepackt liefe man in den Hof, mit leeren Händen wieder hinauf. Ein Transporter, dessen Hecktüren sich nur mit Mühe schließen ließen, führe ab. Am neuen Ort aber, dem Judenhaus, stellten wir all unser Hab und Gut ab. Lauter Dinge verschwänden aus unserer vertrauten Wohnung, eines späten Abends auch wir. Wozu? Damit ein wurzelloser Jude in seinem eigenen Garten stünde, die verwurzelte Hecke stutzte und den grundeigenen Rasen mähte? Oder damit Julia sich nicht langweilte?

Was ich hinterlassen will, sind nicht unterkellerte Häuser. Sondern etwas zum Nachdenken mit geschlossenen Augen. Was ist das Letzte, was man lernt? Wenn etwas bleibt, dann nicht die Vernunft. Gut, schön und wahr beschriebene Blätter? Was ich hinterlassen will: vielleicht jemanden, der Blätter nicht wegwirft, nur weil im Schrank wenig Platz ist. Vielleicht jemanden, der die Blätter liest.

Meine ersten vier Lebensjahre zogen sich in die Länge wie ein Wollknäuel, das man entwirrt und entzerrt, bis man bis zum Hals, bis zum Nasenrücken in Fäden versinkt, aber das Wollknäuel wird nicht kleiner; wie ein Faden von geschorenen Haaren, die ballenweise in Waggons geworfen werden.

So sollte es sein: dass wir vor unseren Erinnerungen wie vor einem liegenden V stehen, wir auf der offenen Seite des V. Natürlich sind die beiden Schenkel nicht ganz gerade und mit Ausbuchtungen versehen. Dennoch stellt sich gerade Erlebtes in seiner ganzen Breite dar, weiter Zurückliegendes verengt sich eher zu einigen wenigen Erinnerungen. Ganz hinten, am Scheitelpunkt, sitzt im Ursprung unserer Erinnerung ein Erlebnis. Dahinter nichts mehr von uns selbst, nur Fremderzähltes, das wir gutgläubig für bare Münze nehmen und uns aneignen – über den Ursprung des V hinausgeschossene Schenkel. So sollte es sein: ein liegendes V, das sich uns öffnet. Das meine ist auf die falsche Seite gekippt. Meine ersten vier Jahre sind länger als Kindheit, Jugend, Mannesalter. Die Vergangenheit gleitet an allen Ecken und Enden in die Gegenwart ... so vieles wurde nach dem Krieg anders. So vie-

388

les nicht. Falter machten nichts rückgängig, verwandelten sich nicht in Larven zurück.

Wär nicht das Auge sonnenhaft, die Sonne könnt es nie erblicken; läg nicht in uns des Gottes eigne Kraft, wie könnt uns Göttliches entzücken? Ja. Vielleicht hat Goethe recht. Aber was ist mit den Sternen?

Dass mir ausgerechnet jetzt, da ich von einem Spaziergang zum Wohnheim erzählen wollte, die Worte fehlen und ich mich an die Sätze anderer Leute klammern muss. Verzeihung der fremden Hand! Die meine fördert gerade nicht.

Durch die Abteiltür fällt kein diffuser Schimmer. Der Zug durchbricht den herbstlichen Tag, bunte Bäume nicken, was bleibt ihnen übrig, den unsauberen Fenstern zu. Mitten am Tag, welche Konstellation zwischen Sonne, Mond und sechs, sieben Planeten ließe sich da schon wahrnehmen, auch bei blitzblanken Fenstern?

Eine Wiederkehr des Gewesenen? Wie wäre es, in diesem Zug geboren zu werden? Aber nein, meinen Fahrschein hat die Zugbegleiterin längst kontrolliert und gestempelt.

Für einen Kunden aus Sankt Petersburg brachte ich einen Mazda 323F zur Fähre nach Lübeck. Er hatte mich gebeten, gleich danach ein anderes Auto anzuschauen. Zuerst hatte ich abgelehnt. Ich habe keine Zeit, hatte ich ihm gesagt, ich muss an dem Nachmittag zu Hause sein, meinen Geburtstag feiern.

Das ist auf deinem Rückweg, hatte er mich angefleht. In Pineberk.

Dann hatte er buchstabiert: P-i-n-n-e-b-e-r-g.

Ich hatte im Straßenatlas nachgeschaut. Tatsächlich, gleich bei Hamburg.

In der Morgenfrühe, deren grauen Vorhang die Sonne schon zu lüften begann, stellte ich den Mazda im Lübecker Hafen ab. Genoss ich daraufhin das herrliche Schauspiel des aufgehenden Gestirns? Im Leben ist es nie wie auf Bildern. Feuchte Morgenkühle, Müdig-

389

keit, der von der vierstündigen Fahrt schmerzende Rücken und Hast ließen mich die Aussicht kaum genießen. Die Wirklichkeit lauert eben mit allerlei kleinen Gemeinheiten auf.

Ich hielt für zwei, drei Atemzüge vor dem Sonnenaufgang inne (es war ja doch schön), dann bestieg ich einen Bus, der mich zum Bahnhof brachte, nahm die Bahn zum Lübecker Hauptbahnhof, von dort den Regionalexpress über Reinfeld und Bad Oldesloe nach Hamburg, eine Strecke, die ich mittlerweile so gut kenne wie ... ich kenne sie gut, und von dort nahm ich eine S-Bahn nach Pinneberg, über Hamburg-hier und Hamburg-da, Krupunder, Halstenbek und Thesdorf.

Den Passat, für den sich mein Kunde interessierte, verkaufte ein VW-Autohaus gleich in Bahnhofsnähe. Mit der alten Weisheit, auf den Verkäufer statt auf die Ware zu achten, kommt man da nicht weit. Die Händler in großen deutschen Autohäusern sind anständige Leute und Spitzbuben, je nach Fahrzeug, Käufer und Gelegenheit. Deshalb blieb mir nichts anderes übrig, als das Fahrzeug genauestens unter die Lupe zu nehmen. Ich öffnete die Motorhaube, blickte nachdenklich auf die Schläuche und Kabel im Motorraum, streifte mit den Fingerspitzen den einen und anderen mir nichts sagenden Schlauch. Manche Motoren neigen dazu, den Geist aufzugeben. Ich musste ausschließen, dass dieser hier einer von ihnen war. Deshalb ließ ich ihn an, die Kontrollleuchten im Kombiinstrument erloschen, für einen Augenblick bloß, der Motor hustete. Ich hörte auf das Brummen. Trat ich auf das Gaspedal? Es gehörte dazu. Der Motor jaulte genervt auf, aber niemand sagte: Gehen Sie vom Gas runter. Denn es gehört dazu, im Leerlauf auf das Gaspedal zu treten, bevor man ein Auto kauft.

Ich blätterte das Serviceheft durch, in dem es von Stempeln nur so wimmelte. Ich prüfte die Klimaanlage. Ich lief mit einem Lackmessgerät um das Fahrzeug, hielt es gegen blaue Kotflügel, blaue Türen, den blauen Kofferraum und fand nicht eine Stelle, an der die Lackschicht zu dick wäre. Ich musterte die Spaltmaße, die auf

390

ganzer Länge penibel dieselbe Breite einhielten. Besah ich den Kofferraum, studierte Laufmatten und Sitze, um festzustellen, ob ihr Zustand, wie man so sagt, der Laufleistung des Fahrzeugs entsprach? Kletterte ich gar unter den Wagenboden? Mitnichten. Ich hatte es eilig, wurde spätestens um fünf Uhr zu Hause erwartet. So schritt ich, mit einem eingeübt skeptischen Gesichtsausdruck, zu den Preisverhandlungen über.

Hab null Spielraum, erklärte der Verkäufer.

Der hohe Kilometerstand, entgegnete ich.

Ist halt so, sagte er. Deshalb der gute Preis. Sie wissen selbst, Herr Segal, in Wirklichkeit sagt die Laufleistung nicht viel aus. Regelmäßige Inspektionen (er legte die Hand auf das Serviceheft) und ein pfleglicher Umgang mit dem Fahrzeug sind viel wichtiger.

Erklären Sie das einmal Ihren Kunden, sagte ich. Die nehmen Ihnen den Wagen niemals ab.

Deshalb verkaufe ich ihn ja an Sie, Herr Segal.

Ich nehme ihn für sieben.

Zweihundert gehe ich runter. Siebenvier, weniger geht echt nicht.

Es war schon kurz nach elf. Es blieb keine Zeit, den Passat gleich nach Lübeck zu bringen (hätte ich doch bloß! und Annas Ankunft verpasst! und mir Julias Vorwürfe eingehandelt!). Ich tätigte eine Anzahlung, woraufhin Herr Mattner, so hieß der Verkäufer, mich zum Pinneberger Bahnhof fuhr, obwohl dieser nicht mehr als zwei Zuglängen entfernt lag. Ein hilfsbereiter, zufriedener Mann. Hatte ich etwas falsch gemacht? Schlummerten im Fahrzeug versteckte Mängel? War etwa der Tacho zurückgedreht worden und ich hatte es nicht bemerkt? Nein, ein großes deutsches VW-Autohaus, wer würde da am Tacho nesteln?

Und es ist doch nicht unsittlich, wenn zwei Leute nach einem Geschäft zufrieden auseinandergehen.

Ich wartete wieder auf den Zug. Von der Seite vernahm ich Gesang und Schreie. Ich sah nicht hin, sondern widmete mich den

Gleisen. Die streckten und reckten sich wie eh und je. Wohin führten sie? Nach Kiel über Elmshorn, Neumünster, Bordesholm. Nach Itzehoe. Nach Stade über Thesdorf, Halstenbek, Krupunder, Hamburg-hier und Hamburg-da, Neu Wulmstorf, Buxtehude, Neukloster, Horneburg, Dollern und Agathenburg. So der gelbe Fahrplan. Verhält er sich zu den Gleisen nicht wie die Frontscheibe zu einem Auto? Eine interessante Frage. Trotzdem bemerkte ich auf meinem eigenen Bahnsteig, vielleicht eine halbe Zuglänge entfernt, eine größere Gruppe von Männern. Sie waren es, die lärmten.

Gestern wird sein, was morgen gewesen ist, habe ich gelesen. Morgen ist gewesen, was gestern sein wird. Also wird morgen sein, was gestern gewesen ist? Wird gestern gestern? War morgen morgen? Heute wird gestern sein, ist morgen gewesen? Auch für Schienen? Gleise? Züge?

Der Fahrplan auf gelbem Papier spürt jeden Halt auf, gelangt zuverlässig zu einem Ende, findet unbedingt ein Ziel. Den Gleisen sieht man's nicht an.

Der Zug fuhr ein, ich stieg ein, der Zug fuhr an. Mischte sich im Fenster das Licht der Deckenleuchten mit der vorbeihuschenden schwarzbunten Landschaft? Schluckte das Fenster die Helle? Behüte, doch nicht mitten am Tage! Es war elf Uhr achtzehn.

Die Lautsprechanlage rauschte, doch statt dass ein Willkommensgruß (der in einem Regionalexpress gar nicht üblich ist) oder die Ankündigung einer voraussichtlichen Verspätung (das nun schon eher) erklungen wäre, grölte jemand: Ab heute transportiert die Deutsche Bahn Ausländer und Deutsche getrennt.

Wäre ich stolz darauf, das erfunden zu haben? Ich habe es nicht, ich wäre es nicht.

Niemand warf sich auf den Fußboden. Niemand schrie: Lasst uns raus! und Bitte, liebe Deutsche! und Helft uns! und Gott sieht alles! Niemand griff nach der Notbremse, dass es gezischt, gequietscht und der Zug gehalten hätte. Und hätte denn jemand Grund zu alldem gehabt? Ich selbst blieb sitzen, ließ mich nicht in den schmalen Gang fallen, presste nicht das Gesicht gegen den leicht bebenden Boden, versuchte nicht, ihn mit der Nasenwurzel zu berühren. Wozu? Um nicht zu hören? Selbst um nicht zu sehen, wäre die Stirn nicht flach, die Nase nicht stumpf genug gewesen. Die Augen hätten niemals den Boden berührt.

Ich stand nicht auf, warf mich nicht hin. Ich hörte einen Fahrgast hinter mir sagen: Da haben welche mit Springerstiefeln einen Waggon besetzt. Ich wollte einsteigen, die haben gebrüllt: Geschlossene Gesellschaft! Nur für Deutsche und skandinavische Ausländer! Das war mir zu bunt. Jetzt sind sie an der Lautsprechanlage dran.

Wieder rauschte die Lautsprecheranlage. Für Ausländer werden extra Güterwagen zur Verfügung gestellt!, grölte jemand.

Das gibt es doch gar nicht, sagte ein anderer Fahrgast. So eine Schweinerei.

Ich sah Leute den Kopf schütteln. Niemand stand auf. Ich ja auch nicht.

Aber warum mit den Güter- nicht auch einen Triebwagen anrollen lassen, eine Diesellokomotive etwa, die sich auch in Gegenden ohne eine Oberleitung fortbewegen könnte? Der Regionalzug mit den Inländern mag unter Aufsicht der schwarz gestiefelten Rufer seinen Weg über Hamburg-Dammtor zum Hamburger Hauptbahnhof fortsetzen, wo, vielleicht, die Endstation liegt. Aber wohin soll die Diesellokomotive die Ausländer bringen, nachdem sie in die Güterwagen umgestiegen sind? Ja, wohin?

Unbeirrt setzte der Regionalexpress seinen Weg fort, über Hamburg-Dammtor, wo ich ein paar Polizisten am Bahnsteig stehen sah, zum Hauptbahnhof. Die Lautsprechanlage versank in Schweigen.

Es ist gar nichts passiert, sagte ich mir. Niemand ist in Gefahr. Ich könnte hier jetzt aufstehen und meinen Namen, Arthur Segal, und meine Adresse, Hochbaumstraße 97, herausposaunen, und es würde nichts Schlimmes geschehen.

Es gibt einen Ort, der liegt ganz woanders als östlich oder westlich, der ist bei den Nächsten und wo sie sich versammeln. Die Gäste kommen erst um sechs Uhr. Mascha und Ilja, meine Schwiegermutter, Igor und Tanja, Sergej und Ina, Herr Roth. Anna kommt nicht alleine, sondern mit Max. Julia hat darauf bestanden, auch ihn einzuladen. Es wird Zeit, sagte sie. Schau mal, sie sind schon seit Jahren ein Paar, sie ziehen zusammen. Anna hat mir gesagt, dass Max sich auf einen Heiratsantrag vorbereitet. Wir können ihn nicht nicht einladen. Außerdem brauchst du dann nicht den ganzen Abend um deinen Herrn Roth herumzuspringen, er kann sich mit Max auf Deutsch unterhalten.

Vielleicht wird Max auch zu Ehren meines Geburtstags auf seiner Mundharmonika spielen.

Und vielleicht werde ich, wenn ich ohnehin schon die eine Schublade öffnen muss, um diese beschriebenen Blätter hineinzulegen, auch die andere Schublade öffnen und Mutters Papiere herausholen, das blaue Band lösen, mir noch einmal die Fotografie mit den Offizieren ansehen und alles andere auch. Oder ich werde mich wieder nicht trauen. Mach damit, was du willst, hatte Mutter gesagt.

Ich beeilte mich, um den Anschlusszug nicht zu verpassen. Gemäß Fahrplan wird mich der Fernverkehrszug mit dem Glockenschlage vier am heimischen Bahnhof absetzen. Nun fährt er unter einem wolkenlosen Himmel, den ein einziges Gestirn überstrahlt. Das sehe ich jetzt, und das Papier liegt auf dem Tischchen. Und ich setze einen Punkt nach dem anderen. Denn ein gesetzter Punkt ist eine von den Schultern genommene Last.

Obwohl ich in Wirklichkeit nichts gesehen habe, nichts. Und keine Falter ringsumher, keine Falter ... wiewohl Licht.

394

Aus dem Verlagsprogramm des C.H.Beck Verlages

Nadifa Mohamed
Black Mamba Boy
Roman
Aus dem Englischen von Susann Urban
368 Seiten. München 2015

Carola Saavedra
Blaue Blumen
Roman
Aus dem Portugiesischen von Maria Hummitzsch
192 Seiten. München 2015

Pamela Erens
Die Unberührten
Roman
Aus dem Englischen von Ulrike Thiesmeyer
300 Seiten. München 2015

Norbert Scheuer
Die Sprache der Vögel
Roman
240 Seiten. München 2015

Ernst Augustin
Das Monster von Neuhausen
Ein Protokoll
112 Seiten. München 2015

Albert von Schirnding
Stundenbuch der Jugend
Mit einem Nachwort von Rainald Goetz
184 Seiten. München 2015

Kurt Tucholsky
Rheinsberg
Ein Bilderbuch für Verliebte
Mit einem Nachwort von Antje Rávic Strubel
96 Seiten. München 2015

Joseph Roth
Reisen in die Ukraine und nach Russland
Herausgegeben und mit einem Nachwort von Jan Bürger
136 Seiten. München 2015

25 93

74 Store 104 258 271 237
   146   235

Jossein 111 25 Chakar-Statze!
       161   -Toeollet

Goethe 20 159 187 Entweder 260

   3 44 349 Deutschere 266
   3A   267,

Grenze 243 WS 51-Geb. 24 180
20,86   52-Geb. 274
Aug 282 us 347 13. Geb. 310
194, 213   51. Gja 389
     übersebt   JT
     119

          Aussiedle-tolabbol 70
          42, us
             220

102   Vater-Tod
Der. 1993   133

Atv segra 100 3r Nagid
23: 17.10.#   277

   Jun 88

coelrscha-Lithe' Mind + Meng
  185   317